与你一起虚度时光

Time spent with you

沐清雨 / 著

Mu Qingyu / Works

原名《听说爱会来》

中国華僑出版社

图书在版编目（CIP）数据

与你一起虚度时光 / 沐清雨著. —北京：中国华侨出版社，2015.8
ISBN 978-7-5113-5597-3

Ⅰ. ①与… Ⅱ. ①沐… Ⅲ. ①言情小说－中国－当代 Ⅳ. ①I247.5

中国版本图书馆CIP数据核字（2015）第180459号

与你一起虚度时光

著　　者：沐清雨
出 版 人：方　鸣
责任编辑：月　姝
封面设计：粉粉猫
经　　销：新华书店
开　　本：635mm×965mm　1/16　印张：19　字数：321千字
印　　刷：三河市文通印刷包装有限公司
版　　次：2015年10月第1版　2015年10月第1次印刷
书　　号：ISBN 978-7-5113-5597-3
定　　价：32.80元

中国华侨出版社 北京市朝阳区静安里26 号通成达大厦3 层　邮编：100028
法律顾问：陈鹰律师事务所
发 行 部：（010）82068999　传真：（010）82069000
网　　址：www.oveaschin.com
E-mail：oveaschin@sina.com

Contents

目录

与你一起虚度时光

Time spent with you

楔子

忘情之夜

静立于十八层的大厦顶端，安以若垂下长睫，把翻涌的情绪封存在眸底，任寒风肆虐。

某种诱惑的气息似在无声蔓延。她仰起头，深深呼吸，凝神静气，就此按下波动的心境，任由清醒替代了凄然。

皎洁而高远的夜空下，一个男人默默地注视着她的背影，眼神深邃、暗沉、复杂、关切。

他久久不语，连安以若都沉不住气了，她转过身去，以委屈的语气指责："你这个人真是，好歹安慰我几句吧？这个时候又上演沉默是金的戏码了，平时不是最能侃吗？"

此时何以与彼时相比？

男人无辜地挠挠头，眼里闪过促狭的温柔："知不知道你发泄了多久？今夜寒风凛冽，我都冻得快牺牲了。"

她这才意识到男人的大衣披在自己身上，寒冬腊月，他只穿了件休闲外套。

实在是——风度翩翩。

很没风度地，她轻笑出声："英俊潇洒、能文能武、热爱祖国和人民的队长同志也会怕冷？"

男人冻得牙齿都在打战了，闻言不满地抗议："以后你要是心情不好，千万换种方式折磨人，这死冷寒天的，我再耐冻也扛不住啊。"说着还跺了跺脚，手也放到嘴边呵气取暖，完全一副冷得不行的样子。

多少有些夸张的成分。

但心底的感激和感动根本控制不住。

悄然情动。

"向你借过的怀抱现在还给你。趁四下无人，想哭就痛痛快快哭一场。"男人颀长挺拔的身体站定在她面前，替她挡去冬夜刺骨的冷风，长臂一伸，把她整个人抱进怀里，"我知道忘记是件很困难的事，可是当曾经变得面目全非，除了忘记，我们别无选择。”扶住她小小的后脑贴在他胸口，“安以若，你有我！”

坚定的语气，低柔的声音，带着蛊惑人心的力量，轻易就让她软弱下来。坚强的面具瞬间龟裂，眼泪阡陌纵横在脸上，流进嘴里，咸涩到苦。

忘情之夜，她终于懂了：在爱里，不是你想粉身碎骨就能如愿以偿。

而“你有我”这句不像情话的情话，远比一句“我爱你”更能体现承诺的分量。

〔第一章〕

谁为爱委曲求全

女人从出生，就被视为父母的掌上明珠。

他们护着、宠着直至她长大，是为了让她像公主一样快乐无忧地生活，

而不是为了让她在哪个男人面前委曲求全。

谭子越优雅地晃了晃杯中的红酒，唇边浮起丝缕笑意："周末都有什么消遣？"

"逛街、听音乐、喝……"安以若抬眸，在他似笑非笑的注视下，短暂却又明显地停顿了一下，"和朋友喝喝茶。"

喝茶？邻座的人忍笑险些憋出内伤，心想这傻姑娘装得真是辛苦。

只是不知身为这场相亲宴男主角的谭子越作何感想。

他闻言挑了挑眉，但笑不语。

对方嘴角完美的弧度让安以若皱眉，但她面上依然是一副静然安稳的样子："听说你经营了一家健身俱乐部？"

女孩子语气轻柔，声音恰到好处地好听。谭子越看着她漂亮修长的手指，微微地笑："是。平时很少运动吧？"

安以若自动把这句提问理解为责备，于是辩解："毕业后忙着工作，有时间只想多睡会儿觉。"

何必向他解释。邻座的人抿了口红酒，轻哼一声。

谭子越轻笑，岁月在他英俊的脸上留下了沧桑的痕迹，让他多了几分同龄人无法比拟的魅力与沉稳："我的名片，欢迎光临。"同时递上一张金卡，"去时带上这个。"

安以若犹豫了一下，然后礼貌地双手接过，以轻松的语气调侃："拿它可以免单吗？"

"试试不就知道了？"谭子越眼底的笑意味深长，"最好带朋友一起。"

安以若没听出他的话外之音，轻声道谢后把名片和金卡放进手袋里，浅酌了一口红酒。

似乎洞悉了对方无心前往的心思，谭子越语调不急不缓："都市生活节奏太快，健身是很好的解压方式，不妨试试。"

“室内健身太闷，相比之下，我更喜欢户外运动。”安以若不领情，一面切牛排一面继续，“爬山、打球都是不错的选择。”

谭子越压下唇边笑意，绅士地为她递上餐巾。

安以若配合地与他闲聊，从彼此工作到各自爱好，气氛融洽。

临别时，谭子越问她去哪里。

安以若看出他是真心实意相送，直言拒绝：“谢谢，不用了，我有开车过来。”

谭子越也不勉强：“那下次再见，我给你电话。”

到了停车场，两人各自提了车，微笑道别。

当谭子越的车驶出后，米鱼踩着高跟鞋坐进安以若车里，笑个不停。

安以若微眯眼睛瞪她：“都是为了你！还好意思笑！”

“你演技可真差，肯定穿帮了。”米鱼笑够了，颇有些壮烈地拍拍她肩膀，“真是天真的姑娘啊！”

“就算不是无懈可击，也没有明显的破绽吧？怎么会穿帮？简直打击我的生活热情。”安以若的语气透出几分沮丧，随即评价，“皮相不错，身价不菲，也很绅士，但我就是感觉他的深沉稳重是装出来的，骨子里是个轻佻的人。”

“别管他是轻佻还是轻狂，反正人家一出手就是张金卡，说明对你印象不错。”不理会安以若的虎视眈眈，米鱼眼珠一转，“听说他那家健身俱乐部很高大上，改天去试试？”

安以若恨不得给她两下子：“你有精力去健身，不如充当一下司机，开车锻炼身体了。”

米鱼就真的让她下车，换自己来驾驶：“你开车，连蜗牛都着急。”

安以若乐得轻闲，边系安全带边说：“我是严守交规的人，不像你，驾校除名，证是买的。”

米鱼就笑：“行，还有力气和我抬杠，看来是吃饱了啊，原本还想给你加个餐呢，看来是我想多了。”

这种相亲的阵仗简直是遭罪，谁能真的吃得下啊，安以若对于她加餐的想法表示赞许：“那就回去给我做芝士蛋糕吧。”

这回换米鱼想赏她一巴掌了：“身为model，我几乎告别了最爱的芝士蛋糕，你居然还敢提？我表示收回对你的感谢了。”

提到感谢，安以若言归正传：“米叔叔干吗总安排你相亲？你是模特，不适合太早结婚吧，你什么想法？”

“你知道的，他一直反对我当模特。”米鱼手上稳稳打着方向盘，语气漫不经心，“我妈，我是说我后妈好不容易劝他不干涉我的工作，但他其实是初心不改的，所以，就改走相亲的迂回路线了。”

相亲的迂回路线？安以若想笑：“米叔叔真是有趣。”

米鱼却是无奈：“他从来都不了解自己的女儿，更谈不上尊重女儿的意愿，而是一味地用他以为对的方式待我。对我如此，对佧佧也是一样。”

佧佧名为米佧，是米鱼同父异母的妹妹，安以若见过：“佧佧比你乖，估计不会违背米叔叔的意愿，也就你，总爱和他冲突。”

“她乖？”提到妹妹，米鱼笑起来，“那是老头没戳她软肋，你且看着，在她择业的问题上，不和老头闹个天翻地覆枉她姓米啊。”

安以若不信：“佧佧不像敢顶撞米叔叔的人啊？”

米鱼挑眉：“在大是大非上，小丫头片子可是个有主意的。”

安以若笑了笑：“要应对两个结了盟的女儿，米叔叔真是不容易。”

米鱼似是也有所感：“这也是我不和他正面冲突的原因之一。”她冲安以若狡黠一笑，说，“所以他安排我去相亲，我就乖乖去呗。”

安以若笑骂：“你敷衍得够可以的，只知道演员拍戏找替身，没听说过相亲也找人代班。”

“上有政策下有对策嘛。”米鱼笑得贼贼的，“怎么样，有没有发展空间？我看那人不错。”

安以若瞪她一眼：“开你的车吧。”偏头看着车窗外急速倒退的风景，想到这场荒唐的代相亲戏码，她几不可闻地叹了口气。

(时间退回到昨晚)

安以若回到公寓时，米鱼正躺在客厅的沙发上听音乐。

见她直奔厨房，米鱼问：“还没吃饭？”不等安以若回答，她就骂，“席硕良是不是人类啊，让你工作到这么晚连顿工作餐都没有？”

安以若不防她突然发脾气，反应了一下才问：“你怎么了，心情不好啊？”

米鱼直言不讳："面对老头的相亲时刻表，心情能好才怪。"然后起身进厨房，"你累了一天，坐等吧。"

安以若泡了杯绿茶，倚在门边："能不能排出时间给我走场秀？"

米鱼给她煮好了饭，才问："哪天？"

"下周二。"

"知道了。"米鱼眼珠一转，"不过你得先帮我个忙。"

"还有条件？"安以若笑，"姐姐赴汤蹈火也给你摆平。"

米鱼笑得眉眼弯弯的："明天替我相场亲。"

…………

就这样，安以若冒充米鱼，为好姐妹的爱情冲锋陷阵了一把。

只是，那位谭子越先生着实奇葩，居然把相亲地点定在了市区外，惹得米鱼恨不得让他报销来回的过路费。

临近收费站，米鱼远远看见警车："肇事了？"

安以若探头细瞅："不像。"

这时，站在高速路中央，身穿制服的警务人员挥手示意停车。

米鱼不解："什么情况？"

"不会是你干了什么对不起祖国和人民的事儿吧？"安以若偏头看她，"如果是，别怪我大义灭亲。"

"交友不慎。"米鱼白她一眼，减速停车。

年轻警员走过来行礼，证件在米鱼面前出示了一下，简明扼要地说道："例行检查，请出示您的行车证和驾驶证。"

莫名地，米鱼对警察没有好感，闻言略显不耐地翻找证件，但是，除了行车证被她随手丢在车上，没有看见驾驶证的影子。

"没带驾照？"见她皱眉，安以若低声，"那还嫌我开得慢？"

警员的口气顿时严厉了几分："驾驶证！"

米鱼横了他一眼，语有不善："没带。"

安以若自知理亏，试图缓和僵持的气氛："我们只是出来吃个饭，把驾照落在家里了。你看我们的样子也不像坏人吧。"

年轻警员抬眼打量她们，就在安以若以为他会放行时，他却冷言回敬："犯罪嫌疑人的脸上从来不会写着'我是坏人'的字样。"

这样的疾言厉色，米鱼自然是容忍不了的。

“你什么意思？”她说着已经解开安全带下车，高挑的身材给人些许压力，“别以为穿着警服就能唬人。哪个局的你？”

安以若也跟着下车，安抚：“算了，我打电话给硕良，让他送驾照过来。”

米鱼却不听，直视警员：“把你证件再给我看看，刚才没看清，谁知道是不是真的。”

无证驾驶还如此地词锋犀利，警员也微有些恼，但他还是准备拿出证件再给她们查验一下。然而这时，只听不远处有人高声问道：“怎么回事？”

警员停下动作，回身朝安以若背后行礼：“报告队长，这位女士无证驾驶。”

队长？安以若闻言转身，就见身穿深色特警服、脚下踩着军靴的男人大踏步走来，神情肃然，姿势磊落。

大脑快速运转搜寻着关于这个男人的记忆：漂亮的棕色皮肤，黑亮的眼睛，浓密的剑眉，还有那——透出与生俱来自信和骄傲的神情。

似曾相识。

男人似乎也在同一时间认出了她。行至近前站定，他微微蹙眉：“例行检查，请出示证件。”声音冷静，语气透出公事公办的严肃。

向来息事宁人的安以若直视他眼睛，缓慢地吐出三个字：“没证件！”

她的语气依旧是云淡风轻的，神情却透出挑衅的意味，惹得米鱼一愣。

男人抿唇，把自己的证件递过去，措辞谨慎：“请二位配合警方工作。至于之前与小姐的误会，我稍后解释。”

误会？米鱼精神一振。

安以若面上平静无澜，漫不经心地看过他的证件，气定神闲地问：“公安？”

男人点头。

安以若就笑了，递还证件的同时，在所有人未及反应的情况下，扬手一挥。

伴随“啪”的一声脆响，男人脸上结结实实挨了一耳光。

寂静的黄昏，高速路上偶有车辆经过，正在执行公务对过往车辆进行盘查的警员听到声响，目光齐刷刷地投过来，定格在安以若和他们头儿的身上。

气氛一时凝滞。

然后下一秒，训练有素的特警们利落地拔出了腰际的配枪，枪口精准地对准了安以若。

蓄势待发。

夕阳的余晖很淡，照着男人轮廓分明的脸，他的表情里有种沉寂的味道。然而，细看之下，澄澈的眉眼此时已是暗沉无比。

爆脾气如米鱼也嗅到了危险的气息，怔在原地不动。

不敢乱动。

一秒，两秒……男人收敛了外露太多的情绪，抬手示意属下收起武器，再开口时声音冷若冰霜："火发完了吗？"目光凛然地注视着安以若，利落而固执地砸出两个字，"证件！"

米鱼回神，朝安以若吹了声口哨，似乎是在表扬对方的彪悍。

安以若面不改色，拿出自己的驾驶证甩过去。

男人看过她的证件，抬眼看米鱼："你，无证驾驶？"

米鱼颇有些不在意地耸肩："如果您有需要，我可以找人送驾照过来。"

男人似乎并不怀疑她忘带证件的说辞，但是："不带驾驶证，还酒后驾车！"

他不是交警，但以他警察的身份，查她个酒驾是轻而易举的事。

米鱼满是敌意地看向他。

男人收回投视在她身上的目光，看向安以若："别让她开，否则直接扣车。"言语间，他转身示意属下："放行！"声音低沉淳厚，语气淡漠疏离。

"我才喝了一杯都能被发现啊？"看着男人挺拔颀长的背影，米鱼感叹，"这人忒酷了。"用胳膊碰了碰安以若，她后知后觉地抱怨，"袭警啊，安小姐！要是人家追究起来，我们今晚就得被送进去，任你老爸还是我家老头都管不了了。"

安以若深呼吸："好像是有点儿冲动了。"

"不是冲动这么简单吧。"米鱼不合时宜地八卦起来，"坦白从宽，抗拒从严。老实交代，你们俩有什么见不得人的过去？"

见不得人？过去？安以若真想给她两下子。

冷静了一下，安以若以四个字回应对方的八卦心："不念过往。"

米鱼想喷她一脸血。

隐约听到背后的对话，男人蹙眉摸了把脸，颇有几分无奈的意味。如果不是几个月前有所交集，清楚她为何怒极，仅凭方才这打人的举动，他完全可以拘了她。

算了，何必计较，到底是他唐突了。发现属下盘查的车辆滞留了许久，他提高音量说了句"清场"，提示安以若和米鱼离开。

然而，就在安以若的手刚要触及车门把手时，一辆黑色轿车从身边呼啸而过，未及反应，她已被一股突来的大力推倒在地，并被抱着顺势滚到一边。与此同时，刺耳的枪声响起，闷沉而又尖锐。

安以若尖叫。

男人充耳不闻，把她压伏在地上，以锐利如鹰的目光寻找伏击点，并沉声指挥："不要追，全部留守，通知二队前方路口设障阻截，车牌6645。"

安以若被耳际低沉的男声拉回神智，她抬头寻找："米鱼？"

"别动！"男人左手微一用力，把她带入怀中，顺势起身移到车身内侧，右手稳握手枪，只听"砰"的一声，只见前面有个人影倒了下去。

安以若不明所以，只被过近的声响惊出冷汗，她下意识转身，把脸埋进男人的胸膛。

完全的本能反应。

男人薄唇紧抿，揽臂拉她至身后，以自己高大的身体挡在她前面，双手握枪，厉声喝道："放下枪！"

"牧队长不要抢我台词啊。"对面的女人没有丝毫惧意，她微眯双眸，左手扣住米鱼手腕，右手持枪抵在她颈侧，声音冷寒，"不想让她死，就把枪放下。否则我一紧张，情况就不受控制了。"

警方显然不会轻易放她走。

被称呼为"牧队长"的男人不动，现场所有的警员都持枪不动。

黑色皮裤，紧身同色上衣，女人的身高与米鱼所差无几，目光扫过围在四周蓄势待发的特警，她架着米鱼一步一挪地退至距离她最近的米鱼车前："车钥匙给我。"

男人眉心聚拢，双腿与肩膀平行，身体呈跨立姿势，双手纹丝不动地握住枪："给她。"同时与属下交换眼神，示意他们别轻举妄动。

安以若的眼睛一瞬不离地盯着米鱼，颤抖着手抓紧钥匙。

不敢上前。

害怕钥匙出手，米鱼更加危险。

男人似乎洞悉了她的心思，抿唇与米鱼对视一眼，重复："给她。"

听出他语气中的坚定，安以若攥紧钥匙，从他身后走出来。

擦身而过的瞬间，男人深深看她一眼，安以若读懂了其中明显的鼓励意味，以及……

安以若一步一步走向米鱼。

当距离拉近，她的心跳越来越快。

"别动！"黑衣女人突然改变主意，她把米鱼挡在身前，"把车钥匙扔过来。"

安以若手心都在冒汗，她停步不动，似乎是在等待男人的命令。

然后，身后的男声告诉她："照她的意思做。"

安以若在黑衣女人与警方的对峙中回头。

男人直视她的眼睛，点头。

这时，"以若，给我。"开口的是米鱼。她微一侧头，对身后的女人说，"你不会打算自己开吧？手臂中枪的滋味应该不好受。"

滴血的手臂提示她自己中枪了。女人略一思索，右手微动，枪口抵在米鱼后脑："这点伤丝毫不影响我杀了手无缚鸡之力的你。所以，老实点儿，别耍花样。"言语间，她已松开米鱼被扣在背后的手。

与米鱼有一瞬的眼神交流后，安以若轻轻抛出钥匙。

米鱼心领神会，作势欲接，却在瞬间急速俯低了身体。

黑衣女人的身体霎时暴露在警方枪口之下，她躲闪不及，下意识扣动扳机。

两颗子弹自她及男人的枪口射出，直逼向对方。

砰、砰——

趴倒在地的安以若和米鱼以手掩耳，紧接着，黑衣女人的身体直直栽倒下去，然后，就有鲜血自她胸口涌出。

安以若看见血，干呕了两下，眼前一黑，晕了过去。

米鱼爬起来抱住她："以若？安以若？"

“叫救护车。”男人收起配枪，大步走向被当场击毙的黑衣女人。

四周骤然忙乱起来，现场很快被封锁。

急诊室外，米鱼打完电话，眼睛都是红的。

事情发生得太突然，现在她才开始后怕。以当时的情况看来她们的做法确实太冒险了，和安以若的默契是相交多年培养出来的，可如果当时警察的枪法有丝毫偏差，她就会死在黑衣女人枪下。

后果不堪设想。

把脸埋进手心里，米鱼长长呼出一口气。

心神恍惚间，楼梯口传来急促的脚步声，她应声抬头，语气哽咽：“这里。”

是席硕良。

他几大步踱到她身侧，气息不稳，目光焦虑：“以若怎么样了？”

米鱼抹了把脸：“她晕血昏倒了。”

“有没有伤到哪里？”

“擦伤了胳膊。”见到熟人，米鱼的肩膀垮下来，“别的地方还有没有伤我不知道。”

确定安以若没有生命危险，席硕良松了口气：“你怎么样？”

米鱼闭着眼睛挥了挥手表示没事。

席硕良的疑问还在继续：“到底怎么回事？你们俩没事去城外干什么？”

是啊，那个该死的谭子越为什么要约她去那么远的地方相亲！

却没办法对席硕良诉说细节。

“一言难尽。”米鱼的嗓子哑了，忽然，她开始咒骂，“真倒霉！要知道会发生这种事，就该待在家里足不出户。简直莫名其妙！”

席硕良见她脸色惨白，显然是惊魂未定，于是脱下外套披在她身上。

沉默。

安以若很快就被推出了急诊室。

除了手臂，她还擦伤了膝盖，加之受了惊吓，抵抗力下降有点儿低烧，暂时处于昏睡状态。

病房里，席硕良蹙眉为她盖被子，不言不语。

直到凌晨，米鱼被走廊里突来的说话声吵醒。

她正想开骂，席硕良已起身走了出去。

身穿警服的男人见他从病房里出来，亮出证件。

上面显示的姓名是：牧岩。

席硕良问："什么事，牧警官？"

牧岩神色不动："你是安以若什么人？"

席硕良不着痕迹地打量他，惜字如金："男朋友。"

"安以若和米鱼牵涉一起贩毒案……"

"以若还没醒，米鱼也受了惊吓，要录口供请等到天亮。"席硕良立在病房门前，语气充满了讽刺和敌意，"你们的人寸步不离地守在这里，难道还怕她们跑了？"

牧岩抿唇，在席硕良面前傲然而立，如同王者。

片刻，他才开口，却是对身后的属下说的："醒了就带走。"然后转身。

审讯室里。

牧岩拧眉："安小姐，请你配合。"言语间，他曲起食指轻叩桌面，显然耐心不多。

"我说过了，我不知道。"安以若疲态尽显，不自觉地提高音量，"枪不是我们的，为什么会出现在车里，我也想知道。不过这个该由你们警方去查，而我能做的，就是把知道的说出来。至于其他，对不起，我有心无力。"

她早上醒来就和米鱼一起被带到了缉毒大队，做了一整个上午的笔录，就算她再有耐心，也控制不了心里的烦躁。

一场莫名其妙的失败相亲，一次令人不快的偶然相遇，成就了一段惊魂未定的遇险经历。本以为有惊无险是不幸中的万幸，没想到车里居然出现一把手枪。

被"拷问"久了，安以若都想骂人了。

可牧岩没有结束的意思，接过属下手中的笔，他摊开文件准备亲自记录："请你再详细叙述一遍昨天下午四点到六点半之间发生的事情，不要错过任何细节。"

安以若对他还有敌意："我已经说得很详细了，难道去洗手间的次数和具体时间也需要报备吗？”

牧岩抬眼看她，好风度地笑：“如果你记得，我会一字不落地记录在案。”

安以若气恼极了，又无计可施，只能再次回忆昨天从出门到遇险期间所有的经历，包括用餐时间去过两次洗手间，以及赏牧岩一记耳光。

牧岩的神色始终都是淡淡的，让人看不出喜怒，直到听安以若说经人介绍与异性朋友吃饭，结合病房外自称她男友的席硕良，他的眼眸才沉了沉。

安以若却会错了意：“别问我为什么跑那么远吃饭，时间、地点都是对方定的，我无法回答。”

牧岩似是发现了疑点，停顿了片刻才问：“除了在圣地西餐厅逗留了一个小时，其他时间你一直在车上？”

“我和朋友是一起进入那家餐厅的，除了用餐时间，就是在往返的路上。圣地距离市区有多远你应该清楚，不在车上，难道我们用走的？”

问题就出在她们用餐的一个小时里。

牧岩吩咐属下：“大励，立即派人到圣地餐厅调地下停车场的监控录像。”

古励起身：“是。”

牧岩又与安以若确认了一下笔录，确定没有遗漏：“谢谢安小姐的配合，不过——”

“我懂。”他话还没说完，就被安以若打断了，“我会随传随到，协助破案。”

牧岩点头：“你可以走了。”

席硕良见安以若出来，迎上去欲搂她肩膀，被避开。

席硕良没有勉强，只不容拒绝地牵起她的手，握住。

安以若有意挣扎，未挣脱。

牧岩把他们的互动看在眼里，没有说话。

直到米鱼出来，席硕良都没有与牧岩交流。

离开缉毒大队，安以若在挣脱不了席硕良钳制的情况下妥协似的上了他的车。

路上，席硕良的手机不停地响，安以若忽然就断了和他说话的念头，她坐在副驾位置上，闭上眼睛。米鱼则忍不了，在席硕良闪烁其词地接完第三个电话后，她语带讽刺地说：“你够忙的席总，国家领导也不过如此吧？”

“公司在筹备下季的时装发布会，很多事情需要处理。”席硕良偏头看了眼安以若，斟酌着解释，“我昨晚出来得急，也没交代一声，所以……”

所以到了公寓楼下，安以若没有让他上去坐：“谢谢你送我们回来。”说完，她径自解开安全带下了车，或许是因为有些心急，膝盖不小心碰到了车门。

见她立步不稳险些摔倒，席硕良忙打开车门过去扶她。

安以若避开他的碰触，伸手拉过米鱼撑住自己。

米鱼的脸色更加难看了几分。可是，一面是闺密惨白的脸，一面是席硕良欲言又止的为难，她只能说：“你先回去吧，以若有我照顾，有事打你电话。”

席硕良收回了僵在半空的手。

但他没有马上离开，而是买了吃的送上楼。听米鱼说安以若在房间休息，他犹豫过后，推门进去。而他短暂的迟疑，让米鱼对他又失望了几分。

房间内，安以若闭着眼睛，似是睡着了。

席硕良坐在床边，良久，轻声说了句：“对不起。”

如果安以若睁开眼睛，就能看见他眼底满满的酸涩。

只是她或许还是无法体会，这酸涩之意从何而来。

听到关门声，安以若拥着被子坐起来。

没有敲门，米鱼直接进来：“他走了。”

安以若茫然地望着窗外，没有回应。

米鱼看不下去了，恨恨地把粥塞到她手里，戳她脑门：“这到底是惩罚他还是折磨你自己啊？没见过你这种缺心眼儿的，他哪里值得你这么死心塌地？”

“同样的话也不知道你说过多少遍了，很烦。”安以若用瓷勺无意识地搅着碗里的粥，胃口全无，“感情不像自来水，能够收放自如。我已经忘了如何放下。”

有些伤心失望说不出口，有些距离远不得近不得让人左右为难，如同她对席硕良，如同他们之间的关系。

爱，这个课题，安以若自认修不到满分了。因为只要面对席硕良，她就管不住自己的心。

“女人真是可悲，好像生来就是为了男人而活。”米鱼说得好像自己根本不是女人，见安以若怔怔出神，她恶声恶气，“赶紧吃。天天熬夜，瘦得皮包骨了。要是比赛时晕倒，我肯定忍不住用高跟鞋踩你。”

安以若听话地吃了两口：“他说什么了吗？”

米鱼哼一声：“他能和我说什么，无非就是好好照顾你。”

安以若笑了，苦涩的那种：“他永远都这样，不知道我想要什么。”

米鱼的想法简单而直接：“那你就告诉他你对他的期许，对未来的期许。”

“明知道那是对他的为难，何必平添他的烦恼？”安以若吃不下去了，她看着米鱼，“想想只有最初恋爱的时候最开心，等到两个人都大了，反而多了好多顾忌，多说多问几句就成了约束管制他，名正言顺的恋人关系反而像是困住了他的自由。有时候我也反问自己，这样在一起究竟还有没有意义？”

可是，爱了这么久，哪里是一句结束就能停止的。

她对席硕良的执着，她此时的挫败和绝望，都让米鱼心疼。

只是爱情这种事，即便好如闺密，也终究帮不上忙。

沉闷压抑的气氛持续到晚上，身为三侠客之一的程漠菲像是怕她俩被饿死一样，送了两大袋食物，一面贤惠地分类放进冰箱，一面提醒：“身体是革命的本钱，请按时用膳。”

安以若与米鱼从小一起长大，程漠菲是她们大学时相交至深的好友，三个人在一间寝室生活了四年，革命情谊就是在那时培养起来的。

毕业后安以若出国进修设计，米鱼踏入了模特圈，程漠菲则选择了自己钟爱的舞蹈事业，与男友兼搭档成立了一间工作室，授课的同时也进行公演。

总之，她们各自拥有一片天地，并肩打拼。

米鱼看着她忙碌，不仅不帮忙，还抱怨：“你简直是街道办事处的大妈啊。”

程漠菲一脸无奈："她还嫌我唠叨。"

世界上还有一种被称为"友情"的感情，绵长而悠远地流淌在心间，适时地给予人鼓励和安慰。安以若庆幸，在经历不如意时，还有好朋友陪伴在身边，彼此关心。

她会心一笑："被吓坏了，和你抬杠压惊呢。"

惊从何来？程漠菲追问之下才知两人遇险一事。听完经过，她忙拉过米鱼浑身上下检查了一番，然后劝："米米，你也该收收心了。身边有合适的就交往试试，总不能老是单身啊。"

有了男朋友自然就不必相亲，不相亲就不会遇险，这是程漠菲的逻辑。

米鱼揉太阳穴："受伤的是安以若，不是我。"

"以若那是被你连累。"程漠菲继续她的理论，"你眼光不要太高了，我看上次请你吃饭的那位林先生就不错，你其实完全可以考虑。"

"哪儿不错啊？我看他浑身上下都没对的地方。"米鱼忍无可忍地看安以若："我就说吧，她这无限的爱心无用武之地我很遭罪。"又转手拍拍程漠菲的肩膀，一脸的语重心长："别再说了啊，我听得快得中耳炎了。"

"好了伤疤忘了疼。"安以若和程漠菲同仇敌忾，"菲菲说得没错，老大不小了还整天瞎混，你就不能正儿八经地找个男人啊？"

"你倒是找了，结果呢？如鱼饮水，冷暖自知吧。"米鱼带着几分认真地说，"我的眼光没有多高，我只是希望遇上一个愿意和他独处而不觉无聊的人，不为了谁委屈将就。"

女人从出生，就被视为父母的掌上明珠。他们护着、宠着直至她长大，是为了让她像公主一样快乐无忧地生活，而不是为了让她在哪个男人面前委曲求全。

与她们一样，米鱼只是想要一份被善待的爱情。

橘黄的余晖透过窗子照进来，为满室的家具镀上一层金色，米鱼在傍晚的天光中表示："如果遇不上那个真心以待的人，我宁可终身不嫁。"

然而，一个人过一辈子是件多可怕的事。

那就要为结婚而结婚吗？

真的是各有其难。

晚饭后送走程漠菲，席硕良的电话就打了进来，他只说了一句"我马上到，你现在下楼”就挂了。

米鱼看她神色就知道是谁的电话，转身回房。

安以若独自在客厅坐了几分钟，穿上外套出门。

席硕良已经到了，见她出来，他下车为她开副驾一侧的车门。

他身上有浓重的酒味，安以若按住他的手：“站在外面说吧，醒醒酒。”

席硕良一笑：“你以为我醉了？”

安以若也不反驳：“没醉当然好。”

席硕良挣开她的手，自己坐进副驾：“确实喝酒了，送我回家吧。”

他的家，安以若回国三个月，只在他出差回来那天去过一次。

莫名抗拒，又不能让他酒驾。

一路沉默。

等到了目的地，席硕良的酒劲也上来了，不仅脸色发红，脚步也有些不稳。安以若只好扶他上楼，却在反手关门时，被他吻住。

如此反常的热情不是她所期待的，安以若伸手推拒。

席硕良也不勉强，俊颜埋在她发间，声音低哑：“不闹了好吗？我们和好。”

他们之间，他何曾迁就退让过？安以若心头一凛，心疼骤然而起。

到底还是这样，再怎么刻意回避，只要他一句话，就是同样的结局。

对于席硕良，安以若总是心软——因为爱情。

她放弃挣扎，任由他紧紧地拥抱，犹如久别重逢。

心里却因忆起一年前她出国那天两人告别的情形苦涩极了。

那天，席硕良去送她。安检外，他握着她的手，沉默。直到不得不进去，安以若才忍不住哭了，眼泪挡也挡不住，哭得稀里哗啦像个孩子。

席硕良伸出手，指腹轻柔地抚过她脸颊。

他们距离那么近，近到她能听见他强健的心跳。可是，眼下的万里之隔，让她有种即将失去他的错觉。

或许，席硕良也是同样的心情吧。所以，他把安以若拉进怀里拥紧：“我等你。”

三个字，安以若视为承诺。

她第一次离开父母远行，只因为他说“那里可以吸收到最好的设计知识”。于是，她漂洋过海，只身远赴巴黎，一待就是一年，只为了回来后能在事业上助他一臂之力。

那么毅然决然。

分别的一年里，他们各忙各的。席硕良忙着创业，建立属于自己的服装王国；安以若则忙着在有限的时间里吸收更多的东西。两人犹如停不下来的陀螺，在两个国度，不停地转。

偶尔接到他的电话，她就笑，胸腔里溢出满满的柔情，然后静静地听他嘱咐："晚上早点儿休息，关好门窗。记得吃了早餐再去上课，胃不好，吃饭要格外注意……"

那么细致体贴，让她忍不住轻轻叫他的名字："硕良。"

"嗯？"他低低地应，犹如耳边私语。

"想你了！"她脸颊微红，有些不好意思，却抑制不住心里的感动和思念。

在爱情上，安以若始终保持着最虔诚的心意和最坚定的决心。"爱"那样的字眼，安以若从不认为是最贴切的表达，反而觉得埋在心底深处的眷恋，才是永恒的甜蜜。

"我等你回来。"他的呼吸透过电波传过来，带着熟悉的令人心安的气息。

千言万语哽在喉间，她就这样因一句承诺而坚持。

然而，一年后她回国，却是在三天后才见到他。

一切似乎还是老样子，一切又好像在无声中变了。只是他们没有发觉。也或者是，不愿面对。

他们保持拥抱的姿势很久，在这个熟悉又久违的怀抱里，安以若静下心来，如纷飞的喧嚣逐渐尘埃落定。她更紧地偎进他怀里，倾听他沉稳有力的心跳。

那永恒不变的旋律，是她渴望的归依。

多希望，一切一如往昔。

"以若，"席硕良的声音喑哑迷人，他诚心道歉，"对不起，是我忽略你了。"

安以若还像从前一样，毫无怨言地原谅。

"不要再生气了。"他轻轻地拥抱她，"你说要冷静我就不打扰你，可这都一个多星期了，要惩罚我也够了吧。”

我那么爱你，何忍惩罚？安以若收紧手臂，回抱他。

这无声的回应如同邀请。

席硕良嘴角牵起一抹笑，拦腰将她抱起。

双脚离地的瞬间，“酒后乱性”四个字就猛地蹿进安以若脑海里。她的脸不受控制地红了，有隐隐的期待，更多的却是不知所措的惊慌。

当后脑触到柔软的枕头，当席硕良开始忘情地吻她，安以若没有沉迷其中，反而抽出被他扣住的双手，虚弱却也坚定地按住他的手。

明显的阻止意味。

席硕良就停下了，他抬起头，灼灼的目光穿过黑暗落在她脸上，然后道：“抱歉！”

借着月光望见他额上细密的汗珠，安以若摸了摸他柔软的头发，脸上温柔的表情一览无余：“我去给你泡杯蜂蜜水解解酒。”

他就笑，俯身在她额头上亲了一下，把她侧搂进怀里躺下：“不想喝什么，只想抱着你。”

心里忽然就释然了。僵持着不肯见面就是等他这一句道歉吧？安以若终于承认自己那点儿虚荣的心思。终究，她只是个女人，对于爱情，即便能够不顾一切，也是需要对方回应的。

两个人静静躺着，直到席硕良迷迷糊糊睡着，安以若才回过神来。

她轻轻起身，到浴室把毛巾用温水打湿，给席硕良擦脸，又帮他脱了外套和皮鞋，把他修长的腿搬上床放平，最后抖开薄被为他盖好。等把他摆弄好，她自己出了一身的汗。

看时间实在是晚了，安以若去了客房休息。半梦半醒间，似是做了一场梦，梦里的她幸福地依偎在席硕良的臂弯里，全心地依赖，满心的甜蜜。

如果梦境可以成真，该多好。

清晨，安以若还陷在梦里醒不过来，席硕良的薄唇已落在她红润的脸颊上。

以为是米鱼扰她，安以若拥着被子翻了个身：“别闹，再让我睡会儿……”

席硕良没再打扰，打电话回公司安排好工作，才叫她起床。洗漱过后，两个人坐在餐厅吃早餐：“我先陪你去医院换药，今天要去G市一趟，两天后回来。”

安以若揉揉眼睛，一副没睡醒的样子：“你忙你的，我自己去就行，也没多远。”

“你还没睡醒呢，我怎么放心？”席硕良为她倒了杯牛奶，嘱咐，“这两天要坚持每天去换药，不要提重物更不能洗澡，有什么事就请米鱼帮忙。”

安以若笑：“席总忽然变唠叨了，我很不习惯。”

席硕良弯唇：“安叔叔给我打过电话，问我周末有没有空，说是和你一起回家吃个饭。”

安以若抬眼看他：“我也想着周末回家呢，你有空吗？”见他点头，她眉眼笑弯，“那我打电话告诉我妈一声，让她准备好吃的。”

席硕良爽快地答应：“好，到时候我们一起回去。”

去医院的路上，他问：“前天，怎么跑那么远吃饭？米鱼安排的？”

想到那场莫名其妙的相亲，安以若暗骂自己太任性，要不是和他赌一时之气，也不会冲动地答应了米鱼，更不会惹那么大的麻烦。没再隐瞒，她把事情经过告诉了席硕良，但不知怎么的，回避了和牧岩的冲突。

见他沉默，安以若底气不足地辩解：“要是我不去，难保米鱼不会和米叔叔吵架。她的性格你也知道，我是不想引发一场家庭矛盾。好歹敷衍一下别缺席，等米叔叔问起，说没相中也就混过去了。”

席硕良闻言责备：“你就是这样，从来不会说‘不’。什么忙不好帮，去替别人相亲？简直荒唐。”

他说话的语气像是长辈，安以若听得心里不舒服，但代相亲这种事，确实不妥。

于是，她只能说：“对不起，下不为例。”

席硕良没再继续这个话题，转而问：“那个警察，你们认识？”

他如此敏感，安以若有些紧张，但是牧岩，她的确不认识：“我不认识他。”

席硕良偏头看了她一眼，似乎是要确认她话的真实性，然后说：“那个人看上去挺冷的，如果不必要，就不要接触了。”

是他看出了什么端倪，还是吃醋了？安以若自动理解为后者。心底涌起暖意，她乖乖地答应："知道了。"

把安以若送到医院，席硕良就匆匆赶回公司了，主持了一个简短的会议后，与业务经理一同去机场。临上机前他给安以若发信息："安心等我回来，周末一起回家吃饭。"

安以若正在整理设计稿，看完他的短信，跑去客厅朝米鱼喊："晚上我们去吃大餐，我请。"

米鱼正倚在沙发上微闭着眼养神，顿了顿才说："一被席硕良刺激就不正常，你能不能有点儿骨气？"

安以若对她的话恍若未闻，嘴里哼着小曲，回房继续工作。

然而，两天后席硕良却因工作进展不顺利，没能按时回来。不知是习惯了他的爽约，还是太过懂事，安以若既没责怪也没催促，只是一个人回了家。

父母问及席硕良，她依然为他解释："最近公司忙，出差去了呢。"

安母其实是不悦的，但看女儿赔笑道歉的样子，什么都没说。安父就有些忍不住了："你回国都三个月了，他却没陪你来家里吃过一顿饭，就算工作再忙，也不能这么忽略你。"

父母对自己的心疼安以若何尝不知。她挽着父亲的手臂，撒娇："硕良事业心重，我总要支持他啊，再说您不也无限量地支持妈妈的工作吗？"

那怎么能一样？安家二老对视，无奈轻叹。

晚饭过后，安以若被叫进了书房，安父问她："你和米鱼怎么会和市里追查的那件案子扯上关系？"

"您知道啦？"安以若挠了挠脸，无辜地说，"我也不知道是怎么回事。"

"你还是搬回来住吧，一个女孩子在外面总是让人不放心。"听安以若把事情经过复述了一遍，安父拨了一通电话出去，然后示意女儿陪他下盘棋，精神矍铄地一路杀伐后才交代，"案子缉毒大队还在查，有需要你就去协助一下。"

安以若回答："知道了。"

转眼周末过去，席硕良赶在"新丝路"服装设计大赛前回来了。安以若去机场接他，然后两人一起午餐。席间，安以若的手机响了。

是陌生的号码，她接通："你好，请问哪位？"

话筒里传来低沉的男声："你好，我是牧岩。"

午餐就这样被打断，安以若被缉毒大队"传唤"去了。

牧岩站在玻璃窗外，以眼神示意安以若看向里面五个穿着打扮各不相同的女人："你仔细看看对哪个人有印象。"

安以若把里面的人逐一细看过来，依然有些不确定："左数第二个好像有点儿印象。"

"不能是好像，安小姐。"牧岩偏头，沉静的脸上微露不满，"这是整个案子的关键所在，必须要确定。"

席硕良也来了，他安慰般地搂了搂安以若的肩膀："别急，再好好看看。"

出事那天，印象比较深刻的就是与米鱼刚到圣地停好车时，有个女人匆匆而来，像是提车，而她们的车与她的应该是挨着的。或许是走得急，也可能是因为鞋跟太高，那人不小心撞到了米鱼身上。

"对不起！"女人埋头道歉，不等米鱼说话已取了钥匙打开车门坐了进去。

米鱼睨了她一眼："急着投胎啊。"然后拉着安以若就走。

安以若不经意回头看了一眼，透过挡风玻璃隐约看见女人在四下张望。

米鱼顺着她的目光看过去："不会是偷车的吧？鬼鬼祟祟。"

在安以若眼里，这世上哪里会有坏人。她皱眉横了米鱼一眼："你看谁不鬼祟？赶紧走吧，要是没位置你没地方躲我可就不管了，别说做姐妹的不帮你。"

米鱼却早有准备："别想临阵脱逃，我早就订好了位置，你就认命吧。"她踩着高跟鞋，小蛮腰一扭，"要是今天这位帅哥入了我的眼，你立马甩了席硕良，真不知道他哪儿好了。"

"你不懂。"安以若倔强地说，"爱他不是因为他哪里好，而是因为爱他觉得他哪里都好，哪怕是缺点。"

"酸得我牙都倒了。"米鱼作势抖了抖身上的鸡皮疙瘩，"你不是说要冷静冷静，要是真合不来就分开吗？这会儿又看他哪儿都好啦？"

"在一起这么长时间，要是说一句分开就能放下，我真会怀疑到底有没有爱过。"似是被触动了心事，安以若神色黯然，"在对待爱情上，男人和女人不同。男人不知道，在爱情面前，女人特别能吃苦耐劳，不让她们吃苦耐劳，她们反而不高兴。”所以当席硕良以心疼她太辛苦避免过于频繁的见面，她才会顿生失落之感，尤其在看见他与朋友吃饭后，才会接受不了吧。

为了一份爱情漂洋过海，还放弃了更加光明的前途回到他身边，值得吗？对于你的付出和执着，席硕良可知珍惜？如果走到最后，结果并不是你所期许的，你要如何承受？

米鱼已经开始为安以若担心了。

似乎洞悉了她的忧心，安以若以轻松的口吻说：“别安慰我啊，要讲大道理，你未必是我对手。放心，如果有一天我和硕良分开了，我一定可以放下他。”

但那样的放下，会有多痛彻心扉啊。

米鱼不懂：安以若那么好，席硕良还有什么不满意？而安以若，明明已经对他开始失望了，为什么非要等到被伤得体无完肤才抽身？

米鱼第一次慎重思考：在爱里，到底是应该随心而行，还是多几分理智？只可惜，直到她步入婚姻才懂得：要走的人留不住，要来的爱挡不了。

爱情这个话题似乎成了禁忌，确切地说，席硕良成了安以若的禁忌。只要提及，总是不欢而散。幸好米鱼是个懂得适可而止的人，她很清楚在安以若的爱情上，自己没有决定权，于是没再多嘴，只在心里盘算借替她相亲之名为安以若创造更多的机会。

相亲后，她们回停车场提车，旁边那辆车依然停在那里。米鱼和安以若的注意力都在相亲失败上，根本没有注意那辆车一直小心地跟在她们后面，更不曾发现那个女人避开监控把那支非法藏匿的手枪神不知鬼不觉地放在她们的后备箱里。当她们的车被特警拦下，有人远远注意着她们的一举一动，紧张而兴奋。

“我想起来了。”安以若思索后兴奋地看向牧岩，“那个女人手臂上有文身。她撞到米鱼的时候险些掉了东西，伸手抱时露出来过，不可能是小孩儿玩的贴纸吧，谁会那么幼稚。”

牧岩拿起身侧的对讲机：“让她们把衣袖挽起来，露出手臂。”

结果很令人意外，五人中有两人的手臂上有文身，而安以若并不能确定哪个人才是那天撞见的可疑人物，而监控录像中那个女人一直低着头，看不清楚五官，无从辨认。

线索又断了。

席硕良公司有事要先行一步。临走前，他嘱咐安以若：“米鱼一会儿就能过来，完事了你们一起回家。我晚上去看你。”然后俯身亲了下她的额头。

这样旁若无人的亲密让安以若红了脸，她点头说好。

牧岩则转过身去，似乎什么都没看见。

米鱼也接到了缉毒大队的电话，但她却是完成了排练才过来，所以，安以若百无聊赖地等了她将近一个钟头：“小姐，你有没有点儿时间观念啊，我从赶来，到认完人，到等到你来，已经有两个小时了好吗？”

米鱼依旧是慢条斯理的样子：“怎么说我也是娱乐业混的，随叫随到多没面子，这叫‘架儿’，懂不？”

安以若没好气：“真想挖坑埋了你，也算为社会做点儿贡献。赶紧的吧，人家等你认人呢。”

米鱼不但不急，反而拿出化妆包：“等我补个妆啊。”

安以若回身踢了她一脚。

认人时，米鱼摸着下巴回忆那天的情形，然后整个人呈望天姿势。

“没印象。”长久的沉默之后，她终于开了金口，末了补上一句让人特别吐血的话，“这兵荒马乱的谁能记得清，害我死了好多脑细胞。”

牧岩耐着性子等了这么久，结果——他终于忍无可忍了地说了句：“姑娘，不带这么逗人的啊。”

米鱼“哈哈”一乐：“警官先生，您还是冷着脸比较酷哦。”

从那天被他们检查起，牧岩始终冷着脸好像就没笑过。出事时，那威严的镇定愈发显得冷漠。后来在缉毒大队做完笔录，那公事公办的语气，更令她嗅不到半点儿人情味。于是忍不住腹诽，难道警察都这德行？

安以若眼珠转了转，目光从米鱼身上移向牧岩，悄悄乐了，心想这俩人倒挺般配的。

牧岩抚额，无心玩笑：“酷不酷是小，认人才是大。米小姐，你再仔细看看。安小姐，你也再回忆回忆，可别跟着她闹，这是为国为民的大事，开不得玩笑。”见她们还是嬉皮笑脸的，他板着脸提醒，“都严肃点儿啊！”

结果，安以若和米鱼对视一眼，笑得更厉害了。

阳光把她的影子清晰地投射在玻璃窗上，牧岩瞥见安以若笑容粲然，双眸清澈。许是被感染了，他微微弯唇笑起来，脸部线条则因这一笑柔和了几分。

如果认人再顺利些，这一天的心情就更好了。

当米鱼宣告认人失败，警员古励报告：“头儿，谭子越来了，是现在给他做笔录，还是等你？”

不等牧岩表态，米鱼就急了：“谭子越？那个，牧队长，这人也认完了，我走了啊。”

“走？”牧岩敛笑，神色严谨，“还不可以。”

任安以若和米鱼说破了嘴，牧岩都不通融，只坚持：“这是身为公民的义务。”

只好妥协。

米鱼拖着安以若一步一挪地跟在牧岩身后，眼看快到他办公室门口了，她们不自觉地后退了两步，往各自身后缩去。

牧岩回头，沉闷的声音昭示着不悦：“只是想请安小姐确认一下这位谭先生是不是与你见面的人，还有什么问题？”

“有！”安以若硬着头皮，“牧队长，能不能像刚才那样认一下？你知道，这个……多少有些尴尬。”

聪明如牧岩，没听懂：“尴尬？”

当然是因为相过亲才觉尴尬啊。这人真是，怎么像是被霹雳贝贝摸过，电煳了，智商下降呢。安以若心一横：“认人没问题，不过牧队长可不可以帮个忙？就是，等会儿和谭先生见面时请你不要叫我和米鱼的名字，行吗？”

不叫名字？倒也不难。牧岩不知其中蹊跷，虽心有疑问，还是点头：“可以。”

安以若双手合十：“谢谢。”侧身在米鱼胳膊上掐了一下：“都是你惹的祸。”

米鱼吃痛，轻呼出声，脸上的表情未及收起，牧岩已经推开了办公室的门，然后就见身穿灰色风衣的谭子越坐在沙发上。目光不经意相遇，她心虚地抿了抿唇。

谭子越挑了挑眉，眼眸似笑非笑。

至于安以若，在没被揭穿前，她就是米鱼："嘿，又见面了，谭先生。"

“没想到这么快就能再见，还是在这里。”谭子越勾起唇角，举止优雅地站起身和安以若打招呼，然后看向牧岩，“真不愿意在这种情况下，以这种身份见到你。”如果不是在出事那天他顺路去了趟外地，早就该来报到了。这就是为什么他选在圣地西餐厅相亲的原因。

“你有义务。”牧岩公事公办惯了，对他的抱怨不以为意，想到安以若的请求，他以眼神示意她和米鱼坐。

米鱼敏感地听出了话外之音：“你们认识？”

牧岩坦言：“发小。”

谭子越粗犷回应：“哥们儿。”

安以若讶然。

米鱼懊恼，泄了气似的。

谭子越别有深意地笑。随后，他详细叙述了与安以若见面的经过，细到差点儿连谈话内容也交代得一清二楚，惹得安以若连连皱眉，暗想，这个男人心细得令人发指，竟然连她去过几次洗手间都记得清楚。

见她起身，牧岩抬头：“安，你有什么补充？”

差点儿穿帮！安以若剜了他一眼：“去洗手间，可以吗，牧队？”

“当然，可以。”牧岩继续给谭子越做笔录，只在安以若推门时沉声提醒，“出门右手边。”

安以若置若罔闻。

米鱼憋不住笑，起身追出去：“报告队长，我也要去。”

牧岩没办法不批准。

警队洗手间里。

米鱼微眯眼睛，一副“你不坦白交代，我就生吞活剥了你”的样子：“你和那个警察有事！每次问你你就打岔，顾左右而言他。安以若你可真是不鸣则已，一鸣惊人啊，都敢背着席某人偷腥了，我要打小报告。”

“不是成天盼着我俩分手吗？怎么现在又要打小报告了呢？”安以若在她长腿上踢了一脚，“还偷腥！以为人人都像你啊，好色。”

“我好色？我都已经不近男色了！”米鱼不给她机会岔开话题，“别打马虎眼了，今儿不说明白和牧同志的过节，我不会让你走出缉毒大队哦。”

“你怎么变居委会大妈了？”安以若要败给她了，“都说了是误会，我人也打了，还追究什么啊。”

“不追究了？”米鱼自言自语似的，随即拿出手机，“打给席某人问候一下……”

见她要来真的，安以若劈手抢下手机：“敢在硕良面前乱嚼舌根，小心我杀你灭口。”

米鱼不依不饶，作势要抢回手机：“说不说？”

“你怎么就不遭天打雷劈呢你！”安以若发誓要扎个小人诅咒她。

“谁敢劈我，我先劈死他！”米鱼双手抱在胸前，得意扬扬，“别磨叽了，招吧。”

安以若妥协：“我回国那天，你去机场接我迟到了，还记得吗？就是那天在机场遇上的。”

米鱼得逞，心情大好，贼兮兮地凑到她面前，压低声音：“发展迅速啊，这才多久，关系非比寻常嘛。说真的，警察同志英俊潇洒，比席某人强多了。”

“你再胡说试试？”安以若脸都绿了，“你以为我像你？”

“我怎么了？”米鱼扬起下巴，“我向来在外面都是人模狗样儿的。”

“人后就是披着人皮的狼。”安以若毫不吝啬地对她进行人身攻击，“不对，明明就是混在人群中的女流氓。”

“注意你的措辞啊。”米鱼丢给她一记警告的眼神，“继续，详细叙述一遍事情的起因经过，要一字不漏。”

安以若气势顿消，以十分可怜的眼神看她。

米鱼摊手，表示不吃她那一套。

安以若只好把和牧岩初次相遇的情形复述了一遍。米鱼听完，好半天没说话。

“是有点儿匪夷所思，不过，也不用这么夸张吧？”安以若抬手戳她脑门，“回魂啦。”

米鱼骤然跳脚，伸手打掉被她握着的手机，恶声恶气：“你的意思是说，那浑蛋强吻了你？”见安以若窘窘的样子，她忽然失去了理智，转身冲向牧岩办公室。

安以若见状急了，扬声制止：“米鱼你站住。”

根本拦不住。

见米鱼怒气冲冲直奔自己而来，牧岩起身，反应迅速地抬手截住她挥来的巴掌，质问：“你干什么？”

“干什么？揍你！”米鱼以充满敌意的眼光看他，“自己干了什么你不清楚？亏你还是人民警察，原来是色狼。”手腕被控住，她用力挣了两下没挣脱，气得咬牙，“有种你放手！”

“米鱼。”见牧岩没有松开的意思，安以若跑过去掰他的手，“你弄疼她了，松手啊。”又偏头安抚米鱼，“你别这样，有话好好说。”

“还说个屁！”米鱼骂道，“被亲傻了啊你，他……”

“米鱼！”安以若厉声制止她，“嫌我丢的人还不够吗？你能不能少说两句？”

原来是这样。牧岩明白了什么，沉着脸松开手：“有什么话做完笔录再说。”

“笔录？本姑娘没那个美国时间陪你浪费。”米鱼抬手指着他脸，“我警告你给我放规矩点儿！”然后抓起手包头也不回地走了。

“米鱼？”安以若本想和她一起走，但是——

牧岩拉住了她：“你，等这边完事了再走。”似乎看出了她的为难之意，他说，“机场的事是我唐突失礼了，一直没机会当面道歉，当时情况特殊，希望你能谅解。”

“行了，我知道。”安以若看向始终一言不发的谭子越，“等会儿再和你解释。当然，如果你觉得有必要的话。”

谭子越眼里闪过一丝戏谑：“我知道你不是米鱼。”

安以若讶然：“你知道？”目光投向牧岩，似乎是认定他告的密。

牧岩无辜地耸肩，意思是他什么都没说。

谭子越却没有要解释的意思，只以不耐的语气说：“完事没有，牧队？我得走了，还有事呢。”

“你能有什么正经事？”牧岩面无表情地把笔录推到他面前，“看看有没有漏下的。”

“我正经事多了，但是不能让你知道。”谭子越说完敛了笑，认认真真地把笔录从头到尾看了一遍，确定没有遗漏才签了字。

“如果又想起什么，随时告诉我。”牧岩说着挥笔签下自己的名字。

安以若见他签名很是潇洒，凑近多看了两眼：“找人设计的啊？”

“什么？”牧岩反应过来，笑了，“又不是名人，设计了给谁看？能让上级和属下看懂就行了。”合上资料，他问，“我的号码有吗？”

安以若摇头。

牧岩用自己的手机按下快捷键，紧接着她的手机就响了。

“存一下。”他像是不愿废话一样，惜字如金。

安以若撇了撇嘴，存储时俏皮地吐了吐舌头，颇有几分恶作剧似的笑了笑。

牧岩的观察力何其敏锐，自然没有错过她变幻莫测的表情。他面向谭子越，微笑而不自知：“你不是有正经事吗，还不走？”

“利用完了就一脚踢开，无情的家伙。”谭子越也没有错过安以若的小动作，抬眼看向牧岩，痞痞地笑，“晚上有没有时间？约一下？”

牧岩低头收拾桌上的文件：“有事就说。”

“没事，就是想纠集一票兄弟，晚上喝点。”

“现在正严打，悠着点儿。”牧岩边说边示意安以若可以走了。

“严打和我有什么关系？”谭子越瞪他一眼，“爱来不来。”走廊里，他问安以若：“有去健身吗？试没试试那张卡？”

安以若似乎懂了：“那是你为米鱼准备的吧？”她眉眼间尽是笑意，“已经给她了，她平时都是定时健身的。”

谭子越眉一挑：“你们是好朋友，给谁都一样。”

那怎么一样？安以若莞尔：“我是真的不喜欢室内健身，与其浪费，不如物尽其用。”

谭子越不以为意地摊摊手：“随便吧，回见。”

面对他渐渐走远的背影，安以若一头雾水：“不会是生气了吧？因为我拒绝他的好意？”

牧岩随口说：“也有可能是感激你领悟他的意图。”到了楼梯口，他挠了挠脸，“上次实在不好意思，执行任务。”

安以若讪讪回道：“我都快忘了，你还提。”

“晚上有时间吗？我请你吃饭，算是道歉。”

“道歉有用还要警察干什么！”安以若张嘴顶了回去，见他神色诚恳，缓和了语气，“等案子破了你再请吧，算是压惊。至于之前的事，就别再提了，那一耳光也算是道歉了，难不成我还得为那一巴掌再回请你？”

牧岩闻言下意识地摸了下脸：“个子不高，手劲倒不小。”

“既然要打，当然使足了劲啊。”安以若笑，“我可以走了吧？”

“我可以顺路送你一程。”

“你都不知道我要去哪儿，怎么送？”

“你这么说，”牧岩微笑，“我要么知难而退，要不就只能说你去哪儿，我都顺路了。”

安以若觉得他不如面上表现出来的那么冷酷。

这时，手机响起，听出铃声不同，她眉开眼笑：“多谢牧队长好意，不过不用了，谢谢，再见。”然后边往楼下走边接通电话，声音柔和：“硕良……”

牧岩没再说话，跟在她身后下了楼。在办公大厅又忙了会儿，下班后他从停车场提了车出来，安以若还站在街边。

看来，那位硕良兄没有来接，她也没打到车。

牧岩按了声喇叭，降下车窗：“上来吧，我送你。”

安以若还在犟：“不用了，我打个车，免得你绕路。”

牧岩好脾气地说：“这里有点儿偏，很难打车，尤其这个时间。”见她不动，只有以命令的口吻说，“上来。”

安以若歪着脑袋往路边张望，依然没有看见出租车的影子，恰好有辆车从缉毒大队院里出来，因为牧岩的“大切”（大切基诺）挡在前面人家过不去，对方按了声喇叭。

安以若是铁了心不想搭他的车：“你快走吧，别挡路。”

牧岩却和她较劲似的，停在原地不动，被堵的车不明所以，又响了两声喇叭示意。安以若和他大眼瞪小眼比了半天眼睛的大小，不得已上了车。

“你这人真固执。”

“彼此彼此。”有电话进来，牧岩戴上耳机接听，“你好，陈叔，我是牧岩。我爸找我？现在又去开会了？好，我知道了，半个小时以后我再给他打过去。没事，我没受伤，谢谢关心。好，我会注意，再见。”结束通话，他问安以若：“你的伤怎么样了？”

安以若穿着长袖衬衫，抬了抬手臂：“没有大碍。”忽然想到什么，她抚额，“你在前面停下车，我换地铁去医院。”

“换药？”见她点头，他方向盘一打，调转车头。

“是不是你们警察说话都这样？”安以若意识到自己的倔劲不如他，也没再开口推辞，任由他载着往医院的方向而去。

“什么？”

安以若笑了：“就像你现在这样，每次开口好像懒得和人说话似的，简明扼要。”

牧岩恍然大悟：“我还以为你嫌我话多呢。”

安以若叹气似的：“你这样都算话多，我就成话痨了。”

到医院换了药，牧岩很绅士地送安以若回家。路上，他似乎发现了什么，频频看倒车镜，唯有安以若浑然未觉，还在关心他和谭子越的关系：“你和谭先生是很好的朋友吧？他既然知道我不是米鱼，相亲的时候为什么不揭穿？”

牧岩专注于路况，目视前方：“介绍人应该是没把情况跟你们说清楚。见面之前，他就见过米鱼的照片。说来也怪，给他介绍女朋友的人不少，这还是他头一回到场，结果还碰上个替身。”

看来是有所企图的。对米鱼而言，希望是好事。安以若偏头看他，才发现他好像刚理了发，头发短短的，整个人看上去神采奕奕：“那我也就不必内疚了。不过，他也够无聊的，明知道我不是米鱼，还配合，也不知道是不是存心看笑话。你不知道，我那天为了扮淑女，根本就是饿着肚子从圣地出来的，结果还遭遇了那么刺激的场面，魂都吓丢了。”

“那倒不像你。”嘴角上扬的弧度加大，牧岩笑言，“你那天的表现很不错，机敏过人，临危不乱。说实话，当时我非常担心你领会不了那一眼的用意。”

“那你演技真是不错，我都没看出来你担心。”回想那天遇险的经过，安以若禁不住打了个寒战，“我当时都吓傻了，还以为是为前一秒冲动之下的‘袭警’付出的代价。”

牧岩朗声笑：“你那不算袭警。”

“啊——”安以若状似安心地抚着胸口，“不算就好，放心了。”

“不过是妨碍公务罪罢了。”牧岩唇角一勾，“按例得被拘留。”见安以若竖眉毛，他好心情地换了个话题，“米鱼既然不情愿，怎么不推了？”

“再一再二不再三嘛。”在连续推了两个约会之后，米老爷子已经龙心不悦了，米鱼哪敢再惹他？要是一气之下犯了心脏病，事就大了。

安以若忽然想起：“你说谭子越是见过米鱼的照片之后同意见面的？”见牧岩点头，她眼珠一转，笑嘻嘻的，“小红帽遇上大灰狼啦，回头我得告诉米鱼，可要提防着点。”

“子越应该早就认识米鱼。”牧岩没把她当外人，想到什么说什么，“我听他提过好像看过她走秀。米鱼是模特？”

安以若点头：“他对时装感兴趣？”

“或许吧。”牧岩神情如常，回答却模棱两可，“他爱好比较多。”

爱好多？安以若一时没听出来这是褒义还是贬义。

闲聊间，就到了米鱼公寓楼下，安以若道谢后下车。

牧岩降下车窗喊：“安以若！”

她走过去，听到他以低沉淳厚的声音说，“案子其实有了一定的进展，很感谢你不计前嫌地配合。等忙过这段时间，我再请你吃饭，到时候可别拒绝。”

安以若挥挥手表示无所谓：“只要你别动不动就请我去你们缉毒大队做客，别说吃饭了，怎么的都行。”

牧岩揉了揉额角，倒不好意思起来：“那就这样，我先走了，再联系。”

回到公寓，米鱼却不在，打她手机，没人接。安以若以为她还在为下午的事生气，就给程漠菲打去了电话。

“米米？她没过来啊。你又不是不知道，除了工作她只喜欢窝在家里睡觉，很少到我这儿来。”程漠菲正在练舞，气喘吁吁的，“以若，等你比完赛过来帮我几天忙，我快累得不行了。”

“开什么玩笑？”安以若调侃道，“不怕我跳得太‘好’，打击了你的学生们，要是她们集体退学，我祸就闯大了。”

程漠菲心情不错，配合她的玩笑："那你包赔损失就好了，有价。"

安以若就笑："有价就行。姐有钱，任性。"

程漠菲言归正传："就这么说定了啊，过来帮我几天。上大学那会儿你的成绩可是比我好，即便一年没跳，捡起来也不是难事。"

安以若没再拒绝："那你得把舞伴借我。"

程漠菲朝身侧高大帅气的男友眨眼："我没问题啊，只要他愿意。"

"又秀恩爱了，受不了。不说了啊，继续找米米，否则长夜漫漫，我会无聊的。"这边刚挂电话，米鱼就打过来了。

不给她说话的机会，安以若抢白道："你去哪儿了啊？还生气哪？赶紧回来啊，我下厨。"

米鱼语气平和："今晚不回去了，明天直接去秀场。"

"你敢夜不归宿？"安以若像发现新大陆似的，音量都不自觉地拔高了，"你在哪儿？和谁在一起？我要过去。"

"人家约会，你来干吗？"米鱼反驳，听见她在那边嚷嚷着非要过来给她把关，终于憋不住笑了，"真是怕了你了，我在家呢，老爸召见，不敢不从。"

"真在家？不信怎么办？"

米鱼一副受不了她的样子："用不用我让米老头向你汇报一下近期的思想动态啊，安设计师。"

安以若隐约听见米老爷子在电话那端说"好好和以若说话"才信了，嘱咐她明天准时到场，就挂了电话。

泡了个舒服的热水澡，临睡前再次拨了席硕良的手机，可那边却提示用户关机，安以若失望而不自知。

漫漫长夜，她不禁想起——

那一次：

雄伟壮丽的长城蜿蜒在崇山峻岭之间，席硕良接过她的背包，牵她的手："怎么，这就爬不动了？"他笑得如沐春风，掌心的温度传递到她身上，似是瞬间注入一股无形的力量，令她为之振奋。

借着他的手劲，她咬牙坚持了好几十级台阶，才可怜兮兮地小声央求："我不行了，腿软，申请歇会儿。"

席硕良嗔怪地笑，随即蹲下身："上来，我背你。"

背？这是爬长城啊。明明是心疼他，却说：“不要，好没面子的。”

席硕良以手指轻敲她额头：“大背活人的待遇可不是谁都能享受的。”

“只有安以若可以。”回握他的手，她说得自信而骄傲。

他的笑容和语气一样温柔：“是啊，只有你可以。”

那个时候，真的是被全世界抛弃都无所谓了。只要他在，就好。

只要他——这份孤勇，不是谁都有。

终于赶在太阳升起时到达目的地，他在一片金色里，轻声唤她：“以若。”

她累得站不起来，险些摔倒，幸好他眼疾手快地扶住，下一秒就被圈进他渴望的怀抱里：“进步不小，下次可以放心地带你爬山了。”

安以若放心地依靠他：“之前是任督二脉没打通，现在气血通畅，武功了得。”

席硕良轻笑，凝视她的眼睛，吻就落了下来。

他的唇似岩浆，触到之处摧枯拉朽，安以若忍不住抱紧他的腰。

一吻过后，席硕良自她身后把她搂在胸前，伴着天边的晚霞，轻声说：“我喜欢站在高处吻你，不怕被全世界发现我的爱。”

那么旁若无人，让她怎会畏惧将来？

只怕倾心相许，都不够。

纤细的手覆在他手背上，安以若喜极而泣。

第一次为他哭，那泪，是甜的！

那一次：

一夜辗转，安以若终于忍不住在清晨给他打去电话：“席硕良，昨晚和你一起从外面回来的女生是谁？”

“女生？”席硕良显然还没睡醒，听出是她的声音翻身坐起，挠了挠乱糟糟的头发，好半天才反应过来，“你说王敏？”

她哽咽着质问：“王敏是谁？和你什么关系？”

“王敏是我同学，也是寝室二哥的女朋友。他昨天回老家了，晚自习时王敏突然发烧，我送她去医院。”听出她声音不对，席硕良皱眉，“你哭了？”

“那你不会告诉我一声啊，害我整个晚上找不到你。”她哭着骂，想到昨晚一直等他过来接她下自习却落了空，心里愈发委屈，“你还不快点儿下来，我在寝室楼下，快冻死了。”

席硕良胡乱套上衣服，又顺手抓了件防寒服，飞跑下楼。

她就那么委委屈屈地站在雪地里，泪意未消。

可怜又可爱极了。

把防寒服裹在她身上，他忍不住出言责备：“现在什么温度，出门不知道多穿点儿？”

抹了把脸，安以若抱怨：“你还敢大声，都怪你背着我和别人约会，害我失眠。”

他笑，无奈却又宠爱的那种。不顾周围人的侧目，不着痕迹地把她往怀里带：“什么约会？有你这么冤枉人的吗，嗯？”

他不说话还好，他一开口，她“哇”的一声就哭了。整晚的猜测，再加之对他不信任的自责，她哭得伤心欲绝。

再次为他哭，那泪，有些涩，却也不苦。

那是属于他们的共同记忆，有甜蜜，也有猜忌，一晃，已是六年。

〔 第二章 〕

那些有过的美好回忆

都说，最好的爱，就是让彼此成为更好的人。

而他们，一直在努力成为更配对方的人，

这样的爱情，结局不该不好。

破晓时分，整夜未眠的安以若爬起来煮巧克力牛奶。之前在法国学设计时常常熬夜，她养成了喝巧克力牛奶的习惯，尽管咖啡才具提神效果，她却不喜欢那种苦苦的味道。

喝了整整两大杯，感觉胃里暖和了许多，看时间还早，她仰躺在沙发上闭目养神。

客厅里流淌着轻浅的乐声，是她平时最喜欢的T台走秀的经典曲目，似乎只有在这种氛围下，她的创作灵感才能被激发，渐渐地，她已离不开音乐。

晚上她要以“弘泰”首席设计师的身份参加“新丝路”时装设计大赛，与众位行业的佼佼者角逐新秀冠军，她需要以最佳的精神状态迎战。

这个社会到处都存在竞争，硝烟弥漫的职场真实得可怕，然而面对自己热爱的设计工作，安以若从未胆怯过。她相信只要不断进取，一步一步踏实前行，就不会落于人后，当然，她更不甘心落于人后。

安以若是自信的，除了爱情。

熟悉的旋律中，手机响起来，她却无心接听。直到铃声完整地响过三遍后敲门声响起，她才睁开眼睛，起身开门。

是席硕良。

他手里提着为她买的早餐：“叫米鱼起来吃东西，我买了双份。”

“她不在，回家了。”安以若接过他手中的袋子放到餐桌上，“你昨晚怎么关机那么早？”

“展示会的衣服赶出来了，我去了趟工厂，手机没电了。”见她没有动筷子的意思，席硕良凝神端详她的脸，“脸色不太好，没睡好？”

何止是没睡好，根本是身心俱疲。安以若偏头靠在他肩膀上：“可能是紧张吧，整晚都没睡，刚喝了两大杯巧克力牛奶，现在还撑着呢。”

“不是不喜欢奶味吗，怎么现在又喝了？”席硕良记得大学时她提过不喜欢闻奶香味。

难得他还记得。“可能人老了，口味也随之变了。”

“老？又在胡思乱想。我看着是越来越有味道，越来越漂亮了。”席硕良亲昵地俯在她耳边低语，“是不是身体不舒服？”以为她病了，他伸手要探她额头。

安以若偏头避开：“没有，就是心里烦。”

席硕良以为她不愿多谈才敷衍：“别给自己太大的压力，凭你的实力，一定行。”

是吗？如果对你，我也有这样的自信就好了。安以若摆弄着他因打球略带薄茧的手掌：“你晚上去不去现场？”

“当然。”他说着，俯身抱起她，安置到卧室的床上，“我女朋友参加的比赛我怎么能不到场？我得和你一起分享成功的喜悦。”

她眨巴着黑亮的眼睛嗔道：“说得好像我一定能夺冠似的。”

“我眼光一向好，你肯定行。”席硕良把她的手包在掌心之中，“现在你乖乖闭上眼睛睡一觉，下午我们一起去会场做准备工作。”见她还要说什么，他板起脸训她，“你照照镜子看看，都成国宝了还硬撑。”

这样的关心让心温暖起来，她含笑着反握住他的手，眼里有期待。

席硕良笑而不语，脱下外套，倚在床边把她搂在胸前：“睡吧，我不走，在这儿陪你。”

她把手搭在他腰际，鼻端围绕着他特有的男性气息，很快就睡着了。

席硕良把手机调成了静音。

安以若这一觉睡得很沉，醒来时已经中午了，而席硕良还躺在她身侧，像是睡得正熟。

她倾身亲亲他嘴角，见他勾起唇角笑，在他胳膊上掐了一把：“就知道你肯定醒着，还想骗我。”

席硕良在她耳边暧昧地呵气：“要亲就光明正大，不用偷偷地。”

安以若像个孩子似的红了脸。

这天，席硕良破天荒翘班了，甚至还牵着她的手到附近的超市大采购了一番。见她系着围裙在厨房里忙碌，他坐在沙上发暖暖地笑。

安以若是最好的女人，没有谁比她更爱自己，他知道。

可是，怎么对于未来，总是少了几分期待？

这样缺乏信心的席硕良，连自己都不喜欢。

黄昏时分，席硕良开车送安以若去展览中心，米鱼也准时到场开始赛前准备。

化妆间里人影攒动，一身便装的安以若一面镇定有序地安排模特们换装，一面与造型师交流意见："主秀穿那套晚礼，别上这支羽毛胸针，不要再加任何配饰。"

年轻的造型师点头，随后想到还没见到主秀："发型呢，稍显活泼还是成熟些？"

"复古！"安以若早已根据米鱼的气质为她设计好了。作为设计师，虽然要展示的是时装本身，但模特才是最能令衣服发光的根源，所以，今晚的十位模特都是她精挑细选的，在气质上十分符合她所追求的清新宁静及魅惑性感相结合的设计风格，而她们的每一款造型更是她斟酌再三后敲定的。

"主秀有丰富的T台经验，给她造型时多沟通，要配合她的气质定妆。"席硕良以老板的身份吩咐造型师全力配合，又承诺比赛结束后为大家庆功。最后，才把安以若带去隔壁间，让她有充足的时间换装。

米鱼有事找安以若，听造型师说她去更衣室换礼服了，便提着裙摆追了过去。不曾想到里面还会有其他人在场，她大大咧咧地推门而入，竟撞上席硕良正倾身吻安以若。

遇上这种情况，来人往往都会感觉尴尬万分，要么转身就走，假装看不见，要么咳嗽两声以示提醒。然而，安以若碰上的却是脸皮厚黑的米鱼。

脸上扬起戏谑的笑，米鱼倚在门边，表情幸灾乐祸："我可不是故意的。"

安以若急急退离席硕良的怀抱："不会敲门啊你？"

米鱼嘻嘻笑着，露出整齐的白牙："我敲了啊，是你们太投入没听见。"

安以若懒得和她辩："你不好好造型跑这儿来干吗，有事？"

米鱼踩着高跟鞋进来："当然有事，难道找你聊天啊？"

席硕良闻言理了理安以若耳边的碎发：“我先去前面了。”

安以若抿唇牵起一抹笑意，如晨雾中绽放的百合，清冽，婉转。

米鱼看着两人缠绵的目光，耸了耸肩，一副鸡皮疙瘩掉满地的样子。

席硕良经过身边，米鱼还逗他：“抱歉，耽误你了。”见安以若作势要打她，她轻笑着避开，“别闹了别闹了，我和那个化妆师有点儿沟通障碍，为免被毁容，还是你来吧。”

深知米鱼的皮肤敏感，安以若示意米鱼坐到化妆台前来：“过来这边，看安小姐料理你。”米鱼任由她摆布。

看着安以若含笑出神的样子，想到她不顾所有人的反对放弃法国知名服装公司的聘用竟然回来了，似乎为了那男人的一抹微笑，就可以追随到天涯海角。米鱼既焦虑又心疼。

在爱情面前，安以若似乎忽略了一个很重要的问题，天涯海角的相随，其实是两个人的事情。何况，他们之间有很实际的问题存在，席硕良一天放不下，他们就很难更进一步。尽管在别人看来那根本是幸运，然而，对于骄傲的他而言，却像是一根刺鲠在喉里，拔不掉更咽不下。

米鱼是真气席硕良的身在福中不知福，又无计可施。

“难道我今天格外如花似玉？”似是看穿了她的心思，安以若透过镜子看她，“想批评就批评，我都虚心接受。”

米鱼回身摸摸安以若的头发，心想你个傻孩子，我说什么你能听进去啊，大好的前程都阻止不了你向他飞奔的脚步，我还能说什么呢？张了张嘴，开口的却是：“加油宝贝儿，戴上王冠，姐姐请你吃煎饼果子，加鸡蛋的那种。”

安以若哭笑不得，在她脸颊上掐了一把：“煎饼果子就把我打发了，你也忒大方了吧？”

米鱼“呸”了一声：“也就你吧，换成他席某人我还嫌浪费粮食呢。”

平静的心湖泛起小小的涟漪，安以若不动声色地继续着手上的工作：“别老给他脸色看，硕良也不容易。”

“你对他太宽容了。换位思考，他何尝懂得你的不容易？”提到席某人，米鱼的火气就控制不住，“没见过这种人，都说树大好乘凉，摊上那么好的岳父不偷笑已经很对不起人民群众了，还不乐意，毛病！都是你惯出来的。”

问题再次被米鱼提起，安以若的心像是被针刺了一下："他只是想靠自己的努力获得成功，不想让别人说他是谁谁的女婿。"可在这个问题上，她确实无能为力。

"为了他，你恨不能和家里脱离关系了，现在还搬出来住，这样他还不满意？想逼死谁啊！"想到以若一再地退让，米鱼在心里更是把席硕良当沙包打了无数次。

安以若也想知道，她要退到哪一步，席硕良才会满意。

可惜，答案只有留给时间了。

给米鱼上好妆，安以若到更衣室换装。

七寸细跟鞋子，剪裁合身的直筒长裤，银灰亮色吊带背心，外罩一件黑色时装小外套，袖子被她拉高了些，露出纤细漂亮的小臂，手腕上款式别致的手表是身上唯一的饰物，蓬松的卷发随意又不失庄重地微微拢起，有意无意间令她性感的锁骨、细嫩雪白的颈子尽显。

自然得体的打扮令她整个人看上去干练又娇媚，安以若对着镜子审视自己，嘴角泛起温柔自信的笑意。

精致的眼妆，粉粉的腮红，那浑身上下散发的知性味道，让米鱼忍不住打了声口哨："我就说席某人准备的那套礼服太俗，果然下岗喽。"

"我是不想穿得太隆重了。再说了，和身为名模的你站在一起，我穿多漂亮的衣服都是个矮子啊。"她孩子气似的说，"原本就没你抢镜，当然要懂得藏拙了。"

米鱼"切"了一声。

一切准备妥当，安以若挽着她向隔壁间而去。

今晚，市展中心将上演一场时装盛宴。而安以若，或许就是随后脱颖而出的时装界新秀。

色彩缤纷的各式服装，借着空调的冷风轻舞飞扬的丝质衣裙，高挑身材的模特脸上各色斑斓的彩妆，弯曲的发型复古加漂染，自然婉约，柔媚感性，风格大胆且魅惑——这里是名副其实的色彩帝国，绚丽的颜色堆砌在眼里，有些眼花缭乱，令人下意识地产生错觉，仿若置身时尚的化装舞会。

"腮红颜色太淡，这套服装要搭配再艳丽些的，小心别踩到拖尾，把鞋子换掉，要红色细跟……”回到工作间，安以若用眼神示意米鱼去做造型，“小敏，可以帮主秀造型了。记得，复古风。”

“好的。”被唤作小敏的造型师脆声应下，着手开始准备。

安以若忙碌的身影继续穿梭在工作间，没有注意到来了两位不速之客。

面容清丽的女人手中牵着一位四五岁左右的小朋友，粉妆玉琢的小丫头把食指放在嘴边，对小敏做了个噤声的手势，笑眯眯地朝安以若而来：“以若阿姨。”

安以若应声回身，面前赫然站着个皮肤雪白、眼睛乌亮的小公主。她惊喜地欢呼一声，俯身把小家伙抱起来，用脸去蹭她嫩嫩的脸蛋：“晨晨怎么来了？想死阿姨了。”

晨晨搂着她的脖子，回亲了下她的脸，咧嘴露出一口整齐洁白的牙齿：“以若阿姨怎么还是这样，老是喜欢偷袭晨晨。”

安以若又在小家伙脸上亲了亲，偏头向门边看过来，果然见郗颜站在那里：“你什么时候回国的？怎么也没打个招呼就来了？”

“给你个惊喜呗。”郗颜浅笑，妩媚娇俏的细碎卷发，黑色散腰小礼服，令她散发出十足的女人味。

见女儿伸出小胳膊要她抱，郗颜接过她放在地上：“妈妈现在不能抱你，宝贝儿要乖，自己走好不好？”

“好。”晨晨仰着头在郗颜的侧脸上亲了一下，小手抚摸她的小腹，“爸爸说这里面有小弟弟，让晨晨作个好榜样，不能累着妈妈。”

“宝贝儿真乖。”郗颜脸上洋溢着幸福的笑，“晨晨不是给以若阿姨准备了礼物吗？还要不要送啊？”

“啊，差点儿忘记了。”小家伙耸耸肩膀，模样可爱，接过郗颜手中包装精致的盒子，她转身递给安以若，“以若阿姨，这个送给你。是晨晨亲手折的幸运星，祝你成功。”

“谢谢晨晨，这是阿姨收到的最好的礼物。”安以若接过来，凑过去抱住她亲了一口，然后转向郗颜：“你怀孕了？”

“就是因为这个小的，才被他押回国了。”想到温行远知道她怀孕的消息时又惊又喜的表情，郗颜无奈叹气，“你知道，他向来喜欢瞎紧张。”

“幸福的女人。”安以若感叹，“我也想有个人那么紧张我，死也愿意。”

“我可听出来了，这里有个女人恨嫁哦。”郗颜取笑她，右手下意识抚着小腹，“刚刚在前台看到你那位传说中的男朋友了，挺帅。”

“那是。”安以若曾给郗颜看过她与席硕良的合影，此时听见她的赞美，正想得意两句，却听晨晨插话进来：“那位叔叔没有我爸爸帅啊。”

见安以若和郗颜都在看她，小家伙露齿一笑，仿佛在说：“我说得没错吧？”

郗颜略显无奈：“你爸爸就是自恋，比他帅的人多了去了。”

“妈妈，什么叫自恋？我只听说过暗恋，没听说过自恋耶。”小家伙是个好奇宝宝，开始发挥十万个为什么的潜质，“爸爸说有别的叔叔暗恋妈妈，妈妈又说爸爸自恋，到底是怎么回事啊？好复杂哦。”

“是啊，好复杂哦，什么恋不恋的，安以若你在和谁说话呢？”米鱼弄好了头发，听见有小朋友的声音，“噔噔”跑过来，见到小可爱晨晨，俯身抱起来连亲了两下：“哎哟，这是哪家的小可爱啊，阿姨要把你拐回家藏着。”

晨晨似是习惯了被偷袭，胖胖的脸蛋上露出酒窝，细声细气地回答：“阿姨好。晨晨是爸爸妈妈的宝贝儿，不能被阿姨拐走。”

安以若失笑：“这小大人太可爱了，你们夫妻俩怎么教的啊？”

郗颜摊手，表示她什么都没做。郗颜与米鱼打过招呼又和安以若聊了一会儿，直到旁边和米鱼玩的晨晨从衣服口袋里掏出手机递给她，她才注意到时间差不多了，起身告辞：“不耽误你了，有空再聊，我先去前面等着看你比赛。”随后给安以若一个鼓励的拥抱，“加油。”

“妈妈，爸爸在催了。”晨晨晃了晃手机，按了通话键，“爸爸。”

低沉淳厚的声音自手机听筒传来：“在哪儿呢闺女？让妈妈接电话。”

郗颜把电话接过来：“我和晨晨在后台呢，马上就来，你别过来了，就几步路，知道了，我会小心，你好唠叨啊。”

望着郗颜的背影，安以若有片刻的失神。对比郗颜与温行远那段风雨十年的刻骨之恋，似乎自己爱情中的那些波折与不平顺都变得微乎其微，不值一提了。

爱情有很多种样子，她们所经历的，各有不同。

安以若从憧憬中回归现实，敛神备战。

随着主持人的出场，激昂的音乐响起，比赛拉开了帷幕。

模特们在华丽的舞台上展现着设计师们的成果，各色华丽却不艳俗的服装宛如春季里绽放的朵朵鲜花，在偌大的T型台上争奇斗艳，肆意张扬。绚丽多姿的色彩，飘逸飞扬的裙角，无一不冲击着观众的眼球。

安以若的作品是清新宁静和魅惑性感的结合体，耀眼的红色、娇艳的绿色、圣洁的白色、神秘的黑色，诠注在休闲装、工作装及晚礼三种服饰上，暗隐了季节的往复更替，时间流转间的无声变迁。生机盎然的春天，炽热如火的夏天，再到充满冷意萧瑟的秋冬季节。质感极佳的轻柔布料，梦幻与现实结合的设计，回归极简本质，把她心中追求极度完美的个性风采诠释到极致。

“三十六组准备上台！”

在工作人员有序的安排下，安以若陪同十位她亲自挑选的模特走到舞台入口处，准备上台。

米鱼握了握她的手，指尖传来的暖意令安以若平复了心绪。

相信自己，相信米鱼。今夜，她们一定是那颗挂在最高处耀眼的星。

“第三十六组上台！”工作人员的声音掠过耳际，暗下去的无数灯光骤然间亮了起来。眼前不断变幻灼目的色彩，数缕透明的光迅速交织成闪亮的点，仿佛夺目的钻石在眼前闪闪发光，安以若看着她的模特们迈着优雅的步伐款款而去。

米鱼走在最后，婉约复古的发型，精致透明的妆容，大红色的指甲，一袭质感极佳的神秘黑礼服，令她在万花丛中跃然而出。她准确地踩着鼓点，缓慢而自信地走到伸展台中央，优雅地转身，流露出无限风情，把时尚界永远流行的神秘黑的冷艳、魅惑、性感、简约展现得淋漓尽致。

黑色，尽管是百搭色彩，在安以若的精心设计之下，竟然轻而易举地粉碎了无数色彩的脆弱与稚嫩，令她的作品、她的模特，霸气地在时尚舞台上颐指气使。

四周寂静，唯有安以若的心怦然跳动。

“下面有请此组作品的设计师安以若小姐上台。”

接到主持人示意的眼神，安以若收稳脚跟，站在十位身材高挑的模特中间，鞠了一躬，为她短短几分钟的时装秀落下完美的幕。

掌声持续不断，她带领她的模特款款下台。微微拢起的飘逸长发随着空调的微风飞扬在脑后，利落简洁的小套装衬得她愈发妩媚，眉眼间浅淡的笑意，是从未有过的自信从容。

刚一下台，赛前因堵车而迟到的程漠菲及众人已簇拥而来："哇，太完美了。"

"安以若，你太棒了！"米鱼更是抱着她又笑又叫，"你有没有看到评委们的表情？帅死了。你把他们彻底震住了。"

安以若无奈摇头，心想这家伙真是可爱。

米鱼的激动却还在持续："超级漂亮，给你点32个赞。"

安以若就笑，有种如释重负的感觉。

这时，小敏把手机递过来："安设计师，你的电话。"

她接过手机，还未开口，一个低沉阴柔的男声已从话筒里传出："恭喜你，秀很完美！"

陌生的男声。

"你……"安以若满头雾水，一时间无法从狂乱的声音中分辨出是谁，"请问哪位？"

"赶紧赶紧，马上就最后一组了，你要成为今晚的女王啦。"米鱼劈手抢过她的手机，不管三七二十一放到耳边就说，"这里现在兵荒马乱的，不宜接听电话，等天下平定再回复您的来电，后会有期。"

安以若哭笑不得："胡说什么呢！"

"我这不是怕你没时间做心理建设嘛。"回想初涉模特界获得第一个奖项时哭得形象全无的样子，米鱼提醒，"等会儿获奖了，安以若，你可得有点儿出息，别晕倒啊。"

一直以为自己对于这份荣耀不以为意，但其实，安以若也在渴望成功，或许只有这样，才能与席硕良比肩而立。

四周嘈杂的声音渐渐平息，全场寂静无声，所有人的目光都默契地集中在主持人身上，记者手中的镁光灯都蓄势待发要抢拍下这万众瞩目的时刻。

灯光在交错，色彩在沸腾，安以若握紧米鱼沁出细汗的手，屏住了呼吸。

不知道这份静默究竟维持了多久，忽然之间，眼前的人沸腾起来，欢呼声，尖叫声，如开闸的洪水一泻而出。安以若愣在当场，呆呆地看着她们，浑然不解。直到米鱼推了她一把，她才反应过来主持人念出的名字是她。

她清晰地听见了自己的心跳，兴奋而有力。

银色的奖杯在灯光下闪耀着灼灼逼人的光辉，怀抱娇艳的花束，安以若成了此夜万众瞩目的时装界新秀。

险些按不住泪腺。

掌声如雷，人头攒动。安以若看不清眼前的一切，只记得席硕良以弘泰老总的身份被请上台时说："我相信自己的眼光，安以若设计师将会成为时尚界最耀眼的星，而弘泰也将继续对她委以重任，提供广阔的发展空间。"

没有一个字与最期待的爱情有关，但她还是泪如雨下。

她终于凭借自己的努力开始涉足他的事业。原来，他们天生就是同类人，他不愿意走捷径成功，她亦不愿在他身后坐享其成。

回想曾经的思念与牵挂，以及独在异乡的孤独——多少个夜里只为等他一通电话，听他低沉的嗓音在电话那端嘱咐她注意身体，轻轻说想她，终于泪盈于睫。

她的泪，他的笑，成了最美的瞬间。

席硕良在众人瞩目下走到她面前，倾身吻上她的脸，然后轻轻拥抱住她："我的爱，恭喜你。"

我的爱——

祈祷时光就此停下，永不消逝。

都说，最好的爱，就是让彼此成为更好的人。

而他们，一直在努力成为更配对方的人，这样的爱情，结局不该不好。

为那些我们有过的美好回忆——安以若在满眼泪意中，静然微笑。

比赛落下帷幕，除了风头大劲的冠军安以若，今晚最风光的当属米鱼。很多商家送来花篮，更有多家媒体追到后台要对她进行采访。在这个行业摸爬滚打几年，米鱼自是很老到，分寸拿捏得恰到好处，很快就摆平了记者，换装之后拉着程漠菲先行一步，到预订好的会所为安以若庆功。

安以若往家里打电话，是安妈妈接的，老人家语气里有明显的喜悦之意，显然是看了直播，得知了结果："妈妈的以若果然是好样的。恭喜你了，女儿。"

欣喜而哽咽的语气，令人动容，安以若一时说不出话。

席硕良了然，以眼神示意，接过手机放在耳边："阿姨，是我，硕良。是啊，很高兴。估计再听您夸她两句就得哭了。好，我知道了。"

然后对面就换成了安父，席硕良的语气严肃了些："叔叔您好，最近确实有些忙，因为换季了，在筹备展会的事。"那边又说了什么，他敛笑，"谢谢叔叔，让您费心了，改天我和以若一起回去，到时候陪您下棋。"

安父对他的回答似是还满意，又嘱咐了几句，就挂了电话。

安以若觉得席硕良脸色有点儿不对："我爸说什么了？"

席硕良把手机递回她手中："没什么，让我好好照顾你。"见她皱眉似是不信，他笑了，"批我来着，说老是让你一个人回家，再这样就要宣布我下岗了。"

安以若生怕给他压力，表明立场："恋爱是我们两个人的事，你别理他。"

席硕良却笑了："你也太好骗了，一点儿成就感都没有。"在她额头上轻敲了一记，他解释，"安叔叔提醒我最近时装业并不景气，金融风暴的影响一时过不了，让我谨慎投资。"

"他什么时候对做生意感兴趣了，妈妈的公司他向来都是不闻不问的。"安以若倒没想到父亲会这么说，心暖如阳，"爸爸其实是喜欢你的。"

席硕良搂住她，以玩笑的口吻说："怎么，他对你说过不喜欢我吗？"

安以若急欲解释："不是的，他……"

却被稚嫩的童音打断了。

小公主晨晨抱着一大束花，摇摇晃晃走进了工作间，献宝似的叫："祝贺以若阿姨。"

安以若眼前一亮，过去抱起小家伙："哇，小公主比花还娇哦。"

晨晨"咯咯"地笑。

"这孩子，非要自己送过来。"郗颜跟了进来，身后站着意态潇洒的温行远。

"谢谢你们来捧场。"安以若微笑着和温行远打招呼，回身对席硕良说，"这两位就是我和你说过的在巴黎认识的朋友，学习期间没少蹭他们的饭。"那时温行远带着郗颜去法国旅行，在塞纳河边与安以若偶遇，自此相识。

“你好，席硕良。”席硕良向温行远伸出手，对于这位地产界赫赫有名的温总可谓久仰大名，又听安以若多次提过夫妻二人辗转十年的苦恋，不禁多了几分好感。

“你好，温行远。”温行远递出手与他轻握一下，“安以若才华横溢，席先生好福气。”

席硕良笑，目光落在晨晨身上：“事业有成，家庭美满，温总才令人羡慕。”

温行远挑眉，侧身望了眼娇妻，伸手摸了摸女儿的头发：“小东西淘气得很，等你当了爸爸就知道辛苦了。”

“爸爸，不要说晨晨坏话，奶奶说晨晨最乖了。”晨晨表示不满，拉着郗颜的手，仰着小脸奶声奶气地问：“对不对啊，妈妈？”

郗颜给安以若递眼色，想表达小孩子有多难带。

“妈妈？”见郗颜不说话，晨晨不依地晃她的手，“是不是呀？”

郗颜蹲下去，理了理她玩得有点儿乱的头发，轻声细语：“是，我们晨晨最乖了，一点儿也不淘气，就是调皮了点儿。”

似是对妈妈的回答很满意，晨晨俯在郗颜耳边说悄悄话：“妈妈，我们不理爸爸了，晚上让他一个人睡。”

温行远皱眉，叹气似的说：“闺女，你不是和爸爸同一战线的吗？”

小家伙俏皮地吐了吐舌头：“爸爸，晨晨的礼物送完了，我们回家吧，晨晨困了呢。”接着还配合地捂着小嘴打了个哈欠，随后挣开郗颜的怀抱，冲安以若挥挥手：“以若阿姨再见，叔叔再见。”小女王般宣布退场了。

席硕良适时说：“我们也该走了，免得让米鱼她们久等。”

安以若有些遗憾：“你怀着宝宝，就不拉你一起疯了，改天再聊。”

郗颜拉拉她的手：“好啊，改天一起喝下午茶。”

交谈间，四人向电梯而去，而晨晨已抢先一步跑到电梯口等着了。

“叮”的一声，电梯门开了，晨晨很懂得先下后上的道理，礼貌让行。

下一秒，电梯里走出了一位身裹深色风衣的女人，她的目光在晨晨身上一顿，然后移开。

隔着几米的距离，安以若的目光不经意与她碰上。

一秒一瞬间，女人乍然停步。

似曾相识的感觉让安以若的大脑快速搜寻着与她有关的记忆。然后，她喉咙一紧，竟然说不出话，只下意识地甩开席硕良的手，疾步向晨晨而去。

女人微眯眼睛退后一步，站在晨晨身侧看她，唇边似有若无的笑意，无一不透出危险的气息。

终于，安以若惊呼出声："晨晨！"

却来不及了。

女人伸手把晨晨抱起，待再起身面对众人时，她手上冰冷的枪口直抵向晨晨颈侧。

"不要！"惊叫骤然而起。

是郗颜。

安以若石化般僵住，紧握的拳头证明她的愤怒和恐惧，几秒而已，她眼睛都红了。

席硕良浓眉蹙起，脚步略移。

女人厉声喝："谁都别动！"

"爸爸。"感觉到危险，晨晨眨着黑黑的大眼，眼神投向站在远处的父母，怯怯轻唤，样子十分可怜。

郗颜欲挣开温行远的怀抱，声音带了哭腔："晨晨。"

"冷静，小颜。"温行远抱紧她，犀利的目光锁定那女人，冷声警告："别伤害我女儿。"

女人不带一丝温度的目光扫过温行远，又在郗颜与席硕良的脸上掠过，最后定格在安以若身上，语气缓慢："安大设计师真是出人意料，这才几天的工夫就换男人了？如果我没记错，三个月前和牧岩在机场拥吻的是你吧？高速路上与朋友配合无间的也是你，牧岩亲自送回家的女人还是你，没错吧？"语气那么平静，神情却冷得令人心底生寒。

安以若悚然一惊，不明白她如何知道这些。

席硕良脸色骤变，淡漠的目光直射安以若后背。

安以若不回头也能猜到他脸上的表情，然而，此时不是解释的时机："小姐既然认识我，为什么不能好好说话？别吓着孩子。"

"好好说？"女人冷笑，"这孩子和我一点儿关系都没有，她要是死了我一点儿也不心疼。"

单手握紧郗颜的手腕把她护在身后，温行远质问："你想怎么样？"

一双黑眸散发着慑人的寒冷，右手不着痕迹地伸进西裤口袋轻轻按了下，静默五秒后他继续，“这里是市展中心，距公安局只有不到五分钟车程，你以为拿枪挟持了我女儿就能平安离开？”

女人的语气和神情一样，充满了不屑：“那我们就赌一赌，看谁能安然无恙地离开。”

“那我就和你赌一赌，让你看着我怎么平安离开。”女人的语气十分不屑。

温行远纵横商界多年，历经无数大风大浪，没有什么值得畏惧的。然而当至亲骨肉身处险境时，他平日的冷静几乎要被消磨殆尽，脸上的温和再也维持不住，脸色沉得不像话：“不管你有什么要求我都答应，只是一点，我女儿还小，麻烦你别吓着她。否则，我温行远发誓，无论是你还是与你有关的人，我都不会客气。”冰冷的目光移至晨晨时已变得温和，他放柔了声音轻哄女儿，“晨晨别怕，你是最勇敢的孩子，爸爸妈妈都在这儿，我们一会儿就回家。”

可她毕竟还那么小。

晨晨“哇”的一声哭了，使劲儿扭动小小的身体试图挣开女人的怀抱，小手更是朝郗颜这边伸过来，大声嚷道：“妈妈……”

她喊得很急，一张小脸涨得通红，像是害怕到了极点。

胸口如被雷击，血肉全部绞在一起，一股热流“轰”地冲上脑门，郗颜顿时就哭了，双手死死抓着温行远的衣服，几乎要扯破他的袖口：“晨晨，妈妈在，妈妈在这儿。”

为免她向女人靠近，温行远紧抱郗颜不松手：“晨晨别怕，你是爸爸妈妈的乖孩子。”

“爸爸。”晨晨眨巴着眼睛，小身子轻轻梗着，像是用尽全身力气克制自己不要哭。

虽与温行远一家初次见面，可眼看着那么小的孩子遭遇危险，任谁都无法置身事外，更何况，事情关乎安以若。席硕良的眼底温度降至冰点：“有什么要求你提，别伤害孩子。”

“要求？”女人冷哼一声，眸光直视安以若，“要不是你，牧岩不可能骗过我们，就凭你这份功劳，我今天得送你一份大礼。”话语间，她枪口更加用力地抵在晨晨细嫩的脖子上，一字一句，“我的要求就是要你和她的命。”

郗颜惊叫：“不要！”

晨晨吓坏了，号啕大哭：“爸爸，妈妈，救我，我害怕。”

“别伤害孩子，有恨冲我来。”安以若似是明白了女人的来意，反而冷静下来，她一步一挪地向其靠近，“我不知道到底是怎么回事，可如果我无意中破坏了你什么，我愿意一力承担，求你放了孩子。”

“一力承担？”女人倨傲地看着她，冷漠的神色起了细微变化，“你承担得起我妹妹的命吗？啊？子弹直射进心脏，当场死亡。你们怎么没有想着放过她？”

原来在高速路上被牧岩当场击毙的女人是她妹妹。安以若脸上的最后一丝血色褪尽，联系起前因后果，她终于确认眼前这个女人的确是冲自己而来。

面对女人阴冷的面孔，安以若试图说明：“当时是她拿枪指着我朋友的头，警方要击毙她，我根本控制不了。”

“你是控制不了，但你联合牧岩杀了她。”听安以若提起那天的情形，女人发疯般举起枪，右手食指一勾。

“以若！”席硕良大惊，未及靠近，已听“噗”的一声。

消音枪声在寂静的夜里显得格外沉闷，子弹准确无误地打在安以若脚前的地面上，而她，闭上眼睛躲也没躲。

扭曲的面容变得狰狞了几分，女人恨声道：“不想让这孩子死得太快就闭上你的嘴！”

“少废话，你到底想怎么样？”温行远怒极，看着女儿惊恐的眼神，听着她一声声叫着爸爸，他目光犀利地迎视女人，“说出你的条件，如果钱能解决，报个数。”

女人却不稀罕：“跟我走，安以若。”自知耗下去对自己并无好处，她命令，“叫梯。”

安以若不敢不从，叫梯。

电梯停下，女人喝道：“进去。”

她却不动：“放了孩子，我跟你走。”

女人语气更冷：“你没资格和我谈条件，进去。”

安以若坚持：“那把孩子给我，你把她吓成这样，楼下保安那关你就过不了。”只要孩子到了她手上，拼死她也不能让晨晨出事，“我保证乖乖跟你走。”

“以若阿姨……”晨晨眼泪汪汪地回头，见温行远点头，她懂事地向安以若伸胳膊要抱。

女人抱紧她退后一步，不妥协。

双方僵持之际，温行远的手机响了，原本悠扬的铃声此刻竟有几分悲壮，打破了令人窒息的沉默。他手心都沁出了汗，被他握紧的郗颜的手更是冰凉。

他的手机响过之后，安以若的手机再度响起，响了几声便径自切断。安以若分辨出铃声的不同，心跳骤然加速，眸光直视女人，一步一挪地倒退进电梯里。

女人眼中闪过疑惑，来不及思考闪身跟了进去，电梯门迅速合上，极速下降。

“晨晨？”郗颜欲跟上去，脚下一软险些摔倒，幸好温行远一把扶住，冲到电梯前已来不及了。

“走楼梯。”席硕良率先反应过来，语落之时，身影已消失在楼梯口。

温行远的手机再度响起，他按下通话键：“人下去了，乘电梯。晨晨在她手上，还有另一个女人质，安以若。”

“知道了。”牧岩利落地挂断，缓缓举起右手，紧握的拳头松开时，狙击手已蓄势待发。

身穿特警服，手持配枪的他立在会展中心的大厅之中，目光暗沉，神情凌厉。

很快地，狭路相逢。

“牧队长的办事效率果然不同凡响。”枪口依然抵在晨晨颈侧，女人眼底闪过一抹不易觉察的伤痛，“牧岩，为什么就不能放过我？”

为什么步步紧逼？难道一定要你死我活，才能结束这场相识吗？

如果是，今夜，就成全了彼此吧，是痛苦，也是解脱。

牧岩的眼睛牢牢锁定她，脸色暗得像阴云密布的天空，许久之后听他轻轻叹息，微薄的嘘气声里似是蕴含了沉重的压抑，直叹进彼此心里。颀长的身影笔直而立，他保持握枪的姿势不变：“萧然，现在回头还来得及。”

回头？唇边凝结着凄然的笑意，萧然哑声：“太晚了，来不及了。”

牧岩还想再说什么，萧然却看向安以若，问他：“因为她？”

冷淡的视线迎上一双惊惧的眼眸，牧岩否认：“不是。”

安以若的心莫名镇定下来，转头看向气喘吁吁追下楼来的席硕良，泪意上涌。

原来，她害怕与别人纠缠不清，哪怕自己完全不明所以。

与温行远对望一眼，即已明白他把什么交付给自己，牧岩郑重点头，然后以眼神示意他切勿妄动，直到包括席硕良在内的三个人被警员带向门外，市展中心大厅内仅剩他、安以若、萧然及晨晨四人。

晨晨眼泪汪汪地看着他，哭声渐渐低下去，几次张嘴都没有发出声音。

冷漠的眼眸浮上些许温度，他低沉淳厚的声音在空荡的大厅里带着点点回音：“萧然，你走不出这里，把孩子给我，放了人质。”

非生即死，无所谓了。萧然笑了，绝望的那种：“既然你来了，我也没必要走了。”她望着安以若，“但你们得陪我。”

牧岩的神色微微黯然，语气是不容置疑的坚定：“别把无辜的人扯进来，尤其是孩子，她才几岁，你下不了手。”

“我下不了手？你这么有把握？”萧然敛笑，几乎一字一句，“我比你想象中狠。”

迎着萧然投来的凄酸目光，牧岩的眼眸凝成了暗沉的黑色，如同决然无情硬如铁石，又似萦绕了千丝万缕的温和之情。可惜，无论如何那眼底都没有她的影子。

“牧岩，为什么？”心弦似是再也承受不了绷力，“啪”的一声断裂，震得她的血液奔腾四溢，萧然哽咽，“给我一个理由，否则拼死我也要带走一个。你很清楚，我有能力在你面前杀了她们其中之一，哪怕用我的命来换。”左手抱着已经哭不出声的晨晨挡在胸前，萧然脸色阴寒，高举右手，枪口直抵向安以若太阳穴。

是，他见识过，她枪法精准。而且此时，她手上还有人质，可谓先机占尽。

在枪法不分伯仲的情况下，牧岩清楚，自己胜算不高。

但是：“我是警察。”

拼了性命，也要保护人民群众的人身安全。

萧然苦笑："而我是毒贩。"

他们是天上的飞鸟与海底的鱼，距离真的太远了，痴心妄想的结果就是彼此一方死在对方的枪口之下——如果早知有今日。

与牧岩的目光交凝在一起，萧然缓缓退后一步，枪口改而抵在安以若后脑："走。"

安以若紧张得手心沁出了汗，她配合地缓慢前移，目光锁定远处的牧岩，似是在他脸上寻求解决的办法。

牧岩表情冷厉，他双目迸射出烈芒。似乎洞悉了安以若的想法，他站在原地纹丝不动，直到与萧然距离不足五米，听见她说："我要在我妹妹面前杀了她。"

所以，她要离开。

"外面是天罗地网，你走不了。"牧岩微一用力，更紧更稳地握枪，"放了人质，和我走。"

"走？去哪儿？监狱还是你的心？"她问得轻描淡写，像是在闲话家常，可手上的动作，却令周围的温度骤然降至冰点。

萧然单手扣着扳机，作势欲勾食指。

安以若额前沁出细密的汗珠。

牧岩神情骤变，冷冽的眸光透出凌厉的锋芒，枪口微微抬高，精准地对准萧然的额头。

如魅的身影挡住她的去路，封死了她唯一的出路。她多希望是保护，而不是强留。

却是妄想。

两人就这样僵持，一秒钟，十秒钟，一分钟——

晨晨被窒息的沉默吓得屏住了呼吸，泪眼蒙眬地盯着对面的牧岩，楚楚可怜。

时间一分一秒地流逝，不知过了多久，就连安以若都觉得站得脚底发麻，两人依然如石化般迎面而立。

这样的对峙，令人愈发不安。

安以若脸上的血色早已褪尽，她极力稳住脚跟，哑着嗓子要求："把孩子放了，我和你走。"这种情况，要保两个人质平安有如天方夜谭，与其这样僵持，不如冒险一试。

只要萧然肯，自己怎么样都行："让我和她走。"言下之意，晨晨脱险，就让牧岩动手。

牧岩明白她的用意。但是，刚毅的侧脸在灯光的投照下已然失了柔和，他不看安以若也不回答，只问萧然："你想怎么样？"

萧然那么平静地回答："在我妹妹面前送她下黄泉。"

"先放了孩子。"牧岩犀利的目光锁在憋得小脸通红的晨晨身上，"她还那么小……"

"你以为我不知道她是谁？"萧然捕捉到他看向孩子时眼底不自觉展露出的温和与心疼，"温晨曦，华都地产中国区总裁的独生女。你，特警队长牧岩的侄女。"

原来，她知道他们的关系。

事情远比想象的糟糕。

牧岩眉心聚拢，望向萧然的目光里隐着一丝幽深莫测，然后，他居然倒退了一步，而萧然则缓慢上前。

市展中心外的广场上停着数辆警车，不下十名特警拿枪对准了大厅的方向，还有数道红点投照在干净得几近透明的玻璃上，那是隐在高处的狙击手。

萧然面无惧色，神色镇定地站在玻璃门内："如果你肯说一句，哪怕就一句，我会放了孩子。"她语气坚定，神情没有半点敷衍，"可是，你没有。"

如果牧岩肯说一句软话，只要他以表叔的身份求自己放过女孩儿，萧然想过答应。可他竟然不顾一切地选择送她上路，这样不肯低头的牧岩让人绝望。于是，萧然改主意了："安以若是一定要死的，就凭她帮你杀了我妹妹。不过，我准备先杀了你侄女，以还我覆水难收的感情。"话语间，她神情忽变，右手更以迅雷之速收回，企图掉转枪口射向晨晨。

与此同时，牧岩的枪口瞄准萧然的腿，丝毫犹豫都没有，直接扣动扳机。

砰砰——一秒一瞬间。

水晶吊灯洒下的光混和着清冷的月光投射在牧岩的侧脸上，他神情峻寒，浓黑的剑眉微微蹙起，双目凌厉。今夜的他似有浓浓的哀伤，满腹的愁绪郁结在眉间，让人全然猜不透心思。然而细看之下，惯有的冷静与漠然依然清晰地写满脸上。

当他接通温行远的电话，听清内容后，他用最短的时间平静心绪，以最快的速度布置好一切，飞车直奔市展中心而来。

已经猜到是萧然。

持续将近两年的追踪，终于有了进展，而他们，要正面交锋了。

可不知为何，下车时牧岩几不可闻地叹了口气，那声叹息，直叹进心里。

萧然对他的了解应该仅限于此了。

因为利用过她，所以他会有点滴的为难和不忍。

但她忽略了最重要的一点——他是警察。

于是，生死对峙时，他没有心软。

原来，那星星点点的为难与不忍在职业操守面前，渺小到不值一提了。

冰冷的子弹无情地穿透了她的血肉，萧然右手撑地，颓然跪倒。

萧然眼眸中迸射出慑人的寒光，脸上凄然绝望的神情一览无遗。

他真的，开了枪。

夜风中，萧然抬头：此刻的牧岩脸庞冷峻而沉静，一身深色特警服在月光下发出冷调的光泽，是连夜色都掩盖不了的独特魅力。

她和他的距离，就像天和地一样遥远，怎么她就——鬼迷了心窍。

萧然忽而大笑，凄然而哀婉。

晨晨被吓坏了，她保持着摔倒在地的姿势，口齿不清地叫：“小叔……”

与此同时，听到枪声的特警持枪从外面冲进来。

这时，牧岩厉喝一声：“安以若！”

他低沉的嗓音似是一种指令，安以若骤然回神，甚至来不及分辨萧然准备躲避的方位，俯身抱起惊惧抽泣的晨晨，直奔过来。

可是，应该是吓坏了，她才走了两步，居然一个趔趄摔倒了：“牧岩……”那哽咽中的依赖，是连她自己都没有听出来的。

失去了最佳的机会。

萧然在身心剧痛中回神，她的枪口，再次对准了安以若。

眼看着牧岩逼近，安以若竟然站不起来，她半跪在原地压低晨晨的头把小家伙密实地搂在胸前，以自己的身体把她小小的身子安全地护在怀里。

听天由命。

“小心。”

安以若闻声眼前骤然一花，下一秒，身体已被一股突来的力量扑倒在地。

扑倒她的瞬间，牧岩的身体急速一转，单手持枪，不及瞄准，半倚在安以若身前朝着前方迅速开了一枪。

安以若紧闭着眼睛，身体似是已经麻痹，只听到耳际传来“砰砰”连续两声枪响，待睁开眼睛时只看见萧然在她面前再次倒了下去，手枪脱手，滑落在她脚边的地面上。随即，外面的特警风一样冲进来，枪口全部对准了萧然。

右手撑地，牧岩偏头，语带关切：“你们没事吧？”

不等安以若回答，温行远夫妇已疾步而来。

郗颜半跪着抱起满脸泪痕的女儿，哽咽着一声声唤：“晨晨，晨晨……”

晨晨小小的身体不停地颤抖，死死搂住郗颜的脖子，“哇”的一声大哭起来。

把妻女搂进怀里，温行远哑声：“没事了，都过去了。”

牧岩半晌没动。感觉到他身体的重量全部倚在自己身上，安以若不解。偏头看见他胸口被鲜血渗红的警服，她才反应过来：“你受伤了？”

牧岩试图尝试站起来，却因扯疼了伤口跌了回来，但还逞强：“没事，小伤。”

安以若赶紧扶住他：“你别动啊。”

“头儿？”大励冲过来，目光触到牧岩被子弹射出小孔的警服，喊道，“叫救护车，头儿受伤了。”

温行远闻言才知牧岩受伤，急问：“大木，你怎么样？”

牧岩咬紧牙关：“死不了。”但伤处传来的强烈疼痛，依然令他忍不住闭上了眼。

安以若看到他饱满的额头沁出细密的汗珠，顾不得席硕良在场，她跪坐起来，用尽全身力气扶起牧岩受伤的身体靠在怀里：“你别睡啊，我警告你别装死吓人。”

睡？牧岩疼得说不出话。

安以若试图用手去捂他的伤口，可瞬间手就沾满了血。她控制不住地哭了：“牧岩，牧岩，你把眼睛睁开，看着我……”

“你这女人，吵死了。”牧岩脸色苍白，声音也很低，但眼睛还是缓缓睁开了，抱怨似的说，“能不能安静点，让我休息一下。”

他脸色那么差，目光飘忽得已经失去了焦距，还用抱怨的形式安慰她。眼前反复回放被他扑倒的一幕，安以若的眼泪滴在牧岩脸上。

惊觉脸上的湿意，牧岩费力地伸出手抓住她的手：“哭什么？死不了，没事，我保证。”

你可以保证我毫发无伤，却不顾自己的安危。

安以若的关切之意自然而然就表露了出来，甚至于连晕血的症状都减轻了：“你别忘了，借过的东西还没还，要是你敢以死逃避请我吃饭，我非追去杀了你！”

似乎有些语无伦次。牧岩闭着眼睛，拧眉笑：“我没那么小气，你现在就可以想想，要吃什么。”

脑海里却在回放另外一组画面：那是他第一次执行任务。听说那个她也是抱着他受伤的身体一直哭泣，只是那时他伤得很重，子弹距离心脏只有一厘米，所以只记得倒下的瞬间，有个模糊的身影发疯般冲向他。

居然已是多年。

现场在瞬间忙起来，郗颜因过度紧张而晕倒，温行远抱着她流血的身体在特警的引领下率先上了救护车。安以若强迫自己冷静下来，抱起晨晨被席硕良扶着跟在牧岩身后上了车。至于中了两枪的萧然，也被医护人员抬上了另一辆救护车，随行的还有四名训练有素的警察。

救护车一路闪着红色信号灯，刺耳的声响不断，争分夺秒地飞奔向最近的医院。

医院里——

席硕良倚在走廊的墙壁上，看着手术室外脸色尚未恢复的安以若，心情复杂。

心里很清楚，她刚刚遭遇了危险，现在不是适合的时间，应该压下疑问。然而，安以若那样为另一个男人担心，他实在难以压抑。而且，从不说谎的他的以若，骗了他。

但还是忍住了。

席硕良脱下西装外套披在安以若身上："手术还要很久，我先送你回去休息。"

安以若却摇头。

而她脸上的未干的泪痕，昭示她有多担心。

席硕良如鲠在喉。

短暂的沉默过后，他起身就走。

"硕良？"安以若反应了一下，哽咽，"你去哪儿？"

席硕良停步，没有回头："给你买杯热饮。"

他去了很久，回来时给安以若买了杯热奶茶，还顺带给温行远带回一杯咖啡。

闻到他身上浓重的烟味，安以若犹豫了下："我和牧岩，相识得很偶然，我们……"

被席硕良打断了。

"不用解释。"见她面露不解，他语气淡淡，"我相信你。"

可笑容，却那么牵强。

手中的奶茶是热的，心却是冷的。安以若看着他的眼睛，只觉难过。她低头喝了一大口奶茶，那么烫，却连眉头都没皱一下。

席硕良似乎什么都没看见，只坐在一边，不言不语。

走廊里很安静，只有温行远来回踱步的声音。

郗颜先被推了出来，虽因紧张和惊吓出现了流血现象，但因送来及时加之她的身体状况良好，大人孩子都平安。温行远放下心来。他给家里打了电话，让人接走了晨晨，自己则留下来照顾妻子。

牧岩左胸中了一枪，不知道是萧然手下留情，还是没来得及瞄准并没有伤到要害。他的手术很顺利也很成功，没多久也被推出手术室，安置到了加护病房。

确认他没有生命危险，安以若脚下一软，跌坐在长椅上。

牧岩醒过来时已经是次日中午了，他手上打着点滴，胸口包着纱布，看着床边耷拉脑袋的属下，拧眉："困了就回去睡。"

坐着当然不会睡熟，大励立马就醒了，“嘿嘿”笑着凑过来：“头儿你醒啦？急死我了。”

牧岩笑：“急得睡着了？”

大励不好意思地挠挠头发，语气略显委屈：“队里的事儿一完我就过来了，一晚上没睡。”

牧眉蹙眉命令：“队里人手本来就不够，还有人力浪费在我这儿呢？抓紧时间回去休息，然后归队。”

大励却说：“我擅自作主通知你家里了，阿姨一会儿就到。”见牧岩竖眉，他笑嘻嘻地补充，“安小姐才走，说回去换件衣服就回来，让我等她来了再走。”

“多事。”牧岩嘴上似是不高兴，嘴角却忍不住微微上扬。

大励见他闭上眼睛不理人，以为他发火了，小心翼翼地问：“头儿你喝不喝水？”

牧岩“嗯”了一声。

大励忙倒了杯温水递过来。

麻醉的药力过了，伤口疼得厉害，牧岩根本坐不起来。

大励没护理过病人，见状只顾上来扶他。

牧岩“嗞”一声：“臭小子，不会把床摇高吗？”

大励这才反应过来，赶紧摇高了床。见牧岩喝口水都额头上全是汗，他又急了：“我去找医生来看看，看把你疼的。”

牧岩说：“不用。”

大励不听，转身出了病房，因为心太急，在楼梯口把安以若撞了个趔趄。

“这是干吗呀？”安以若抱紧手中的保温瓶，急忙往后退了几步。见大励神色紧张，她下意识就联想到牧岩，急问，“怎么了，他不好啦？”

大励夸张地说：“疼得受不了啦。”

安以若就急了，小跑着冲向病房，门也没敲就冲了进来。

病房里，牧岩正要躺下来，因为摇床的动作，他身上的被子滑下来半边。

尽管他的身材无可挑剔，可这样赤裸着上身——安以若的脸腾地就红了，匆忙间她赶紧转身，可因动作太急，额头不小心撞在了门框上："哎哟——"

她反应太大，惹得牧岩失笑："你没事吧？"边说边拉高了被子把自己盖好。

安以若慢吞吞地转过身来："该我问你有没有事？哪儿不舒服啊？"

知道她是遇上大励了，牧岩解释："麻醉的药力过了，伤口有点儿疼而已，正常现象，没事。"见她额头红了，他笑，"赶紧揉揉，别肿了。破相了可不好。"

"吓我一跳，以为你又反复了呢。"安以若倒没表现得多娇气，转身给他盛汤，"你那个手下没头没脑的，真不靠谱。"

没想到牧岩却是个护短的，闻言反驳："是年轻了些，不过办案还是很稳妥的。"

安以若撇嘴，见他胳膊不敢用力，她伸手接过汤碗："我来吧，别扯着伤口了。"

牧岩嘴上说不用，却不小心扯到伤处，见安以若幸灾乐祸地笑，他只好把碗递过去："搞得我像个残疾人。"

安以若白他一眼："不是残疾人还享受不到这种星级服务呢。"话语间，把勺递过来，像是要堵住他的嘴。

牧岩吃了整整三大碗，末了不忘表扬："汤是你熬的？味道不错。"

安以若一点儿不谦虚："一般发挥吧。"

她得意的样子像个孩子，牧岩微笑："其实你不用那么辛苦，我身体素质好，养几天就好了。"

说得不像中枪，倒像是擦破了皮似的。"我这人特懂知恩图报的理儿，你是我救命恩人，伺候你我义不容辞啊。"虽然是警察，也不见得个个都会替别人挡子弹，安以若的感激不言而喻。

"我救的是我侄女。"牧岩打击她，"要是被挟持的只是你，我还费那么大劲干吗？早开枪了。"当时那种情况，他哪里能轻举妄动，为了保证一大一小两个女人不受伤，思来想去，唯有先射伤萧然，才有机会扭转局势。

安以若把碗和汤勺放得远远的，不打算给他喝了："你这个人啊，嘴太坏。"

“我嘴坏？”牧岩不满，“我还没喝饱呢。”

“等会儿晨晨来了让她喂你喝吧，反正该报恩的也是她。”见他佯怒似的竖眉毛，她哈地笑了，“行了行了，能喝就全喝了吧，免得我提来提去的累。”忽然想到什么，她问，“你们执行任务不穿防弹衣吗？”如果穿了，他怎么就受伤了呢？

“当然穿。”提起工作，牧岩敛笑，“不过防弹衣也不是所有子弹都挡得住的。”见她皱眉，他耐心解释，“萧然用的是M93R冲锋手枪，子弹为箭形子弹，杀伤力并不是非常大，但也足以打穿防弹衣。”

太专业了，安以若也听不懂，她的理解是：“我还以为穿上那东西就万无一失了呢，随便射都不怕。”

“换成齐射弹可以在130米以内击穿6.3毫米的钢板。”牧岩叹气，“还随便射？当我枪靶啊。”

安以若笑，不敢再和专业人士讨论这么高端的话题，于是乖乖喂汤。

医生很快被大励找来，他给牧岩仔细检查伤口，确认伤口没有异常，嘱咐安以若：“这可伤得不轻，晚上睡觉时翻身要格外注意，别抻着了，否则伤口不易愈合。”

医生似乎是误会了他们的关系，安以若微有些尴尬，她又细细地了解了些护理的常识，才放医生走。

“其实你不用问他，我都知道。”牧岩见她问得那么细，笑了，“以前没少受伤，进医院也算家常便饭了。”

果然再神勇也是凡体肉身。安以若责备地看他一眼：“那你不早说，浪费我口水。”

牧岩但笑不语，当然不会说因为看她问那么起劲没好意思打断。

这时，安以若的手机响了，她看了看号码起身到外面接。病房的隔音效果并不好，牧岩隐约听见她说：“你忙吧，不用来接我了，我打车就行。好，知道了。”

外面很快安静下来，安以若却很久才进来。牧岩觉得她心情似乎不太好，于是就说：“估计你昨晚也没睡，回去休息吧。我这边不用你操心。”见她欲推辞，他抢白道，“别真把我当救命恩人，那是我的职责所在，换谁都要救的。”神情自然，不似敷衍。

“你家人怎么没来？还不知道你受伤吗？你伤得这么重，总得有人照顾啊。”想到就两人的关系而言，她确实不方便留下来陪护，尤其是晚上。

“我妈一会儿来——”

敲门声打断了他们的谈话，安以若打开门，待看清门前站着的人，一怔：“爸爸，你怎么来了？”

见女儿平安无事，安父悬着的心才算放下：“我是来看牧岩的。”宠爱地摸摸她的头发，他侧身进了病房，冲躺在床上的牧岩关切地询问，“怎么样牧岩，还好吗？”

“安市长？”牧岩怔了怔，回神后勉强坐起身。

牧岩调职回A市的时间不长，却不止一次代表队里向上级领导汇报工作，所以对于眼前这位安市长并不陌生。不过安以若是安市长的女儿，多少令他有些意外。看看眼前精神矍铄的领导，又看看一旁穿着打扮随意的安以若，他的唇角徐徐勾起。

机场初见的情形记忆犹新，那天她拖着大大的行李箱，长长的卷发随意披散在脑后，站在停车场内左顾右盼。雪白的防寒服，颈间围着一条红色的毛绒围巾，整个人沐浴在清晨第一道曙光里，灼目得令人移不开眼。

高速路上设卡盘查，依然素面的她换上了合身的小套装，如果不是打了他那一耳光，整体看上去很是淑女。

警队里认人，她把长发利落地束成马尾，青春活泼的样子像个邻家女孩儿。

昨晚遇险，她一袭黑色合身的时尚小套装，清淡合宜的妆容，轻而易举衬出简洁与干练。

似乎每次见面她都带给他不同的视觉冲击。回想她抱着晨晨摔倒时，抬起头向他求救的样子，真是可怜极了。如果他没记错，那还是她第一次叫他名字。

牧岩弯唇，勾起一抹意味深长的笑。

“这件案子涉及的数量、金额很大，现在已经到了收网阶段。但据调查所知，这个贩毒网络还有一个据点，我们需要更确凿的证据。”面对安市长的询问，牧岩正色回道，微蹙的浓眉说明他也有些伤脑筋。

“这半年来案子进展很快，但始终没查出幕后主使人。”安市长对这案子甚是关注，他斟酌了一下，“你的报告中曾提过萧然，昨晚挟持以若的人是她吧？看来还得从她入手。”

提到萧然，牧岩神色黯然：“据我所知，萧然是现在唯一一个能与幕后老板联系上的人，但要让她开口，很难。”见安市长面露不解，他继续，“目前警方已经确认这宗案子的最大东家是她义兄。萧然是孤儿，从小被人收养，和她义兄的感情极为深厚，所以想从她嘴里问出什么，难如登天。”

安市长下了指令：“既然人已经落网，决不能让线索断了。”

牧岩当然也是同样的想法，闻言神情严肃地点头。

他们的话题那么沉重，安以若听不进去，忍不住发牢骚：“爸爸，你到底是来探病的还是来听报告的啊？我们让牧岩休息吧，你这一来反倒让人家更累了。”

牧岩当然是无所谓的：“没事，我睡了一夜也休息得差不多了。”

安市长眼里流露出激赏：“我女儿都发话了，这不走也不行了。”

正好司机适时提醒下午有会议，安以若就和安市长一起告辞了。

去停车场的路上，安父以不容反驳的语气给安以若下最后通牒：“这案子你已经搅进来了，再在外面住我和你妈都不放心，明天我让司机接你回家。”

安以若不愿意：“人不都抓着了嘛，搬来搬去的麻烦。”

但这次安父却比以往坚持：“你是我的女儿，你为了什么搬出来住，以为我和你妈真不知道？”见女儿嘟着嘴无声反抗，他语重心长，“我和你妈就你这么一个女儿，只要是你喜欢的，我们都不讨厌。但事实证明问题并不在我们家，你这样迁就他真的好吗？”

感情这种事，哪里是好不好的问题。

安以若无奈：“爸爸——”

安父却无意结束这个话题：“你和硕良恋爱也有几年了，结婚的事还打算拖到什么时候？”

席硕良从来不提，她能说什么。安以若连敷衍几句的心情都没有了，无言以对。

想到女儿每个周末独自回家吃饭，尤其昨晚还发生了那么大的事，席硕良却还是不在女儿身边，安父的语气里明显有了责备的意味：“你都回国多久了？他还没露过面，这也太不像话了。”

安以若被戳中了心事，却依然为席硕良解释：“硕良事业心重，虽然公司上了轨道，很多事他还是亲力亲为，再说最近在筹备发布会，确实是忙。”

是事业心重，还是忽略你，身为父亲，我不是一无所知。

但为了照顾女儿的心情，安父没再继续，只叹了口气。

这声叹息听得安以若心中难过，她想了想，决定：“我明天搬回去吧，省得你那么忙，妈妈一个人寂寞。”

她除了是席硕良的女朋友，还是父母唯一的女儿，趁自己未嫁，多陪陪他们吧。

回到米鱼的公寓，安以若心绪烦乱地倚靠在落地窗前。

沉默了许久，她按下那倒背如流的号码。电话通了，对方刻意压低了声音说：“我在开会，等会儿给你打过去。”就挂断了。

突然间就心灰意冷了。

安以若颓然滑坐下去，缓缓趴伏在地面上，她把脸贴在地板上，心如波涛上颠簸的帆船，被狂风暴雨击得支离破碎，一点一点沉入海底。

时间倒流回两年前：

“为什么不告诉我？”席硕良的脸部线条因绷得太紧失了柔和，他嘲讽地笑，“是啊，这么有权有势的家庭，真怕有人高攀。”

安以若不认识他似的，倏地抬头，心底的眼泪被一滴滴逼了出来：“不是这样的。”

“那是哪样？”直视她的眼睛，席硕良质问，“恋爱四年，我竟然傻得连自己女朋友的爸爸是谁都不知道，真是可笑。”直到有人在背后议论，直到流言铺天盖地而来，他才如梦初醒。一问之下才知她是市长千金。

“难怪你任性。”席硕良冷哼，“你的确有任性的资本。”

“我只是因为爱你，才喜欢向你撒娇。”安以若哽咽，“硕良，恋爱是我们两个人的事，至于我爸爸的身份，与我们无关。”

“我不愿意一辈子笼罩在别人的阴影之下。”刻意忽略她的伤心，席硕良冷冷砸下这句话，头也不回地走了。

四年的感情，他竟然因为她良好的家世抛弃了她。

那么坚决，不留余地。

一切的情爱，仿佛在他转身的刹那消失殆尽。

看着他的背影逐渐远去，安以若泪如雨下。

那是席硕良第一次放手。

安以若伤心欲绝，她一遍遍打他电话，却始终被提示：您拨打的用户已关机。接连几天，席硕良都避而不见。

安以若疯了似的，倔强地站在雨雾里等，直到晕倒，才看到他远远跑来。

高烧持续了一天一夜，安以若醒来时嗓子哑得不像话，却还说：“你不喜欢的，我都可以不要。”

或许是她的样子太憔悴太可怜了，席硕良终于说：“以后再不会这样了。”

就是太爱他了，才忽略了他语气中不情不愿的成分吧。

以为风波之后还能归于平静。然而，爱情的大坝上到底还是悄无声息地出现了裂痕。

他们，再也回不去从前的单纯与亲密了。

席硕良开始变得很忙，忙到没时间见面。而安以若则不顾家人反对准备出国学习。

安妈妈试图说服她：“国内就没有好的设计学校了吗？不一定非要出国。只要你愿意，妈妈可以马上安排最好的设计学校，你明天就可以去读。”

“我不愿意！”安以若站起身迎视着母亲的目光，神情平静，语气坚决，“我要去法国。”

只因席硕良说过：法国是服装的圣殿，在那里可以吸收到最好的设计知识与灵感。

或许，他已经忘记了。但安以若却瞒着他与家里进行了一场抗争。

当安家二老妥协，把扣下的护照交到她手上，安以若欢呼：“硕良，我要去法国进修，等我回来我们并肩作战。”

他当时也笑了，没有阻止，唯有鼓励。

事情就这样了。安以若走了，一个人漂洋过海去圆他们的梦。他留下来，在这个没有人脉没有根基的城市，靠着股韧劲在时装界拼杀。然后，她学成归来，他建立了属于自己的时装王国，可是堤坝上的那道裂痕，似乎并没有因为彼此的坚持而有所愈合。

米鱼回来时看见安以若趴伏在地板上一动不动，吓得魂都没了，边喊边冲过去抱她："安以若，你怎么了？安以若？"

"你回来了？"安以若疲惫地睁眼，勉强扯出一抹惨淡的笑，"吓着你了？"见米鱼一副恨不得杀了她的表情，她说，"心情不好，闹自杀呢我。"

"我掐死你！"米鱼气得给了她两下子，然后才扶她起来，"找死啊你，也不开灯。黑漆漆地趴在地上吓人，我以为你被人谋杀了呢。"

趴得太久了，身上冰凉，安以若靠进沙发里双手抱膝："我这么彪悍，除了你谁能得手？"

"你还敢说？"米鱼横她一眼，递上热水，"别告诉我你趴在那儿睡着了！缺心眼儿啊。"

安以若喝了口水，说得漫不经心："还真睡着了。"

米鱼咬牙切齿："又发神经病了。"

安以若却还在笑："估计是治不好了。今晚不是有秀吗？怎么回来这么早？"

"还早？你看看都几点了？"

看了下时间，安以若的心情愈发失落了，席硕良说陪她吃晚饭，结果快深夜了，却连一通电话都没有。算了，爽约这种事，她已经习惯。

但还是忍不住难过。

放下杯子起身，她说："真冷，洗澡睡觉去。"进房前，她告诉米鱼，"你不是天天嫌我烦吗，明天我就搬回家了，别太想我啊。"

终于还是坚持不下去了吗？安以若的故作轻松，只是让米鱼更加心疼。

手机持续不断地响，她却只顾着想心事，浑然未觉。

直到回房的安以若从卧室探出头来："别发呆了，接电话啊。"

米鱼回神，见是陌生号码，接通："谁啊？"

不算陌生的男声透过话筒传过来："怎么先走了，不等我送你？"

是谭子越。先前他去医院看完牧岩刻意绕路去秀场接她，结果没见着人，问了她的经纪人才知人家早走了。

米鱼却不欣赏他的殷勤，语有不善："谁用你送，我和你很熟吗？我告诉你谭子越，要玩找别人，本姑娘没时间奉陪。"

谭子越不气反笑："干吗这么大火气，搞得像是我得罪了你，对我有成见啊？"

勉强算是认识，哪里来的成见？米鱼不愿废话，直接挂断。

安以若还站在门口，见状问："是谭子越啊？你们怎么了？吵架？"

米鱼不耐烦地丢了个靠垫过去："管好你自己吧。"

安以若挨了一下，闷闷回房。

次日清晨起床时，米鱼不在家。

安以若把衣物收好装进行李箱，给米鱼发了条短信："我回家了，那些书改天再搬，或者抵房租也行。"

米鱼的短信很快回过来："去死。"

安以若没告诉席硕良自己搬回家的事，只打电话回公司请了一天假，她上午在家陪母亲，下午去医院看牧岩。才走到病房门口，就听见熟悉的声音说："晨晨，你不是说要照顾小叔叔吗，怎么只顾自己玩了？去帮小叔叔倒杯水吧。"

安以若停在门口没动。

"那你又没说你渴了，我哪儿知道你要喝水啊。"小家伙从他身上爬起来下床，摇摇晃晃地帮他倒了杯水，"喏，这下算是照顾了吧？"

"你这服务也太不周到了。"牧岩逗她，"来，给小叔叔说说你最近都干什么了？有没有交男朋友？"

"我把他们都甩了。"晨晨爬回床上坐在他身侧，"小胖太脏了，都不擦鼻涕。还有那个大明，老是哭，一点儿都不像男子汉。"

牧岩朗声笑，伸手掐了下侄女的小脸："你知道什么样的男生才算男子汉吗？"

"当然知道了。"晨晨一副嫌他笨的表情，脆生生地答，"要像爸爸那么帅，像小叔叔一样勇敢，能够保护晨晨的才算男子汉呗。姨奶奶还说小叔叔最聪明，好像也不是嘛。"

居然被个小丫头片子怀疑智商，牧岩不服气："小叔叔也很帅吧？"

"还行吧。"

她回答得这么勉强，牧岩不满："什么叫还行啊？追小叔叔的女生可多了。"

"是吗？"晨晨抬起小脸，明显不信的样子，"可姨奶奶说你是光棍儿，没有女朋友呀？"

牧岩在心里埋怨了老妈几句："姨奶奶骗你呢。"

"姨奶奶才不会骗人。"晨晨歪着小脑袋想了想，"姨奶奶说应该由你女朋友照顾你。可我不是呀，为什么让我来陪你呀？"

麻烦了，这个问题很难和她说清楚。牧岩头疼。

"是不是姨奶奶喜欢我，想让我做你女朋友啊？"晨晨咧着小嘴笑了，"小叔叔，晨晨做你女朋友吧，你请我喝饮料好不好？"

"晨晨要做小叔叔的女朋友？"见小家伙像模像样地点头，一副"你看我多好，都不嫌弃你这光棍儿"的表情，牧岩笑了，"成，就让晨晨做小叔叔女朋友了，等小叔叔出院了就请晨晨喝饮料。"

晨晨"咯咯"地笑，忘了牧岩身上还有伤，搂着他的脖子在他侧脸上响亮地亲了一口："晨晨又有男朋友啦，可以喝饮料喽。"

安以若站在门外，听着一大一小两人的对话，心想：这个家伙，带坏小孩儿啊。

等她敲门进来，晨晨欢呼着扑到她怀里："以若阿姨，晨晨有男朋友了。"回头看了牧岩一眼，俯在她耳边轻声问，"小叔叔很帅吧，他就是我男朋友哦。"

"帅，帅死了。"安以若忍笑看着牧岩，"可是晨晨啊，等你长大了，你男朋友都成老头儿了，你还会喜欢他吗？"

"小叔叔会变老头儿？"晨晨眨巴着大眼睛，一想到帅帅的男朋友变成了像爷爷一样的人，立马悔婚，"那我不要做小叔叔的女朋友了。"转而仰脸看向安以若，"可是小叔叔又变光棍儿了不是很可怜？以若阿姨，要不你给小叔叔做女朋友吧？"

牧岩尴尬地咳了一声，随即挠了挠头发："小孩子不懂事儿，别往心里去啊。"

安以若耸耸肩表示理解，偏头对晨晨说："你在照顾小叔叔吗？"见小家伙点头，她笑，"那陪小叔叔喝汤好不好？以若阿姨煲的汤味道很不错哦。"

“晨晨没有生病，不用喝汤。”黑黑的眼睛转了转，小家伙挣开她的怀抱，三两下爬上床在牧岩耳边低低说了些什么，然后“咯咯”地笑，“以若阿姨，我要去看妈妈了，你替我照顾小叔叔哦。”说完利落地下地，小跑着出了病房。

安以若觉得小家伙笑得有点儿暧昧，盛汤给牧岩时问：“她说了什么？”

牧岩神色无异，喝了一口汤回答：“没什么。”

安以若不好再追问，就问：“怎么就你一个人？你家没来人照顾你吗？”

“我妈刚走，老人家年纪大了不能太累。”看出她的担忧，牧岩补充，“我一个大男人也不用人时刻陪着，只要有人送饭就行。再说了，你看，现在还有汤喝呢，生活乐无边。”

安以若觉得这人心真大。想到晨晨跪倒爬起地在他身上腻歪，不免担心：“医生怎么说，伤口恢复得还好吗？”

牧岩还是一副云淡风轻的样子：“挺好，两三天就能出院。”

两三天？安以若不可置信：“中枪啊，队长同志，就算您是铁打的身体两三天也出不了院吧，真是不要命了。”

“不能耽误正经事儿。”牧岩敛笑，正了神色，“萧然的案子要上庭的，到时候你得来。”

老爸下了令，安以若当然会配合：“没问题，随传随到。”

安以若的泰然自若令牧岩对她刮目相看：“你胆子挺大的。一般人经历过那一幕，估计吓得都不敢出门了，你怎么跟个没事人似的到处走？”

“什么叫到处走？还不是为了看你。”安以若挑眉，“况且我这么英明神武的哪那么容易被吓到？”见牧岩眉心聚得更紧了，她弯唇笑了，“说不害怕那是假的，要不我能形象全无地摔倒了吗？你不知道我是越想站越站不起来，急得满头汗。”

明明是个轻松的话题，两人聊得也算投机，可是——

牧岩唇边的笑意渐渐褪去，只默然喝汤。

他话忽然少了，安以若以为是被晨晨闹累了：“那我先回去，明天再来给你送吃的。”

牧岩把汤碗递过来：“麻烦你了，明天，不用再过来了。”

他神色漠然，语气中隐隐透着不容拒绝的疏离。如此情绪转变，令人不解。

或许是意识到自己语气重了，牧岩解释："你要工作，哪有时间跑来跑去，再说我很快就出院了。"

他看上去心情很差，安以若也没坚持："那我先走了，你休息吧。"

牧岩"嗯"了一声，听到关门的声音就闭上了眼。

谭子越过来时，穿着病号服的牧岩正立在窗前，挺拔的背影笼罩在黄昏的夕阳里，为整个人镀上一层晕色。

那么寂寥孤独的背影，让谭子越的心猛地一紧。他缓和了下情绪，才出言调侃，有意打破病房里让人压抑的安静："这就躺不住了？想什么呢，跟雕像似的。你伤的不是左胸，是脑子吧？"

身为特警，牧岩的警觉性向来很高，这次竟浑然不觉有人进来，他几不可闻地叹了口气，回身时脸上沉郁的神情迅速敛去："怎么有空来看我，俱乐部不忙？"

"忙啊。"谭子越大咧咧地坐在沙发上，"不过是底下的人忙，关我什么事。"身为老板，他非常懂得知人善用，在这方面，他与席硕良是完全不同的两种人。同样身为老板，席硕良似乎更习惯亲力亲为。

"干妈呢，没来？"

"我让她回去休息了。"牧岩躺回去，活动之下扯到了伤口，但他连眉都没皱一下，"她在这儿嘴就不闲着，不是劝我调动工作就是教育我给她娶个儿媳妇，耳朵都磨出茧了。"

单身汉的称号对男人而言是魅力的象征，对老人家却是永远的痛。

听出他语气中的无奈，谭子越心情大好："那也是你自己惹的祸，工作工作不让她老人家满意，好歹先把终身大事解决了，给她生个孙子抱，就没工夫念你了。"

"那你怎么不结婚？"牧岩明显是对自小玩到大的哥们儿的落井下石不满，"既然选择了这个职业，她就该相信我有能力保护自己。"

"你就把自己保护成这样？"谭子越瞥了牧岩一眼，对他受伤之事有责备之意，"能不能别这么拼命，有必要非得冲在第一线吗？反恐、排爆、反劫持、反劫机、缉毒、抓捕持枪罪犯，看看你干的这些活儿，不是我说你，确实太危险。身体发肤，受之父母，别太拼了。"牧岩当然明白兄弟的关怀之意，但他还是说："总要有人干的，否则这个社会不是乱套了？尤其像你这种不安分的人，还不得上天？”

“少你一个，地球难道就不转了？”谭子越瞪他一眼，“毕竟是家里的独子，适当考虑下干爸、干妈的意见。知道你爱岗敬业，那就不离开警界，但也没必要总这么枪林弹雨的。”

当然不是不体谅父母的苦心，可既然选择了这个职业，牧岩认为国家培养自己这么多年，在有能力的情况下就该站好这班岗，而不能因为危险就临阵退缩。所以他说：“你今天话太多了。”

“对牛弹琴。”谭子越懒得和他废话，闭上眼睛不理人。

牧岩看他好像睡着了：“你不是来看病人的吗？怎么睡上觉了？”

谭子越侧身背对他：“你小子命硬着呢，我向来不担心。你这儿清静，我休息会儿。”

跑到医院躲清静？牧岩没好气：“怎么，破产了？躲债呢？”

“滚蛋！”听见牧岩笑，谭子越嘟囔，“要不是看你是个病人，我真揍你。”

“揍我？你是对手吗？”

谭子越在身手上当然占不了上风，但嘴上不服软：“等我睡醒了就去告诉干妈，你是为了救女朋友受的伤，看她不念叨你。”

敢拿老妈威胁他。牧岩警告：“敢胡说八道，先毙了你。”

谭子越却睡着了。

牧岩下床把薄毯盖在他身上：“不知道晚上又野哪儿去了。”自己则去看表嫂郗颜。

结果才从病房出来，就见走廊里一阵忙乱，避开险些撞到身上的护士，牧岩看见席硕良坐在急诊室里，医生正在给他包扎胳膊。

牧岩站在门口问：“怎么了？”

席硕良回头见是他，转过身没有回答。

牧岩习惯性拧眉，缓步走到走廊尽头，对正站在那儿说话的两名交警简洁问道：“交通事故？”

其中一名交警抬头，认出他：“牧队好。”

他警种特殊，各方面的警察都会有所接触，交警认识他也不足为奇，牧岩客气地回了声：“你好。”然后微抬下巴，看向诊室方向，“受伤那个是肇事者？”

交警循着他的方向看过去：“市区之内，时速160，想不出事都难。”

忽然就想到了安以若，牧岩静默了片刻：“他伤得不轻，估计现在头脑也不是太清楚，明天让他去警队处理这事吧。”

交警有些犹豫。

牧岩给他吃定心丸：“他是我朋友，我保证他明天一早会准时出现在交通大队。”

交警放心了：“那就请牧队让他准时到交通大队尽快处理这次的事故。”说完话才注意到牧岩穿着病号服，关心地问，“牧队受伤了？严不严重？”

“没事，小伤。”

“那牧队好好休息，我们先走了。”

牧岩点头，对于他的通融道了声谢，坐在走廊外。

席硕良从诊室出来，像是没看见牧岩似的，转身要走。

“八点钟交通大队上班，你明天过去做下笔录。”忽略胸口传来隐隐的疼，牧岩站起来，神色如常，“席先生是对我有误会？”

牧岩是什么人，别人脸上一个细微的表情变化都逃不过他的眼睛，尽管没见过几面，并不代表他感受不到席硕良的敌意。但他并不确定席硕良了然机场一事，不想越描越黑让安以若为难，这才试探着问。

对于两人初见的那一吻，牧岩认为越少人知道越好。尽管他是为了办案掩饰身份，但毕竟安以若是个女孩子，发生那样的事，总会给她带来不好的影响。

席硕良停步，脸色沉郁：“不知道牧队长做了什么令我误会的事？”

他语气不对，敌意明显，牧岩感觉到了。

两人抬眼，视线在半空中相遇。

牧岩在席硕良眼中看到的是不屑与恼怒，席硕良则在他眼中看到沉静与淡漠。两个男人就这样面对面立在医院的走廊里，偶有医生、护士从身边经过，频频回望。

“三个月前我在机场执行任务，与安小姐初次见面。”牧岩斟酌了下，谨慎措辞，“她受我连累才被卷进这宗案子，而萧然盯上她，是因为误会我和她的关系。”

莫名觉得牧岩的解释是对安以若的维护。脑海中忽然闪过牧岩受伤时握安以若手的情景，席硕良如鲠在喉。他收回目光，抬步从牧岩身侧经过，走出几步又停下："牧队长身份、职业特殊，而以若又没有自保能力，为免她受累遇险，以后还是少见面的好。反正依你所言，你们也没什么交情。"

"至于说为救以若令牧队长受伤，我以她男朋友的身份说声谢谢。"语落之时，他稳步离去。

牧岩看了眼他的背影，转身与他背道而驰。

当牧岩和席硕良不欢而散时，安以若正漫无目的地走在街上。

只是连她自己都没有意识到，她经过的街道，都是曾与席硕良一起走过的。

原来，她在回忆。

那是不是意味：他们距离结局不远了。

而那个结局，安以若不确定是不是自己所期待的那个。

身心疲惫，倦意丛生。

顺其自然吧，已经退让迁就得太累。

安以若麻木似的随着人流走，丝毫不觉有人跟在她身后。只是她一直身在闹市，对方无从下手。不知道自己究竟走了多久、多远，当她觉得累了，才发现到了席硕良所住的小区附近。

安以若坐在路边的长椅上，双手掩脸，沉沉叹气。

直到手机响起，她定了定心神，深呼吸后努力让声音听上去没有异样："妈妈。"

安母的声音很轻，透着不加掩饰的喜悦："你去哪儿了，怎么还没回来？硕良都来了好一会儿了，就等你开饭呢。"

"硕良？"安以若一怔，"他，在家里？"

"你不知道？硕良说你们约好了啊——"母亲的声音变得遥远，安以若笑着流下眼泪。

终于不是每次都是她退让了。

顿时就有了方向，安以若冲到路边拦出租车。

入门便飘来饭香，而席硕良正坐在客厅的沙发上与父亲下象棋，安以若眉眼间尽是笑意。

席硕良也在笑："怎么才回来，阿姨说你老早就出去了。"

安以若换了鞋到他身边坐下，语气轻松："本想去公司找你一起回来，结果你先到了。"

席硕良亲昵地揉揉她发顶："你生日嘛，所以早出门了，怕路上堵车迟到。"从医院出来他直奔米鱼公寓而去，这才知道她搬回家了。

安以若克制住想握他手的冲动，轻声说："你们聊吧，我去帮妈妈的忙。"

安父但笑不语，把注意力放在棋盘上："硕良，你的棋艺大有长进。"

安以若出国前夕，席硕良曾来过安家一次，那也是他第一次登门。那天他也陪安父下棋，只是败得很惨，急于求成不说，更是毫无策略可言。

安父并不知道，在这方面席硕良其实根本不感兴趣。但商场如战场，为了领悟某些东西，他开始慢慢学习下棋之道，以锻炼自己掌握进退攻守之法，除此之外，也为静心。

席硕良笑得谦虚："差距太大，远远不是叔叔的对手。"言语间手起棋落，吃了对方一子。

安父笑笑："不见得。我老了，凭你的天赋，超越叔叔是早晚的事。"抬手以飞象护住老将，以免被将上一军。

席硕良没急着接话。

安父又道："相传象棋是秦末楚汉相争时的产物，韩信发明象棋，是为了锻炼将士的攻杀能力。"略作思考，他落下一子，"正所谓商场如战场，你选择象棋静心是对的。"似是看透了什么，他提示，"只是攻杀不宜过度，该退一步时也不要太固执地去穷追猛打，大丈夫要能屈能伸。"

席硕良体会到老人家的良苦用心，手上拿着棋子犹豫了下，落下的位置并不是先前心中所想。安父了然他的领悟，欣慰一笑："硕良，以若是个单纯的孩子，你可得替我好好照顾她，不能让她受委屈啊。"

席硕良郑重点头："叔叔请放心。"

父母之爱，永远都是最无私的。哪怕并不十分中意未来女婿，依然以女儿的选择为首位，甚至放下身段委婉劝说席硕良摒弃所谓的门户之别。这样的用心良苦，让安以若动容。她站在厨房里，几欲落泪。

席间，安母很热情地招呼席硕良吃菜，笑容亲切得完全不当他是外人，而安父更是主动找话题与他聊天，反倒是安以若，异常沉默。

突然很心疼父母。为了她，他们也在退让。至于席硕良，他能走出这一步，安以若知道，并不容易。看到他神情专注地与父亲交流，她体会到他的辛苦。于是，餐桌下，她轻轻握了下他的手。

席硕良神色如常，手心微一翻转，轻轻回握了她一下又快速松开。

安以若埋头吃饭，脸却悄悄红了。

安父心情大好，席硕良无法推辞，陪着老爷子喝了两杯。他酒量原本就浅，下餐桌时已经有些微醉。可是他没忘还有正经事要办，于是，在安以若帮着安母收拾好餐具后，他掏出西装内袋中准备好的红色绒盒。

安以若怔怔地看着他取出那枚戒指，恍惚间听到他说："叔叔，阿姨，我愿意照顾以若一辈子，希望你们信任我，把女儿交给我。"

全然不知安父如何回答，只知道席硕良笑了，那笑容有着如释重负之感，然后握住她的手放到唇边轻轻吻了下，声音很柔："以若，你愿意嫁给我吗？"

终于还是等到了这一天。

安以若的眼泪默默流下来。

席硕良以指腹轻为她拭泪："以若，你愿意嫁给我的，是吗？"

一滴泪落到手背上，让他感觉到那滚烫的温度。刹那间，心底柔软的一角揪紧了，席硕良自责于居然动过放弃她的念头。

回身看向安家二老，见他们鼓励地点头，席硕良把代表承诺的戒指缓慢却坚定地戴在安以若指间，末了："以若，相信我可以让你幸福。"

这是安以若听得最清楚、最真切的话。

全然忘了父母在场，更忘了羞怯，她扑进席硕良的怀里，哽咽："我就知道，你是爱我的。"

直到这时，安家二老方知女儿有多爱眼前的男人。哪怕有一万个不满意，也化作了祝福。

对于父母而言，没有什么比女儿的幸福更重要。

至于席硕良，他也终于明白，对于他们的未来，安以若很期待。

幸好没有错过你。

席硕良悄然收紧了手臂。

席硕良离开时，他们在楼下轻轻拥抱，舍不得彼此似的缠绵。

安以若在他怀里轻轻地说："这是我收到的最好的生日礼物。"

这也是我最想给你的礼物，或许迟了很久，但终究没有错过。

席硕良俯身低头，吻上她的唇。

这一吻不同于平日的亲密，夹杂着隐忍与忧伤的质地，勾缠出无限缥缈的心结与思绪。或许，他们都不知道彼此内心狂掀的波澜，或许，两人都有意借由唇间的柔软，和那相抵的温度，抚平心间的不安与焦虑。

当唇稍稍分开，他们额头相抵，席硕良低声问："怪我吗？"

他的冷淡，他的忽略，他的嫉妒，他的负气，她有太多的理由怪他。

安以若双颊红润如血，轻轻点头又摇头，然后把脸埋在他颈侧，以温热的呼吸抚摸他的肌肤："责怪永远抵不过相爱。"当然是怪过他的，怪他不肯听解释，怪他对她不信任，怪他丢下她离去，也怪他一天一夜的不闻不问，然而，这些责怪在他主动登门时就已烟消云散。

席硕良以掌心覆在她发顶："以若，谢谢你。"

安以若更紧地偎进他怀里。

初夏的夜，风是凉的。然而，相拥的他们浑然不觉。

保持拥抱的姿势许久，席硕良才松了手："回去吧，小心感冒。明天早上我来接你上班。"

安以若体贴地为他整理外套，细心嘱咐："到家给我发个信息。"

"好，我打电话过来。"

如同热恋时的难分难舍。

看着出租车远去，安以若沉静地笑，裹紧外套转身进楼。

在电梯前与值班的保安擦身而过，脚步声远了又突然靠近，安以若没觉察出异样，只静静地站在电梯前等待，然而，等来的却是后脑一阵沉闷钻心的疼。

意识丧失前，她隐约听见有人说："我来带你走。"然后，身体被轻轻抱起。

〔 第三章 〕

如 果 不 曾 相 识

原本就是两个世界的人，

那光明与黑暗的差距，何止是一点点？

相遇便是劫数。

入眼，是无边无际的黑，那纯粹的颜色蔓延至心底，压得人喘不过气。安以若眉头紧锁，睡得极不安稳。不知是疼痛，还是迷茫感的牵引，她无意识地呻吟出声。

“还以为你醒了。”顾夜唇角一勾，玩味般看着床上睡姿如孩童似的女子，修长的手指摩挲过她的眉眼，最后落在她裸露在外的锁骨上，爱不释手，反复轻抚。

“顾先生。”

顾夜眉峰微蹙，似是对打扰很不悦。

门边的守卫恭敬地站在那儿，小心翼翼：“单一先生来了。”

“让他进来吧。”顾夜合了下眼，敛去眼底一抹浅淡的柔色，为安以若掖了掖被角，起身出去。

单一进来时看见顾夜闲适地躺在阳台处的藤椅上，金色的阳光下，男人那张美丽得过分的脸，几乎可以和世界上任何一件美好的事物联系在一起。只是，他让人无从琢磨的性格，是与天使截然相反的恶魔化身。

单一知道顾夜不想见他。之所以没让他空跑一趟，或许是因为今儿心情好。

是什么事令他心情好呢?

单一思考间已经走到顾夜面前，尽管主子闭着眼睛，他还是弯身鞠了一躬：“顾先生。”

顾夜睁眼，慵懒地笑：“哟，单先生来了。”

单一双手握着放在身前，站着说：“前几天雨下得大，山路不好走，又听说您出了门，所以今天特意来看望您，您最近身体可好？”

一个“您”字，恭敬之意十足。

顾夜示意他坐：“劳烦单先生了，照理说您是长辈，该我去看您。”

单一受宠若惊："我闲来无事，走动走动反而好。"

顾夜笑，坦然受之的模样。

单一停顿了一下，似是在犹豫："自从A城出了事，外面就风声鹤唳的，近期行内的人怕是没人会妄动了。"

顾夜端起侍从递上来的茶浅尝了一口："单先生是提醒我过了这阵风头再动？"

不难听出他语气中的不满，单一欲解释："顾先生，这两年外城的交易都是二小姐负责，现在她出了事，暂时没有适合的人选，不如……"

顾夜优雅地抬手，阻止他说下去："萧然很快就会回来，到时候让她将功补过，拿不回货就用命来抵。这是家规，一视同仁。"神色冷若冰霜，砸出的话毫无温度。

单一眉心轻聚，抬眼望着眼前的主子，心底生寒。

顾夜是顾老爷子，也就是家族创始人的独子，萧然、萧雨两姐妹是老头儿收养的义女，负责货品的交易。至于顾夜，向来是不露面的。所以，道上的人虽听说过他的名字，甚至可谓是谈夜色变，但真正见过他的人却是少之又少，只是对他极为冷血的行事作风有所耳闻。而他的行踪也神秘得除了贴身的侍卫，无人可知。

先前这单生意为了迁就买家选在A城进行交易，萧然带着妹妹前往。然而，姐妹二人同去，不但丢了货，现在人也只能回来一个，难免令人心生惶恐。而且萧然即便回来也是九死一生，而这一生，就要看顾夜会不会顾念兄妹情义了。

只是，他这么一说，单一觉得那一生的希望似乎也变得缥缈了，却也懂得了顾夜此行是在助萧然脱险，于是问："二小姐何时能到？"

顾夜神秘一笑："这我还真算不准了，她会不会有意拖延就要看她心情了。"他挑眉看着单一，"她要先搞定她的男人，要不这趟出去损兵又折将，有损她名声。"

这对兄妹在玩什么把戏，单一一时间尚未参透。

顾夜无心多谈："单先生回去歇着吧，货的事我自有分寸。"

单一不敢再多言，躬身退了出去。

顾夜的目光久久落在门上，转头之时抬手挥落矮几上的茶具。

已经不记得这是主人这个月砸碎的第几套茶具了。听到房内的声音，侍从皱眉站在外面，直到里面再无声响，他才轻手轻脚地进去，利落地收拾好破碎的茶具，迅速换上一套新的。

晚饭时，顾夜亲自端着餐盘踱进房里。

安以若已经醒了，此时正裹着被单缩在床边，见有人进来，她惊恐地畏缩了一下。

侍从接过餐盘转身站在一边。

顾夜看着像个脆弱的玻璃娃娃般仰头望向他的安以若，只觉得她美得好干净。

凑近她坐过去，他长臂一伸把她连人带被卷进怀里，修长的手指不安分地探向她腰间，细细摸索。

安以若吓坏了，眼神惊惧，奋力挣扎："你干什么？放开我！"

对于她的反抗，顾夜不但不恼，反而笑了："真是不听话的女人。"话语间翻身把她压在身下，细密的吻落在颈侧，大手熟练地扯落她睡衣的系带。

安以若捶打身上的男人，偏头躲开他带着侵略性的亲吻："不要！放开我！浑蛋！"

她如此抗拒，顾夜似是没了兴致，他沉笑着把脸埋在她颈侧，像抱小孩儿一样把她抱在怀里："别企图反抗我，乖乖听话，我会让你很舒服地活下去，嗯？"

他声音低柔，像是在哄珍爱之人，安以若心底发寒。

她声音发颤："你是谁？"

顾夜对于她的冷静多了几分兴趣，单手撑头，如实回答："顾夜。还想知道什么，问出来我回答你。"鬼迷了心窍，他觉得有必要解释她为何会睡到他床上来。

安以若环顾四周，宽敞明亮的卧室，家具并不多，尤显空旷。卧室中央，也就是他们现在躺的这张床大得令人浮想联翩，如果不是床单、被子、枕套都是黑色，她会更怕。

眉心聚紧，望着眼前异常俊美的脸，安以若禁不住全身泛起冷意。明明那么美，为什么她只觉害怕。不是没见过英俊的男人，比如席硕良，他是那种斯文绅士的；比如牧岩，他的俊朗是属于阳刚潇洒的，相比他们，眼前的男人是阴柔的美。

“这是哪里？”

“我家。”

“我不在A城了，是吗？”

顾夜挑眉：“真聪明。”

“或许你愿意告诉我此时我身在哪座城市？”

顾夜笑，因为她的冷静：“我只愿意告诉你我们已不在中国。”

不在中国？安以若讶然：“我根本不认识你，为什么要抓我？难道你和萧然——”

她反应这么快，倒出乎他意料了。顾夜唇边笑意渐浓：“我认识你就够了。A城市长千金，时装界新秀，特警队长舍身相救的红颜，弘泰老总正牌女友。如何以若，我够了解你吗？至于萧然，既然你知道她，我就不多说了。”

果然他们是一路人。

安以若的大脑快速思考：“你是打算用我换萧然吗？”

顾夜脸色不变，只用手指勾勒她的脸型：“是，也不是。”

安以若不懂。

顾夜倾身，欲吻她。

安以若快速偏头，他的吻落在她侧脸上。下一秒，顾夜用手捏住她下巴：“我向来喜欢听话的女人。所以，别挑战我的脾气和耐心。”

“你的喜好与我无关。”不知道是哪里来的勇气，安以若“啪”地拍开他的手，“如果是想用我换萧然，就请对我客气点，如果不是，可以杀了我，不用费心威胁和恐吓。”

顾夜微眯眼睛：“你不怕死？”

“怕。”安以若迎视他阴冷的目光，一字一句，“但我更怕和你牵扯不清。”

顾夜闻言脸色骤变，他伸手扣住安以若手腕，像是要把她骨头掐碎似的，然后用力一扯，把她从床上拖到地毯上，声音冷寒：“和我划清界限的结果未必是你能够承受的。”

安以若浑身像散了架，但她还是倔强地逼退眼中泪意：“如果逃不掉，我只能领教了。”

“领教？”这份勇气，倒让顾夜生出几分怜惜之意。

他慢条斯理地从床上下来，坐在地毯上，目光的落点是安以若苍白却不失美丽的脸：“我许久不曾外出了，连下山都甚少，要不是为了你，怎么会特意跑一趟A城？所以，你逃不掉，而做我的女人肯定要比领教刑法更舒服，你那么聪明，一定懂我的意思。”

“做你的女人？”安以若在他眼中看到面无血色的自己，“除非我变成一具尸体。”

他们距离很近，近到他灼热的呼吸轻易喷洒在她脸上，近到他们的鼻尖几乎碰到一起。许久之后，顾夜起身，眼里漫过的柔情被寒冷的光华替代：“该让你先了解我。”话音未落，他已经伸手掐住了她的脖子。

安以若的呼吸顿时变得艰难，她痛苦地仰起脸。

顾夜冷冷地看着她，像一头发疯的野兽：“看来是我太过礼遇你了，让你忽略了我的坏脾气。既然如此，我就先让你领教一下轻一点儿的刑法。”

安以若觉得自己的脖子快被他掐断了，却还不肯服软：“刑法？你当自己是谁？”

顾夜手劲微微松了些，一副津津乐道的样子：“不管我是谁，都只能由我来教你如何屈服了。以若，我们来比比胆量和勇气怎么样？”

安以若已无心思考所谓的比胆量和勇气是怎么回事，当顾夜松手，她的身体倒在地上。

顾夜俯身把她抱起，让她的脸轻轻靠在自己颈间：“非要惹我生气，真是不乖。”说着像抱孩子一样把她抱出了房间。

穿过走廊，经过花园，不顾沿途侍从诧异的目光，顾夜把她抱进一个漆黑潮湿的房间。那里没有床，也没有被子，安以若就这样被丢弃在地上，昏睡了将近十个小时。

醒过来时，安以若恍惚地不知今夕何夕。

顾夜坐在舒适宽大的靠背椅中，接过侍从递上的浓茶喝了一小口，才起身走到她身前蹲下：“我知道你醒了，睁开眼睛向我证明你有多硬气。”言语间，他五指收拢，抓起她的头发强迫她抬头。

头皮疼痛难忍，安以若不得不睁开眼，声音虚弱：“你想怎么样？杀了我吗？”

顾夜故作怜惜地摇头，目光投向门边："我不杀人。血那么脏，溅到我身上多讨厌。你看那边。"

安以若循着他的目光看向门边。

嗅觉抢先视觉有所感知，一股难闻的恶臭扑面而来，她忍不住干呕了几下。胃里还在翻涌，眼睛已经看见一只畜生被牵着立在门口。

竟然是狼。

触及那道凶狠残暴的绿光，安以若的身体倏地绷紧。

顾夜陶醉似的注视着她惨白的脸，雪上加霜道："不知你作为它的早餐，味道如何？"

安以若的呼吸渐重："你，想让它吃了我？"

她越害怕，有人越喜欢。顾夜脸上笑意渐浓："它是我的宠物，漂亮吗？"尽管是问句，却不需要回答，他以眼神示意侍从把狼牵到近前，"我喜欢狼。它的勇敢像虎，聪慧像狐，轻盈像狗。"

安以若脸色惨白如纸，身体下意识向后挪。

却无路可退。

顾夜蹲在她身后，伸手扣住她的头压进怀里："胆子不是很大吗？怎么，现在怕了啊？"他语带笑意，末了还伸手摸向那狼。

那狼似是认得主人一般，偏着脑袋任由他抚摸，但迸射出绿光的眼睛却一瞬不离地盯着安以若，如同认定了猎物一般。

顾夜抓住她的手探向那狼。

安以若哽咽着拒绝："不！"

不被允许。

顾夜强迫她把手覆在狼身上："它是我养的，不敢造次。"

然而，这样的安慰安抚不了安以若的恐惧。她的身体颤抖着，眼泪更是控制不住流下来。

可惜，如此无助也不能令顾夜心软，他握着安以若的手一遍遍抚摸狼的皮毛，命令似的说："把眼睛睁开，看看它有多温顺。"

安以若死死咬住下唇忍住哭声，闭着眼睛用力摇头。

目的达到了。

顾夜满意地看到她吓得瑟瑟发抖，语气缓和了许多："只要你乖乖听话，别说是狼，谁都不能伤害你。如若不然，你自己考虑清楚，领教得起吗？”

鬼魅一般的声音回荡在耳畔，强撑的最后一丝意识渐渐迷离，安以若再次晕了过去。

顾夜把她抱回房里，用温暖的被子盖住那纤弱冰冷的身体：“我喜欢你并不代表我不会玩死你。”眼底漫过温柔，说出的话却冷冽如寒风，“再不听话，我就让那畜生撕碎了你。”

就在安以若被顾夜折磨得高烧不退昏睡不醒时，安家与席硕良在联系过所有的亲朋好友后，终于确认她失踪了，满二十四小时后公安局立了案。

素来沉稳的席硕良也是方寸大乱，安排好公司的事，与安父一起往返于家里和公安局等消息。米鱼和程漠菲则陪在安母身边劝慰照顾老人家。

时间一分一秒过去，流逝的像是安以若的生命。某种可怕的讯息似是无声地传来，让所有人都感觉到无力和恐惧。然而，他们却又不得不咬紧牙关挺住，相互鼓励着继续等待。

会有好消息。

公安局立案之后，立即召开紧急会议成立调查小组，全力追查安以若的下落。机场、火车站、汽车站，各条通往外市的高速路上都由警方的人员设了卡，大网铺天盖地撒了下去。

当然是毫无收获的。

没人能够想到安以若在被掳当晚，就已经被带到千里之外的中缅边境了。直到牧岩得知此事，事情才有了进展。

“你说什么？”犀利的目光锁定大励，牧岩不可置信地沉声，“你说谁失踪了？安以若？”难怪没来看他，原以为是被他冷淡的态度惹生气了。

“是安小姐。”大励点头，“上头来了指令，要从我们队抽调人手协助工作。”

牧岩脸色骤变，全然不顾会扯痛伤口，猛地掀开被子下地，边往外走边命令：“去开车，我们回队里。”

大励拉住他胳膊：“你伤这么重现在不宜走动，队里已经派了人手，你——”

“少废话。”牧岩一把挣开他的手，“去开车。”语气坚定得不容大励多说一句。

一个小时后。

中枪入院休息不足四天的牧岩身穿特警服坐在审讯室里，对面是脸色苍白的萧然。

“你知道安以若的下落。”不是问句，语气中的肯定成分令在场的警员讶然。

牧岩握紧手中的资料：“说吧，她在哪儿。”见萧然勾唇笑，他冷声，“或者，你有什么条件？总之，不用敷衍我说不知道，我还没那么笨。”

抬头迎上他冷峻的目光，萧然粲然一笑：“我就是不知道，你能把我怎么样？”

把手中的文件夹“啪”地掷到桌面上，牧岩深呼吸：“能在保全系统周全的小区悄无声息地把人带走，不会是简单的人。说和你无关，我不信。”

满意地看到他的怒意被挑起，萧然神秘一笑，那笑容有些诡异得妖艳，语气轻松得令人心底发寒：“保全系统周全又怎么样，还不照样出了纰漏？”微微前倾身体，她把嘴唇俯在牧岩耳际，用只有两人可以听到的音量说，“这么久都没消息，你说她会不会已经死了？”

牧岩的唇角抿成一线。

安静的审讯室内听到他沉重的呼吸声，片刻，他敛神直起身体，挺拔的身姿给人以压力：“直接杀她的能力，我相信你义兄有。既然现在是生不见人，就别废话了，萧然，说出你的条件。”

他这么直接，萧然似乎也失去了绕弯子的雅兴。只是，他越急，她越恼：“有烟吗？我想抽烟。”

大励把目光投向牧岩，等待指示。

牧岩点头。

大励把烟递过去。

修长的手指熟练地打火，点烟，然后狠狠吸了一口，萧然吐出一个浑圆的烟圈。

牧岩沉默。

烟雾缭绕中，他们看不清彼此脸上的表情。

萧然连抽了两支烟，才开口：“你从没喜欢过我。”然后她抬手把烟盒挥落在地，情绪突然激动起来，“你说不是因为她，为什么她失踪了你这么着急？我凭什么告诉你？如果我说我宁可死，你要怎么样？”说完她猛地站起来，欲掀身前的桌子。

牧岩倾身上前，双手大力地撑住桌面："萧然！"

他的眼睛格外深沉，此时盯着萧然，除了愤怒，更多的是难以遮掩的焦虑。焦虑于安以若的无力自保，焦虑于对方是杀人不眨眼的魔鬼。

怎么就把她扯了进来？！

似乎读懂了眼底的情绪，萧然声音破碎地开口唤他："牧岩！"

不为所动。

"说你爱我。"萧然的眼泪一滴滴落下来，卑微地乞求，"哪怕是骗我，说一次爱我。"

觉察出两人之间微妙的关系，大励不知该如何自处。

"很抱歉，我帮不了你。"牧岩抬眸，刚毅的线条令他的面孔更显俊朗，"萧然，我说过，我不爱你。"语落之时，他转身，推门，离去。

背影决绝，没有留恋。

萧然彻底崩溃，审讯室内传来女人撕心裂肺的叫喊，还有桌椅碰撞的声音。

牧岩面无表情地站在外面，许久之后，当里面安静下来，大励告诉他萧然扯裂伤口疼得晕了过去，他才折返回来，俯身把萧然抱起，送去监狱医院。

深夜，城市已经安静下来，监狱医院寂静得令人隐隐生寒。牧岩双手抱胸倚靠在病房内的座椅上，听到脚步声和低沉的说话声，他起身出来。

"这宗案子会由李副队接手，你马上回医院。"牧凯晟接到妻子的电话，十万火急地从外地赶回来，家都没回直奔医院而来。

牧岩没急着反驳。

牧凯晟命令："现在就跟我走。"

"爸，我不会把这个案子交给任何人。"牧岩心情沉重，眉头紧锁，不顾父亲已经怒火中烧，他说，"安以若是因为我才被扯进来的，我必须救她。"

"你怎么救？你才受了枪伤，就凭现在的身体状况你怎么救她？"牧凯晟看着儿子，急火攻心，"我就不该一时心软放任你留在警队。你是怎么答应你妈的，你做到了吗？"

牧岩坦然直视父亲："对不起，爸，让你们操心了。"

对于父母，牧岩是心存愧疚的。他所从事的工作，不可能不受伤，每每看到母亲到医院来照顾他时心疼得掉眼泪，他也想过退离一线，然而当他再次想到一个个无辜的生命受到威胁等待他去解救，他又马上忘了父母的担忧。他只知道，他无法漠视善良被践踏，身为一名警察，他有责任更有义务；他只知道，要用他有限的生命换取这个社会片刻的平静。

他能做的并不多，但总比不做要好。

牧岩一直是这样的心理，也始终遵循这个原则在坚持。

"没人比我更了解这个案子，而牵涉进这个案子的人也只有我最熟悉，所以我不能交给任何人。"牧岩眼里的无奈之色被敛去，取而代之的是一抹执着的坚定，"请您相信，您儿子不是逞强。我不会拿群众的生命开玩笑，更不会视自己的命为儿戏！"

牧凯晟有一瞬的犹豫。

牧岩继续："安以若现在一定是平安的，他们的目的不是杀她，即便动了杀机，也必然要等救出萧然。除了我没有更合适的人选。"他的声音极为平静，仿佛只是与父亲闲聊，所涉及的内容并不关乎生死，"爸，让我去，我一定活着带她回来。"

眼前高大英俊的儿子，目光坚毅冷静，神情镇定自若，牧凯晟的坚持几乎要再次被瓦解，可是，妻子的恳求犹言在耳："他是我们唯一的孩子，要是他有个三长两短，你让我怎么活下去？求你把他带回来。"于是，他继续劝："儿子啊，不是爸拦着你，可你也替爸妈想想，你知不知道你每次出任务，你妈都吓得睡不着觉，你每次受伤你妈有多心疼。当初你不顾我们的反对选择上警校，只要我有心阻止，没有哪个学校敢接收你，别说特警，警界的门你都跨不进去。可爸没有干涉你，我们尊重你的选择，是不想束缚你的手脚。你的人生，你的未来，你是最有选择权的。你放弃升职，只为继续留在一线，我都由着你了。可是，这个行业不是就你一个人。"

牧岩的目光移到父亲脸上，隐隐看到他的白发："爸，我没忘记自己的命是您给的，更没忘记我是您和妈唯一的儿子。请您再给我点儿时间，我答应您，只要十年。"他把人生中最宝贵的十年时间献给国家，十年之后，他也就该退下来了。

许久，牧凯晟的目光落在牧岩胸口，心疼极了："可你才受了枪伤……"就说不下去了。

牧岩握住父亲的手。

牧凯晟反手握住儿子的手，嘱咐："答应爸无论何时何地，都要以人身安全为最先考量。"

他和妻子就这么一个儿子，从小他就倔。夫妻俩都不惯孩子，却很尊重他的意愿，他报考警校他们虽不乐意但也没阻拦。可是当牧岩被挑中接受警队特殊而严格的训练时，牧家二老终是沉不住气了，牧凯晟甚至动手打了牧岩一个耳光。

牧凯晟记得特别清楚，那天牧岩的表情也像此刻这么平静，他躲也没躲，硬生生挨了他那一巴掌，然后说："爸，请您尊重我的选择。"

那么坚定和固执，让牧凯晟再说不出反对的话。

这一次，他依然妥协了。因为牧岩不仅是他儿子，更是一名身担重责的警察。他不能自私，哪怕舍不得。

牧岩紧紧握着牧凯晟的手，他长大了，父亲却老了，小时候都是被父亲牵着手，现在他却已经可以回握住父亲整个手掌了。牧岩抬眼，看见父亲眼角的皱纹，心头一酸，"我会保护好自己。"

牧凯晟仰头。

牧岩送他下楼，在司机躬身开车门时，唤了声："爸！"

牧凯晟转身，凉夜的风把牧岩的话清晰地送进耳里，"谢谢您！"

牧凯晟笑，欣慰的那种。然后摆了摆手示意他进去，坐上车走了。

牧岩低头在外面站了很久，像个罚站的孩子。

牧岩换了药回来，萧然醒了，但她不理人，只失神地直直盯着壁顶，目光茫然。

牧岩走到她床边："饿吗？要不要吃东西？"在没有得到回应的情况下，他扶萧然起来，把水递到她唇边，"张嘴。"

萧然把目光移到他英俊的脸上，然后无声地伸出手臂抱紧他的腰。

牧岩就叹气了。

他推开她，摊开她的手把杯子放上去，说："萧然，别这样。"

"啪"的一声响，杯子被砸到地上。萧然面目狰狞地吼："牧岩，我要让你亲眼看着她死！”

牧岩不言语，只冷漠地看着她。

萧然颓然躺下，沉默许久才空幽地吐出一句话，“你们就算把A城翻过来也找不到安以若。”她明明在笑，眼眸深处却沉寂如死水。

牧岩并不意外。

“我带你去，我们一起去云南。”萧然睁开眼，看着牧岩，“十天，十天之内我没有平安回去，她就会死。”获知安以若失踪的消息，她就知道自己很快可以离开这里。当然，也有另一种可能，就是十天之内她无法脱身，她和安以若都得死。

停顿了下，萧然声明，“就你一个人，谁都不能同行。否则，我就担下一切罪名，让这件案子到此为止。”

看着她妖艳的笑，牧岩暗沉的目光愈渐凌厉：“我来安排，我们明天出发。”

萧然冷傲地笑，笑够了，她说：“你可以顺便留封遗书什么的。”

回应她的，是三个字：“不需要。”

云南之行在一天后成行。

没人知道牧岩与上级领导谈了什么。他手下的小伙子们只记得两个人走出办公室时，神色异常肃然。然后，他们驱车直奔市政府，参加了一个似乎很是紧急的会议。

黄昏时分，牧岩与萧然的机票送到缉毒大队手里。

“头儿，让我跟着去。”大励掐着机票，站在牧岩身前，“那些人什么都干得出来，你一个人去太危险了。”

或许是被枪伤所苦，牧岩的神情略显疲惫，他上前一步抽出机票，拍拍大励的肩膀：“我不在的时候，兄弟们给我好好带，有偷懒的，第一个不饶你。”见大励还要说什么，他边往门边走边说，“没有我，你们这群小子就得上天，最多十天就回来操练你们。

见牧岩从楼上下来，办公大厅里年轻的警员整齐笔直地站成一排，神情庄严，一丝不苟地抬起右手向他敬礼。

黄昏的空气似乎很闷，缉毒大队被笼罩在一种叫作离别的情绪里，牧岩心中的某个角落渐渐变得湿润。

牧岩如鹰般犀利的目光逐一扫过众人："都给我精神点，要是让我听见谁说牧岩带出来的人垂头丧气，不如李队手底下的兵，"略顿，他唇角微微上扬，"每人每天五组俯卧撑，绕城三圈。听见没有？"

"听见了。"中气十足的声音，是他满意的回答。

牧岩抬手回礼："解散。"见警员们不动，他抬腕看表，"还不散？下班了。值班的就老老实实留下，其他人该回家的回家，该约会的约会，有点儿效率。"

"是。"

随着警员散开，牧岩抬步离去。

在夕阳余晖的映衬下，年轻俊逸的男人微眯双目仰头望向天际，那挺拔的身姿，那潇洒的情态，看上去那么专心致志，让人不由自主地退避，似是生怕打扰了他的凝思。然而，没有谁知道，此时此刻的牧岩，心底却是空落一片。

一家人一起吃过晚饭，牧妈妈见儿子要走，忍不住哭了："大木，你早点儿回来啊，妈妈还等着抱孙子呢。"

牧岩搂着母亲，轻拍她的背："您好好挑着，等我回来就一一去见，保证年底就把儿媳妇给您娶回来，好不好？"

听他这么老实地肯相亲，还承诺尽快给她娶回儿媳妇，牧妈妈更是心生恐惧，哭得愈发厉害："你这孩子，总是让妈妈操心，才受了伤又要出去……"

"您别担心，伤口好多了，现在一点儿也不疼。您要是不信我这就下楼跑几圈？"牧岩嘴拙，见母亲哭得伤心，不知该如何安慰，朝父亲递眼色。

牧凯晟把妻子拉离儿子的怀抱："行了，别老哭哭啼啼的。他又不是第一次出任务，那边都安排好了，会有人接应。"

"让你接他回医院，你可倒好，反而同意他去云南，他不是你亲生的啊？"牧妈妈来了脾气，抹着眼泪埋怨老伴，"我告诉你老牧，他要是有个三长两短，我也不活了。"

"说的什么话，难道他是我捡来的？"与儿子对望一眼，牧凯晟无可奈何地放软了语气，"身体本来就不好，别哭了，老大不小的人了，在儿子面前也不注意点形象。"

在牧岩的印象中，父母似乎从来没有吵过架。父亲虽然是个古板的人，但对于爱哭的母亲却格外疼宠。记得那时因为牧凯晟压下他升职的事，母亲大哭了一场，整整三天不肯和父亲说话。牧岩生怕他们吵架，匆匆赶回家。书房里，父亲却只是叹气：“你妈呀，当了这么多年领导，一点儿觉悟都没有。”

那语气和神情，牧岩只想笑：“您哄哄妈呀，总不能这么僵着，老夫老妻了还闹冷战，我都要笑话你们了。”

牧凯晟瞪他一眼，随后又苦笑：“这都三天了，愣是不让我回房睡，你说说你妈，唉。”

似乎就是从那个时候起就动了个念头：等自己结婚了，也要像父亲待母亲一样，尽自己所能让妻子幸福无忧。

只是那个人，在哪儿?

第二天出发，安父和席硕良来送行。

安检口外，安父嘱托：“牧岩，作为父亲，我恳请你一定把以若带回来。”

牧岩神情凝重地点头：“您放心，我一定竭尽全力。”

席硕良也说：“拜托了，注意安全。”没有丝毫虚伪的成分，也并不是敷衍的说辞，这个时候，除了寄希望于牧岩，他什么都做不了。他选择了相信，选择了等待，更在迫不得已的情况下接受了煎熬。

牧岩感同身受了他的无奈：“等我消息。”

在警方安排下，牧岩带着萧然提前登机。

飞机准时起飞。

萧然一直很安静，直到飞机进入平飞阶段：“我想喝水。”

牧岩伸手探了探她额头，感觉到她身体的异样，拿出事先准备好的退烧药：“吃了吧。”

萧然没有反对，吃完药她吃力地挽过牧岩胳膊，靠在他怀里。亲昵的样子看在外人眼中，像是一对情侣。但事实却是：为了确保牧岩的人身安全，萧然被注射了药物，而这种药除了让她浑身无力外，也不可避免地让外伤严重的她随时可能发烧。

所以，牧岩沿途还要照顾她。

唯一与他亲近的机会，即便虚弱，心里也是欢喜的。

"如果飞机能一直这么飞下去，永远不要停，该多好。"如此难得的独处，让萧然的心平静下来。哪怕一切是假象，哪怕短暂的和谐持续到云南就会被打破，她也甘心沉沦。

牧岩无语。

他们之间，埋了一颗定时炸弹，到了云南，就会被引爆。这一路，不过是彼此休养生息。

飞机在昆明机场降落，当地公安局已准备好直升机，与牧岩交涉后，直接送两人前往位于瑞丽江东南岸的姐告边贸区。此时，牧岩尚不知安以若被顾夜囚禁在与姐告仅有一江之隔的缅甸对外贸易口岸——木姐市。

到达酒店，牧岩向上级领导汇报工作。回房时，萧然正裹着浴巾歪靠在沙发上。见他进来，她笑了，媚眼如丝般望着他："牧岩，我们这样像不像夫妻？"

牧岩尴尬地别过脸，抬步踱到窗前看夜景。

姐告边贸区对于牧岩而言并不陌生，在他调回A城前，曾在这里一家资金雄厚的珠宝公司上班。与萧然就是在那时相识的，而那一段卧底生涯，实在不是什么愉快的记忆。

再次回到这里，可以预知，也一定凶险万分。尽管有专人配合工作，根据行动的部署，他与萧然必须寸步不离，所以这一夜，牧岩与她要同室而处。

听到身后的脚步声，牧岩眉心聚紧。下一刻，女人柔若无骨的身体贴上他后背，纤细雪白的手臂自他腰际搂了过来。

萧然媚声唤："牧岩。"

牧岩伸手去扳交叠在他腰间的手。

萧然不顾伤口的疼痛，用尽全身的力气搂紧他，"你知道，我一直想把自己给你。"他是她唯一想要的男人，她不想，也不能放弃今夜这个机会。

牧岩只能不顾她伤口的疼痛，把她扯离自己："我不需要。休息吧，明天还有重要的事情要办。"按照计划，也是萧然的要求，明天他们要走山路，他需要休息保持体力，否则很难应付突发状况。

却不行。

萧然伸手扯落浴巾，如雾般迷离的眼波牢牢锁住他，曼妙的身体藤一般缠上他健硕的身躯："牧岩，忘了告诉你，我学过催眠。"

催眠？牧岩的眉眼陡然涌上凌厉。

朦胧的月光下，他的身体紧绷着，萧然柔若无骨的皓腕绕上他的脖子，如丝般的眼眸紧紧地缠绕着他。此时的她像个脆弱而又邪魅的孩子在他耳旁轻轻呼吸，破碎地呢喃着细碎的语言，辨听之下，却是他的名字。

牧岩，牧岩。

明明只是呼唤，怎么——

牧岩只觉自己沉沦在梦境里，周边的一切变得模糊而混乱，潜伏在心底的某种欲望被一滴一滴勾起，使他的心境得不到想要的宁静。

牧岩用力摇头，试图让自己清醒，然而他痛苦地发现，天地似是都在旋转，眼前清晰可触及的，只有萧然伸出的手。

心如鬼魅。

"不。"牧岩用手扣住她裸露在空气里的肩膀，拼尽所剩无几的自制力阻止她靠近。

可是，强烈的决心哪里抵得过泯灭心智的催眠术？

牧岩的嘴角有血迹沁出。

萧然素白的手覆在他手背上："就一夜。明天我们桥归桥，路归路，各不相扰。好不好？"

一直以来，萧然的感情世界都贫乏得可怜，直到遇上牧岩，她冷漠的人生才有了阳光。他冷静，泰然，正义，温暖——她一步步深陷，无力自拔。

可他始终都在拒绝。

萧然是气的，觉得他真是不识抬举，转念想想，像她这种走在生死边缘的人，实在没有抬举他的资本。算了吧，怎么样都行，只要别离开。

这都不可以。

他悄无声息地消失在她的世界里，机场再见，他却在吻别的女人。

忍无可忍。

一念起，就对安以若动了杀机。

如果萧雨不死，似乎还可以回头。

却晚了。

或许只有得到他，才不枉以死相拼爱一场。

偏激了。

萧然以指腹温柔地抹去牧岩唇角渗出的血红："固执给谁看？会死的啊。"她踮起脚，唇贴上他的唇，"抱着我就会舒服了，听话。"

牧岩几乎要顺从她的心意了。

如果不是退步时后背贴上了冰冷的玻璃——那冷意提醒他，要拒绝。

情欲是翻涌的潮水，不是任谁想以坚强的意志就能抵抗的。牧岩的额头有汗珠沁出来，润湿了他的鬓发，单手扣住萧然的肩膀，右手紧握成拳抵在额角：

"我宣誓：我志愿成为一名中华人民共和国人民警察。我保证忠于中国共产党，忠于祖国，忠于人民，忠于法律；服从命令，听从指挥；严守纪律，保守秘密；秉公执法，清正廉洁；恪尽职守，不怕牺牲；全心全意为人民服务，我愿献身于崇高的人民公安事业，为实现自己的誓言而努力奋斗！"

试图拉回自己残存的理智。

萧然不信，一遍遍唤他的名字。

凄凄冷冷的夜，空调的风轻柔地吹过，牧岩双手插进发间，咬紧牙关，抱头滑坐在地上："萧然，为你自己保留最后一丝尊严。"

一句话，熄灭了萧然心底灼灼燃烧的火。

她多想亲手毁了他，可因为爱他，萧然发现，承受不了他的轻视。

原来，尊严那东西，她还有。

眼中炽烈到癫狂的情感慢慢敛去，妖媚慑人的眸光渐渐消退，萧然颓然跪倒："牧岩，我恨你。"

有多爱，就有多恨。

牧岩的意识恢复清明，他缓缓睁眼，看见萧然脸上，都是泪。

这样毫无防备的伤心，令人心软。

牧岩扯下自己的外套裹住她裸露的身体，叹息着把她纳入怀里："对不起！"

如果不曾相遇。

黑夜在挣扎中过去，当清晨的阳光洒进房里，被困在顾夜那里的安以若也终于在高烧之后清醒过来。她睁开眼睛环视四周，空旷的房间，偌大的双人床，而自己，依旧被包裹在一片素黑里。

绝望到恨不得放弃求生的希望。

“烧了一天一夜饿了吧，醒了就起来吃点东西。”顾夜蘸湿了棉签给她润唇，随即俯身把她抱起，末了还体贴地在她身后放了个抱枕，“烧一直不退，我都担心了。”

安以若不领情：“那也是拜你所赐。”

还敢顶嘴，比他想象的勇敢啊。顾夜好心情地笑：“不吃东西哪里有力气领教呢。好了，乖，喝点粥吧，你现在的身体状况只适合吃些清淡的。”

安以若讨厌他身上淡淡的草香味，更讨厌他虚伪的笑和熟稔的语气，但是，她接过碗：“我自己来。”

顾夜是把碗给她了，可他的手更加讨厌地抚上她鬓边，轻柔抚摸的动作像是情人间的亲昵，唯有指尖的冰凉，提示安以若面前的男人有多危险，有多喜怒无常。

“不用浪费精力思考如何逃跑。”洞悉了她心思似的，顾夜慢声，“别说是你，就算是牧岩来了，都走不掉。这里的保全措施不是监控，而是，枪。”

安以若僵住。

顾夜很满意她的反应，“这里的每一个人都是我和萧然培养出来的，你想走出去，根本不可能。所以，放弃吧。”

安以若负气似的，一口气吃掉了整碗粥：“既然那么自信，敢不敢试试？”

顾夜明显顿了一下，然后随手碰了碰她的长发：“累了就再睡会儿，我不喜欢勉强人。”

他是活在黑暗里没错，可他的心，却还是自命清高与骄傲，哪怕女人是他绑来的。

他就这样走了？安以若朝着他的背影：“不敢尝试吗？怕输？”

顾夜脚下未做停留：“怕你死得太难看。”

房门开启又关上，把他的背影切割掉了。

安以若赤脚走到阳台上，伸出素白的手试图抓住一缕阳光。

当然是失败了。

是预示着她不能获救吗？

安以若安慰自己：“无论遇到什么，无论有多失望恐惧，都不能绝望。”

雨后的山路满是泥泞，牧岩感觉到左胸处的伤口迸裂般疼了起来，看了看时间，他寻了处干净的地方停下休息。

清晨醒来之后，萧然没有说过一句话，甚至不肯用餐，原计划八点出门，结果因为她不肯配合拖延到九点多。药效未过，她的身体很虚弱，牧岩只能半拖半拉着她上路，进度缓慢。

萧然坐在石头上看向远处，隐约可见几处房屋：“你真的打算上去？”

这是今晨她说的第一句话。

牧岩不答反问：“你义兄叫什么名字？”

对于他的答非所问萧然并不意外：“我说了就得死，你说，我会冒险吗？”

她语气那么淡，像是在谈论天气。

牧岩不动声色，貌似不经意地向四周望了望，暗了眼底的光芒：“他很沉得住气，你们很有默契。”从安以若失踪，到昨晚他与萧然到达这里，那边没有任何一通电话打来要求交换人质，但牧岩相信他们的一举一动都在那人的掌握之中，对方很是胸有成竹。

萧然抬眼看向他：“你不用那么委婉，可以直说是他全然不在意我的生死。”

牧岩的眸光忽然动了一下，心里似有暗潮在渐渐漫过最后的底线。他们的默契源于一些黑道的规矩，牧岩知道萧然带他上山是引他入狼窝，因为那里有人等着要他的命。

却不能退缩。不入虎穴焉得虎子的道理他懂。

萧然长叹了口气，眼底的悲凉席卷而来，仿佛阴雨晦涩，萧瑟得令人不敢直视：“牧岩，现在后悔还来得及。”不该提醒他的，但是再往上走就踏入了顾家的地界，任凭暗处有警察协助，他也是九死一生，她，于心不忍。

牧岩骤然握紧了手，眼底浮起锐利：“已经走到这一步，哪有退回去的道理。”他站起身，伸手握住她的手腕，“走吧，快到了不是吗？”越是靠近越是危险，越是危险越有希望。

萧然抬眼，目光触及牧岩意蕴极深的眼眸，欲言又止。

牧岩眉峰轻聚：“怎么？”

他的脸在树影斑驳间忽明忽暗。萧然眼眶微湿，却终是什么都没说。

持续前行。

林间沉寂被隐隐传来的悲泣打破。牧岩凝神看去，远处迎来一队人，稍稍走近了些才发现竟是一行送丧之人，每个人的胳膊上按辈分戴了黑纱，有的人别针上多一小块蓝布，有的多一小块红布，还有人扎了麻布腰带。

四下皆寂，唯有山风吹得树叶沙沙作响以及渐大的哭声弥漫而来，压抑得令人窒息的死别悲泣挤满了整座山，令人不禁嗟叹，生命渺小，生死无常。

离得近了，牧岩才看到队伍中央有人抬着一口棺材："现在这里还兴土葬？"

萧然的母亲因难产而过世，她并不知道是如何安葬的，可父亲的葬礼是义父办的，她记得义父说："土葬才可以令死了的人得到真正的解脱和安息。"

牧岩似是有些困惑："就葬在山上？"

萧然点头，回身指了指紧连的另一座山："那边，清明的时候镇上的人都去祭扫。"

牧岩顺着她指的方向看过去，密林之中什么都看不分明，有片刻的思维停滞，然后他把目光移向前方，习惯性蹙眉。

萧然眸光极黯："其实，人都死了，什么样的安葬方式又有什么不同？"

话语间，送丧的队伍已近在眼前。牧岩有意带萧然给对方让个路，结果，喇叭声蓦然间响了起来，脆亮悠长的调子飞走在山林之中，树梢之上，刺耳又苍凉，更显突兀，似是夹杂着深重的悲哀，又似某种暗示。

牧岩有不祥的预感。他心念急转，左手大力推开萧然，右手迅捷摸出腰际的配枪，在嘹亮的喇叭声掩护之下连开两枪。

混在送丧队伍中的杀手没有想到他反应如此迅捷，回神之时已有两人倒下。

一定是事前有所布置。否则双方开了数枪，即便有喇叭声掩护，也不可能无人发觉。

牧岩持枪寻找距离最近的掩体。

萧然被推倒在地，按捺住紧张的心情，她看着牧岩纵身一滚，趴伏在石头背后，微眯着眼睛寻找伏击点，眼中腾起惊人杀意。

风云对峙。

杀手借着密林隐藏身形，牧岩右手执枪，左手托住右腕，神情肃然地寻找目标。

萧然静待不动。密林遮住了天光，犹如她被阴郁所笼罩的心情。

顾夜，你果然厉害。哪怕我拖延了出发的时间，依然跳入你布下的局。

送丧的队伍有意放慢了前行的速度，似是在掩护杀手，牧岩霍然握紧了手，瞳孔骤然紧缩，凝结了眼神。却还不忘拿眼角余光锁定萧然。

萧然感觉到了："你是要保护我还是怕我跑了？"她音调极低，隐隐生寒。

牧岩并不看她，食指一勾，冷光一掠而过，下一秒前方已有人直直倒下。然后，他目光一斜，锋芒毕露："他们的目标是我。"言下之意，你又何须保护？

孤身涉险，被困其中，他却依旧从容镇定，浑身冷落的气息与雨后的空气相融相汇，孤傲的神情似在昭告天下，上天入地，谁与争锋？

她的担心于他，无用。

山中隐约流过一缕悲壮的空气，牧岩前一秒还在径直注视前方，却忽地翻转身体，仰躺着朝萧然身后开了一枪。

萧然只觉一股疾风从眼前擦过，似是眼睛尚来不及眨一下，已听到低低的痛呼声，随后身后就有人重重摔倒在地。

是救她还是自保？萧然不得而知。

牧岩利落地以左手抓住她手腕躲到大石另一边，握枪的右手抵在膝盖上，他深深呼出一口气。尽管面色不改，但萧然何尝不知：如此剧烈动作之下，他胸前的伤口裂开了。

战斗还在继续。

片刻沉寂后，喇叭声又此起彼伏，枪声相继响起，子弹自耳际飞速而过。牧岩清醒了眼神，冷厉道："萧然，你这路带得果然是好！"

话音未落，他翻身而起，子弹破空而去，飒然之气流泻而出，令人移不开眼。

可是，分别在即。

被枯木凋落了的残叶显露出丝丝生机，萧然眸光一动，俯低身体，用尽浑身力气快速撤离他身边。

“萧然！”牧岩回身欲拉她，却感觉到身后有子弹飞掠而来，他迅速收手，趴伏在潮湿的地上，曲指扣动扳机。

子弹落在萧然脚下。

她显然恢复了体力，在险些跪倒的情况下，一跃而起，快步向树林深处而去。

喇叭声终于远了，刺耳的枪声暴露于山林之中，惊醒了潜伏在远处暗林中的警察。然而，当他们赶到之时，剩余的杀手已带着萧然训练有素地撤离了现场。而牧岩坐在地上，左手抚于胸前，执枪的右手颓然垂落下来。

“牧队？”负责此次行动的方队长冲到牧岩面前，收起配枪欲检查他的伤口。

牧岩伸手一挡：“送丧的人全部带走，立即搜山。”

“是。”方队长抿了抿唇，想到牧岩孤身一人展开的枪战，又想到犯罪分子竟然在眼皮子底下劫走了人，面色难看，“一队逮捕送丧的人，二队搜山。”

感觉到掌心湿润，牧岩意识到伤口流血渗透了衬衫，他抽回抚在胸口的手，清冷了声音下令：“调派人手，全力搜山。”

方队看见牧岩眼中凌厉的锋芒，点头称是，转身安排搜山事宜。

牧岩径自往山下走，直到手机有了信号，他向上级领导汇报工作。

直到黄昏，搜山行动才结束。

对于一无所获的结果，似乎是在意料之中，牧岩没有表现出任何情绪。

回到警局，他的手机方才响起。

“萧然已不在国内，现在的准确位置位于缅甸对外贸易口岸木姐市……”

当然知道萧然不会真正带路换回安以若，却不得不随她而去；她明知事有蹊跷，依然假意前往。结果就是，牧岩状似无力令她脱逃引她真正带路。至于她如此迅速就出了国界，倒是牧岩始料未及。

原来，他们都是演员，舞台上天衣无缝。

牧岩沉默，方队也不说话，原地待命。

前天晚上接到指令，上级领导交代全力配合从A城携重犯赶来营救人质的牧队长。昨晚接到人后方队亲自把他们送至酒店，并根据牧岩交代派四人守在酒店外待命。今早则保持一定的距离，尾随他们上山。可惜，在喇叭声的掩盖下，他们错过了那场激战，令重犯逃走。

警队里，牧岩静立窗前，目光久久投向远处。许久之后，他对等待指令的方队说："安排船，送我过江。"

牧岩毫发无伤的消息很快就传到顾夜耳中。

他坐在书房里，手指有一下没一下地轻叩桌面。片刻，似是了悟了什么，唇边渐渐浮现出一个极为傲慢的笑容，有种有恃无恐的张扬："我小看你了。"

"顾先生。"是侍从提醒他安以若用餐的时间到了。

顾夜神色清冷地起身，推开门向卧室而去，同时对身后的侍从吩咐："二小姐回来了让她来见我。"

顾夜三步并两步跑上二楼。阳台上，安以若赤脚站在那里，她身上的白色男式衬衫衬出她盈盈一握的娇小身体，她挽高了袖子，露出纤瘦细嫩的手臂，长长的卷发被夜风扬起，凌乱而妖艳。

此情此景，犹如一幅画，震撼了他的心神，犹如九个月前初遇安以若时的情景一样，被顾夜珍藏在血脉里。生怕打扰了这一刻的宁静，他站在门边，欣赏着眼前温婉的身姿，眼底柔情涌现。

直到安以若仰头，面向夜空，他才靠近。

安以若陷入凝思里，全然不知顾夜来了。直到身体自背后被他搂进怀里，她才恍然惊醒。

身体倏地绷紧。

不可否认，对于他，安以若是害怕的。他的喜怒无常阴晴不定，都令她心生恐惧。

挣扎，但失败了。

顾夜双手交握在她腰际，下巴搭在她肩膀上，脸颊隔着她柔软的发丝轻轻摩挲着她的脸："记得去年八月六号你在做什么吗？"他声音轻缓，说不出的玉润精致，与恶魔一样的性格格格不入。

他们曾见过？安以若陷入思考，但是，那么确切的日子，她实在没有清晰的记忆。

她果然是忘记了。顾夜脸上的失望一闪而逝，叹息着搂紧她，不疾不徐："那天你也像现在这样披着长发，穿的是一条白色的长裙。"

似乎那天的记忆很美，顾夜叙述着，微微地笑，"那首曲子浑厚磅礴，真有点儿荡气回肠的感觉，你好像是屏息静气连眼睛都不眨，那样子就像怕错过任何一个细节和音符。"

湖边音乐喷泉旁，水幕冲天而起，他站在她对面，透过晶莹跳跃的水珠看着她。视线里，她轻轻地笑，情态柔美，笑容粲然。他微笑而不自知。而她，全然不知有个男人站在不远处静静地注视她，把她几分钟内变幻的表情尽收眼底。

那么干净迷人的笑容，顾夜永生难忘。

以为就这样了，一面之缘。没想到，还有后续。

顾夜已经转身走了，却听到背后有人叫："先生。"

那么好听的声音，是她吗？顾夜几乎不敢回头，怕看上一眼，就舍弃不得。果然，回身，入目的竟然真的是那张清爽好看的面孔。

她把手中捡到的钥匙递过来："是你的吗？"

那枚白金钥匙，于他，如同生命般重要。

顾夜伸手接过来："谢谢。"

她柔软的手与他修长的手指轻碰，女孩儿浅笑："不客气。"

顾夜下意识收拢手指，却也只触到她指尖。忽然就有种冲动告诉她自己的名字。可是，刚要开口叫她时，她居然不小心撞到一个粉雕玉琢的小女孩儿，然后她扶起她，边帮小姑娘整理公主裙，边一脸笑容地哄。

那个画面，好温馨。

顾夜用手机拍下那一瞬安以若温暖的神情。

音乐声戛然停止，扬起的颗颗水珠落回水面，激起阵阵涟漪。璀璨的灯火下她的身影渐渐淡去，最后消失在拥挤的人潮中。顾夜立在原地，灯光映在他眼睛里，异常明亮。

那一天对于安以若而言或许是极普通的一天，她与同去进修设计的同学相约去湖边看音乐喷泉，而顾夜的私人飞机刚好降落在巴黎。

原本就是两个世界的人，那光明与黑暗的差距，何止是一点点？

相遇便是劫数。

随后，顾夜派人查了她，知道她在巴黎的设计学院进修，可他却不得不因为一桩极为重要的生意离开法国。几个月后她回国，他在第一时间得到了消息，为什么同意这次的交易在A城进行——只因为，她在那里。

可惜顾夜并不知道，一切命运的转折都源于她，这个名叫安以若的女人。

遇上她，乱了他的生命。

安以若这才想起在巴黎学习期间是曾去看过音乐喷泉。那天她因为大意撞到晨晨，进而与温行远夫妇相识。晨晨，牧岩，那个冷静迅捷的警察，会来救她吗?

怎么会?如此遥远，而他，还在医院里。

夕阳近距离洒在她身上，却无丝毫暖意，安以若的心情哀伤到谷底。

顾夜哪里知道安以若的千回百转："那天的我似乎没有给你留下深刻的印象。"双手扳正她的身体，他像哄一个别扭的孩子，"那就从现在开始认识我。"话语间俯低了头，吻过来。

心里是怕的，但是，安以若抿紧唇角偏头："别碰我。"声音冷然如激流。

顾夜的唇距离她的只有寸许，他就堪堪停在那里，眼里惊涛巨浪。

视线对峙间，彼此的呼吸近在咫尺。不知是哪里来的勇气，安以若迎上他冷寒的目光："我说，请你别碰我。"

顾夜倏地抽离身体，抬手捏住她下巴，咬牙切齿似的："你在找死。"

"落在你手里，比死还难受。"安以若不避不闪，"你要是男人的话，就别故伎重演用一只畜生吓我。"

顾夜有捏碎她的冲动。

"二小姐?"侍从的声音毫无预警地响起，打破了即将爆发的怒火。

随即房门被人从外推开，萧然走进来。

眼前的一幕，让她一愣："你们——"

顾夜收手，极缓地呼出一口气，沉声："规矩都忘了吗?"

规矩?萧然只知道这房间除了她和萧雨，从不曾有别的女人进来过，而安以若身上竟然还穿着他的衬衫。

从牧岩到顾夜，从萧雨到她，怎么安以若，都能沾染?

萧然的目光瞬间冷下去："我在书房等你。"然后转身离去。

萧然她，越狱了？安以若几乎不敢相信自己的眼睛。

等到顾夜也走了，她滑坐在冰冷的地板上，再也想不出，自己的生机在哪里。

书房里，萧然几乎失去了理智："顾夜，你对得起萧雨吗？"

"我欠她什么吗？"相比她的怒意，顾夜显得那么平静，"男欢女爱再平常不过，难道她死了我就不能碰别的女人？"在他眼中，萧雨和别的女人没有什么不同，只不过她多了个义妹的身份，他才纵容她随意出入他的别墅。

萧然眼里波澜四起："我真庆幸萧雨永远都不知道，她对你而言，和别的女人一样。"

顾夜不以为然地落座："如果她曾痴心妄想过我对她另眼相看，那真是大错特错。"

萧然想杀了他："与其活着被你辜负，死是一种解脱。"

顾夜却已经无意和她继续这个话题："你的动作似乎慢了点，是我闹的动静不够大吗？"

萧然开始后悔逃出来了："或许我该像萧雨一样离开，以免拖你后腿。"

顾夜闻言冷漠的面孔上浮现一丝冷笑："作为家族的主人，我不放弃任何一名成员。"

原来是做给外人看的："我该谢谢你吗？"

"不必。"

"我也觉得那是多此一举。"

顾夜的脸色比刚刚难看了几分："不妨说说你的计划。"

萧然唇边渗出一抹笑："我受伤了，现在需要的是休息。至于其他，身为家族主人，该由你统筹安排，我就不插嘴了。"

她说完就走了，当书房的门关上，顾夜劈手挥落了桌上的茶杯。

书房里，顾夜因萧然的无理消化着怒意；这边，萧然不顾后果地强行把安以若带进地牢。

外面暴雨如注，地牢阴暗怖人。

内心深处的惶恐直击心底最脆弱的地方，她把额头抵在潮湿的地面上，干呕不已。

阴暗的地下室里弥漫着血腥的气息，那双泛着绿光的眼睛死死盯着被撕咬过的身体，仍像是饥饿般使劲向那鲜血之处探着身体。如果不是它脖子上有项圈，安以若不敢想象是不是下一秒它就会冲过去把那具身体撕咬成碎片。

原来，萧然让狼撕咬了一具身体。

她的残忍和恐怖，令人毛骨悚然。

安以若不知道，这样阴森可怕的地狱，自己何时能够逃离。

萧然却若无其事地笑：“你以为这畜生是养着玩的吗？它真的会咬死人的。”她蹲下身去，伸手抓住安以若的头发强迫她抬起头，又磕向地面，“这就怕了吗？你胆子不是很大吗？我告诉你啊，这个恶心的畜生是顾夜送给萧雨的礼物，萧雨把它训练得可是不错。”话至此，她手中突然使力，狠狠拉扯安以若的头发，“换成送给你，你敢要吗？你要得起吗？”

萧然不懂，为什么她和萧雨费尽心机都得不到的东西，安以若却能轻而易举拥有？

恨之入骨。

疼痛迫使安以若抬头：“这样的礼物你们还是收好吧，我不屑要。”

她嘴这么硬，萧然怒意更盛：“你以为我不敢杀了你？”

安以若脸色惨白，声音虚弱：“落在你们手里，我哪里还有选择？萧然，你想怎么样就怎么样吧。但你别忘了，你今时今日对我做过的每一件事，都在触犯法律。”

“法律？”萧然又一次把她的头按向地面，“能救你吗？”

安以若说不出话来，只觉得眼前越来越黑，耳边，似是有细密的声音隐约传来。她想凝神去听，却失去了知觉。

萧然眼底闪过狠戾，她腾地站起身，目光扫过守在门边的侍从，“给我打。”

侍从明显僵了一下。顾夜才是他们的主子，但是眼前这位二小姐，弱小如他们，同样开罪不起，短暂的犹豫过后，还是接过鞭子。他身材魁梧，腕度很有技巧，力度狠猛，似是鞭鞭都可要人性命。

背上凌厉钻心的裂痛让安以若恢复了些许意识，呼吸艰难中，她产生了某种五脏六腑都裂开的错觉。她的身体不由自主地抽搐，而嘴角，渐渐有腥甜的血沁出来。

惨白的脸，唇边刺目的红，形成强烈对比，让此刻憔悴不堪的女人更显娇弱。驯狼人握紧手中的鞭子，静待其变。

终于，当安以若挨了十几鞭后，地牢外面传来鬼魅般的声音："把门打开！"

是顾夜。

驯狼人瞬间放松下来，像是获得了生的希望。

当顾夜几乎是冲进了地牢，里面的人都石化在原地，甚至连呼吸都屏住了。

视线掠过不远处血肉模糊的裸体，停留在安以若一动不动的身体上，顾夜眼底极速沉寂下去，清冷的声音徐徐响起，他问执鞭的侍从："是你？"

侍从畏缩着后退两步，不及开口争辩，顾夜已抬起执枪的右手。

"砰"的一声，侍从倒在血泊之中。

所有人都怔住了，包括萧然。他们身处黑道，难免杀人，但顾夜身为家族主人，从不杀生，因为他嫌血脏。唯有这一次，为了安以若，他破了例。

地牢陷入诡异的死寂之中，所有人都因惊讶和害怕不敢言语，唯有驯狼人不同，他眼里升腾起的，是希望。

本以为萧然大祸临头了。

可是最终，顾夜收了手："看在萧雨的面子上，这次我不杀你。"他行至安以若身边，蹲下身拂开她额前凌乱的长发，声音轻柔得犹如一摊水，"以若？"

安以若应该是没有听见，一动不动。

顾夜俯身把她抱起。

安以若一动，哽在喉间的一口鲜血便吐了出来，沾染上他洁白的衬衫。

并未觉得脏，但是，怒意盛极，"但你必须十倍偿还。"

顾夜的贴身侍从得到指令，接过软鞭看向萧然："得罪了，二小姐。"

外面雷声四起，地牢鞭声相继。

顾夜抱着安以若疾步向卧室而去："一分钟之内让我见到医生。"

怕躺着压到背上的鞭伤，顾夜让安以若趴在床上，一边亲自为她擦唇边的血迹，一边温柔地唤，“以若？”

或许是背上太疼，安以若轻轻动了动。

医生很快就到了，侍从带他进来，并告诉顾夜：“外面来了很多警察，把别墅包围了。”

顾夜闻言置若罔闻，只弯身吻了下安以若红肿的额头，吩咐医生：“仔细给她检查，我要她马上醒。”抬头时温柔的目光瞬间变得凌厉，落在医生的脸上。

“是。”医生不敢耽误，立即为安以若诊治。

顾夜不慌不忙地去换衬衫，然后出去应付警察。

与此同时，牧岩孤身潜进别墅，根据被植入萧然肩膀的精密追踪器直奔地牢。他隐在楼梯口，看见有人被侍从拖出来。

“那个女人到底是谁啊？顾先生发这么大的火，差点儿要了二小姐的命。”

“顾先生亲自出门带回来的，什么背景不知道。”

“要是三小姐在，说不定二小姐能躲过这一劫。”

“三小姐要是在，没准事情闹得更大。”

“也对，依三小姐的脾气，估计会直接杀了那个女人——”

侍从的身影消失在视线里，牧岩眼底的锋利如利刃破茧而出，他握紧手中的配枪，悄无声息地退出地牢。

牧岩连夜过江赶到缅甸木姐市，根据追踪器追踪到的结果确定了萧然停留的准确位置。但没有确凿的证据，又不能失了萧然这条线索，所以缅警方只能例行检查，而牧岩执意以此为掩护孤身潜进来寻找安以若。

牧岩神不知鬼不觉地从地牢到二楼，一间间房找过来，终于在顾夜的卧室有所发现。

守在门口的侍从有所觉，那人转头看向走廊方向，略显犹豫后，有意过去看看，却被身后突然出现的枪托击打后颈晕倒。

牧岩打中他的同时直接把人拖进隔壁空房间，然后持枪进入卧室，以枪口抵在医生额头，冷眸深沉：“我保证不会伤害你，但你必须告诉我她怎么样了？”

到底是顾夜的私人医生，胆量比普通人要大，竟没被牧岩眼中的凌厉慑住，发现房里的侍从不在，他如实回答：“她受了惊吓，鞭伤是雪上加霜，不过，不足以致命，很快就会醒。”

既然如此，牧岩只好打晕了他。

医生倒下的刹那，牧岩蹲在床边，看着安以若惨白如纸的脸，眸底的锋锐被心疼所替代，他声音很轻很柔地唤她：“安以若？”

安以若刚被医生掐过人中，混沌的神志已稍稍清醒，此时听到他的低唤，下意识皱紧眉毛，偏头把脸更近地偎向他掌心。

漆黑的眼眸盯着她昏睡中的容颜，牧岩心底深处的焦虑与担忧被一点一点抚平，忽略了身处险地，他收起配枪，大手伸进薄被中握住她的手：“安以若，我来带你走。”说着掀开薄被，把尚未完全清醒的女人抱起，目光触及她背上破裂衬衫下暗红色的鞭痕，身体一僵。

心疼之情骤然漫至眼底，牧岩收拢手臂，把昏睡的她紧紧抱在怀里，“对不起，我来晚了。”淳厚的声音略显沙哑，他语气难掩自责，“醒醒，我带你回家。”

背上的疼痛让安以若清醒了几分，她眉心聚紧，无意识地呻吟：“好疼……”

牧岩把安以若单手搂在胸前，脱下外套裹住她半裸的身体，软语安慰：“我知道很疼，忍着点。”

他的动作已经尽量放轻，依然牵动了她的鞭伤。

安以若缓缓睁开眼睛，映入眼帘的是一张英俊刚毅的脸，下巴上隐隐有胡楂儿，眼里还有明显的血丝，昭示他多夜未眠。似是不相信眼前所看到的一切，她用力闭了闭眼睛，再睁开时确定不是幻觉，虚弱地浅浅笑起，然而这一笑，眼泪不受控制地夺眶而出，滚落腮边。

漆黑的眼眸与她蒙眬的目光交凝，牧岩眼里隐有一种温柔的怜惜涌起：“是我，我来了。”

安以若双手无力地抓紧牧岩衬衫前襟，她不顾身上钻心疼痛，用尽浑身力气扑进他怀里，哭得像个无助的孩子。

居然又是他。

绝境中的希望，终于让安以若不再惶恐。只是，这种安全感，为什么偏偏是他给予的？

牧岩下意识收紧手臂，把她颤抖的身体搂在怀里轻轻地拍，如鲠在喉。

但是，现在还不是伤心委屈的时候。

牧岩瞥向门边，警惕地听着外面的动静："先别哭了，我们得抓紧时间。"

安以若这才反应过来还身陷险地，她止住了哭胡乱抹了把脸："对不起啊，弄脏了你衣服。"

牧岩温和地笑："不要紧，小事。"敏感地听出楼下似是安静了些，他敛笑问，"能走吗？"

安以若冷静下来："可以。"

"坚持一下，离开这幢别墅我们就赢了。"牧岩细心地避开她背上的鞭伤扶她坐起来，疾步走过去关上卧室的门，走到窗边时忽然想到什么，又折返回来在医药箱里翻出一瓶药放进裤兜里。

安以若来不及询问他拿了什么，只是在被抱出窗子时不解："楼下是警察吗？我们为什么不下去？"她是受害人，只要她站出来指证，就算不足以令顾夜坐牢，至少可以平安离开这里，为什么要铤而走险？

牧岩简明扼要地解释："顾夜涉及的案子，凭绑架你这一条，不足以定罪。与其打草惊蛇，引他回国更稳妥。而且，我们还在和缅方沟通合作事宜。"

"你的意思是——"

牧岩没有正面回答他是私自行动："脱险是现在的首要任务，那时合作已经建立。"他边说边警觉地望向门口，因阳台外空间有限和安以若靠得太近，回身时嘴唇不小心擦过她额头。

安以若本就惊魂未定，被牧岩这么不经意一吻，浑身骤然紧绷。

见她僵在原地不动，牧岩懊恼不已，他尴尬地别过脸，适时转移话题，"我先下去，你再跳下来。"

这是二楼，要她跳下去？安以若看了看身处的高度有些不敢置信："我，有点儿恐高。"

牧岩头疼，又没有更好的办法："我在下面接你，保证安全。"然后看看下面，确定没有人经过，"你是勇敢的姑娘，别怕。"说完握了下安以若的手表示鼓励。

一股细麻的电流从指尖传过来，明明是微冷的雨夜，却像是有阳光照在身上，有了暖意。安以若深吸了一口气："你要接住我哦。"

牧岩挑眉，然后手撑栏杆纵身一跳。

他身手利落，稳稳落于地面，随即转身仰望二楼，朝安以若伸出手臂，示意她跳。

他小臂线条优美，尤其是用力的时候。安以若被一种安定的力量鼓励，眼底浮现的信任闪亮如天际繁星。她伸出手俏皮地比了个OK的手势，见牧岩点头确认准备好了，毫不犹豫地从阳台纵身跳下。

名义上是二楼，但因为阳台属于下凹的那种，严格说来只是一楼半，所以并不是很高。安以若完全可以自己跳下去，只是牧岩担心她扭到脚，才决定在下面接她。他做好了准备，像扎马步一样稳稳站着向她张开双臂，并准确无误地抱住了她。但毕竟是一个成人的体重，又是从高处坠下，牧岩没能承受得了这股突来的压力，踉跄着倒退了两步，然后直直仰躺过去，被安以若扑倒在草地上。

对于这种突发状况，牧岩很有经验地微微向前探头，用后背先着地，确定安全后才触及地面："看着挺瘦，怎么这么沉？"

安以若前一秒还在担心他后脑会不会摔坏了，结果……她辩解："就算是个孩子，从那么高的地方跳下来也很重吧。"

像个孩子似的耍赖语气惹得牧岩憋不住笑："行了瘦孩子，再不起来我骨头就被硌断了。"他说到这儿突然"嘶"了一声，"我说你能不能换个地方拄啊？"

安以若原本都听得笑了，见他脸色忽变，才意识到自己的手刚好支在他受伤的左胸上，慌乱间欲抽回手，谁知刚一动作，右手没撑住地面又跌了回来，把欲起身的牧岩压回原位。

那么暧昧的姿势，真是——

牧岩拧眉看她，像是她故意的。

安以若懊恼极了："对不起。"细若蚊声。

"我接受你的歉意了。"牧岩松开环在她腰际的手，轻咳一声拉她起来，"活动一下，看看有没有伤到哪儿。"

安以若借他的手劲站起来，活动活动腿脚，确认没有不妥："没事。"

"那走吧。"牧岩摸出腰际的配枪，牵她的手转身欲走。

然而下一秒，寂静的别墅灯火通明。

前路被数名黑衣杀手拦住，而那扇希望之门也在眼前缓缓闭合。

安以若下意识靠近牧岩，微凉的手回握住他宽厚的手掌，像是怕与他分离般牢牢握住。

杀手侧身让出一条路，顾夜脸色阴寒地缓步而来：“牧警官当我这是什么地方？说来就来，想走就走？”

他逆光而立，犀利的目光掠过牧岩，又移到他与安以若交握的手上，最后停留在安以若脸上：“现在后悔还来得及。你留下，我放了他，否则——”

杀手领会主子意图，枪口精准无比地对准了牧岩。

安以若紧张地抓住他衬衫。

牧岩以冷漠的眸光迎视顾夜：“顾先生是忘了安小姐的身份吧，如果我没记错，她是被你绑架来的。”凌厉的目光冷冷扫过众人，牧岩沉声，“所以，你没资格要求她留下。”

顾夜骤然变了脸色，执枪的右手迅速抬起，对准牧岩的头：“那就看看我有没有资格留。”

比谁动作快，顾夜不相信这么多杀手要不了牧岩的命，当侍从告诉他楼下有警察，他就意识到事有蹊跷。但牧岩敢单枪匹马潜进来救人，他倒有些意外。如果不是身份对立，顾夜都有些佩服牧岩的勇气了。但是，牧岩不小心外露的对安以若的重视，令他不悦，“牧警官敢不敢和我赌一局，看看谁手快。”

牧岩抬眼，犀利微微一闪：“在公平的情况下，你没有机会。”他说得轻描淡写，语气是令人隐隐生寒的冷厉，“只是现在的局势对我不利，我不会傻到在这种情况下和你拼命。”

如果只是他和顾夜，牧岩有绝对的把握。然而，眼前十几支枪对着他和安以若，胜算根本就是零。于是，牧岩在众人惊诧的目光中垂下手臂，然后手一松。

配枪滑落在地上。

雨势渐弱，此刻只是毛毛细雨，双方在这寂静的夜晚久久对峙。

似是在等待对方行动，又像在等待一个最佳的出手时机。

安以若站在雨雾里，无从预知事态发展。只能静静站在牧岩身侧，与他并肩等待下一刻的变故。

反正非死即生，走一步算一步吧。

终于，顾夜先开了口：“牧警官果然不同凡响。你的聪明和胆量，我很欣赏。只是，你这么静观其变，游戏要怎么玩下去呢？”他嘴上这样说，执枪的手却没有放下。

牧岩松开安以若的手，状似无意地搂上她的腰。

安以若隐隐感觉有东西自他袖中滑进她身穿的外套口袋里，眉心聚紧。

在顾夜冷寒目光注视下，牧岩慢条斯理：“游戏规则是你定的，于我有害无利，稍有不慎，我就得赔上性命。顾先生觉得，我能和你玩吗？”

顾夜冷笑：“你都闯进来了，想不玩可不行。”

牧岩不着痕迹地搂紧安以若往怀里带了带：“是啊，想不玩都不行，否则怎么带她走呢？”

“她，我留定了。”目光自安以若身上移过来，顾夜漫不经心，“牧岩，我要是在这里做掉你，”他微抬下巴，傲慢而不屑，“神、不、知、鬼、不、觉。”

顾夜的手段，牧岩虽未领教，也有所耳闻。他默默变了眼神，锐利如天际飞鹰，肃杀之气流泻而出：“是吗？那你的金钥匙怎么办？”

“砰”的一声响——毫无前兆地，顾夜骤然开枪，子弹射向牧岩脚边的地面。

安以若始料未及，“啊”的一声转身扑进牧岩怀里。

牧岩面色平静，手臂一紧：“别怕，没事。”

尽管已经领教过顾夜的喜怒无常，安以若依然被他突然失控的举动吓到，情绪一时无法平静，耳朵更是嗡嗡作响。

“牧岩，我就陪你玩下去。”

金钥匙果然发挥了作用。牧岩眉眼间英气盎然：“我没多余的时间陪顾先生玩游戏，天亮就出发，金钥匙给你，安以若我带走。”

顾夜没急于应下，望向安以若，然后，他收了枪：“金钥匙我势在必得，至于要带走她，就得看你本事了。”

明明是绑架，竟然如此大言不惭，安以若忽然愤怒了，她骤然转身，质问：“你凭什么留我？如果是为了报复我配合警方杀了萧雨，那现在就杀了我。如果你对我有别的念想，我劝你到此为止。”

夜风轻拂，长发飞舞。顾夜凝望近在咫尺的女人，听她一字一句清晰地说：“即使我死，也不会成为你顾夜的女人。”

她说得决绝，没有余地。以致顾夜眼中的怒火如风沙席卷般涌来。然后，他疾步上前，枪口欲抵向她太阳穴。

动作之快，让安以若觉得眼花。

幸好牧岩在场。

他霍然抬手，在半空中截住顾夜手腕，随即手心微动，五指收拢握住枪口："别碰她。"

顾夜冷却了眼神，加大手腕力度，却摆脱不了牧岩的钳制。

他们这样两相较劲，针锋相对，杀手们的精神也高度集中，随时准备射击。

安以若懊恼于自己什么都做不了。

牧岩目光炯炯，手默然一紧，强硬地甩开了枪口："我重申一遍，安以若毫发无伤，我才能把金钥匙给你。"

顾夜默了一瞬，眼神依然冷静不下来。然后，他在众人愕然中举起右手，向空中连开三枪，然后把枪掷于远处："金钥匙在哪儿？"

牧岩冷静了眼神，如法炮制地回应他："能否拿回钥匙，就看你的诚意了。"

顾夜蓦然转头，凤目中的阴寒恨不能把牧岩凝冻："牧岩，我劝你三思而行，玩到最后如果见不到金钥匙，我会亲手送你上路。"

拿不拿回钥匙，你对我已然动了杀机。牧岩唇角微扬："既然如此，今晚是不是就到这儿了？再不休息，我不保证明天有体力带你去取东西。"

安以若猜测顾夜或许还会有什么疯狂的举动，但是，他只是沉默了一瞬："好啊，来者是客，作为主人，我得好好招待你。"

接到他的眼神示意，两名杀手利落地收起手枪，上前搜牧岩的身，一无所获后他们站在安以若面前。

安以若眼底闪过一抹惊慌。

牧岩却已经挡在她身前："你们老板的待客之道我们尊重，但要搜她的身，找个女人来。"

安以若紧张得手都不知道该放到哪里，唯有大脑清醒：虽然她不知道刚刚滑进她口袋里的东西是什么，但她可以肯定牧岩在这个时候把它放在她身边，已经料到他们一时走不成必定要被搜身，而这东西对于脱困有极大的帮助。

顾夜站在不远处冷冷地注视着安以若，觉得她身上披着的男式外套刺眼极了："你考虑清楚了，准备和他一起？"

似乎洞悉了他的意图，安以若下意识退后一步，紧靠牧岩站定："我不需要考虑。"

顾夜微眯眼睛，冷冷砸下一句："你别后悔！"头也不回地走了。

两名杀手对视一眼，对牧岩喝道："走。"

就这样躲过了搜身。

安以若松了口气。

很快被他们押到了地牢，随着距离的拉近，安以若忽然干呕起来。

牧岩伸手扶住她："怎么了？"

安以若的眼里霎时蓄了泪，她伸手抓住他胳膊，因为用力指甲都掐进了他的肌肤："他们，他们在那里，让狼咬死了人……"

回想先前萧然被人带出这里，又想到安以若身上的鞭伤，牧岩瞬间明白了什么，他伸手把安以若搂进怀里："把眼睛闭上，什么都别想。"

那一幕可怕的撕咬不受控制地浮现在她脑海，闭上眼睛也无法抵挡它的入侵。安以若畏缩着把脸埋在他胸前，哽咽："牧岩，我害怕。"

她声音缥缈，气若游丝。牧岩想以身体真实的温度安慰，于是，低头用他略显粗糙的侧脸轻轻贴了下她的脸颊，随后在侍从冷寒的目光中拥着安以若进了地牢。

里面已被清理过，却依然弥漫着血腥的气息。牧岩靠着墙壁坐下来，听到门落锁的声音，他手上微一用力，让安以若靠在他胸前："别怕，有我。"想到她的鞭伤，又关心地问，"背上疼吗？"

这种时候，他成了唯一的依靠和安慰。安以若在他怀里点了点头，又不愿他担心："一点点而已，我可以坚持。明天我们要去哪儿？"

"过江回云南。"牧岩微微仰头，靠在冰冷的石壁上，试图缓解胸口隐隐的疼。为免安以若发现异样而恐惧，他说，"睡一会儿吧，明天要走山路，需要保存体力。"

安以若努力让自己勇敢："我们，会平安的吧？"

"有我在。"牧岩低头贴上她额头，"怎么会不平安？"

安以若破天荒笑了："你这家伙。"

牧岩也笑，然后问："背上要不要上点儿药？应该能缓解疼痛。"

安以若的脸与他的俊颜近在咫尺，闻言脸腾地红了："哪儿有药啊？"

牧岩也有些不自在，但还是掏出了裤兜里的药："先前从医药箱里拿的，应该对鞭伤有用。"药箱里有很多瓶药，只有这瓶放在外面，他猜测是医生拿出来准备给她擦的，离开前才顺手拿了。

原来刚才侍从搜身时，被他劈手抢回来的是这个。

发现他的不自在，安以若的脸更红了，可背上疼得厉害，她确实很想抹一下药。

"我是担心感染，万一你发烧就麻烦了。"牧岩明白她的不好意思，但这种时候哪还顾得上别的，"我帮你吧。"

相比害羞，照顾好自己，不拖他后腿才最重要。安以若点头："好。"

她说完脱了外套，然后转过身去，背对着牧岩把衬衫从下往上卷起来。

牧岩一面伸手帮忙，一面拧开药瓶，用手指在她鞭痕上抹药。

他动作很轻，安以若却还是打了个激灵。

牧岩手一僵："弄疼你了？"

安以若"嗞"了一声："没事。"

牧岩只能继续："忍着点，很快就好。"

他掌心的薄茧及药膏的清凉让安以若平静下来："你怎么找到这里的？"

"萧然带的路。"牧岩手上未停，以药膏轻揉她伤口，"上头同意我带她来换回你，但她太熟悉这里易于脱逃，所以我们在她肩膀的伤口处植入了追踪器。"

"她没发现？"

"换成别的地方肯定能发现，但她肩膀中了枪，疼痛很正常，所以不易发觉。她被顾夜安排的人救走，脱困后要做的第一件事就是检查身上有没有装东西，但在扫描的过程中一定会避开伤口。"

"跟拍电影似的。"安以若莞尔，"可惜我不是作家，否则这次的经历可以写一本小说了。"

牧岩微微笑。

"我在巴黎学习时与顾夜有过一面之缘，当时我捡了他一把钥匙，不过当时我没注意那钥匙有什么特别之处。你所说的金钥匙，是那把吗？"

"应该是其中一把。"猜到安以若的不解，他继续，"据说金钥匙是一对儿。"

“一对儿？”安以若好奇心起，欲转过身问个明白。

牧岩一把按住她肩膀，沉声制止：“别动。”

险些春光外露。安以若不敢乱动，也不再吭声。

为了缓和尴尬的气氛，牧岩说：“金钥匙是顾家掌权人身份的象征，没有它，是不能管理家族生意的。两把钥匙的缺口可以重合，要同时插进保险箱才能打开暗锁。据说那个保险箱里有顾家的家族史。可惜，警方一直查不到保险箱在哪儿。”这些是卧底期间从萧然处得知的。

“那么重要的东西，怎么会落到警方手里？”

“顾夜脾气暴躁，为人又倨傲，他父亲临终前把其中一把钥匙给了义女萧雨。”

“那是把萧雨作为儿媳妇了？”

“应该有这层意思。”

安以若本想问钥匙在哪儿，又忽然想起什么，她伸手去摸风衣口袋，等摸清楚里面的东西是什么，身体瞬间僵住：“这个，你——”

牧岩收好药瓶，把风衣披在她肩上：“有了它，我们明天的麻烦会少些。”

安以若心底的不安又开始蔓延：“我想回家。”

“我们很快就会回去。”牧岩握住她一只手，似是要传递力量给她，另一只手则握紧，似是在强制压抑着什么，“我走的时候席硕良来送机，我答应他会带你回去。”

安以若闻言，目光落在指间那枚戒指上，心生难过。

此次落难，无论有多恐惧，都没有想起席硕良。

是他的冷漠令她灰心吗？可求婚时的喜悦，是真的啊。

付出的心是真的，但经历的心酸，也是真的。

安以若似是想通了什么。

地牢里寂静无声，像是在给他们静心的时间。

许久之后，安以若偏头，看见牧岩正闭目养神。昏暗的灯光下，他的脸部线条绷得紧紧的，此刻，他浓眉轻拧，嘴唇微抿，令人安心的肃然神情下疲态尽显。

犹豫了一下，安以若轻推他。

牧岩当然没有睡着，但自出发之日起就没好好休息过，铁打的身体也已经招架不住，更何况现下还有伤在身，所以意识稍显模糊："嗯？怎么了？"

安以若看他脸色实在很差："你的伤怎么样？刚才为了接住我，是不是裂开了？"

是裂开了，但说出来也只是徒增她的烦恼，牧岩连思考都省了，只说了两个字："没事。"便又闭上眼睛。

安以若没那么容易被敷衍，直接伸手去解他衬衫扣子："我看看。"

牧岩格开她的手："都说了没事，有什么好看的。"

安以若挣开他的手，坚持："既然没事，看一下有什么关系。重新帮你整理下纱布也好。"

牧岩已经没有多余的体力来消耗了，任由她解开了纽扣。

他毫无赘肉的健硕上身暴露在眼前。忽略他性感的六块腹肌，安以若的目光停留在他胸前缠得厚厚的却已被血渗透的纱布上，她眼睛一酸："我去找他们要药，你的伤口需要处理。"说着就要起身，却被牧岩伸手拉住。

"没用的。我越虚弱对他们越有利，他们不可能给药的。等明天脱困……"

"不试怎么知道没用？"安以若甩开他的手，在眼泪掉下来前转过身走到门边，用脚大力踢门，"有人吗？出来！"

守在外面的杀手语有不耐："大晚上不睡觉喊什么？"

"我需要止血药和纱布，你去拿来。"安以若的语气强硬得好像她是这里的主人，完全忘了她此刻像囚犯一样被困地牢。

杀手似是听了什么笑话，冷笑了下。

安以若被他这一笑激怒了："你没听见我的话吗？我说要药和纱布。要是你们不肯满足我们的需要，别想拿回金钥匙。"在杀手冷冷注视下，她补充，"带路也是需要体力的。"

杀手脸色一沉，一言不发地走了。

安以若不明白他是去拿药还是不予理会，顿时急了，她狠狠踢门，咒骂："你什么意思？听见我说的话了吗？你给我站住，站住。"

牧岩把激动得快失去理智的她抱住，安抚："好了，别踢了。你也说带路需要体力，更何况我们不止要带路，还得找机会跑路，更得保存实力。”

安以若又气又急，被他抱住还不安分，伸脚又补踢了一下：“都不是人，没一点儿同情心，你伤得那么重，怎么能这么冷血？”况且接下来是一场硬仗，他伤得那么重，如何应对？安以若很恨自己的无能为力。

牧岩还在取笑她：“没想到你也会爆粗口啊，安设计师。”

“那有什么奇怪？谁生气能控制住脾气啊？”

她语气不足的样子有几分撒娇的意味。

牧岩失笑，抱她更紧了些。

他的怀抱温暖又踏实，安以若像小猫似的依偎过去。

心底柔软之处涌起异样，牧岩手上轻抚她头发，心里却在压抑莫名爆发的情感。

依然控制不了。

不知过了多久，牧岩把她自怀中拉起，额头与她相抵。

他目光专注灼热，似是要把她点燃。

安以若不敢看他的眼睛，慌乱之下有意退开。

不被允许。

牧岩手上一收，重又把她搂回来，然后，他俯低头，吻向她唇。

安以若没有心理准备，身体蓦然一僵。

牧岩似乎也怕吓到她，唇虽覆上来，却吻得轻柔，小心而珍视。安以若反应过来，微张了嘴想开口，却没想到这样一个轻微的动作被理解成一种无声的邀请。

牧岩把她压进怀里，撬开她的牙关，终于，浅尝变成了深吻，激烈而强势。

安以若的神智变得混沌，唯有鼻端围绕的他特有的男性气息如风沙般席卷她的意识。

忘了反应，只能顺着他的步伐退后，后背抵在墙壁上。

情难自控。

直吻到快要窒息才不舍地滑开她的唇，牧岩哑着嗓子在她耳边问：“这次还要甩我一巴掌吗？”虽然是问句，却不是要她的回答，只轻轻抱着她，静静地调整呼吸。

从未想过外表冷静沉稳的他有如此热情的一面。与机场那个只是唇贴唇轻轻碰触的一吻相比，刚才这一吻则极尽缠绵，而她，在后来的神智迷离间情不自禁地回应了他。

安以若脸颊滚烫，轻轻喘着气。

记起她背后的鞭伤，牧岩转了个身，用自己的后背贴在墙壁上。

安以若下意识挣扎了一下，可惜她力气有限，没有挣脱。

心乱如麻。

气息尚未平复，她低声问："为什么？"

为什么就这样来了，不等中国警方与缅方沟通后再行动？就因为机场那场尴尬的相遇让她一次次陷入险境？

何止！

当她气极，无所顾忌地当众甩他一耳光；当她勇敢而机敏地与他配合救下米鱼，击毙萧雨；当她在生死边缘，抱着晨晨向他求救——

心动，是一点一滴的累积。

得知她失踪，审问萧然时，牧岩已经有了答案。

可是，不应该的。

何必相遇——

那天在机场，为免被突然出现的萧家姐妹识破他警察的身份破坏了任务，牧岩唐突地吻了一个女孩子，给人一种他是来接机的错觉。

当然是要道歉的。

可惜，女孩子回神后注意力却不在他："啊！我的行李。"

牧岩的目光偏巧落在不远处的行李箱上："在那儿。"

对方还感谢他的提示："哦，谢谢！"说着已经小跑过去。

牧岩有心帮忙，手机却响了，上级指示他马上离开机场。

上车前忍不住回头，看见女孩子站在远处望向他这边，愤怒地喊："你是什么人啊？为什么呀？"

后知后觉的女人。

牧岩就笑了。

三个月后再遇，又是他执行任务。

她倨傲地扬着下巴，冷冷地说："没证件！"

当时真的很想笑，又不得不小心措辞。不过还没机会解释，她的巴掌已经招呼过来了。凭牧岩的身手是可以躲开的，他不避不闪只是想表明歉意的态度。

后来发生的一切都不在意料之中，包括她表现出来的机敏与朋友的默契。

随后就有了接触。因为案件。

从唐突佳人的歉意，到对她勇敢及知性的欣赏，牧岩终于在那个惊魂之夜为她挡枪的瞬间了悟了什么。可她却是有男朋友的。尤其对于席硕良，牧岩看得出来，安以若很放在心上。

他不说话，似是陷入回忆，安以若忍不住又问了一遍："为什么？"

是因为——喜欢你。

却没机会说。

走廊里传来高跟鞋踩地的声音，然后很快地，地牢的门被打开，脸色苍白的萧然站在那里。像是没有看见安以若，她直视牧岩的眼睛："利用我？"

牧岩迎视她的视线，坦然承认："你是唯一的线索。"

"难得连顾夜都查不出追踪器装在哪里，我是不是该为国家研究出这么精密的仪器表示一下敬仰？"萧然冷笑，脸上没有丝毫血色，"不会是昨晚我们缠绵你趁我情迷时放在我身上的吧？"

她说得这么暧昧，很容易让人误会。牧岩微有些恼："萧然，你该自重。"

"怎么昨晚你不这么说？"萧然踩着高跟鞋过来，在他面前站定，"也对，那时我还自重的话，你哪有机会呢？"不给牧岩说话的机会，她转身吩咐杀手，"带两位贵客到楼上客房吧，可别怠慢了，否则你们主子心疼佳人的话，可就麻烦了。"

目光扫过安以若，萧然冷笑："有功底啊安以若，把几个男人迷得团团转。有机会的话，我得向你请教了。"

她的话不堪入耳，令人气愤，安以若冷言回敬："依你的手段，说请教是抬举我了。"

萧然没料到眼前这个弱不禁风的女人会回嘴，霍然停步。

安以若不卑不亢："况且，我们是两个世界的人，就算你虚心求教，我还未必愿意传授。"

从来没有人敢这样和她说话。

萧然怒火上涌，倏地欺近她身，抓住她衣领："安以若，你在找死。"

她咬牙切齿的样子像是要把她生吞活剥了。但安以若却有了筹码："我死之前，顾夜得拿到钥匙，否则，萧小姐，你怎么向他交代啊？"

萧然目光阴冷："你以为有了倚仗，我就不敢动你吗？"

安以若心里其实是惧萧然的，毕竟她是杀人不眨眼的毒枭，而自己又受困于对方。可想到牧岩就在身边，就有了勇气："对，我就赌你今夜不敢动我。"

"你得寸进尺了，安以若。"萧然手上一转，欲用五指扣住她脖子。

当然不可能得逞。

牧岩先她一步把安以若拉回身前，并出言警告："在顾夜眼皮子底下动手，萧然，你冲动了。"

是真想不管不顾地杀了她，替萧雨报仇。

可是，有牧岩在场，又是在顾夜的地方，得手的可能性是零。

萧然迫不得已放弃："我们且看明天。"

一夜未眠。

尽管从地牢转去了客房，但因为没有止痛药，这一夜于牧岩而言，极为漫长。安以若则因为担心和害怕，紧张得睡不着。

此时此刻坐在客厅里，他们脸上的疲惫无从掩饰。安以若失去了脱困的把握。

觉察到她的注视，牧岩拍拍她手："放心吧，情况怎么也糟不过被困地牢。"知道她也是绷着神情，他以轻松的语气调侃，"你的样子像是对我特别没信心。"

他双眸灿若晨星，闪烁着坚定的光芒，安以若想不信都不行："谁说的？我很看好你的。"

牧岩笑了笑："这就对了。"

顾夜适时从楼上下来。

牧岩也不废话，直接提出要求："钥匙在姐告，你只能独自随我前往。"

"那不可能。"顾夜当然不会同意，"姐告属于中国境内，我孤身前往，等于送死。牧警官，我还没那么傻。"

牧岩并不意外他会拒绝："你带人的话，我没把握你会不会在拿了东西后翻脸。"

"我肯定会翻脸。"顾夜勾了下一边的唇角，语气清高而孤傲，"但是牧警官，你好像别无选择吧？"

"是啊，他没有可选项。"萧然走近客厅，挑衅般看向牧岩，"因为，我是一定要去的。"

牧岩闻言没有反对："你不说我差点儿忘了，没错，你该去。否则，我没法对上级交代。"

他用的是激将法，逼着萧然回国，要么抓捕，要么击毙。

萧然是懂的，所以她眼底有了席卷而来的杀意，但她仍然执迷不悟："我就看看，你牧岩能奈我何？"

顾夜肃冷的眼神仿佛能凌迟了人："她身上的追踪器已经取出来了，失去了向警方通风报信的价值，牧警官确定不反对带上她？"如果不是牧岩闯入别墅让他警觉，顾夜确实忽略了萧然的伤处，终于，再一次的检查过后，在她血肉模糊的肩胛枪伤处找到了追踪器。那个瞬间，恨不得杀了萧然。

让她去固然增加了几分危险，却或许能在关键时刻借她对安以若的恨意分散顾夜的注意力。所以，牧岩说："反正让顾先生谁也不带，顾先生未必有胆量前往，既然如此，带谁都是带，不如带个对警方价值大的。"

萧然的眼神陡然转厉。

顾夜更是怒意冲天，哪怕明知道牧岩是在激他，仍然控制不住："我就和你赌一把，看看都带个受了伤的女人，谁能赢。"

这就意味着他不会带杀手。牧岩松了口气："好，就赌一把。"

可萧然却是要置安以若于死地的，所以最终，她把萧雨亲自挑选的驯狼人带上了，并避开顾夜交代："我不想看见她活着走出姐告。"

驯狼人牵好那只畜生："我懂的，二小姐。"

登机时发现还有别人，牧岩拧眉，他默然注视着那匹狼，心间浮起异样。

似是，希望。

耳边风声呼啸，安以若因狼的靠近，紧紧抓住了牧岩的衣服。

了然她的惧意，牧岩把她抱上直升机。

机舱里，顾夜双腿交叠着闲适地倚坐在安以若对面，萧然脸色苍白地坐在牧岩对面，驯狼人则一言不发地牵着狼坐在最外面。

飞机平稳地飞行在空中，安以若安静地坐在靠窗的位子，顾夜的目光锁定她没有血色的脸颊，嗡嗡的轰鸣声掩盖了他沉沉的叹息。牧岩抬眼，把顾夜毫不遮掩的眷恋收入眼底。至于萧然的注视，他选择了视而不见。

机舱内流过长久的沉默，令人窒息，但是他们都很清楚，暴风雨即将来临。

终于，牧岩确认了位置，冷静地吩咐飞行员："下降高度，找空地降落。"

顾夜透过机窗向下望，脸色就变了："牧警官开玩笑的吧，钥匙你藏在这里？"

牧岩显得很平静："这样的密林深处，才不易被发现不是吗？"他需要避开闹市，以免发生枪战伤及无辜。而在山林之中，也易脱身。

顾夜看向萧然。

萧然了然他的用意："这是昨天我们上山的路。"

如此一来，牧岩是有机会把钥匙藏起来。

顾夜压下怒火，以眼神示意。驯狼人敲敲驾驶室玻璃，告知飞行员下降高度。

大战在即，安以若紧张地握住牧岩的手。

感觉到她指尖的冰凉，牧岩手心微一翻转，把她的手反握在手里，无声鼓励。

安以若有所不知的是：此时的牧岩，心情也很沉重。身经百战的他太了解顾夜的黑色帝国有多盘根错节，而他和安以若此刻像两片飘摇的叶子，危险重重。

飞机平稳降落，牧岩环顾四周，目光触及驯狼人的视线，神色微微一变。

安以若却以为他在找机会拿回那把枪，但顾夜就在咫尺之外的距离，她不敢妄动。

心急如焚。

而那匹狼，又吓到了她。

惊觉狼靠近了她在嗅，安以若"啊"的一声尖叫，扑进牧岩怀里。

牧岩顺势抱住她："别怕，它伤不了你。"言语间，枪已经重回他手里。

她和牧岩的肢体接触令顾夜不快，他迁怒驯狼人："牵开它。"

驯狼人不着痕迹地看了眼牧岩，才恭敬地把狼牵得远了一些。

牧岩若有所思。

之后，由牧岩带路，他们开始走山路。安以若平时缺乏运动，现下又有伤在身，越走越吃力。牧岩始终把她护在身侧，承担着她部分的体重，尽量为她保存体力。

山间隐约有旋律调式独特的山歌传来，细听之下，清亮的声音是从葱葱郁郁的密林之处流转而来的。安以若积郁在心底的慌乱渐渐消散，抬手抹了把额头的细汗，她长舒了口气："还有多远？"

牧岩抬头看，确认距前一天他与萧然休息的地方不远了："再坚持一下，前面就到了。"

那意味着马上就要发生什么了。安以若的心弦又绷了起来。

牧岩了然她的心思，用仅能两人听见的声音提醒："无论发生什么都别慌，接应我们的人已经在路上了。"

安以若点头，手上更紧地握住了他。

萧然提出休息。

援兵未到，牧岩也不急于动手，一脸沉静地坐在石头上休息。

顾夜毕竟不是等闲之辈，提防之心随时都有，他一面吩咐驯狼人在一旁警戒，自己则警觉地摸出了枪，蓄势待发。

伴随清脆的鸟鸣，山歌远远传来，像是生的希望。

安以若勒令自己冷静，可萧然投射过来的透出杀意的目光，让她手心冒汗。

牧岩却还在等。

顾夜率先失去耐心，晦暗不明的眼底涌动着危险的气息："怎么样，牧警官，我们离金钥匙是远了，还是近了？"

"顾先生何必心急？"他说着，毫无预警地伸手拢了拢安以若的头发别到耳后。

安以若意识到这个亲昵的举动别有深意，尽管不解其意，还是朝牧岩笑了笑："风大，吹乱也没关系的。"

那真诚质朴的笑意看在顾夜眼里，犹如对恋人展现。脸色骤然沉下来，他执枪的手紧了紧："牧岩，你最好不要耍花招。"

牧岩把他的情绪变化尽收眼底："我只是在想，钥匙被我埋在哪块石头下面了。"

钥匙埋在附近？萧然眼里有疑虑。

因为安以若，顾夜的耐心被消磨殆尽："最后十分钟，看不到东西，我就送你上路。"

"顾先生这么咄咄逼人，似乎很没诚意。"牧岩算计着时间也差不多了，牵着安以若的手起身。因为他记得，巨石后有一条小径。

"牧岩！"安以若颤抖着叫了一声，语声尖锐，难掩惊惶。

牧岩顿住身形，顺着她的目光看过去。

安以若脚边，一条尖头蛇正高昂着头，犀利地吐着信子，似乎准备随时攻击。

安以若几乎要被吓哭了，一动不敢动。

"别动。"牧岩稳了稳心神松开她的手，手探向腰际蓄势拔枪。

忽然，尖头蛇在刹那间向安以若的脚腕咬了下去，眼看就要把毒牙扎入她肌肤。

"砰砰！"

在安以若的尖叫声中，枪声响起。然后下一秒，就有腥甜的液体溅到她脸上。

"没事吧？"顾夜执枪冲到她面前，欲伸手擦她脸上的蛇血。

牧岩却伸手搂过她。

顾夜的手僵在半空。

安以若颤声："——牧岩。"

她手上冰凉的感觉令人心疼，牧岩放柔了声音安慰："没事了，别怕。"

安以若"哇"的一声哭了。

牧岩没有安慰，深沉的目光越过她头顶迎视顾夜，意识到他的怒意已达顶点。然而，在顾夜暴发前，萧然先动了手。如果不是牧岩的眼角余光瞥见她骤然靠近，她手上的那根针管就扎到了安以若手臂上。

瞬间明白了她的动机，牧岩倏地把安以若扯到身后，迅速转身的同时，抬高右手在半空中截住她的手腕。似是料到他会有此反应，萧然握在左手的匕首毫不犹豫地砍向他手臂。距离太近，既要护安以若，对方又是萧然这样的练家子，牧岩根本避无可避。然而，安以若眼见匕首就要刺入他胳膊，她尖叫着：“不要……”手已迎向匕首。

刀锋犀利，眨眼之间，刺目的鲜红自她掌中流下来，滴在牧岩的袖子上，透过衬衫渗到他手臂的肌肤上。仿佛被利刃扎进身体，痛感那么直接，牧岩的眸光霎时转为冰冷，浑身迸发出迫人的气势，看在萧然眼里竟是冷寒的戾气。然后，他手劲蓦然加大狠力一捏。

“咔嚓”——清晰的腕骨碎裂的声音。

“你——”突来的疼痛让萧然倒吸一口气，她手上无力，匕首和针管相继落地。

“是你逼我的。”牧岩神色变幻，把她摔向一边，转身托住安以若下滑的身体，伸手掰开她紧握匕首的手，“你何必——”一种名为“心疼”的情绪让他说不出责备的话，牧岩的目光落在她满是鲜血的手上，“忍住，别再用力。”

安以若比他想象得坚强，她疼得额头都沁出了汗，却还在微笑：“我忍得住。”

牧岩注视她含泪的眼睛，心软得不行，然后，他亲昵地用额头贴了下她的额头：“傻姑娘。”

安以若为别的男人奋不顾身，牧岩又和她如此亲密，这一幕一幕被顾夜亲眼所见，依他对安以若的所谓感情，自然是不悦的。此时，他的冷静已经荡然无存，而他的枪口倏地转向牧岩，食指欲扣扳机。

牧岩从未放松警惕，他揽过安以若护在身侧，利落地抬腿踢向对方执枪的手。

他的快速反应，顾夜心中有数。一招失手后，他为免枪脱手，右手急速一收，但还是被逼退了两步，胳膊也被牧岩踢中一脚。

趁他后退之机，牧岩迅速转身把安以若朝小径方向推了出去，提高音量：“记住东西在哪儿，往山下跑，别停下来。”

随即回身，迅猛挥出一拳。顾夜未及躲闪吃痛地挨了一拳。他右手握枪，偏身避开牧岩挥来的第二拳，而抬高的右手则大力落下，欲用枪托打向牧岩后颈。

安以若的腿都是软的，被牧岩这么一推，踉跄了两步险些摔倒，她犹豫着不肯走，不顾身处险地，目光追随他，屏住了呼吸。

牧岩身体后仰，背紧紧贴着石头，右手格开足以打晕自己的枪托，与此同时，右腿狠力一扫踢中顾夜脚腕。四肢敏捷程度以及无间的配合令驯狼人心生佩服，他双手死死抓住链子，神色紧张地注视打斗中的两人。

“没听见我的话吗？”牧岩低喝一声，以迅雷之速把安以若扯离倚靠的树干，“去拿钥匙！”他故意这么说只是为了避免安以若被伤害。毕竟有金钥匙护身，她不至于有生命危险。

“萧然！”终于发现情势对自己的不利，顾夜挣扎着朝站起来的萧然大喊，“动手！”牧岩居然可以一边护着安以若一边赤手空拳和自己过招，这份勇猛让顾夜意识到，面对这个实力强劲的对手，取胜的机会渺茫。

现下牧岩步步紧逼，他根本没机会开枪，顾夜愤怒至极。他无法摆脱牧岩，又不能让安以若离开视线。直觉认为她这一走，他们之间，就会断了联系。

只能寄希望于萧然。

牧岩出手愈发地快，他敏捷地侧身，挡住顾夜抓向安以若的手，另一只手自背后推她：“还不快走！”

他隐含怒意的声音似有分量。安以若不再犹豫转身就跑，嘴里还在喊：“我去拿钥匙。”她大脑恢复运转，终于意识到：只要自己不拖牧岩后腿，他更易脱险，她在反而牵制了他。

可惜，或许因为过度恐惧，也可能是跑得急脚下绊到了什么，安以若身体前倾，直直摔在山路上。如此惊险一刻，她这一跤摔得颇有喜剧效果。牧岩与顾夜的位置刚好调转，看见她重重摔了下去，暗骂了一句：“笨女人！”与此同时，手腿更加迅猛地进攻，尤其想到安以若流血的手，出手愈发狠戾。

牧岩腾身一个利落的回旋踢，顾夜右手一抖，手枪“啪”地落在地上。牧岩就势翻身一滚，捡起手枪的同时，长脚横向一扫，刚刚站起来的萧然再次被踢倒在地。

“安以若！”牧岩大喝一声，在安以若回头时，他以仰躺姿势把手中抢下的枪大力掷向远处的她。

安以若几乎是连滚带爬地捡起那把手枪，可是，她要怎么做?

迷茫间，萧然已经站起来，拿枪指向她。

“啊！”安以若的自我保护意识终于觉醒，她闭着眼睛朝萧然的方向开了一枪。从没摸过枪的她因受不了枪的后挫力，胳膊顿时麻得失去了知觉。

为躲子弹，萧然失去了射击的最佳时机。

安以若潜意识里认为：萧然的腕骨被牧岩捏断，攻击力下降。于是有了信心。激流翻涌的血液沸腾似的，她竟然死死握住枪一步步逼近萧然。

不自量力。

牧岩听到枪声，眉头拧得更紧了，偏头看见安以若安然无恙，松了口气，趁顾夜被他踢倒的刹那摸出腰际的手枪，枪在手上一转，枪口精准无比地抵住了顾夜的头。

终于占得了先机。

“萧然。”牧岩用力顶了下顾夜的后脑，提醒，确切地说是警告，警告萧然不要轻举妄动。

却对萧然无用。

因为他是警察，不会轻易开枪。

萧然翩然一笑，一副全然不在意顾夜生死的样子，她脚上未作停留，缓步移向安以若。

安以若握枪的手已被冷汗和鲜血浸湿，她紧盯萧然，站在原地不动。

牧岩左手使力，拎起眸光尽现冰冷的顾夜，枪口顶住他太阳穴，一个箭步冲上前横挡在萧然身前，冷厉了眼神：“把枪放下！”

萧然冷笑，强忍疼痛双手握住枪，纹丝不动：“你杀了他，我杀了安以若，不错的交易。”目光对上牧岩阴郁冰冷的眼眸，她笑得有几分狰狞。

顾夜读懂了她眼里的杀意。

果然，萧然冷漠的目光投向驯狼人：“带你来是看戏的吗？不想死马上动手！”她语音很高，枪口更是指向了驯狼人，试图挽回劣势。

狼适时号叫一声，朝着安以若的方向探着身子，似是在下一秒挣脱脖子上的束缚扑过来。安以若握枪的手明显一抖，心底的恐惧开始蔓延。

驯狼人似乎是在犹豫，他面无表情地站着，牵狼的手毫不放松，直到——

顾夜受控于人还不安分，在牧岩的注意力转到萧然身上时，他得了机会，欲偷袭牧岩。

牧岩以胳膊挡住顾夜偷袭的手，却被反踢了一脚。他吃痛地退后两步，顾夜一个纵身，把他扑倒在地。顾夜抓住牧岩执枪的手，两人较量着手劲，眼看着枪口从顾夜的头背至牧岩脑侧。

驯狼人在这时松了手，喝道："上！"

安以若吓坏了，以为狼是冲着牧岩去的。手像是有意识一样，她毫不迟疑地对着狼开了一枪。伴随着"砰"的一声响，纵身跃起的狼凶猛而准确地咬上萧然手腕。

"啊"——萧然凄厉的叫声回荡在山间，惊得安以若"啪"地扔掉了手中的枪，然后，耳畔响起生命中最为悦耳的声音："放下武器，我们是警察，你们已经被包围了。"

眼前浮现出正义凛然的身影，安以若飘摇的心瞬间安定下来。她垮下肩膀，脚下一软跪倒在地。

这时，直升机低空盘旋着，飞行员在风啸中喊："顾先生！"随即扔下软梯，同时开枪射向咬住萧然手腕不放的狼，试图救下两位主子。

驯狼人吹了声口哨，狼立即松开了嘴，朝驯狼人奔去，进而避开了子弹。

萧然疼得晕了过去，手腕处还在流血。

驯狼人冲向安以若，拉起她："快走。"

安以若有点儿蒙，无从判断驯狼人的身份。她推开驯狼人冲向顾夜，双手抓住他衣领："放手，放开！"

"安小姐！"驯狼人急了，欲上前阻止她涉险。然而下一秒，却被高空射下来的子弹射中。倒下那一瞬，他又吹了声口哨，手指向顾夜。

狼直扑向顾夜。

为了脱身，顾夜弃了枪，试图腾出双手挣脱牧岩，而他无意间一个大力的抽手动作碰巧撞到了安以若。安以若吃痛摔倒，而她摔出去的方向，正好是峭壁。

"安以若！"牧岩横扑过去，左手抱着树干，右手抓住她的手。

与此同时，顾夜被狼扑倒。

直升机飞行员持续开枪。

狼倒下了，受了伤的驯狼人又扑上去——

回头见他又中了一枪，牧岩大喊："放手啊！"

驯狼人不听，抱住顾夜不放。

顾夜朝飞行员下令："杀了他！"

牧岩眼底血红一片，却脱身不得。他目光扫过周边，有所发现后双腿利落地盘上脚边的树干，然后松开左手，伸向安以若的肩膀，试图提住她身体，以防她继续下滑："把腿蜷起来蹬住地面。"

安以若的小臂被碎石割破，手又受了刀伤，疼痛让她使不上力。

牧岩用尽浑身力气拉住她不放："安以若，你行的！"

听到他的鼓励，安以若忍住眼泪，脚下用力的同时把另一只手递向他。牧岩拼尽最后一分气力借着她蹬地上移的劲儿，右手猛地一拽，左手抓住她递过来的手，脚上用力勾住树干，双手一提，硬是把安以若甩上了陡坡。

如此剧烈的动作之下，枪伤被扯裂，牧岩左胸翻绞似的疼起来。他咬紧牙关坚持，起身冲向中了数枪的驯狼人。

驯狼人的眼睛睁着，身体一动不动。

牧岩弯身捡起地上的枪，向着直升机的方向连续射击。

可惜，依然未能阻止顾夜逃走。

牧岩仰头："啊——"朝天，连开数枪。

安以若用胳膊拄着地面，挣扎着站起来："牧岩？"但脚下一软，又跌了回去。

牧岩边冲赶到的方队喊"叫救护车，抢救驯狼人"边跑向安以若扶住她。

但安以若却晕了过去，唯有身体的重量依附在牧岩身上。

不顾裂开的伤口在出血，牧岩抱起她，同时指示方队："顾夜乘坐的直升机往十点钟姐告方向而去，全力追捕。"

〔 第四章 〕

我 终 于 失 去 了 你

我终于失去了你，

在我以为你永远不会离我而去的时候。

薄雾弥漫，世界被笼罩在一片淡白之下，朦胧而清冷。

从天黑到天亮，牧凯晟已经在客厅坐了整晚，牧妈妈正靠在他肩头，浅浅睡着。

家里的电话响了。

不及牧凯晟接听，沙发上的谭子越腾地弹起来，待听清对方是谁，他惊喜地叫起来："大木，是你吗？"

牧凯晟忽地就醒了。他刚要起身，牧妈妈已经抢先一步把电话抢了过去："大木？"

话筒里传来牧岩略显沙哑的声音："妈。"

一个"妈"字，已让牧妈妈泣不成声。

牧凯晟的眼睛也红了，他没有说安慰的话，只用力搂住妻子，接过电话："大木。"

牧岩的声音透出满满的疲惫："爸，我没事。"

"好好，没事就好。"牧凯晟极力平复心情，依然控制不了声音的哽咽，"受伤了没有？"

"没有。"听到母亲的哭声，牧岩的眼睛也湿了，"告诉妈，让她放心，我很快回来。"

牧凯晟深吸了口气："好好，我和你妈等你回来。"

通话结束，牧岩才给席硕良发了一条三字信息：她，平安。

为什么停顿了一下，是否代表他有瞬间的迟疑，而这迟疑又意味着什么，连牧岩自己都无从回答。叹息声中，他坐在长椅上闭目养神。

有护士经过，惊叫："牧警官，你怎么还没有处理伤口？你不要命了啊？牧警官，牧警官你怎么了？"

怎么被送进手术室的，晕倒的牧岩全然不知。

黑夜再次来临，凄厉的风雨声纵横交织，似是弹奏一首名为哀伤的曲子。安以若就在这样的天气里醒来，得知牧岩还在昏睡，她不顾医护人员阻止，来到他病房。

竟和他成了病友。

安以若站在窗前，回想这几天的经历，心有余悸。

雨势渐小，她伸手推开窗子，潮湿的空气扑面而来，吹在脸上，让人有百感交集的错觉。

原本生活在毫无交集的两个国度，结果却一次又一次地共经生死。

如果所有经过的路，都是必经之路，安以若不知是该感谢命运安排，让她和牧岩相识，还是该怨恨上天安排了这样一场猝不及防的相遇，让他们交集不断。

又像一场弥天玩笑。

多不容易才等到想要的幸福，却偏偏在这个时候横生枝节。她甚至来不及消化席硕良向她求婚的喜悦，就被顾夜带进了炼狱。而给她生命救赎的，竟是牧岩。

救命之恩，未必需要以身相许。

可如果这段生死与共的经历让人醒悟和看清了什么，是不是结局会有所不同?

安以若喃喃自语："硕良，我们还能回到从前吗?"

她忽略了，对于要相伴一生的人，期待以后比回到从前，更为重要。

当局者迷。

病床上，牧岩轻轻皱着眉头，像是睡不安稳。

安以若担心他着凉，赶紧关了窗子，过去摸摸他额头，确定没发烧，才放了心。忽然想到还没给家里报平安，安以若拿起牧岩的手机，开机。

谭子越的电话就在这时打进来。

病房原本很静，突来的电话声吓了安以若一跳。生怕吵醒牧岩，她不顾手伤，赶紧接下接听键。结果不等她说话，对方就怒意深浓地骂："你有病啊，没事关什么机，我还以为你死了呢。"显然是打了很久，但牧岩的手机却持续关机。

安以若好脾气地回应："我是安以若，牧岩还没醒。"

谭子越意外竟是旁人接了电话，怔了下才开口："干爹还说他没受伤，我就不信，结果手机快打爆了还在关机。他现在怎么样了？有没有得新勋章？"

勋章？都什么时候了他还关心这个？不对，安以若反应过来，如实相告："原来的伤口恶化了，为了救我又擦伤了手臂，再加上体力透支，劳累过度，现在还在昏迷。"

谭子越没好气："这根死木头，竟然单枪匹马冲去缅甸救人，能活着，算他命大。"

他话语中的关切之意明显，安以若轻声允诺："你别担心了，我会好好照顾他的。"

"对了，你怎么样？受没受伤啊？米鱼那个女人哭得眼睛都肿了还冲我笑，也不知道哪根神经搭错了。"想起这几天非人一般的折磨来自米鱼，谭子越有些愤愤。

搭错神经？敢这么批评米鱼，不对，在这么短的时间内就摸清了米鱼的性格，谭子越，我不在的这段时间，你们是不是发生了什么故事？安以若会心一笑。

牧岩睁开眼，就看到她的微笑，心情不自觉好了："怎么，中彩票了？这么高兴。"

安以若见他醒了，笑容忽地没了，下一秒，就哭了。

牧岩是真的没有力气安慰她了，索性让她哭个够。

安以若哭够了，用手抹脸，微微嗔道："你这个人，人家哭成这样也不安慰一下，一点儿不懂怜香惜玉。"

牧岩借着病房内昏暗的灯光注视她，发现脸色还没有完全恢复，他忽然想说："醒了就看见你，真好。"话到嘴边却成了："你那么智勇双全的，实在不像需要我怜香惜玉的样子。"

安以若被逗笑了："你说话不用那么婉转，我就是女汉子怎么了？"

牧岩也笑："不怎么，挺好。"

温柔而坚强，脆弱而勇敢，挺好。

安以若的心思回到他的伤势上："我叫医生来给你检查一下吧。"

"不用了。"牧岩看着她的眼睛，"我现在感觉挺好的，你，坐过来点儿。"

原本，他已经成熟到可以很好地控制情绪了，可经历那一吻，似乎再管不住自己。

情感的变化好像就是一瞬间的事，面对安以若，牧岩再也回不到从前的自然和隐忍。

安以若有点儿反应不过来。

牧岩从被中伸出手，轻轻握上她的手。

左手是暖的，似乎因为被他握着；右手是冷的，像在昭示内心的挣扎和此刻的无措。

各怀心事，百转千回。

终于，安以若抽回手，起身："我帮你倒杯水。"

她是有男朋友的人，他们相恋六年。她或许对自己有几分好感，也可能仅仅是感谢，所以他有这样的举动，会令她觉得难堪。

该说抱歉的。

可那等同于放弃了机会。

如鲠在喉。

安以若倒了杯水，确认水温适合，才摇高病床，又给牧岩披上衣服。

如此体贴细心，令人心生温暖。

牧岩舍不得打破这份融洽，任由她摆弄。

直到安以若因为情绪绷得太紧，不小心磕到桌角。听她"呲"了一声，牧岩立即放下水杯，去拉她的手："磕哪儿了，我看看？"触及她手背上的红，他轻责，"这样也能磕坏，你可真能干。"

懊恼极了。安以若嘟囔："病房太小了，都转不开身。"

像个孩子。

牧岩抬眼，目光专注："以若。"

什么都别说，或许还可以是朋友。

可让他放弃争取，又太难。

不给安以若躲闪的机会，牧岩伸手揽过她的腰，感觉到她的退却，他把唇贴在她耳郭上，轻言软语："别抗拒。"

低沉的声音似有顾虑，让人不忍拒绝。可这样的亲密，包括他手掌的温度，都令安以若心乱如麻："你，先放手。"

她声音不稳，理智却在。

牧岩自责于自己的冲动：“你的手，涂过药了吗？”

她的手包得像粽子似的，哪里会不涂药呢？安以若见他松了手，明白他是在试图缓解尴尬的气氛，顺着他说：“涂过了。要明天才换药。”

牧岩点头表示知道了：“刀口挺深的，有一段时间不能使力了，更不能沾水，否则容易留疤，好得也慢。”

“多操心你自己吧。”安以若语气认真，“相比你的枪伤，我这点刀伤，不值一提。”

牧岩却说：“其实你不必那么做，我挨一刀，也不会怎么样。”

他语气轻描淡写的，似乎挨刀的不是他的胳膊。安以若脱口反驳：“当时没想那么多，只是出于本能。”

本能？牧岩盯着她：“无论对方是不是我？”

把安以若难住了。

她回答不出。

他很有耐心的样子，执着地等待，安以若只好转移话题：“萧然呢？她怎么样了？”

牧岩似是了悟了什么，没为难她：“照例她是该被送去监狱医院的。”

猜测被证实，安以若叹气：“她的手应该伤得挺重的。”

她伤得重的，何止是手？牧岩眼底涌动着复杂的情绪：“那狼受过特殊训练，虽然不至于咬死人，但是——”被他捏碎腕骨在先，又被狼咬在后，不废是不可能了。

对于萧然，牧岩无心与无情，却不希望结局是这样。可这些话，他没办法对安以若说。

幸好她的注意力也不在此：“那个驯狼人是怎么回事？警方的卧底吗？”

“驯狼人名为陈文生，在九钻工作了两年。因为驯过狼，在半年前得以接近顾夜。”见安以若皱眉，他调整了下坐姿，耐心解释，“九钻是云南最具实力的珠宝公司，而顾夜就是九钻的BOSS。他在经商方面很有天赋，接手公司不过几年，已把九钻推向了极盛，甚至形成了垄断销售。”

他们是平安脱险，陈文生却牺牲了，而顾夜，竟然逃了。

牧岩握紧了拳头：“如果我能在陈文生刻意接近你时发现异样，他或许不会牺牲，顾夜也跑不掉。”

安以若讶然："下机时狼突然靠近我，是驯……陈警官故意的。"

牧岩点头："他看我们的眼神明显不同，那不是一个心狠手辣的驯狼人该有的表情。可他没有机会提示我，因为他不确定凭我一己之力能救得了你，而不到最后一刻，他不能暴露身份冒险帮我。那样，他之前所做的一切卧底工作就前功尽弃了。"

所以，他宁可看着萧然让狼咬死了人，也不敢阻止。

由此可见，潜伏在顾夜身边，有多不易。

安以若心生佩服。

次日安以若醒过来时，病房外守着一位年轻的警员，一问才知是方队的下属。

安以若问他："牧岩呢？"

年轻警员回答："萧然自杀，方队接牧队过去看了。"

一直等到下午，方队才现身。他带了食盒来："听小刘说你没吃午饭？那可不利于身体恢复啊，要是照顾不好你，牧队那边我可没办法交代。"

安以若没胃口，只关心："萧然怎么样了？"

方队明显犹豫了一下："可能……快不行了。"

安以若没再说话，在他一再劝说下低头喝了一口粥。

短暂的沉默后，安以若说："方队，你能带我去看看萧然吗？"

方队有些为难："这——"

"我就看一眼。"

"好吧。"

半小时后——

安以若站在萧然的病房外，透过玻璃窗，她看见牧岩抱起萧然，把脸埋在她发间。

她真的只看了一眼，就走了。

牧岩回到医院的时候已是凌晨，安以若的病床前，守着席硕良。

年轻警员说："听说席先生是连夜坐飞机赶来的，途中转了三次机。"

当然是心急如焚的。

因为爱情。

牧岩站在门口许久，久到年轻警员都慌了，他才转身走了。

这一晚，他静静地躺在病床上，眼睛闭着，心却醒着。

这一晚，安以若似是也有了决定，睡意蒙眬中她隐约听见有人温柔地叫她："以若。"恍惚中她分辨出那声音的主人，是自己不顾一切爱了六年的男人。

那个骄傲的男人啊，在抱住她的瞬间竟然哽咽了："还好吗？"

好不好呢？一切终究是归位了，不好又能怎样？

她轻轻地回应："别担心。"

席硕良抱她更紧。

可莫名地，安以若在这个她曾眷恋过、渴望过、也得到过温暖和爱的怀抱里，第一次有了抗拒的心理。

不应该的。

犹如背叛，让安以若心生难过。

寂静的夜，无法沉静下来的心情。

剪不断，理还乱。

之后三天，安以若老老实实待在病房里，席硕良贴身照顾，把她当成了易碎的娃娃。

但是——

"说了让你有事就叫我，就是不肯听话。"席硕良一面轻责着，一面握住安以若的手腕防止她乱动。

医生低头为安以若重新包扎伤口，听出他的担忧，劝道："习惯养成是很难改的，更何况是一些日常总做的事情，一时忘了手伤也是正常的。"又抬头对安以若说，"不过你的伤口恢复得实在不好。还是听你男朋友的话别乱动了，自己遭罪，别人也担心。"

安以若当然不想给他添麻烦，而且喝水这种小事，她其实完全可以自理，结果他突然出声吓了她一跳，才烫了手。她无心解释，只说："知道了，我以后会小心的。"

"你呀。"席硕良扶她靠在自己身前，眼里不是没有责备之意，"这两天总是神情恍惚的，也不知道在想什么，我进来叫了你两声都没听见。"

"是吗？"她避重就轻，"我看外面出神了。"

席硕良故意抬眼看了下外面："有什么好景致吗，怎么我没发现？"

安以若笑得有些勉强："云南随处是景，我觉得哪儿都挺好看的。"

到底是看景，还是有心事，谁又不知呢？可说穿了未必就好。

医生不知其中蹊跷，包好伤口嘱咐道："听说安小姐这次的经历挺危险的，估计是吓坏了，幸好有惊无险，这回就安心养伤吧。"

席硕良向医生道谢，又拉过薄被盖到安以若胸口，而她似乎是累了，闭着眼睛一声不吭。

"累了就再睡一会儿，到吃药时间我叫你。"席硕良的手臂轻环在她腰上，下巴贴着她额头轻轻地蹭。

从身体到心都是累的，但又不想睡："再睡下去，我都以为自己伤的不是手，而是脑了。"

席硕良轻笑，语气宠溺："那我们就聊会儿天，你这几天话特别少。"

安以若觉得奇怪："你不是一向喜欢清静的吗？"恋爱六年，总是她在说，他耐心有限，听多了还打发她："就你话多，去吃东西吧，我买了你爱吃的蛋挞。"

那时的安以若哪有现在懂事。

她撒娇："吃蛋挞也要你陪我啊，我不管，你今天什么都不能干，就陪我。"

他放下手中的资料，抱起树袋熊一样挂在自己身上的女孩儿："都多大了还撒娇？不怕人笑话啊？"

"没男朋友撒娇才可笑呢。"她快乐地搂住他脖子，"下午我们去看电影吧。"

这样的投怀送抱，谁拒绝得了呢？席硕良蹭蹭她鼻尖："你说了算。"

那时的他们，爱得很单纯。席硕良忙着学业和工作，却也顾及她。安以若倾心付出，毫无保留。可惜，这样的甜蜜没持续多久，在席硕良无意间得知了她的家庭背景时瞬间变质。

其实，她的父亲是谁，关他们的爱情什么事？

依父母对她的爱，只要是她喜欢的，他们都不会讨厌。

他的自卑和倔强，没有道理。

"我是喜静，可我也喜欢听你说话。"席硕良把她抱高了些，单手搂在她腰际，右手抬起她的脸，眸光专注而热切，"以若，对不起。"为曾经的冷淡，为在危险时刻无能为力。

换作从前，安以若一定要被感动哭了。因为这歉意里，有对她的爱。但是现在，安以若垂下眼："说什么对不起呢，那么危险的事情，警方都步步为营了几年，不是我们这种普通市民做得了的。"

席硕良以指腹轻抚她脸颊，然后俯低头，落下一吻："以若，我爱你！"

安以若已经忘了他有多久没说过这三个字。她原以为只要是在一起的，即便他一辈子不说，她也不会计较。可是后来才发现，她很在意。只是不会再像从前那样缠着他说了。

爱情和人一样，长大了，就失去了很多快乐。

与心中期待，有了偏差。

可面前的，明明是自己执着了六年的男人。

他的爱情，是她的祈愿啊，怎么忽然就——

安以若再也说不出"我爱你"，只回应："我知道。"

牧岩有一半的时间不在医院。他不顾枪伤未愈，一直协助姐告公安局处理此宗绑架案。直到安以若就要在警方的安排下回A市了，他才终于去敲她病房的门。

不巧的是，安以若睡着了。

席硕良见是他，做了个噤声的动作，悄悄出了病房。

从席硕良来，牧岩就没见过安以若。在她临走前，牧岩很想问问她的手伤和鞭伤是否有好转，还有她的心情如何，可最终他忍住了。

安以若的消息，不想从席硕良嘴里打听。此时面对，他双手插在裤兜里，目光平和："都已经安排好了，明天有专机送你们回去。"

席硕良反问："你呢？不和我们一起回去？"

"这边还有些事情需要处理，你先带她回去吧。"如果席硕良不来，他或许舍不得让安以若先走，只是已经这样了，多留一天也没有了意义。况且听方队说安以若很不习惯这边的饮食，所以牧岩决定送他们先走。

"你伤势不轻，应该住院休息，再重要的事也不急在一时。"对于安以若能平安脱险，席硕良不能忽视牧岩的付出，此时的关心，是真切的，"你一个人留下不行，身边没个照顾的人，不利于伤口恢复。"

牧岩不为所动："没什么不行的。留下来只是协助处理一下后续的事情，不像出任务，不会扯到伤口，也就一个星期就能回去，你们先走。”

席硕良还想再说什么，牧岩抢白道：“都已经安排好了，就这样吧。”

次日上午，席硕良带着安以若离开了姐告，直到不得不上机，牧岩也没有出现。

她一直在拖延上机的时间，席硕良直觉认为与牧岩有关，但他什么都没说。

终于，安以若没有忍住，问了方队：“牧……牧队呢？”

方队回答：“牧队今天送萧然上山。”

“上山？”安以若反应了一下，“萧然她——”

方队点头：“她死了。”

难怪他没来。安以若与方队道别，上机。

席硕良隐隐明白了什么。

他不希望，是真的。

牧岩协助云南警方办案，再回到A市，已是一个月后。

而安以若的婚期，被提上了日程。

牧岩不禁想：和安以若的不期而遇，只是为了丰富人生路上的风景。他们，终究只是彼此的过客。他甚至开始怀疑除了岁月，觉得没有什么能够永恒。

分别的一个月里，牧岩静静地待在那座中缅边境的小城，企图用一个月的时间来沉淀与萧然的一切。他没有给安以若打一通电话，甚至没发过一条信息。但其实，他手机草稿箱里有很多信息，比如，“你好吗？手伤好些了吗？”比如，“我的伤好多了，不用担心。”比如，“以若，其实那晚我吻你——”

诸如这样的信息有很多，只是没有一条发送出去。

牧岩生怕打扰了安以若的幸福。

她是幸福的吧，哪怕不是他给予的，只要是她想要的，牧岩愿意祝福。

可忍住难过去祝福，太难了。

到底还是控制不住把车开到了安以若家楼下，牧岩想，当面祝福一下，断了念想也好。然而，当他看见席硕良与她远远走来，手中提着一个百年好合的袋子时，牧岩发现，那句“恭喜”实在难以启口。

哪怕一切看似已成定局，牧岩还是禁不住想：如果这一个月没有断了联系，结局会不会有所不同?

只能是想想。

道德极为自律的男人握紧了拳头，皱紧的眉头昭示他的怅然与无奈。

终究是要错过了。

牧岩却不知道，有人为他坚持了一个月。婚期是在他回来那天才被允诺。

你能为一个人等待多久?

换作从前的安以若，她会坚定地回答：“一辈子。”

对于席硕良，她曾经就是那样决绝。但是现在，安以若却没有勇气对牧岩说出同样的话。因为，她没有立场。他从未表达过，她甚至不明白地牢那一吻的含义。安以若不清楚牧岩和萧然之间究竟发生过什么，但是萧然对他的爱，却是昭然若揭。

那样一个对自己深情以待的女人，是个男人，都会念念不忘吧。

和自己无关的。

安以若告诫自己：不要多想。

唯有席硕良想多了。他敏感地发现，自从经历了绑架，安以若变得沉默了许多，对他，也不像从前那样关心了。他开始不安，他想让安以若成为他的妻子，今生为他所有，以此维系他们的爱情，所以才提出尽快完婚。

他已经求过婚，安以若也答应了，操办婚礼根本就是顺理成章的事情。

安家父母当然不会反对。

只有安以若：“会不会太仓促了？”

她的犹豫是因为时间吗？席硕良心里的答案是否定的。但他面上没有表现出来，只承诺：“都交给我，你只要安心养伤，准备当新娘就行，保证不会有所委屈。”

父亲欣慰的笑容，母亲微红的眼睛，让安以若说不出拒绝的话。曾经不顾一切地坚持，曾经一而再、再而三地退让迁就，让她觉得如果现在才来说“不”，实在讽刺。情感在理智面前败下阵来，安以若只能说：“硕良，你回头问问叔叔的意思吧，毕竟定下个月结婚，时间太紧。”

只能这样了。

曾盼了许久的事情，却在尘埃落定时，没有欣喜，只余无奈。

安以若讨厌这样的自己。

相比她低落的心情，米鱼也有属于自己的失落，听闻安以若的婚讯，她忽然有种吾家有女初长成的心酸和不舍。再见席硕良，她毫不客气地捶了席硕良肩膀一拳，神色凝重地“警告”：“安以若是我见过的最好的女人，能娶到她是你的福气。席硕良，你要好好对她，要是你伤了她的心，我第一个不饶你。”

安以若被她感动了一把，哽咽：“自己都单着，还来操心我。长点儿心，好好相亲吧。”

米鱼不示弱地回嘴：“和我相亲的那些男人都是神经病，我怎么郑重以待啊？”

安以若破涕为笑：“你怎么不说自己是朵奇葩呢？”

事情就这样定下来了，婚礼由席硕良一手操办。安父凡事低调，不喜铺张，交代席硕良：“结婚是两家人的事情，多和你父亲商量。我们家，没有要求。”

安以若感激于父母的理解。

席硕良有心大办，但是：“我父亲一直在乡下，习惯了清静。等他来后再和他商量细节，礼节习俗不能免。”

席硕良很少谈及家事，安以若只知道他是被父亲一手带大的，闻言就说：“到时候我和你一起去接叔叔，然后看看他的意思再决定。”毕竟两家家境有差别，她不希望因为婚礼的事情令两家产生误解和矛盾。为求顺利，她愿迁就。

可是，事情比她预想得要不顺利得多。

那天，安以若和席硕良一起去火车站接席老爷子。老人家穿着很朴素，但精神矍铄，见到打扮得体的儿媳妇，笑容也还算亲切。但当安席两家人坐在一起吃晚饭时，矛盾就不可避免地暴露出来。

安家二老是由司机送去酒店的。一下车，安妈妈的脸色就沉了。注意到妻子的神色，安父立即安慰：“环境是简陋了些，但这种外在的东西，没有什么可注重的，你觉得呢？”

安以若明白母亲的心思，讨好地笑："地方是我选的，怕席叔叔不习惯。会亲家嘛，两家正式见个面才最重要。"

"算了，吃个饭而已。"何尝不懂她又在替席硕良说话，安母没再计较。

这时席硕良迎了出来，把准岳父岳母带进包间。

饭店的选择迁就了俭朴的席老爷子本就令安母颇有微词，但为了不令女儿为难，安家父母并没有表现出来，反而对席老爷子很是亲切热络。直到席老爷子问及安父在哪里高就，席硕良神色微变着把话题岔开了。

安以若面上不动声色，心里却有些滋味。后来话题不可避免地转到婚礼细节上，矛盾再也无法掩饰。哪怕席硕良与安以若从中尽力调和，最后还是无法达成一致。

不欢而散。

回到家，安父气得在客厅来回踱步，指着安以若斥责："这到底是怎么回事？席硕良既然决定娶你，为什么还要对他父亲隐瞒我的身份？我为市长，是为民众服务，怎么还会影响到我女儿的婚姻？他能瞒他父亲一辈子？"

想到饭局上父母的隐忍，安以若无言以对。安妈妈心疼女儿，用眼神制止丈夫："好了，以若都忙一天了，有什么话非得今晚说完？以若啊，你去休息吧。"

安以若第一次对父母说："对不起。"本想给席硕良打个电话问清楚怎么回事，又担心他那边也是同样的情况，就忍住了。

次日清晨，席硕良就来了安家，主动到书房和安父谈话。再出来时，安父的脸色好了很多。安以若见他精神不太好，不免担心："昨晚没睡吗？要不别开车了。"

席硕良笑笑，搂过她抱了抱："怕你生气，睡不着。"

"我生气是小事，我爸妈高兴就行。"安以若退出他的怀抱，"我家里的情况你之前没和叔叔说过吗？"连她也开始奇怪，怎么良好的家境倒像是有罪一样，还要隐瞒未来准公公。

席硕良蹙眉，有些轻描淡写地说："电话里也说不清楚，我想等他来了当面告诉他的。"

安以若想说：不管她家境如何，她都不是娇纵任性的人。但转念想到席老爷子昨天愤然离去的背影，她又不忍席硕良夹在中间为难，没再多说什么。

下午米鱼来了安家，两人窝在安以若的卧室里闲聊。

米鱼歪着脑袋看着毫无喜气的准新娘，奇怪：“怎么我觉得你这次回来怪怪的，是还在害怕吗？”

生平头一回，对闺密有所隐瞒：“多少有一点儿，晚上总是睡不好。”她说着，笨拙地单手解着手上的纱布。

“痒是快好了，你忍着点。”米鱼拉过她的手，“都是过去的事了，早点忘了那个变态毒枭。哎，你和他在巴黎有过一面之缘的事席硕良知道吗？”

安以若摇头：“我没说那么细。”

在米鱼心里席硕良是个小心眼的男人，而且她粗枝大叶惯了，没觉得有什么不对：“谭子越说你救命恩人回来了，你不打个电话慰问一下？”

安以若神情黯然：“硕良说请柬他亲自去送。”

“没想到那个牧岩还真有两下子，竟然孤身潜入敌营把你救了出来。”米鱼用胳膊碰了碰安以若，暧昧地眨眼，“我收回之前对他的一切腹诽啊。”

安以若不解：“你腹诽人家什么了？”

“我那不是听你说他强吻了你对他有气嘛。但人家是穿制服的，我也不能怎么着，所以只能在心里骂他呗。”米鱼“嘿嘿”笑，“晚上一起吃饭吧，有人请客。”

安以若觉得她笑得贼贼的：“谁啊？”

米鱼没好气：“谭子越。”

“谭子越？”安以若有了点精神，“你和他，你们真在一起啦？”

米鱼脸颊微红：“死缠烂打的功夫，那家伙炉火纯青，我被他缠烦了，批准他上岗当一段时间的护花使者。试用期内，随时退换货。”

安以若为她高兴：“那我就祝他早日转正。”

米鱼不满：“怎么不祝福我啊？”

“好好相处。”安以若心情好了很多，敲她脑袋一下，“我要吃满汉全席。”

米鱼直接在她掌心拍了一下：“也不怕撑死你。”

约在晚上七点山水餐厅见。

安以若和米鱼到时，谭子越已经在门口恭候了，而他身边赫然站着——牧岩。

几乎想转身就走。

安以若下意识抓紧米鱼的手，仓促地背过身去。

不可以哭，不能哭，在点头允诺婚期时，就已经失去了为别的男人落泪的权利。她竭力地控制着情绪。

米鱼瞬间明白了什么，脸上惊诧的表情表露无遗。眼前这个曾为了爱席硕良不顾一切的女人竟然在看见牧岩那一瞬泪盈于睫？她忽然蒙了，似乎无法接受安以若的情感转变。

昨天谭子越说："你那闺密和大木肯定有问题。"

米鱼还生气了："安以若是最专一的女人，你再敢诋毁她我就不要你了。"

谭子越见她真的翻脸，讨好般求饶，哄得她开心之后又不怕死地说："要不我们打赌，约他们出来吃饭，看看反应就知道怎么回事了，你敢不敢？"

谁怕谁？

米鱼当时就拍桌子了："赌就赌！"

结果就是——光看安以若见到牧岩的反应，米鱼觉得，他们牵扯上了爱情。

怔忡过后："简直是，太好了。"米鱼拉住安以若，"这个比席某人高大上多了。"

唯恐天下不乱。

安以若想甩开她的手。

牧岩在这时疾步而来："手伤好了吗？"

安以若不得不转过身来，不答反问："你的伤怎么样了？"

短暂的沉默，异口同声："好多了。"

谭子越伸手搂过米鱼肩膀，一副"你输了，要以身相许"的表情。

米鱼揪他耳朵："坦白从宽！"

谭子越凑过来亲亲她脸蛋，窃窃私语："晚上留下就告诉你。"

回应他的，是一脚高跟鞋。

谭子越之所以敢和米鱼打赌，不是牧岩说了什么，而是他的言行出卖了自己。

牧岩从云南回来，谭子越去牧家混饭吃，席间他无意中提起要和米鱼凑成一对给安以若和席硕良当伴郎伴娘，牧岩就怔住了，确认安以若定了婚期，他不顾父母在场，放下筷子摔门而去。

就这样泄露了情绪。

牧妈妈悄悄嘱咐谭子越："子越啊，你和大木从小玩到大，他有什么话都不瞒你。你去问问怎么回事，然后告诉我。"

不是个好差事，惹毛了牧队可是要挨揍的。

但干妈下了旨，岂有不管之理?

只好把米鱼拉下水。

约牧岩时，那位爷的心情糟透了，一句废话都没有，直接拒绝。

谭子越亮出杀手锏："安以若也来。"

牧岩沉默了。

谭子越乐了："明晚七点，山水，过时不候。"

不仅没有过时，还早到了一个钟头。

见他等得坐立难安，谭子越还大度地分享自己的爱情故事给他解闷。

他的所谓爱情故事，当然是和米鱼有关。而这个故事的亮点在于，是谭子越的前女友季柔成就了他和米鱼的首次见面。

分手前谭子越陪季柔去看时装秀。那本该是一场高大上的时装秀，结果，或许其中一位模特是新人吧，竟然紧张得在台上崴断了鞋跟。当时现场一片哗然，唯有那位主秀冷静以对。她微笑着走到伸展台中央单手扶住那个一脸惊慌的新人，在观众注视下脱掉了自己的高跟鞋，光着脚完成了那场秀。

那主秀当然是米鱼。

和季柔分手后，谭子越试图约米鱼，可令人意外的是，这位模特与业内的一般模特不同，她拒绝一切与工作无关的邀请。

谭子越对米鱼的兴致又提高了几个点。

然后就大费周章，安排了那场相亲。

可惜米鱼被掉了包。

爱情和所有想要的东西一样，需要争取。

牧岩听懂了。

他情绪平静下来，看看时间，自嘲了句："我来太早了。"

谭子越很没风度地朗声笑。

牧岩坦然接受他的嘲笑，随即很给面子地追问了一下故事的后续发展。

谭子越满足了他少有的好奇心。

警队认人后谭子越开始追求米鱼。他先是到秀场围追堵截，在被米鱼一再拒绝回避后，他气不过，凌晨四点起床开车到她公寓楼下，打电话命令米鱼："下楼，我有话和你说。"

那天安以若要搬家，米鱼本打算早起帮忙，可四点就被电话吵醒，就生气了："谭子越你有病的话去医院，别骚扰我。"

谭子越放话威胁："你要是不下楼，五分钟后就会听见我拿着喇叭在楼下喊你的名字。打扰邻居休息我不负责，你看着办。"

米鱼玩不起啊："MD，怕了你了。等着！"

那天的情况就是：谭子越表白遭拒，怒火中烧，把米鱼强吻了。米鱼哪里是善茬，当时就咬破了他的嘴唇。谭子越无从发泄，索性去医院以探望牧岩为由在病房赖了一天。

事情原本发展到这里就告一段落了。

但安以若失踪了。

牧岩带着萧然离开那天，谭子越去了安家。电梯打开时，米鱼正坐在门口抽烟。没有了和他吵架时的尖锐和T台上的颐指气使，只剩憔悴。他坐过去，陪她抽了两根烟，见她还没要停的意思，抢过了她手中的烟盒："想哭就哭出来，憋着给谁看。"

米鱼不领情："要你多管闲事。"可烟雾缭绕中她的眼睛已经红了。

谭子越也不生气："大木一定可以救出安以若的，你别担心。"

他不安慰还好，他这么一说，米鱼的眼泪就控制不住了。她把指尖未熄的烟狠狠扔了出去，把脸埋在双膝间哭了起来，哽咽："怎么就被绑架了呢，这都什么事啊？"

谭子越拍拍她的肩膀："他们的目的是要救萧然，不会伤害安以若的。"

米鱼不再压抑，哭倒在他怀里。

谭子越没有再说什么，任由她发泄。米鱼的心弦绷了几天，精神疲惫，最后竟然哭着哭着睡着了。醒来时她发现自己在公寓里，而那个她避之唯恐不及的家伙在客厅的沙发上睡得形象全无。

此后不再抗拒。

谭子越是个聪明人，他把分寸拿捏得很好，以朋友的身份承担起接送米鱼上下班的工作，每日往返于米鱼公寓、秀场与安家之间。

米鱼外表强悍，心底深处却一直渴望有人真心以待，谭子越不经意展露出的体贴和关心令她的心急速融化。短短几天，她就被征服了。获得安以若脱险的消息后，她第一个给谭子越打电话："她没事了，他们脱险了，我说安以若和牧岩啊。"

我当然知道是安以若和牧岩啊。我哥们无所不能的哦，亲。谭子越心里乐开了花，表面还不动声色的："晚上吃饭庆祝啊？我去接你。"

庆祝嘛，当然没问题。

就这样开始约会。

你们之间没有障碍，而我们——

再相见，没了从前的坦然。

席间气氛略显紧张，身为主角的两人大多数时间都在沉默。直到牧岩发现安以若该拆纱布的手还包得严严实实的，才给她夹菜："怎么活动这么不灵活？"

米鱼心虚地接口："那个，不小心扯裂了。"

牧岩抬眼看她："和你有关？"

他目光犀利，像是有飞刀射出来。米鱼心想：这个男人真是一点儿都不可爱，对美女都这么凶，况且她还是安以若的闺密呢。

"怎么，你闯的祸啊？"见米鱼瞪眼，谭子越笑着搂过她，"原本想敲某人一顿，既然如此，我来埋单吧，算是给你补过。"

米鱼白他一眼："要不要负荆请罪那么严重啊？"然后挑衅似的看向牧岩，"再说我弄伤的是我好朋友的手，牧队，你生什么气啊？"

是啊，我没有立场生气。

牧岩的眉头拧得更紧了，他起身去牵安以若的手："你跟我来。"

安以若直觉认为该拒绝，她清醒地意识到有些话说了反而会令情况更糟。可她的抗拒，不小心点燃了牧岩隐忍的怒意。

走廊里，他伸出手臂把安以若困在自己的怀抱与墙壁之间，目光深不可测："为什么突然定了婚期？没有犹豫吗？还像从前那么坚定非他不嫁吗？"

他字字珠玑，戳中安以若要害，几乎让她无从辩驳。

因为没有勇气说一句：非席硕良不嫁。

可是，能怎么样呢？

安以若抬起头，望进他眼睛最深处，似是在寻找什么："和你有关吗？你以什么身份问我这么隐私的问题？我被顾夜绑架那一夜，硕良就向我求婚了。"她抬起手，"我早已经答应。"

她指间那枚戒指刺痛了牧岩的眼，他像是试图做最后的争取："如果他是现在向你求婚，你的答案也是一样吗？安以若，你想好了再回答我。"

"你的假设根本不成立。"安以若的坚持快维持不下去了，她垂下双眸，"牧岩，你问我这些是什么意思？"

"什么意思？"牧岩唇角抿成一线，深邃的目光一瞬不离地锁定在她脸上，生怕错过她每一个细微的表情变化，"我用行动告诉你。"话音未落，他俯身吻下去。

理智提醒安以若该推开，而她也那么做了。但是，比力气，怎么可能是牧岩的对手？

隐忍的情感爆发，牧岩心里只有一个念头：不允许她嫁给别人，不允许。他更加拥紧她，不理会她的挣扎，吻得急切而缠绵，似乎带着惩罚的意味，惩罚她不等他回来就允诺了婚期，又像是耐心安抚，安抚她不要拒绝，不要害怕，有他在，一切都可以挽回。

安以若整个人落在他怀里，无论如何都躲不开。

委屈与难过涌上心头，她的眼泪落下来。

惊觉脸上的湿意，牧岩清醒过来。

她不愿意，她的眼泪，是拒绝。

牧岩不得不结束了这个吻。但他舍不得松手，依然保持着拥抱她的姿势。

安以若的脸埋在他颈窝，声音透着哭腔："为什么？"她没有责怪他因执行任务冒犯她，她甚至不要求他为地牢那突如其来的一记亲吻多做解释，可为什么现在又是这样？他们之间，怎么就变成了这样？

牧岩不知该如何回答："是我的错，不该招惹你。"

但我控制不了。而我的眼，我的心，都告诉我：你对我，不是没有感觉。

牧岩终于决定表明自己的心意，让她选择。

松开手臂，他以指腹摩挲安以若的脸颊："以若，我——"

没有机会说完整句，就被打断了。

“以若！”夹杂怒意的低沉男声毫无预警地响起，让牧岩和安以若都怔住。

席硕良来了，千钧一发。

牧岩只能松手。而安以若，慌乱地擦干脸上的泪，转过身。

席硕良脸色沉郁地站在楼梯口，瘦高的身影给人一种无形的压迫感。

牧岩微变了神色，他唇角抿成一线，目光深沉。

席硕良走过来的第一件事，是搂过安以若的腰：“看来牧队的伤是好了，都已经可以约我未婚妻吃饭了。”嘲讽的语气证明他惊腾的怒意，一句未婚妻，宣告了他的所有权。

牧岩何尝听不出他语气中的不善：“未婚妻而已，连和朋友吃饭的权利都要被剥夺吗？”

没有想到席硕良会来，更没想到牧岩会说这样的话。安以若隐隐感觉气温在下降，就连席硕良的怀抱也在变冷，似是要把她冰封起来。

他这样维护安以若，愈发地让席硕良不满：“那也要看对方是谁？救命恩人的话，当然没问题，甚至该是我们安排，但如果别有用意，牧队，我实在无法坐视不理。”

如此针锋相对，敌意明显。

气氛顿时冷下来。

直到，席硕良开口打破沉默：“下个月六号就不只是未婚妻了。一切都不容改变。包括我准岳父也不允许婚礼出现意外。”他从外衣内袋里取出那张红得灼目的请柬，递到牧岩面前，“下午去了缉毒大队没见到你，既然现在碰上了，我也就不多跑一趟了，希望牧大队长赏光。”

请柬是大红色的，没有繁复的图饰，唯有“百年好合”四个字被金色的边线围绕，华丽而不俗艳。仅仅一眼，已刺痛了牧岩的眼和心。

下个月六号，还有短短半个月的时间。无论是身为准新郎的席硕良，抑或是身居高位的安父，都不会允许这一切再有改变。安以若更不会不顾及父母的感受和颜面，至于牧岩，也不能不顾及她。

艰难极了，但还是伸手接过请柬。

席硕良轻笑：“听说你这次立了功，升大队长了，恭喜。”他目光淡淡扫过牧岩绷紧的脸，语气不急不缓，“虽然救人是身为警察的职责，但我还是要感谢你。谢谢了，牧大队长。”然后带着安以若离开。

谭子越出来时，牧岩正把手中的红色请柬从中间撕开，扔进垃圾箱。

黄昏的余晖为他镀上一层金色，让他眼角的那道光无从遮掩。

连米鱼都意识到：一切无法挽回。

一路沉默。

见他们一起回来，安母并无意外，闲聊似的说：“去接以若了啊？”

席硕良关门：“您说她和米鱼去山水吃饭，她手没好不能开车，我又担心米鱼酒驾，索性去接她。”

难怪知道她的行踪。

安以若无心和他们聊，回了房。

席硕良进来时她躺在床上，背对他。

席硕良拉过薄毯给她盖上：“累了就睡会儿，我在这儿陪你。”

曾经在她需要他陪伴时，他弃她而去，现在她想静静，他却不肯给她空间。安以若望向窗子，心中五味俱翻。

已经竭力控制，但还是被发现了异样。否则他不会以未婚夫的身份提醒牧岩，他们大婚在即。只是，有了这样的芥蒂，无论是爱情或婚姻，还能圆满吗？而牧岩，即便不是她，他也会舍身相救的吧？与升职无关，与他警察的身份，密不可分。

何必多想，你不可能无所顾忌地打乱现在的生活。你没有勇气承担。

安以若恨这样懦弱的自己。

房间里很安静，黑暗中，她听席硕良叹气，然后：

“我知道你醒着。你不想说话就听我说。”停顿了一下，像是在整理思路，许久，席硕良的声音悠悠传来，“我爸妈是大学恋人，他们很相爱，毕业后不顾家里反对登记结婚。那时他们住在出租屋里，生活虽不富裕，但很快乐。直到我妈怀孕，为了安胎不得不辞职，而我爸因为我外公的暗中阻挠失去了工作，不得不找散工维持生活——”

变化就从那时候开始发生。

席父兼了几份职，每天天没亮就要出去工作，等晚上回到家时席母已经睡着了。最夸张的一次席母有一个星期没有见过丈夫。

“有一天我爸回家看见我妈趴在床边哭，他吓坏了，以为我妈身体不舒服抱起她就往外跑。我妈哭得更厉害了，语无伦次了好半天，我爸才明白过来，是因为我外公外婆来过。我爸抱着我妈在门口站了很久，然后他的眼睛就红了，一直对我妈说‘对不起’。”

给不了所爱之人安稳的生活——是身为男人最不堪回首的经历。

埋在心底的痛楚慢慢复苏，席硕良突然哽咽了，他一直不敢去想父亲流泪时的表情。那是一道无形的伤疤，尽管不是亲身经历，依然有感同身受的疼。

“爷爷家里很困难，我爸上大学的钱都是村里人凑的，而我妈的家庭优越得超乎我爸想象。他不愿意受我外公的恩惠，坚持不肯进他的公司上班。可你知道的，没有根基，没有人脉，想在这个城市立足并不容易，更何况是他那么老实憨厚的人。那天晚上我妈终于忍不住求他，让他接受外公的安排。她说她真的觉得很苦，他们明明可以生活得更好，为什么非要固执地拒绝。外公不是外人，是她的爸爸，她也不想失去生她养她的父母。那晚，我妈哭得动了胎气差点儿流产。”

席父终于妥协了。他住进别墅，进了岳父的公司上班。席母得到很好的照顾，顺利生下席硕良。

可惜，好景不长。

“我爸的工作尽管风光体面，却不是他的兴趣所在。哪怕他很努力地想要做好，为自己也为妻子争口气，还是表现平平。外公的苛责，亲朋好友异样的眼光，让他再也承受不了压力。在我还没满周岁时，他和我妈经历了一次激烈的争吵，然后决定离婚。办手续那天，我妈一直在哭，我爸几乎心软。结果我外公来了，随行的还有一个男人。当我爸看见他搂过我妈的肩膀安慰，他所有的犹豫都没了。”

曾经的恩爱夫妻，终究难逃劳燕分飞的结局。

“半年后，各大报纸、杂志上处处可见我妈新婚的照片，她的丈夫就是离婚那天出现的男人，某银行行长的儿子。或许这样的联姻并不少见，可我爸还是被这个消息彻底击垮了。他变得格外沉默，除了会在不懂事的我面前自言自语外，几乎不和别人说话。直到我妈……自杀。她在遗书里说：她好累，再也撑不住了，如果可以选择，只希望下辈子生在一个平凡的家庭，和我爸过平凡的日子，做一世夫妻。”

想到父亲抱着年幼的他回到乡下从此一蹶不振，席硕良就说不下去了。父亲是个骄傲的人，或许相比那些更有资本骄傲的人而言，他的妥协很是可笑。可身为儿子，他没有资格嘲笑给予他生命的父亲。他完全可以理解那样一个坚强的男人是怎样被一桩失败的婚姻打倒的。父亲没有再婚，为了前妻的死他崩溃过，也绝望过，可为了年幼的儿子，他咬着牙挺了过来。然而，他始终自责，自责当初为何那么决绝地离婚，进而毁了深爱的女人一生。

原来，他的家庭竟是这样的。难怪对于她的家境，他如此排斥。

终于理解了。安以若把脸贴在他胸口上："硕良，对不起。我以为我更爱你，却不知道，你为了我，隐忍了更多。"

席硕良拥抱她："因为我爱你啊。"

所以百般挣扎，依然舍不得放弃。

犹如一段插曲，风波就这样过去，席硕良没有追问安以若与牧岩之间的事，安以若也不知道牧岩主动申请去了新警员培训基地担任教官，借由封闭式的训练尘封自己的心。她不再彷徨，固执地把有些人、有些事隔绝在心门之外，在一个风和日丽的日子，在席硕良以惊喜为由的安排下，被他带到民政局。

签下自己名字的瞬间，安以若觉得失去了什么。

然而，席硕良稳妥的怀抱，温柔的微笑，这些现实的温暖，都让她开始对未来重新期待。

一切似乎就这样尘埃落定。

转眼，就到了安以若出嫁前夜。

牧岩的名字，似乎也被淡忘。

即便他们曾经靠得很近，近到牧岩以为会有以后，终也难逃擦肩而过的命运。

奈何缘浅。

六月的夏夜，夜风微凉，安以若步履蹒跚地走在清冷的大街上，见证喧闹消失殆尽在夜色里，而城市斑斓的灯火一点点暗淡，她收起唇边笑意，想起六年来不顾一切的爱情，想起六个月里共经生死的交情，忽然倦由心起。

"安以若，你得幸福。"米鱼努力让舌头平整，在程漠菲的搀扶下坐到安以若身边，眼眸中泪光闪动，"只有你幸福，我才相信这个世界上是有爱的。”如果六年的飞蛾扑火都换不来一生相守，让她怎么相信爱情？

安以若抬眼看她，似是要看到米鱼的心灵深处：“幸福和人生一样，不能复制别人，只能是自己的。米鱼，不用看我，而是相信缘分。”

“可谁又知道哪一段缘分才是最终的归宿？”米鱼较起真儿来，“你从前说，幸福是自然而然的微笑，可现在的你，我只看到强颜欢笑。”她带着几分醉意地指手画脚，“戴着面具而活，安以若你累不累？”

答案明明是肯定的。却说不出口。

安以若笑得勉强：“我已经很努力地在做真实的自己。”

米鱼毫不客气地呸她一口：“就你？真实的自己早就丢了。”

安以若几乎想哭。

沉默了一个晚上的程漠菲见状终于忍不住开口：“以若，你明天真的要嫁吗？怎么我觉得，你特别不快乐？”

米鱼也有同样的疑问，她蹲在安以若面前，神情凝重：“傻子，你真的想好了吗？过了今夜，你就没有后悔的机会了。”

早就没了退路。

安以若敛笑，神情是从未有过的严肃：“你们现在还问这样的问题不觉得可笑吗？在法律上，我和硕良已经是夫妻。至于明天的婚礼，只是个形式。这个时候，还有什么可以改变？”

已成定局。

与席硕良之间，有着年少轻狂的固执，有着六年忘我的坚定，越是执着，枷锁越紧，安以若无力逃脱。她用力掐了掐自己的脸：“这酒劲真大，我都胡言乱语了。”

明明是酒后吐真言。可米鱼只能说：“忘了不该记住的人，珍惜拥有。”

“我在努力。”心头的嘈杂纷乱慢慢平息，安以若双手拄在膝盖上撑着脸，“有时茫然向前，去哪里，做什么，全无目的，未尝不是一种幸福。”

看似感叹的话听在外人耳里，是猝不及防的震动。看着眼前因喝酒而脸颊微红的女人，米鱼忽觉心疼。为了爱席硕良，安以若毅然决然过，为了换得他的承诺，她一再退让过，为何现在，没有半分幸福感？

米鱼在心里暗骂：相信爱情？扯淡吧。

安以若在这时起身，她的眼睛莫名明亮起来，连笑容都不自觉柔和。

米鱼循着她的身影看过去：街对面那抹修长俊逸的身影，魅惑得连夜幕都成了布景。

不是牧岩，还能是谁？

安以若过了街，立步不稳，险些跌倒。

牧岩手疾眼快扶住她，眼神幽深如海："怎么喝这么多？"

温柔的语气，淳厚的声音，听在耳里有遥不可及的错觉。安以若心头凄然，她想挣开他的手，可脚下一软，反被他顺势揽进怀里。

彼此的心跳交织在一起，安以若倔强地回答："我酒量很好。"

倔强的笑脸格外惹人怜惜，牧岩收拢手臂，把她搂紧在怀里，俯低了头，贪婪地呼吸着她身上淡淡的酒香。仿佛过了一个世纪那么久，才终于说："安以若，你要好好的。"

如果你不好，我的放手就变得毫无意义。

安以若，我最大的遗憾就是，你的幸福不是我给予的。

对不起，我爱你。

但这些话，他只能深埋于心。

安以若放纵了自己，她伸出手臂回抱住牧岩腰身，一句话也说不出口。

没有开始过，那么今夜，也没什么可失去。

却为什么，还是觉得那么难过？

安以若想微笑，然而眼泪滴在他肩膀上，透过薄薄的衣料，渗透到他肌肤上。

牧岩的心，被那滚烫的温度灼烧，疼痛难忍似的。

抱她更紧。

行至今日，语言变得苍白和多余。道德、自律、顾虑，终是成了束缚他们手脚的武器。

长长的街道寂静清冷，昏黄的路灯洒下淡淡的清，两抹身影重叠在一起，以拥抱来告别。

那晚的最后，牧岩保持着很远的距离跟在安以若身后，送她回家。

他在身后不远处，回头就能看见，确切地说，退一步，就是他的怀抱。

却不能。

无路可退。

进大厦前，安以若迟疑了，她站在原地许久，像是挣扎。

明知道不可能，更不可以，牧岩还是在那个瞬间，有了期待。

可惜结果终究让他失望了。

直到视线里没了她的身影，牧岩也没有离去。他站在街对面，仰头望着整栋楼亮起的灯火，不知道哪一盏是她的。

“以若，就这样陪你一晚吧。或许安安静静，才是好的。”

牧岩的身影被浓密的树枝遮住，绵长的叹息和疼痛的目光泄露了深埋的情感。

直到天边微光沉起，他修长的身影被薄雾笼罩着。对面大楼有一扇窗子被人从里面推开，刺目而艳红的“喜”字贴在上面，牧岩方知：A座八楼是安以若的家。

她要嫁人了，新郎不是他。

牧岩的眼神晦涩难明，终于，他转过了身。

如果祝福是我唯一能给你的，唯愿你好。

剪裁合身的白色婚纱，衬托出玲珑曼妙的曲线，精致的妆容，让新娘越发娇俏妩媚。望向镜中的自己，安以若安然微笑。

她的爱情，她的人生，从今天起是一个崭新的开始，无论曾经历什么，她都要和席硕良相守到老，不要轰轰烈烈，平淡隽永就好。

对未来的期待，重新燃起。

亲朋好友陆续来到了家里，米鱼与安妈妈招呼着客人，身为伴娘的程漠菲忙前忙后检查着什么。安以若静静坐在床上，偶尔与前来道贺的人寒暄几句，等待席硕良来接她。

米鱼忙进忙出，得了空就跑来向安以若抱怨：“好好的伴娘也没当成，真是郁闷。我不管啊，你送伴娘什么礼物也得有我一份，要不就和你绝交。”谭子越当不成伴郎，自然不会让她当伴娘，米鱼为自己的下岗感到惋惜。

“没你这么耍赖的啊，都多大了！”程漠菲笑掐她气鼓鼓的脸，“要怪就怪你长得太高了。这样的伴娘站在新娘身边有多不协调啊。”

米鱼哼一声：“这也是我的错了？要怪也只能怪你们长得矮了点儿吧。”

“想要礼物的话就老老实实帮忙，否则什么都没有。”安以若忍不住笑，此时此刻，幸福面前，她忽然觉得那些爱与痛的经历，或许只是人生路上避不掉绕不开的，而珍惜拥有，才是人生之重。至于与牧岩那份微妙的感情，她告诉自己，要释然。因为对于婚姻，她是以虔诚的态度面对的。

“怎么回事啊，都九点半了，席硕良还不来。”米鱼急得直跺脚，“你打个电话催催，别耽误了时间，典礼可不能延后，那是吉时。”

“你想我被笑死啊，催催？人家还以为我急着出嫁呢。”安以若说着拿起手机看时间，“可能堵车了，再等一会儿，还来得及。”

“那不是还得闹腾会儿嘛，说好了九点就要来的。”米鱼沉不住气，“不行，我给他打个电话，别以为来晚了，就能轻易过关。”还以为席硕良故意来晚，企图逃避她们伴娘团所设的关卡。忽然想到什么，米鱼嬉皮笑脸的，“我得提醒他封两个大红包，我和菲菲可不是随便可以打发的哦。”

程漠菲打她一下：“财迷啊你。”

米鱼不以为意地耸肩，打电话。通了却没人接，她皱眉：“搞什么呀，关键时刻掉链子。”

安以若的心莫名一紧，边安慰说应该是要到了，边用自己的手机拨过去，铃音完完整整响过两遍都没人接，打他家里的座机，也是一样的情况。

忽然就有不好的预感。

时间一分一秒地过去，连安妈妈都沉不住气了。她把丈夫拉到一边：“你给席家打个电话，问问到底是怎么回事？”

当然是打不通的。

安父的脸色随着时间的流逝越来越难看。

临近十一点，距离事先约定好的九点接亲晚了两个小时，安以若终于坐不住了，她不顾习俗自己穿鞋下床，在阳台上不停地拨席硕良的手机，然后是座机，直到手机电池都快用完了，依然联系不上那边。

“可能……在堵车吧。”连自己都说服不了，怎么可能安抚得了父母？安以若底气不足地向安父建议，“要不我们直接赶去酒店，说不定硕良已经过去了。”她心中暗自祈祷或许只是出了点儿小差错，也许席硕良正往酒店赶。

安父打量着眼前精心打扮的女儿，劈手拿过她的手机，听见电话里传出的竟是对方关机的提示，他“啪”地把手机扔到床上：“以若，你认为这场婚礼还有必要进行下去吗？”

安以若深知触及父亲隐忍的底线了。

可是，她眼底有了泪意：“爸爸，再等等。”

安父心里堵得厉害，沉默过后还是说：“米鱼，请客人们下楼直接去酒店，就说新郎堵车不能按时赶过来了。”

米鱼隐隐感觉到事态的严重性，应了声“好”，转身出去安排。

谭子越招呼客人们去往酒店，程漠菲陪在安妈妈身边，安以若则和米鱼直奔席硕良公寓。门铃响了半天没人应，犹豫了一下，她拿出登记那天席硕良给的钥匙。

推开门的瞬间，安以若被眼前的狼藉吓住了，愣愣地站在门口回不过神。

探头看向乱七八糟像是被打劫了一样的客厅，米鱼也吓了一跳：“席硕良被绑架了啊？”

心中的不安急速扩大，安以若深吸了口气，找遍所有房间都不见人影。

席硕良的手机依然处于关机状态。

忽然就联想到自己被顾夜绑架的情形，安以若颓然跌坐于沙发上，忘了思考。

米鱼捡起地上被撕了一角的杂志，封面照片晃了她的眼：“这——”

安以若看过来，目光触及那张照片时，脸色就变了。

这时，房门被人从外面推开。

是席硕良回来了。

安以若转首看去，他修长的身影默然立在门边，神情疲惫，眼底有血丝。

是因为有了动摇的结果吗？

可是，满座宾朋都在等待婚礼的进行，他不能这样丢下她啊。

就因为一篇报道？甚至不给她解释的机会？

四目交凝，安以若眼中的疼痛犹如硬沙哽在心间，至于席硕良，他眸底暗淡，没有丝毫光亮，心灰意冷一样。

对望许久，安以若走过去，看着他满是胡楂儿的脸，她伸手想拂开他额前的头发。

却被避开。

她的手僵在那里，心在急速下沉，面上故作坚强：“如果是因为那张照片，我可以解释。”

暗沉的眼底浮起一抹讽刺，又被迅速掩去，席硕良不自然地勾了勾唇角：“你还能解释得清自己吗？”

安以若想反问：“为什么不能？”席硕良已经抢白道：“或许我该早一点儿问你到底发生了什么？你的沉默、犹豫、抗拒，每一种情绪都在昭示你不再是从前为我守候的安以若，可我还自欺欺人，甚至绝口不提你们那一段经历。是不是在你看来，这些包容和隐忍都太可笑？”

当然不是。我珍惜你每一分付出，因为对于爱情，对于你，我都真心以待。

可他眼里的质疑和指责明显到让安以若觉得难堪，她试图解释：“我不否认，经历过生死之后，对牧岩有所改观，如果非要说是好感的话，也不为过。可我和他之间，也仅仅是有过两次那种别人或许一辈子都没有过的遇险经历。相比我们六年的感情，我——”

席硕良没给她说完的机会：“可关于他，你从来没有对我提过只言片语，哪怕那天我去山水接你，看见你们暧昧地抱在一起。”

安以若说不出口，因为地牢那一吻，导致和牧岩之间，剪不断理还乱的感情。

“关于那个拥抱，硕良，我身为你的妻子，请你原谅。”她侧身，目光落在那本杂志上，继续，“这张照片应该是我脱险那天在医院被拍下的，那时我受了伤和惊吓，晕倒了。”报道是关于牧岩的，而那张照片的背景是医院。安以若猜测是守候在那里的记者拍的。

这些席硕良猜到了，可对于她避重就轻和牧岩的关系，他最为不满。

弯身捡起了杂志，他语气冷漠得令人心慌：“特警队长牧岩，军部首长独子。不顾身负枪伤孤身涉险，救出被困人质安以若。脱险之后，真情流露，两人紧紧拥抱在一起。当安以若因惊吓与体力透支晕倒，手还紧抓着牧岩的手臂，竟无人可以分开……牧岩随其进入急救室，直至安以若平安脱险，牧岩才因伤口恶化导致昏迷进了手术室。”略微停顿了下，他右手紧握成拳，继续念着报道中最后那行字，“郎才女貌，门当户对，才子佳人，共谱爱曲。”一字一句。

“啪”的一声，杂志被狠力甩到墙壁上，纸张纷纷散落下来。席硕良猛地转过身，双手扳正安以若的肩膀，低吼：“你告诉我，这是怎么回事？你真的想好了要嫁给我？军部首长的儿子，军部首长，相当于副省长级别了吧？还真是门当户对。”

原来，刺痛他心，令他在婚礼当天缺席的不是照片，而是报道中“门当户对”四个字。

确实被戳中了要害，席硕良想起父亲的话：“良子，不是爸迂腐，古人所讲究的门当户对是有一定道理的。即便她现在跟了你，难保以后不会对咱们家有微词。你也看到了，一个婚礼她家都不肯退让，结婚以后要怎么磨合呢？爸知道你有自己的事业，可是经商与为官不同，金钱不足以平衡地位权势的落差，听爸的话取消婚礼吧。”

半个月来，席父几乎每天都会要求他取消婚礼，可面对自己所爱之人，他丝毫不为所动，更是瞒着老人和安以若领了证。直到昨夜与父亲激烈争吵，直到父亲拿出他下楼闲逛时买的杂志，他悚然一惊。

照片中牧岩身穿黑色的衬衫，头发微微有些凌乱，双臂紧紧抱着他的未婚妻。席硕良注意到他的眼神，有怜惜，有心疼，还有——深情，无可掩饰的爱意在一张照片中全部流露了出来。强压下心底涌起的情绪，他细细看报道，当“门当户对”一词闯进视线，席硕良紧绷的心弦瞬间断裂。他发疯般冲出了家门，一路飞车直奔安家。他想问问安以若是不是真的想好了嫁给他，他想亲口问她是不是真的不介意他的家庭，他更要问她对他的爱是不是还是一如既往的坚持，然而——

居然在半路遇上了牧岩，而他怀里的人，赫然是安以若。

街边重叠在一起的身影，报道中的一字一句如重锤般无情地敲在心上。席硕良觉得愤怒又难堪，握着方向盘的手因太过用力已经泛白。他紧抿着唇，看着牧岩远远地跟在安以若身后，送她回家，然后站在街边守了一夜。而他，始终坐在车里未曾离去。

承诺、誓言，在这难挨的一夜被彻底推翻。他不再相信爱，也不相信他们能够白头。仰头望着窗子上贴的那张“喜”字，他把安以若判出了爱情的局。

无中生有的报道很残忍，可他冷漠的声音更让她疼。安以若默默地垂下眼帘，绝望、失落、疼痛，种种复杂的情绪齐齐涌出，她艰难地深呼吸，一次又一次。

挪步到他面前，想告诉他自己曾经有过的挣扎，想说明与他相守的决心，试图做最后的挽留。可是，席硕良却不肯给她机会。他眼底血红，大力扯过她的手抵在胸口，冷声质问：“安以若，用你的心告诉我，你爱的到底是我还是他？”

一篇报道，抹杀了她六年以来的所有付出。

辜负的究竟是他，还是自己？

似乎六年的倾心所恋终是成了笑话。

初夏的阳光很柔软，安以若的心则因为他的话陷入无边的黑暗与冰冷。她张了张嘴，没有发出声音，唯有眼泪模糊了视线。

却还不够。

席硕良语带恨意：“我以为你对他只是有些好感，毕竟患难与共的感情是其他感情无法比较的。原来我才是那个彻头彻尾的傻子，被你耍得团团转，甚至为了继续这场荒唐的婚礼和生养自己的父亲翻脸，害他进了医院，差点儿……”

安以若当然不知道席硕良清晨回来时，席父因犯高血压倒在地上，而他失踪的几个小时里，其实是守在医院。她想问：“叔叔怎么样了？有没有危险？”未及出口，又听席硕良说：“你可以明确告诉我你爱上了他，我决不勉强。毕竟，论家世我比不上他。安以若，你们确实门当户对。”他的话如刺骨的寒风，刮痛了安以若，也刮痛了自己。

就这么轻巧地安了个罪名给她，无从辩驳。安以若的心骤然间凉了，冷了，伤了。

照片只是导火索，他们的爱情，终究是败给了根深蒂固的门第之见。

安以若踉跄着退后两步，声音颤抖：“硕良，我也想问一句：你到底了不了解我？”

如果你了解，就不会不懂我的挣扎，更不会不懂我的坚定和决心。而你现在的表现只证明了：你不仅对我没有信心，对自己，也失去了自信。

席硕良全然不懂她的伤心：“了解与否并不重要。关键在于：你们门当户对，他比我更适合你。”牢牢锁定安以若的眼睛，他清晰无比地说，“安以若，就到此为止吧。”

到此为止？在他们婚礼当天，他说：到此为止。

安以若以右手死死抵在胸口，却依然抑制不住那里清晰的疼痛，她的眼泪大颗大颗滚落下来，模糊了面前的席硕良。这个曾经甘愿让她粉身碎骨去爱的男人陡然变得陌生，像是被一层磨砂包裹着，让人看不真切。

连站稳的力气都没有了，安以若缓缓蹲下身去，用双手掩住脸。

然后，“啪”的一声响。

是席硕良脸上结结实实挨了一巴掌。

米鱼的手指向他脑门：“你怎么能说出这么无情的话？你以为谁都像你一样拿婚姻当儿戏？我看你是忘了，是谁求她嫁，是谁逼得她非嫁不可！要你？赔上自己的终身幸福要你吗？你也配！”

最后一句几乎是吼出来的，米鱼用手指戳向他胸膛，“你也扪心自问一下，你爱她吗？你的爱可比得上她点滴的付出？六年，她爱你六年，你有拿出六分的真心待她吗？你吃定了她放不开你，你任由她出国，让她一个人远在千里之外为你努力，你能体会她当时的无助和寂寞吗？她有好的家庭是她的错吗？你有什么值得她爱？你不配。可是她爱了，面对你的冷淡她忍，面对你父亲的脸色她还在忍，如果不是爱，如果不是真心诚意想和你过一辈子，她凭什么委曲求全？你还有资格说爱她？席硕良，你怎么好意思？！”

这样还不解气。

“为了你，她承受了多少压力？你有心疼过吗？你是不是觉得她理应如此？反而是她的坚持和退让，满足了你骄傲高贵的心？你是不是心里还在得意，看，千金大小姐也为我折腰？”不给他反驳的机会，米鱼把心底郁积的不满一泄而出，“你不想受安家恩惠独闯天下以证明你的能力，原本我该钦佩。但你倚仗安以若的爱对她忽冷忽热，现在，又因为一个和她身世背景相配的男人出现，就放弃你们的婚礼，没有一句交代，没有一声道歉。席硕良，你这样任意妄为地上演落跑新郎的戏码，不过是在掩饰你的自卑！想想酒店那几十桌客人，难道你不觉得愧疚吗？想想安以若收拾残局的难堪，你心里是不是平衡了？”

相比牧岩的磊落，席硕良现在的行为和举动简直自私极了。明明是他抛不开根深蒂固的门第之见不要安以若了，却说得像是她红杏出墙。

米鱼实在气不过，她扶起安以若就往外走。走到门边又停住，转身对脸色沉郁的席硕良说：“别为自己的懦弱找借口，说到底你只是没有勇气面对失败。”见他猛地抬头，米鱼冷笑，“如果不是你提醒，我还真没发现他们更适合。虽然我一直认为门当户对这说法很荒谬，但是从你身上我终于得到证实，封建社会下形成的观念一直延续到今天是有道理的。”她略一停顿，“席硕良，你会后悔以如此可笑的理由放弃她。”

六年或许并不算长，然而当结局变得如此可笑，不禁不让人感叹往日宝贵的青春时光就这样被无情地碾碎了。

疼痛逼出了心底的泪意。安以若迎风而立，伸手抚摸长长的拖尾，似是用尽了全身的力气，狠狠撕下婚纱一角扬向空中。仰头望向随风飞舞的那道洁白，她声音破碎地呢喃：“从此刻起，我们之间，一刀两断。”

滚烫的泪达到沸腾的温度，灼得她的心支离破碎。被米鱼抱住的瞬间，安以若泪如雨下。

六月的天气，明媚而忧伤，一场爱情，结局惨烈，令人唏嘘。

忘了那天是怎么过来的，只觉得此生最大的笑话不过如此。

也不愿回忆那段时间的煎熬，只觉得世界天塌地陷也不过如此。

但生活还得继续。

凌晨时分，安以若被一阵噼啪的声音惊醒。她一时怔忡，有种不知今夕何夕之感。直到完全清醒，分辨出是雨点敲打玻璃窗的声音，她赤脚下地，推开窗户，任由冰冷的潮湿浸染脸庞。

心已经冷到极点，又怎么会在乎这点滴凉意，她越发向窗外探了探头。

雨势渐大，玻璃窗上留下雨滴滑下的道道泪痕。安以若被难以名状的累累心伤牢牢禁锢，脸上坚强的面具一点点龟裂，眼眸散发出海水般的深沉。

心倦至极。

房门被推开，安母进来。

脚步声渐近，安以若转身投入母亲温暖的怀抱：“妈妈。”以此证明，还有一个人在她身边，不离不弃，不变不移。

安妈妈轻轻抱住她，像抱住一个受伤的孩子：“傻孩子，妈妈就知道你会被雷声惊醒。”

安以若不言语，往母亲怀里蹭了蹭。

“以若，没有谁的一生是顺顺利利的，跌倒了总要爬起来。”安妈妈轻拍着她的背，语气轻柔，“妈妈知道这件事对你的打击有多大，但如果真的放不下现在回头还来得及。”

身为母亲，安妈妈不愿看到她消沉，没有什么比女儿的终身幸福更重要，所谓的颜面，怎能与之相提并论？

“来不及了。”抱紧母亲的腰，安以若听到喉咙里发出的声音有些哽咽，“我和硕良，回不去了。”吸了吸鼻子，她努力咽回眼中泪意，“这次发生的不过是两年前那一幕的重演，我们都没了从前的坚定和执着。与其彼此迁就，不如分开。”

“既然如此，就对自己宽容一些。”安妈妈拢了拢她细碎的发，声音依旧清浅温柔，“你是我的女儿，你的伤心，我感同身受。可你还年轻，不能就这样被打倒。人活一世，有我们该享的福，也有我们该受的苦，受伤的时候总以为再也站不起来，过去之后回头再看，不过如此。”

看着母亲憔悴的神色，安以若鼻子一酸，差点儿哭出来：“可能过去的二十几年里我的生活都太平顺了，现在老天要考验我够不够坚强。妈妈，你别担心。”她把头靠在母亲肩膀上，“我会很努力很努力地让自己幸福。”

除了安慰母亲，也在鼓励自己，不轻言放弃。

安妈妈欣慰之余，只剩心疼：“很快就会好起来的。”

是啊，会好起来的。

这一夜安以若在母亲怀里沉沉睡去，像小时候撒娇耍赖非要和父母同睡一样。她歪着脑袋，搂着妈妈的腰，终于睡了半个月来最为安稳的一觉。蒙胧中似乎还做了一个甜美的梦，梦里父亲把她扛上肩头，逗她说：“小以若你又重了，要变成小胖妹喽。”

她“咯咯”笑着嚷嚷：“爸爸骗人，小以若明明没有偷吃蛋糕，怎么会胖？”

父亲闻言手上略微用力把她举高了些，笑声爽朗。

安以若嘴角溢出笑意。

清晨，被电话吵醒，安以若伸手一摸，身边是空的，唯有床头安母留下的字条：

“妈妈去医院陪你爸爸了。女儿，坚强一点儿。”

最懂她的人还是母亲，知道她想独自度过这一天。安以若心中不禁涌起感激和感动。

外面的雨依然在下，淅淅沥沥。

安以若禁不住想：如果蔓延扩散的疼痛能被雨水冲刷掉该有多好。如果心底的创伤能被金色的晨光抚平又该多好。

终究只是假设。

时光不可能倒流，一如人生，没有预演和彩排，只有现场直播。

默然垂下双睫，安以若告诉自己：今天，是新的开始。

下楼的时候，席硕良的车停在路边。

原本只有二十分钟的车程，他开了将近四十分钟。同样的路，同样的人，已是不同的心境。当车停下时，席硕良的手紧握着方向盘，似是在挣扎。

看着他僵直的背影，安以若微微湿了眼眶，然后，她伸手推开车门。

来办离婚的，都这样形同陌路，尤其是闪离。

工作人员例行公事似的问了句：“都考虑好了吗？”

面对两人的沉默，那人把表格推过去：“那签字吧。”

结婚证的鲜红刺痛了她的眼，安以若手中的笔，落不下去。

席硕良看见了她眼中涌动的泪光，急切地想弥补什么。

他伸手抓住她的手：“以若，我们……”没了下文。

后悔了吗？或许是吧。当意识到这次是真的要失去她了，席硕良忽然有些接受不了。他想他一定是疯了，否则怎么会在婚礼当天落荒而逃。可出口挽留——他觉得自己没了资格。

安以若猛地想起那天独自回到酒店面对满座宾朋时的尴尬难堪，以及父亲当场犯了心脏病的情形，她抽回手，签下自己的名字。

到底还是走到了这一步，席硕良挫败地垮下了肩膀，短暂的沉默过后，他凌乱地签上了自己的名字，为六年的感情画上句号。

从此后，形同陌路。

笔从手中滑落到地上，那声轻响似是谁的心弦断裂的声音，清晰无比。

雨一直下。

走出民政局，安以若甚至没有撑伞就离开了。席硕良站在雨雾里，看着她缓慢而又无比坚定地走出视线，破碎地说了声：“对不起。”

我终于失去了你，在我以为你永远不会离我而去的时候。

〔 第五章 〕

若不是因为有你

如果不是因为你在坚持，

我已然失去再爱一次的勇气。

谢谢你愿意等我，给我的爱情以希望。

平静的世界再度哄闹起来，因为有记者拍到了安以若和席硕良同时从民政局出来，结合之前婚礼上新郎未出现的猜测，两人离婚的消息被证实。

媒体的报道铺天盖地，速度之快令人愕然。某“新报”言词犀利地指责席硕良忘恩负义翻脸不认人，某“晚报”则持反对态度，含沙射影地说安以若背弃六年的恋情投入患难与共的新欢牧岩怀抱以致新郎毁婚。总之，流言蜚语挡都挡不住，恨不得生吞活剥了他们。

弘泰新一季时装发布会被迫取消，短短一周不到的时间里席硕良损失了五笔订单，甚至连银行贷款也出了问题。公司财政陷入危机，他哪里还有精力应对媒体，只顾得上银行、公司两边跑。结果却是收效甚微。

相比他，安以若也是不胜其烦。心里的伤口尚未愈合，还要应对守在家门口和医院的记者的纠缠。每每她露面，镁光灯就没完没了地闪，记者形色各异，说话一个比一个快，提出的问题更是刁钻得让人难堪。

安以若哪里经历过这样的阵仗，本以为不予理睬，事情自然而然就淡了。谁知直到安父出院记者还在围堵她。

不得不回应。

安以若疲惫揉额角：“请你们给予别人最基本的尊重，在没有搞清楚状况的情况下不要妄言揣度。席硕良先生并没有受过安家点滴恩惠，他独自打拼创下弘泰，靠的是能力而非谁背后给予的支持，所以也就没有忘恩负义一说。”

纤瘦的女人站在记者中间，目光逐一扫过众人：“关于我与他之间六年感情的破裂，说到底仅仅是我们之间的私事，谁是谁非，谁对谁错，不是你们这些局外人能够定论的。我希望你们不要再打扰我们的生活，更不要把我们的家人和朋友扯进来。或许感情都脆弱如玻璃，没有谁能保证相爱过的人一定可以陪对方走到老，在爱里，我们也只是普通人，实在承受不了你们如此关注。”

连分手都闹得满城皆知，连他的公司都被波及。安以若恍然惊醒，自己的身份或许真的在无形中给了席硕良太大的压力。

从前，她实在不知。

接下来的日子出人意料地平静，安父康复后回归工作岗位，安母脸上渐渐有了笑容，而安以若在休息了一段时间后，从接到的聘书中选择了一家实力雄厚的服装公司，正式成为上班族。

生活似又回到了原有的轨道，只是埋在心底的伤口，还隐隐作痛。安以若试图用工作的忙碌让自己没有力气多想，只是，生活在同一座城市，想要闭起眼睛，捂上耳朵不去获知彼此的消息，难度确实很高。偶尔随老板出席活动，避无可避地与席硕良碰面，起初她依然有泪盈于眶的冲动，只能匆匆点头后与他擦肩而过，然后情绪低落好几天，当终于可以坦然一些和他打招呼时，已是深秋。

醒来时，窗外还未大亮，薄雾笼罩下的城市透着宁静祥和的气息，清凉的风微微拂过窗前花盆中的铃兰花，轻轻颤抖的花枝落下晶莹的露珠，房间内香气弥漫。安以若站在窗前，指尖轻触白色的铃兰，温柔地笑。

花是上个星期米鱼送来的，说是房间里摆盆植物可以令人心情愉悦。她是什么样的人安以若怎会不了解，盛怒中朝席硕良甩巴掌，情急之下赏她栗暴的才是米鱼，会细心送花的，一定是山寨版。

无意中路过花店，她好奇心起去问了铃兰的花语。

老板很热情地说：“铃兰花的根是永远不分的，每一对铃兰都是分不开的。”

原来，他对她说：永不分开。

这世上，可还有永恒不变的东西?

那一夜，安以若失眠了，刻意忽略的那个人硬生生从心里的某个角落跳出来，挥之不去。

婚礼当天父亲脱离危险时，米鱼说：“牧岩来过了。他冲去和席硕良打了一架。”她还奇怪：“也不知道是不是气疯了，身为特警反而被席硕良打了个鼻青脸肿，身手不敢恭维。”

谭子越怕安以若误会似的，婉言解释："你懂什么，凭大木的身手席硕良想近他身都困难，那一拳是他心甘情愿挨的。为的是，安以若受的委屈。"

他们是好朋友，谭子越把婚礼变故告诉牧岩不足为奇。可他那么快赶来，安以若意外。尤其是谭子越临走前还说："在我看来，大木是恨自己的情不自禁连累你。与其说是被席硕良打，倒不如说是他自己打了自己。"

之后那段混乱不堪的日子，每当她从家里出来，大励的车都停在小区外。他总会一脸冷静地为她挡去纠缠的记者，然后微微地笑："安小姐，我来送你去医院。"

安以若拒绝，上了母亲司机的车。

却在医院门口再次被记者团团围住。

大励尾随而至，把她拉出人群，"安小姐，我们头儿也是不希望你被打扰。报道的事我们都知道，这个时候他不宜出面，你应该知道他不是怕被卷进来，而是不想在这个时候给你雪上加霜。"想到牧岩的为难，大励补充，"即使只是普通朋友，你也没必要拒绝他的好意。"

安以若何尝不知道自出事以来他始终没露面是出于对她的保护，可是，心灰到不想再和谁有所交集。

电话突然响了，打破了清晨的寂静。安以若收回思绪，把目光从铃兰花上移回来，看见手机上那个熟悉却又有些陌生的名字，突然有几分紧张。如果没记错，自从婚礼过后，他们从没联系过，除了昨晚那通只有两句对白的电话。

犹豫了一下，她按下通话键。

牧岩隐含歉意的声音传来："是不是吵醒你了？等下要出任务不方便打电话，所以……"

似是被他的坦然感染，安以若收敛了神色："我已经醒了。"

她的语气听上去还算自然，牧岩稍稍安心了些："张恒那边的行动还没结束，你的车估计得下午才能开回来，你看看什么时候方便见面，我给你开过去。"

昨天晚上发生了点突发状况，加完班开车回家的安以若在半路被突然出现的警察拦住，那人拿出证件在她眼前一晃，语气焦急："小姐，你好。我是缉毒队张恒，现在需要征用你的车，明天请带上行车证到缉毒大队领取。”

安以若猛地踩了刹车，有点儿惊魂未定，听他这么说，拿出手机拨牧岩的号码，然后问：“张恒是你们队里的人吗？”

电话那端的牧岩明显怔了怔：“是有位叫张恒的警员。怎么了？”

“有就行。”不等他说话，她径自挂断，然后留下车钥匙，步行回家。

目光再次回到那盆铃兰花上，似是听到他在耳边温柔地说“永不分开”。安以若抿唇，好半天才回应：“不用麻烦了，我下班时过去开。”莫名地，抗拒见他。

牧岩也不勉强：“那也行，到时候找大励拿钥匙。”

安以若“嗯”了一声，然后沉默，像是无话可说。就在她准备挂断时，牧岩问：“最近好吗？”语气轻柔，像是老朋友之间的普通问询。

安以若回答：“工作有点儿忙。”

好像有点儿所答非所问。幸好，牧岩也不介意：“我知道。听子越说米鱼最近在拍宣传片，你在帮忙。”不等她回答，他又嘱咐，“注意身体，不要太累。”语落之时，电话里传来嘟嘟的忙音。

他就这样把电话挂了。

安以若皱眉，嘀咕了一句“这个家伙”。

忙了一整天，离开公司时已近七点，安以若拦了辆出租车直奔缉毒大队。到了地方，她站在外面思想斗争了许久，像是有洪水猛兽等着她一样，始终没有勇气进去。直到突然想起早上牧岩说过让她找大励拿钥匙，而之前大励又亲自打来电话说会等她，才松了口气。

走进办公大厅，她问：“请问古队长在吗？”

从米鱼那儿听说牧岩升为大队长之后，古励接替了队长的职务，所以安以若改了称呼。

警员抬头打量她，微笑：“是安小姐吗？我们队长刚刚出去，临走前说你会来取车。”

她礼貌地笑，正打算取出行车证，警员又说，“钥匙在我们大队长办公室，他还没走，你直接上去拿吧。他的办公室在三楼。”

有时，爱情是一道伤。伤口深埋在心底，尽管随着时间的推移不再流血，碰触到了依然会痛。对于安以若而言，席硕良是那道伤，牧岩又何尝不是。那段凌乱而痛苦的记忆里，两个名字交替出现，一刀一刀凌迟过她的心。

牧岩在她出嫁前夜说："安以若，你要好好的。"

席硕良在婚礼当天说："安以若，就到此为止吧。"

大厅内晕黄的灯光照在安以若眼里，令她沉睡的心意复苏，此时才发现：相比与席硕良的相识相爱，与牧岩的这场重逢，她更是不知如何面对。

警员见安以若站在原地不动，以为她不知道牧岩办公室在哪儿，善解人意地问："需要我带你上去吗，安小姐？"

安以若却想："能不能麻烦你上去帮我——"

"你来了？"淳厚的声音自身后传来，不转身也知道是谁。

安以若深呼吸。

牧岩走下楼来："怎么下班这么晚，都等你半天了。"坦荡的语气，带着不易觉察的小心。

"大队长。"警员起身和牧岩打招呼，见他点头，又埋头继续摆弄电脑。

安以若做好了心理准备，转身："好久不见。"本以为把情绪隐藏得很好，实不知这样一句生疏的寒暄已泄露了心事。面对牧岩，她紧张极了。至于原因，解释不清。

牧岩也不需要她解释。他边穿外套边走过来，偏头揉了揉额角："是好久没见了。怎么，在减肥？"

"嗯？"安以若一怔，见他抿嘴笑，才明白他是说她瘦了。

她微低了头："是啊，减肥成功了。"

把她的不自在看在眼里，牧岩拧眉："瘦成这样，身体的抵抗力会下降，有时间的话，多参加些户外活动吧。"

惨烈的往事交织着现实，彼此纠缠牵扯，让安以若身心俱疲，尽管饮食正常，依然日渐消瘦。忽略他的关心，安以若切入正题："我来拿钥匙，麻烦你了，牧大队。"

她称他牧大队。这是安以若第一次这样称呼他。之前她都是直呼自己的名字，轻浅的声音听在牧岩耳里有一种完整的归属感。可是现在，他甚至没来得及看清她眼底的复杂以及脸上的表情，她已经用礼貌的微笑掩去了一切。

牧岩觉得她是在用这个称呼告诉他：他们之间，无论是从前，现在，还是以后，什么都没有。她，不想走进他的世界。

忽然就控制不住情绪了，牧岩问她："你叫我什么？"

他愿意等，等她走出阴霾，可他又等不了，怕再等下去她就真的走远了。放手的经历，一辈子一次就够了。所以在挨席硕良那一拳时，他旁若无人地抛下话："这一拳算是对我先前放手的惩罚。席硕良，你记住，从此刻起，安以若我决不会再放手。"或许他没资格说出那样的话，可还是不顾后果地说了。

没有后悔，也未觉有何不妥。

可现在——

他语气里的隐隐怒意让安以若眼眶骤热，她根本不敢抬眼看他，只狼狈地伸手："把钥匙给我。"别扭得像个耍赖的孩子。

牧岩忽然就心软了。

这是在干什么？好不容易把她等来，又要逼走吗？牧岩在心里叹了口气。从晨起知道她要来拿钥匙，一整天他都坐立难安。下班前大励敲开他办公室的门，笑得贼兮兮的："头儿，我有事先走了啊。"

牧岩当时正低头看案例，闻言轻咳一声："下班了就走，不用报告。"心里却在腹诽：串通张恒在背后算计他在先，这会儿还明目张胆晃到他面前来，真是胆大包天。不过，他好像也没生气的意思。

面对他的冷眼，大励不怕死地说："我给安小姐打过电话了，她晚点儿会来拿钥匙。"然后走过来把钥匙放在办公桌上，"你等吧，头儿。"

我等吗？好吧，就我等。

当门被关上，牧岩微笑而不自知。

其实，在安以若下出租车时，牧岩就在窗前看见了她，所以没有错过她站在外面挣扎的一幕。他看着她，又低头看表，足足二十分钟，她竟然在外面站了二十分钟。就在他以为她会转身就走，准备冲下楼时，她终于走了进来。当听说钥匙在他那儿，她又犹豫了。牧岩明白，能走到这一步已是不易，他不该强求太多。于是，站在楼梯转弯处的他主动现身，像朋友一样与她说话，就是不想她尴尬。可惜，效果不如预期的好。

“天黑了，我送你。”不给她拒绝的机会，牧岩转头对大厅里气都不敢大声喘的警员说，“值班时上点心，有事和你们头儿联系。”

警员从电脑前探出头：“知道了。大队长放心。”说完就把头缩了回去，生怕看到什么不该看的一样。

见他径自往外走，安以若只好跟上。

却还执拗：“不用麻烦你了，我自己开回去就行。”

牧岩不介意多等些时间，但也没有继续隐身下去的准备，所以负气似的说：“一定要和我这么客气吗？”

见他眼睛眨也不眨地盯着自己，浑身透着危险的气息，安以若沉默。

天空是一望无际的漆黑，心头有炽热的火焰在跳动，她疲惫而又慌乱。

“走吧，再站下去你要冻僵了。”深秋的夜很冷，牧岩见她穿得并不多，脱下风衣裹在她身上。他阻止了要去握她手的冲动，大步向停车场而去。

不能吓到她，她是那么敏感的女人。

深色的风衣带着他特有的男性气息，安以若下意识深呼吸，缓缓跟在他身后。

如果牧岩在此时回头，就会看见她脸上瞬间流露出的脆弱与眷恋。

被伤得太深了。对于爱情，安以若怕了。她开始怀疑，没有所谓的地老天荒和永恒不变。

牧岩有心和安以若共进晚餐，他甚至已经订好了餐厅，反正她人在车上倔也倔不过他，可惜车才启动她的手机就响了。听出是安妈妈催她回家吃饭，牧岩打消了强留她的念头。

下车后，安以若还是拒绝看他的眼睛：“你怎么回去？”

牧岩很想把这句话理解为关心之意。可他太清楚，这是安以若无话可说之下的一句寒暄之语，难免有些无奈：“以我的体力，跑步回家也未尝不可，何况还有出租车。”

安以若意识到他在生气：“那么，再见。”

再见？牧岩笑得有几分苦涩。

再坚强的人也会在夜深人静的时候软弱，而且会习惯性反复发作。和父母用过晚饭，安以若回了房间，她关了所有的灯，让窗外的灯火和月光把她的影子清晰地映在玻璃上，形成自己与自己恳谈的意境。

安以若想起莫洛亚的一句话：人间没有一样东西能在遗忘弃置中久存的，房屋被弃置时会坍毁，布帛被弃置时会腐朽，友谊被弃置时会淡薄，快乐被弃置时会消散，爱情被弃置时亦会融解。

她有些迷茫，不确定自己是不是真的想把那些暗暗滋生的情感融解。目光久久落在那盆铃兰花上，好不容易聚集起的一点儿信心在想到萧然时被击得七零八落。

生活是现实的，他们如何能像铃兰花一样永不分开？

就在安以若被困在爱情死角苦苦挣扎的时候，牧家正在上演一场“惨烈”的逼婚事件。

客厅里，牧妈妈以命令的口吻要求儿子：“大木，周末妈提前预约了，你给我老老实实待在家里，不许出门。”

牧岩抬眼，要求解释的意思很明显。

牧妈妈还在绕圈子：“我已经和你徐姨约好了，周末要见个面。她女儿也会来，你们年轻人有话聊，你帮妈招呼一下客人。”

“你们要聚就聚，不过别拖上我。”当然明白她的意图，牧岩求饶，“妈，我怕了您了，别再安排我相亲了行吗？你儿子英俊潇洒的，还愁娶不着媳妇儿啊？”

牧妈妈就来了脾气：“那你倒是说说我儿媳妇儿在哪儿啊？你之前不是信誓旦旦地向我保证年底就把人领回来，人呢？”

牧岩穷词：“我那不是安慰你嘛。”

果然是骗她的。牧妈妈被勾起了伤心事：“终于说了实话是吧？”

牧岩挠了挠头，讨好般搂过母亲肩膀：“我这不也在努力着嘛，您说我这边使劲，您那边拆台，还能有胜算吗？”他正琢磨着周末如何约安以若出来，担心被老妈破坏了计划。

“说得倒像是我不对了。”牧妈妈反应过来，“你说你在努力？”见牧岩抿嘴笑，她神情转为严肃，“坦白和妈说，是不是有喜欢的女孩儿了？”

牧岩直言不讳："是，有了。"

习惯了他蒙混过关的态度，牧妈妈竟然不相信了："真的？"

牧岩敛笑，郑重点头："比真金还真。"

牧妈妈顿时就眉开眼笑了："谁啊？快和妈说说。叫什么名字？做什么工作的？多大了？长得怎么样？脾气好不好？什么时候带回家来给妈妈看看？"

牧岩有被审讯的错觉。

"你一口气问那么多问题，让他先回答哪个啊？"牧凯晟从书房出来就听见母子俩的对话，忍不住为儿子解围，"你这妈当得一点儿都不称职，一天到晚给他介绍女孩子，却不关心他的思想动态。"既然牧岩不隐瞒，他索性说了，"人家心里早有人了，就是那个叫安以若的丫头。"

"谁？"牧妈妈反应了一下，然后望向牧岩，一脸不确定，"你爸说的是安以若？那个你从缅甸救回来的女孩儿？"

牧岩点头，见老妈脸色有点儿不对，忙冲老爷子使眼色。

牧凯晟笑笑，一副包搞定的表情，不急不缓地坐到妻子身边："听我给你从头细说吧。"

他又是如何得知的？

几个月前，安以若和席硕良离婚的风波始终无法平息，为了替安以若解围，牧岩无奈之下求助了牧凯晟。那天在书房里，牧岩说："爸，请您一定帮我这个忙。再这样下去，她会被舆论压垮的。"

安以若与席硕良结婚又离婚的消息轰动了整个A市，加之很多报道中提到了牧岩，牧凯晟岂会一无所知？闻言他问："大木，你和爸说实话，是不是真的喜欢上她了？"

从云南回来后，牧岩一度很消沉，后来又主动提出去新警员培训基地，现在又恳请他转移媒体的注意力，牧凯晟细想之下，就明白了。可他还是需要牧岩亲口承认。

"是。我喜欢她。"迎视他的目光，牧岩缓慢而又坚定地说，"在去云南之前，我就发现自己喜欢上了她。"如果没有绑架的原因，他或许还看不清自己的心。

牧凯晟起身走到窗前站定，目光投得极远。

牧岩低头："爸，对不起。"对不起之前的隐瞒，尽管义正词严地说救人是他的职责，但不得不承认，负伤赶去云南与他身为警察毫无关系。他是为安以若而去。

牧凯晟挥了挥手表示不必道歉，他沉默了片刻："那么导致席硕良毁婚和你脱不了关系了？"不是责怪，语气却难掩沉重。牧岩是什么脾气秉性他这当父亲的怎会不知，在看到报道后他没过问过一句，一半是出于了解，一半当然是因为信任，可现在牧岩却说喜欢安以若。

牧岩不知该如何回答："我，其实也搞不明白自己在整个事件中充当了什么样的角色。但我想保护她，不能让她独自面对残局。"

儿子从来都是坚毅果敢的，何时这样迷茫过。

牧凯晟转过身来，语重心长："爸不想干涉你感情上的事，你不小了，做事要有分寸。"他斟酌了一下，继续，"在做决定之前你要三思，爸不希望书慧的事情重演。"

牧岩闻言胸口一窒，他不想为自己辩驳一句，只说："那时候有年少轻狂的冲动，也因此留下了无法抹去的伤痛。这一次面对安以若，我时刻提醒自己，既然决定和她在一起，一定不能以悲剧收场。"

牧凯晟却担心："可她和席硕良是有过婚约的，六年相处，岂是你一朝一夕的感情抵消得了的？"

我从未想过让她把那一段经历抹杀掉，我只愿，我能让她忘掉伤口带来的疼，自信安然地生活。牧岩的语气坚定得不容人质疑："安以若和书慧不同，我也不再是当年的牧岩。"

与他对视了足足有一分钟之久，牧凯晟终于点头："我知道了，你去吧。"

父子俩的对话很简短，却像是道尽了一生。

唯有牧岩懂得，父亲无声地允诺了他一个重要的选择。

牧凯晟是有顾虑的，毕竟安以若离婚的事闹得满城风雨，他不得不担心如果两人走到一起，引起的也一定是轩然大波。然而，能让牧岩放下身段来求他，牧凯晟知道，儿子是动了真情的。既然如此，身为父亲，他给老友打去了电话："老李啊，小李的杂志社影响力在A城是数一数二的，让她帮我这个叔叔一个忙吧。"

牧凯晟毕生没有求过人，老李闻言立即允诺："什么事啊老哥？你说。"

在儿子爱情的问题上，牧凯晟与席父是截然不同的态度，他给了牧岩最大的尊重与自由，换来的，当然也是迥然不同的结果。

牧岩说得没错，安以若与何书慧不同，安以若在面对生死之时勇敢而坚强，何书慧却是个连听到枪声都会害怕的女人。牧岩不愿将两人做比较，爱过的人，爱着的人，没有可比性。

至于为什么在这个时候向母亲坦露心事，牧岩是想扫除一切可能成为后顾之忧的阻碍。他太明白，经历过之前的种种，要让安以若向他迈出一步很艰难，任何一丝风波都可能导致前功尽弃。在这一场爱里，他需要独自撑起一片天，为自己，也为她。

青涩的岁月已经结束，许多往事开始在心底沉淀，牧岩庆幸，安以若出现在他懂爱的年纪。他是个理性的人，在挣扎痛苦之后，深知缅怀过去的旧时光已经于事无补，该做的，能做的，就是把喜欢的人留在身边，像铃兰花一样相守在一起，永不分开。

他像孩子一样握住母亲的手，眼里满是期待："妈，安以若是个好姑娘，任何人都不能因为她受过那样的伤害而看轻她。我喜欢她，希望得到您和爸的祝福。"

儿子脸上的表情那么坚毅，容不得她有丝毫质疑，牧妈妈摸摸他短短的头发，微微地笑："妈妈相信你的眼光。"然而那些铺天盖地的报道，"今后的路并不好走啊。"

把母亲的手包在掌心之中，牧岩弯唇一笑："怎么都不会比我救她更艰险。"

那么自信的表情，那么坚定的语气，由不得她不信。与丈夫对望一眼，牧妈妈叹气："他徐姨又得念叨我了，她说过好几次要把女儿介绍给大木呢。"

牧岩撒娇似的搂过母亲的肩膀晃了晃："妈，您来搞定喽。"

牧妈妈嘟嘴抱怨儿子不体贴，又见他的样子可怜巴巴的，就像小时候淘气不听话被她罚站时的表情，心下一软："你也加把劲，快点搞定未来媳妇，我等着抱孙子呢。"

牧岩立正，敬礼："是，小的遵命。"

牧凯晟看着身旁的妻儿，缓缓勾起唇角。活到这么大把年纪，奔波过，劳碌过，苦过，也累过，今时今日，妻贤子孝，他满足了。

得到父母的认同和支持，牧岩像是绷在弦上的箭，撒弓而发，目标直逼安以若心房。

当他明的暗的、委婉的直接的邀约不断之时，安以若正在为工作忙得焦头烂额，并非刻意但确实拒绝了他一次又一次。对此，牧岩起初并不气馁，只平静地说："好，那你忙，我们下次。"次数多了，他就有些沉不住气了。

月上树梢，安以若捶捶酸疼的后背，无意中把目光投向窗外，就看见街对面停着那辆熟悉的切诺基。

她明明说了加班没时间，他竟然还是来了？

安以若皱眉，起身走到窗前。

大切的主人正倚在车前，百无聊赖地仰头望天。维持仰视的姿势差不多有十分钟之久，牧岩才坐进车里。借着路灯的光亮，安以若看见车内亮起了一道微弱的光，然后很快地，她收到一条短信。

是牧岩问她："告诉我，过程和结局都有了，你还要固执多久？"

是在提醒她不该再为过去执着吗？

安以若苦笑，回复："努力过，挣扎过，试过很多次想要微笑以对，却发现太难。"

当她动了动摇的念头，他接过请柬成全她的幸福；当她想要放弃那份无以言明的感情与席硕良共度此生，后者因门第之别选择了抛弃她。在爱里沉浮过后，安以若失去了付出和争取的勇气。不敢重新开始，害怕再一次的万劫不复。

她能回复，牧岩有些意外。他推开车门，望向楼上亮着灯光的窗户。安以若没有躲，她站在那儿，一双眼眸掩映在半垂的长睫下，脸上是不加掩饰的倦意。

明明隔着山长水阔，又像是迎面而立，两人之间流淌着压抑的沉默。

许久，牧岩忽然下车，保持凝望她的姿态，把手机递到耳边。

当他低语如喃的声音飘入她耳里，周遭的空气似乎都在瞬间凝滞，安以若听见他以不容拒绝的语气命令她："你下来，我们谈谈。"

这样持续下去好像特没意思，安以若也觉得他们之间缺一场心平气和的谈话。

挂了电话，她转身向外走。

电梯门打开的瞬间，牧岩正从大厅外疾步而来，深色的外套衬得他肩宽腿长，看见她，惯常清冷的眼眸依然不显山不露水。他脚下未作停留，径自走到她面前，执起她的手转身往外走。

安以若屏息听着自己的心跳，只觉得再任由他等下去自己脆弱的防线终将溃败，再无力抽身，刹那间，她有了决定。

她沉默，他也不急于开口。直到大切平稳地滑入街道，牧岩才问："在想什么？"

安以若抬眼看他，发现今夜的他格外深沉。目光移向窗外，急速倒退的街景下，她坦言："不知道，脑袋空白得很。"

牧岩一面关注路况，一面看向倒车镜："我什么意思你不明白吗？"

记忆忽然回到他刚从云南回来时被米鱼带去"山水"那次见面，安以若的语气有拒人千里的空茫感："我一向不聪明，明白得晚了。"

为时已晚。牧岩懂了她的意思："一定要拒绝得这么彻底吗？"

"牧岩，别在我身上浪费时间了。"望着他的侧脸，安以若直言不讳，"结果都已经这样了，中间经历过什么真的不重要了。"

不重要的经历？牧岩一脚刹车踩下去，大切猛然停住的瞬间，他长臂倏然贴在她耳际撑上椅背："告诉我哪些经历不重要了？是地牢里的亲吻，还是你为我挡下的那一刀，更或者是那晚见面你的眼泪？安以若，你就打算用这三言两语打发我？"

如此不留余地？他不允许。

安以若被笼罩在他薄恼的气息里，听着他近在咫尺的冰冷质问，底气全无。她下意识地挪了挪身体，试图离他远些。可她的背紧贴在座椅上，根本避无可避。

寂静的夜衬得牧岩眸内星光闪烁，定定地看着近在咫尺的容颜，他强势追问："说话！"语气凌厉。

安以若正欲开口，牧岩忽地贴近，气势压人："不要敷衍地说对我没有感觉，更别拿不适合这种蹩脚的借口当理由，用不用我提醒你：地牢那一吻，你没有抗拒。"

"够了！"或许是气自己曾经的动摇吧，安以若顿时失去理智，冲动地扬起了手。

"是不是想打下来粉碎一切？巴掌能抹杀掉心意吗？"牧岩怒极，握住她手腕不放，“如果说你和他之间真有沟壑，你也努力过试着去填平，是他没福气傻到自己放了手，你想惩罚自己到什么时候？既然不想回头，为什么不试着对自己宽容些？你故意让心锁生锈，即便我有钥匙都进不去，你懂吗？”

盛怒之下依然怕弄疼了她，牧岩不着痕迹地松了手劲，声音低哑：“你在怕什么我明白，可你知不知道你这样躲着不能解决问题。我没有要你现在就爱我，我也没资格要求你忘了他马上和我在一起，可至少该给我一个机会，也许你会发现，我们更适合。”

你怎么会明白我对爱情的恐惧？

安以若哭得像个孩子。

他的心意，她是懂了，可是，六年的感情说变就变，她哪里还有勇气再投入一次？而且，报道说得那么不堪入目，席硕良又以那样的理由提出分手，还没有开始，她已经开始害怕。如今他还如此“逼她”，那种无路可退的困境，安以若走不出来。

她哭得那么凄惨，周身被一股哀伤的气息包围。

牧岩心疼得不行，不自觉地合拢手臂，把她拥进怀里。

逼她本就不是本意，可她一语不合就急着和他划清壁垒界线，让他怎么沉得住气？即便是现在，牧岩都在心里对自己说：既然话已经挑明了，就没有收回去的理由，今天非得逼她承认自己的心意不可。一面又控制不住心疼，手臂像是有自己的意识般温柔地把她搂住，他缓和了语气：“别哭了，是我心急话说得重了，我不逼你。”

他怀里的温度，手臂的力度和他身上特有的男性气息让人莫名软弱。安以若埋首在他胸前，双手紧紧抓着他的外套，哭得伤心极了。

牧岩不再劝说，任由她发泄，直到她哭累了，才抬起她的脸，因长期握枪而微带薄茧的手温柔地抚过她的脸颊：“之前是我不对，该说的话始终没说出口，以为放手是成全你的幸福，没想到给你带来的是更大的伤害。如果我知道我的迟归换来的是你的婚讯，我决不会在云南多待一天。关于萧然我想有必要解释清楚，我和她之间什么都没有。虽然之前因为工作需要我们有一年左右的时间走得很近，但我没动过喜欢她的念头。那天她所说的话不是真的，到姐告的那晚我们是共处一室，可是什么都没发生，我没碰过她。”话语间执起她的手放在胸口，他说，“我欠你一个解释，我向你借过一个怀抱，我还迟了一份表白，安以若，给我一个机会，对于喜欢的人，我没办法远远地看着。”

一年的卧底生涯把萧然带到他身边，奈何对她而言，他是个无情的人，所以面对她的频频示爱，他都坚定拒绝，从没给过她希望，更不曾拖泥带水。

目光似是要望进她心里，牧岩看着她眼睛，“听没听过一句话？”

安以若以眼神示意他继续。

“不要吻你不爱的人。”他一字一顿，修长的手指轻轻抚上她的嘴唇，温柔地摩挲，然后缓缓而下滑到她锁骨，最后，牧岩俯低头，他温软的唇久久地印在安以若额头。

仿佛已宇宙洪荒，安以若才听见他淳厚的声音自头顶响起，“别再固执，别傻得那么让人心疼，我可以等你，多久都行，只要你别急着躲开。我们慢慢来，好不好？”

无数情绪疯狂交织，不舍的、疼痛的、渴望的，甚至是眷恋，齐齐聚涌心头，安以若闭上眼睛，心慌意乱。

牧岩把安以若送回家就走了，怀着满心的欢喜，虽然她没明确允诺什么，但他满足于她的那句“给我时间”。

抬起她的脸，目光似是要看进她心里去，牧岩说：“我等你。只是，别让我等太久。”

那么真诚而充满期待的话，令安以若控制不住感动，抬头，在他眼中看到嘴角微微向上弯起的自己。她想，缘分才是世界上最奇妙的东西，避不开躲不掉，是你的终究是你的，不是你的，任你再怎么想握在手中，也会像流沙一样滑落，完全不由人拿捏。

安以若不清楚，和牧岩的命运是怎么被系在一起的，只隐隐感觉，时间的某个角落，他们正在一步步靠近。回想上次偶遇席硕良，他唇边浅淡的不带温度的笑意，她意识到，他们那份永远无法得到平衡的爱情，要随风而逝了。

牧岩其实很忙，工作的特殊性让他没有更多的时间陪她，但他会尽可能安排时间见面，有时接她下班，有时接她一起吃饭，有时甚至晨跑到她家楼下，看到她诧异的神情，挑眉："两个人一起跑有点儿劲头，否则我很怀疑你是不是下楼散步的。"然后也不等她说话，径自向前跑去。

安以若只剩苦笑的力气，微喘着追上他："即使不是散步，你也不用跑这么快吧，想累死人啊。"

嗔怪的表情无意间流露出来，惹得牧岩笑："缺乏运动的姑娘啊，小孩都比你行。"

她本想驳他几句，却听见他慢悠悠地提示："再不加速跑回去，上班就要迟到了。"

她闻言环顾四周，才发现跑得太远了，下意识低呼一声，她转身就往回跑。

牧岩还在笑她："跑不动就坐车，我不笑你。"

安以若回身瞪她，却见他笑指着停在路边的大切，"有免费司机要不要？"

转眼进入冬季，当A市迎来第一场雪，安以若与牧岩的关系已经有了明显的进步。他泰然自若地行走在她的生活中，没有打乱她的步伐，也没浪费任何一次可以拉近距离的接触。

出短差回来的那个周末他给她打电话："明天有空吗？一起去子越的俱乐部？"

"明天说好要去菲菲的工作室，下次吧。"不再像从前那样找借口拒绝，她坦然解释不能赴约的理由。

听出她并非敷衍，牧岩假装抱怨："看来我只能和大励那帮单身汉打桌球去了，多好的周末时光啊。"

你不也是单身汉嘛。安以若想象他孩子气的表情，微微笑："你桌球打得好吗？我想学。"

他拧眉："女孩子学什么桌球。"

女孩子怎么就不能学？

"你歧视女性啊？"安以若指责，"现在男女平等了，牧大队。"

男女平等？都哪儿跟哪儿啊。

听她故意叫他牧大队，牧岩轻笑："那就学吧，不过我收学费的。"

"怎么计费？"

“一小时一顿晚餐。”

“没问题。不过吃什么我说了算。”

“没见过这么会讨价还价的学生。那你请我吃什么？”

安以若憋着笑：“肯德基。”

牧岩险些把水喷到电脑上：“那是晨晨吃的吧，你用来打发我？”

安以若轻笑。挂了电话，她回忆起和牧岩相处的点滴，不明白他怎么就悄无声息地走进了她的世界，甚至没给她抵触的机会。

还在上班，牧岩的短信如期而至。

“执行完任务回来凌晨了，没敢给你打电话。天下还太平吧？有没有恐怖分子？要不晚上由人民警察护送你回家？”

“上次征用你车的警员张恒还记得吗？他今天来我办公室，临走时说我最近笑得特别慈祥，大励他们笑得前仰后合。你说这群小子是不是欠收拾？我怎么说也是他们头儿吧，一点儿面子都不给我留。说远了，其实我只是想说：你什么时候让我笑得更慈祥啊？”

无人的时候，她低头一条条信息看下去，有种无以言明的快乐毛茸茸地触及她心底的某个角落，暖意丛生。

米鱼的经纪人安排她拍一组写真，安以若为此设计了一款礼服。试穿时，米鱼拐了拐她的胳膊，贼兮兮地说：“最近春风满面啊，大队长同志不错吧？你什么时候从了人家啊？”

安以若也不多说话，一本正经地示意她转身，在拉拉链时手上微一用劲儿。

礼服的腰身被恶作剧似的收紧了几分，米鱼哇哇叫：“你要谋杀啊，我上不来气儿了。”

安以若拍她俏臀一下：“做人不要太八卦。”

米鱼委屈地皱眉：“我只是提醒你空档期不要太久好吗。”

离开米鱼公司时，收到一条来自牧大队的新信息。

“中午去食堂吃饭，大励郑重其事地问我需不需要再征用一下某人的车。”

之前她只是看那些短信从不回，这次她问：“你怎么说？”

“我说：这种事不必请示，自己斟酌着办。”

安以若的回复很快到，她说：“你过分了啊。”

牧岩猜她的语气不是生气，但还是安抚地回了句：“你应该对我有信心啊。这种事，我从不假他人之手，乖啦。”

明明只是信息，听不出语气的，可还是能觉察到字里行间的暧昧与宠爱。

安以若的脸突然就红了。

临近下班时牧岩打电话约她吃火锅，安以若故意说：“很忙啊，得加班呢。”

牧岩像是没听出来她的故意：“那正好，我一会儿有个会要开，估计得晚点儿过去接你，你在公司等我。”

“那要是我忙完了，你还没开完会怎么办？我不喜欢等人。”

“这样啊。”牧岩停顿了一下，似乎在考虑折中的办法，“那就你来接我吧，要是半路被人拦了车就说是我女朋友，保证放行，一路畅通无阻。”

这人真是。安以若败下阵来：“我以前怎么没发现你口才这么好？”

“这是夸我还是骂我？”牧岩失笑，随后煞有介事地说，“我这不都是被你激得超常发挥嘛。”

安以若忍笑：“没想到牧大队也会谦虚。”

“这是夸我吧？我读书少，你别损我啊，听不出来的。”牧岩说着低头看表，“我先开会，最晚七点去接你。”

安以若体贴地说：“不急，工作要紧。”

那边却一本正经地说：“是我急着见你。”

快七点时公司的人都走光了，只剩安以若还在办公室修改设计稿。听到敲门声还以为是牧岩来了，正想说打个电话就行干吗特意上来，抬头看到的却是她的老板关寒南。

安以若起身：“关总还没走？”

关寒南以眼神示意她坐：“付给你的薪酬真是物超所值，果然是全公司最勤劳的一位。”

“晚点有个约会，朋友要来接我，所以才没走。”安以若注意到他脸色不太好，“关总是不是有事？您之前提过奥妮集团的程总这两天会到A市来，需要我陪您去见吗？”半个多月来她一直在忙这份设计稿，如果争取到奥妮这个大客户，公司今年的销售额会是去年的两倍，身为设计师，有些场合她必须出席。

关寒南却叹气了：“奥妮的设计不必赶了。”

“什么？”

“奥妮是我们公司极力争取的大客户，但我今天才听说他和弘泰的席总私交不错，这单生意我们能拿下来的可能性几乎为零。”

原来是这样。

同在时装界，这样的冲突在所难免，安以若无能为力。

桌上的手机响起来，铃声悦耳。

关寒南拍拍她肩膀：“这段时间辛苦你了，周末好好休息吧。”

牧岩很准时，七点整接到了安以若：“想吃什么？”

安以若兴致不高：“不是说吃火锅吗？”

牧岩偏头看她，眼里带笑：“我要是说吃肯德基你有没有意见？”

安以若还在为失掉奥妮那个大客户处于情绪低落的状态：“吃什么都行。”

刚好遇上红灯，牧岩左手扶方向盘，右手伸过去握住了她的手：“是不是累了？要是累的话我早点儿送你回家。”

他的手掌宽厚而温暖，像是带着一股强大的电流，酥麻地击了安以若的心房一下。她挣扎了一下想抽回手，失败了，只好提醒：“绿灯了，还不走？”

牧岩抬头一看，果然绿灯亮了。他懊恼地抱怨：“这个灯真短。”

安以若面上一红，不敢再看他似笑非笑的眼睛，转过头去，假意看着外面的车流人潮。

还是按着原定计划吃火锅，像是知道她胃不好，牧岩选的竟然是一家“药膳火锅”，还在餐前为她准备了酸奶。

趁菜还没上来的空当，牧岩问：“怎么无精打采的，是休息得不够还是被老板批评了？”

安以若见他一脸的正经，皱眉：“我这么能干，老板表扬我还来不及，哪里会批评？”

牧岩煞有介事地“哦”一声：“那一定是我不够帅，你看见我脸色都变得不好了。”

安以若被逗笑，拿起桌上的菜单打他：“本来就是你的错，害我心情不好食欲大开，破坏了减肥计划。”

“别学别人减肥，健康最重要。”牧岩敛笑训她，“你这么骨感，一阵风都能吹倒。”

“我有那么瘦吗？”安以若不以为意，“要真能被风吹走，倒是省了机票钱，可以顺风周游世界了。”

牧岩拿眼睛睨她：“我的傻姑娘，你的这个免费旅游计划注定是要失败的。”

看着黄晕灯光下那张眉若远山，眼似秋潭的脸，安以若脸上有了笑意：“我随便梦想一下嘛。”

牧岩眼神温柔：“其实，独自一人的话免费旅游也会寂寞的。”

他目光专注，从安以若的视线看过去，透过领口那颗未系的纽扣看到他麦色的肌肤，似是被灼热如火的力量拥抱，温暖极了。脸上火烧一般，安以若微微退坐回椅子上，轻咳了声：“公司可能会损失一笔大额订单。”

她爱害羞的毛病一时是改不掉的，牧岩原谅了她转移话题：“是你这段时间一直忙的那个设计稿？”见她点头，他蹙眉，“我还以为是什么天翻地覆的大事呢，苦恼成这样。”

安以若不满：“这事还不大吗？我辛苦了多久啊。”

“生意场上向来如此，再有实力也不能保证次次获胜。”牧岩把插好吸管的酸奶推到她手边，“华都是地产界的领军企业，上个月也被天裕抢了一个大项目，行远还不是一如往常。”

想到郗颜之前是和她提过温行远损失了一个项目，却像没事人似的陪她定期到医院做产前检查，安以若释然了几分。

牧岩知道她听进去了，忽然想到什么，微笑：“行远说小表嫂预产期就在下个星期，到时候一起去医院看宝宝吧。”

安以若没有注意他脸上意味深长的笑，爽快应下："好啊，我也很久没见晨晨了。"

服务生上菜，两人心情愉悦地享用药膳火锅。

安以若吃得特带劲儿，热得额头都有了汗珠，她扬着下巴示意要纸巾，牧岩却拿起纸巾，伸出手去，隔着桌子轻轻为她擦拭。

自然而然地，她轻轻地笑，胸腔里洋溢着缕缕柔情。

牧岩注视她，这一刻她的笑容，温柔又甜美，让他觉得再久的等待都值得。

之后送她回家，牧岩提前报告行踪："有任务，明早去G市出差，大概一周。"

"一周？这么久？"安以若好奇，"什么任务啊？你要亲自去？"安逸的生活几乎让她忘了牧岩是一名特警，危险性很高的职业。

"保密。"牧岩微微侧身为她挡去了寒风，又顺手给她拉高衣领，"上下班开车慢点儿，你的技术可不怎么样。"

安以若不服气："我开车稳着呢。倒是你啊，飞车的记录似乎很多。"

牧岩轻敲她额头一下："我那是工作需要，你可别好的不学偏学这些。"

安以若脱口而出："那也不能拼命吧，多让人担心啊。"她说完脸颊瞬间就烧了起来，但话已出口收不回来了，她不好意思地转身要走。

牧岩怎么可能就这样让她走掉？

一把拉住她的手，他目光灼灼："你担心过？"

单刀直入。

安以若试图挣脱他的手："很晚了，我要上去了。"

"没说不让你上去。"牧岩扣紧她手腕，"回答完了就让你走。"

"回答什么啊？不懂你在说什么。"安以若说着，用蛮劲挣开了他的手。

牧岩又伸手去拉，她又反手挣开，他再拉，她再挣。

反复执拗地较劲。

像两个别扭的孩子。

牧岩的耐心显然不够好，如此反复了几次后，他长臂一伸，把安以若抵在车门上："告诉我是不是担心过？"

似乎是路灯灭了，四周突然被黑暗笼罩，唯有牧岩的目光，明亮而温暖。安以若在他长久的注视下，轻轻点头。

牧岩深深看她，手指温柔地抚摸着她的脸颊，带着温热潮湿的温度。

她终于担心他了。

牧岩偏头，无声笑起来。然后，他的俊颜缓缓压了下来，冬夜的寒风刺骨，他的呼吸如七月流火的空气，拂在她面上，是暧昧而炽热的撩拨。

捧着她的脸，牧岩小心翼翼地碰了碰她的唇，似乎是在试探，确定她没有拒绝，才缠绵地吻住。起初是轻柔的吻，仿佛她是他唯一的珍宝，当她不自觉地搂上他的脖子，温柔的轻吻突然变得激烈，像是要在顷刻间把她吞噬。安以若觉得世界瞬间摇晃起来，令人目眩神迷，她靠在牧岩怀里，浑然忘我地沉醉在这个异常热烈的吻中，不知归路——

原计划的出差一周，因为任务有变，一去竟有十多天。

而此次小别，陡然让安以若意识到牧岩深入她的生活几乎到了无孔不入的地步。每天晨跑时她会下意识回头，像是他会从后面追上来，抬手揉揉她头发："看什么呢，难道我今天特别帅？"沿着街道，她缓慢而细致地留下足印，似是跟着他的步伐，同进同退。

偶然在街上看到白色切诺基会有瞬间的怔忡，仿佛这世上只有他最适合开那种车。那时她还笑他："你运猪啊，开那么大块头的车。"他听了习惯性拧眉，赏了她一记轻栗暴："运你！"然后又憋不住笑，"你这个女人，都在想什么？精力旺盛！"那一刻他的神情，无奈又宠爱，让她会心一笑。

这样的男人，拥有阳刚的霸气，又不失细致的柔软。

这样的男人，让人很难抗拒。

所以，他说："好好等我回来。"

她轻轻点头。

他唇角一弯，眼眸清亮如晨星粲然。随后他俯身抱住她，用自己的外衣把她裹在怀里。

那种他用自己的外衣把她裹在怀里的感觉，让安以若觉得幸福又眩晕。

牧岩的名字就这样烙上心间，不再褪去。

那十几天里，她就真的静下心来等待，一条短信，一通电话，都可以让她微笑。

像是雨过天晴，清爽明朗。

米鱼说："安以若，你怎么看起来比以前漂亮了？"

连自己都觉得，恢复了元气。

爱情是最神奇的特效药，只要人对了，连对症都不需要，就能治愈心底的隐伤。

可惜，爱情这道神奇的特效药尚未完全治愈心底那道伤，伤口又被扯裂了。

安以若不愿总被"病痛"折磨。

她决定飞赴巴黎，让自己彻底疼一次，再回来，一切都是新开始。

眼看牧岩又悬了，米鱼担心起来："还是和他打声招呼吧，要不这么一声不响地走了，难免让人误会心灰意冷。安以若，遇上一个肯用心的男人不容易。"

是啊，缘分是多可遇而不可求。但是，"如果仅仅因为不辞而别就——"安以若没有说完整句话，似是也在担心那人退缩。

亲密如米鱼，也无法感同身受安以若的不安。其实，她很想抓住牧岩的手，让他告诉自己，无论世事如何变迁，不管过去多少年，他都会像现在这样对她视若珍宝，不离不弃。似乎只有这样，她心底关于天荒地老的爱情信念才不会被残酷的现实击垮。

然而，她不能不负责任地牵他的手，像是抓住救命稻草一样填补内心的空落。安以若要求自己真正放下席硕良，以一颗完整的心接纳牧岩。

牧岩，如果你懂，会知道当我走向你，就是一个全新的安以若。

于是，她毫不犹豫地切断了和他的联系，独自一人漂洋过海，远赴巴黎。

牧岩出差归来，米鱼说："安以若是个孤单的人，表面上喜静，内心深处又最害怕安静。"

牧岩不懂她的意思。

"牧岩，我能不能提一个要求？"

牧岩眉一挑："你说。"

“别轻易放手，她再也承受不了更多了。”

牧岩仰望着天际的星光，片刻：“我没有资格要求她为谁勇敢，但我确信她并不怯懦。”

这样的回答，对米鱼而言是所答非所问，她理解不了：“真搞不懂你们男人，原本还想安慰他几句，可看他的反应又觉得他好像也并不那么在乎安以若了。”她微有些懊恼地瘫在沙发上，“一肚子话竟然没派上用场，让我憋出了内伤啊。”

谭子越的理解是：“他或许不是对自己有信心，而是相信安以若。”

相信安以若有心走出席硕良带来的爱情阴影？米鱼挠挠脸。

谭子越笑，“这你就不懂了，男人通常比女人有耐性。”话虽如此，他也有几分担心，“不过据我观察大木这次的耐性明显不够，指不定现在正悔得捶胸顿足在家收拾行李，明天就飞去巴黎捉人也没准啊。”

米鱼来了精神：“会吗？”

谭子越一脸神秘的笑：“我们拭目以待吧。”

结果，他对牧岩的了解对得起一起长大的哥们情谊。

原本静待安以若归来的牧岩，在得知席硕良放弃一笔大单突然飞抵巴黎，终于按捺不住，向米鱼询问安以若下榻的酒店名字。

冬天的巴黎，是一种湿湿的冷，安以若裹紧大衣，步行在晨曦里。

半个多月来，她徒步走遍了这座名胜古迹比比皆是的世界历史名城，从埃菲尔铁塔到凯旋门，再到爱丽舍宫，还有位于市中心的奥斯曼大街上的歌剧院，以及城市西北部的露天画廊和美丽的塞纳河，处处留有她的足迹。

为什么执意远赴重洋来到这里？

因为她走过的每一处地方，都是席硕良曾经许诺带她同游的。

或者有一句话说得对：承诺是欠下的债，千万不要轻易许诺，免得穷其一生都还不了。

如同安以若，那些期许，需要自己来完成。

所以，安以若在偶遇席硕良携女伴出席酒会后飞来巴黎，想要自己来完成那些期许，然后与他，互不相扰，各自幸福。想在这里穿过记忆的墙，把他忘掉，彻底地，不留余地。

然后，互不相扰，各自幸福。

安以若逆着人流漫步在塞纳河边，走得没了时间概念。直到黄昏时分，天空飘起细雨，她才感觉到有些累了，却不想休息，也不避雨，她伸出手去，试图接住雨滴。

雨水是凉的，落在掌心，让她的身心更冷。

喧嚣声远去，她像是与世隔绝了一般，孤零零地站在空荡荡的世界里，冰冷，阴寒。隐约听见有人叫她的名字，安以若茫然四顾，却看不清身边的一切。

何必为难自己？

只因有人承诺：

等你大学毕业我们就结婚，蜜月去法国巴黎。

婚礼定在七八月间，那时薰衣草迎风绽放，空气里混合着辛辣的香味，会让我们终生难忘。

普罗旺斯，承诺了安以若太多的浪漫与憧憬，可惜，终生难忘的记忆不是漫无边际的紫色薰衣草花海，而是被悔婚的难堪。

就在那里，终结他们所有的记忆吧。

她决定，此行的最后一站，就是被薰衣草覆盖的普罗旺斯。

就这样，以最惨烈的方式逼自己面对。

飞机缓缓攀升，又渐渐下落，踏上这片土地时，安以若有瞬间的眩晕，苍茫混沌间，她清晰地嗅到了空气中薰衣草、百里香、松树的香气。明明是冬天，明明只剩下短而整齐的枯茎，还被覆盖上了皑皑白雪，可那怡人的香气依然被微风送至鼻端。

那么近距离的呼吸，令人泫然欲泣。

冷风狂野，吹乱了安以若长长的头发，细密的发丝划过脸颊，微有些疼。脆弱的感觉自心底深处涌起，她伸出双臂环住肩头，用力抱紧自己，希望借由这样一个动作取暖。

却发现，心依然是冷的。

心思恍惚间，安以若没有听见渐近的脚步声，直到有人扳过她肩膀，她才茫然抬头。

居然是——牧岩。

很想给他一个微笑，可眼泪却已漫过睫毛，滴落下来。

牧岩伸手搂过她。

安以若脆弱地把额头抵在他胸口——硕良，我要请你走出我的心灵了，把曾经那些美好的、心酸的、苦涩的、痛楚的记忆，全部留在这里。

傍晚，高远的天空被落日染红，火焰一般的红色蔓延到天之尽头，令这一刻的哀伤凄清凝重。牧岩没有急着安慰，只给她一个安稳妥帖的肩膀，陪她一起向过去告别。

漂洋过海追到法国，不是失了耐心，而是承受不起失去。追来万里之地，见她茫然游荡在巴黎街头，把她的疲惫和心碎看在眼里，牧岩很心疼。原来，与席硕良爱情的终结，给她带来的伤害，他无法感同身受。他所能做的，就是压下心底绵长的思念与焦躁，远远地陪她缅怀走到尽头的往昔。是疼惜，更是尊重。

抬头望向天际，天地仿佛瞬间静止，唯有空气悄无声息地缓缓流动。牧岩轻声叹息，带着冬日冰冷的味道。他微微收拢手臂，以身上的热度烘暖她冰凉的肌肤。

像是拥住生命里最后仅存的一丝希望和光亮，安以若在他怀里，掉下了眼泪。

六年的付出只换来撕心裂肺的疼，除了大哭一场，似乎也找不到其他遗忘和宣泄的方式了，就让他以温暖的怀抱给她最后的成全和抚慰吧。

牧岩抬手抚摸她长发。

望着远处相拥的身影，席硕良觉得有什么在胸口悄然迸裂，疼得他呼吸艰难。六年来，他也曾努力想要握紧手心细碎的记忆，六年后，咫尺之间的幸福终是从指缝间悄然溜走，昔日的种种，刹那间跌落在地，瞬间粉身碎骨。

他输了，输得彻底。

得知安以若独自一人远赴巴黎，他就知道，她是来还他们当年的心愿。还完之后呢？再无瓜葛了吧。分开那么久，不是没有挣扎过试图挽回，毕竟他也投入地爱过，然而，现实的差距摆在那里，他太清楚，他们之间的沟壑，自己无力填平。割舍，成了唯一的出路。来到巴黎，甚至鬼使神差地踏上了飞往普罗旺斯的航班，也仅仅是要陪她走过这段哀痛的心路历程，算是履行曾经许下的承诺。

从悔婚那一刻起，对她，他再无法给予什么了。

有些人，错过就是一生。

忘了保持同样的姿势站了多久，直到双腿都有些发麻，席硕良看见安以若从牧岩怀里抬头看过来。距离太远，他们看不清彼此脸上的表情，只以胶凝的目光作最后的告别。

再见了，我曾经爱过的你。

飞机在巴黎戴高乐机场降落的时候已是深夜，安以若乖顺地任由牧岩牵着手行至酒店大堂，似是想到什么，她乍然收住脚步，触到他疑惑的目光，小心地问："陪我去个地方好吗？"生怕被拒绝。

对于她的请求，牧岩很难说"不"，于是点头。

天空坠满朗朗的星，皎洁的月光洒满大地，迎风而立的身影被寂冷的夜笼罩其中，缥缈得似是顷刻间就会消失不见。

站在十八层的大厦顶端，安以若垂下长睫，把翻涌的情绪封存在眸底，任寒风肆虐。

牧岩脱下大衣披在她肩上，目光投得极远，淳厚低沉的声音在空旷的天台上回荡开来："刚到巴黎那天我站在这里看着你走向塞纳河，我喊了你一声，你似乎听见了，又好像什么都没听见，傻乎乎地四下张望，样子像是在寻宝。"

那么高，能在人群中认出她已经算是奇迹，牧岩当然看不清她那时的表情，可是光是想象她茫然四顾楚楚可怜的样子，足以让人心疼。他几乎控制不住要冲下去抱紧她，可他克制地站在原地，一动不动。

真正疼痛的时候他就在身边，自然看到了她的狼狈，安以若心酸欲泣，喃喃反驳："你眼神倒好。我哪儿傻了？"

他洞悉了她的心事："我不觉得那时的你有多狼狈。毕竟，每个人都会经历蜕变的过程，你也不例外。"

润物细无声的温暖让她感到窝心，安以若唇边隐隐有笑意，蒙眬了眼眸深处露出的些许伤感，某种诱惑的气息似在无声蔓延，她仰起头，深深呼吸，凝神静气。

波动的心境就此按下，任由清醒替代了凄然。

面前这个男人，或许是别人仰望而不可得的星光，她又如何舍得让他成为遍体生锈的陨石？错过了他，可能再也无缘得遇良人。

遥远的天际似是漆黑的幕布，世界被笼罩在宁静祥和的气氛之中。她静静地站在那里，背影纤细而修长，而他，默然地陪在身侧，坚若磐石。

皎洁而高远的夜空下，一个男人默默注视她的背影，眼神深邃、暗沉、复杂、关切。

许多年后安以若回想起那一夜，牧岩的眼神依然清晰地浮现在脑海，宽容悲悯，洞悉一切，或许就在那一瞬间，她有了某个决定。

他久久不语，连安以若都沉不住气了，她转过身去，以委屈的语气指责："你这个人真是，好歹安慰我几句吧？这个时候又上演沉默是金的戏码了，平时不是最能侃吗？"

此时何以与彼时相比？

牧岩无辜地挠挠头，眼里闪过促狭的温柔："知不知道你发泄了多久？今夜寒风凛冽，我都冻得快牺牲了。"

她这才意识到牧岩的大衣披在自己身上，寒冬腊月，他只穿了件休闲外套。

实在是——风度翩翩。

很没风度地，她轻笑出声："英俊潇洒、能文能武、热爱祖国和人民的大队长同志也会怕冷？"嘴上调侃，心中却涌起了无言的感动。这世上，终究还是有一个男人愿意守护她，坚定、执着，又深情。

她瞬间的千回百转牧岩无从得知，他冻得牙齿都在打战了，闻言不满地抗议："以后你要是心情不好，千万换种方式折磨人，这死冷寒天的我再耐冻也扛不住啊。"说着还跺了跺脚，手也放到嘴边呵气取暖，完全一副冷得不行的样子。

巴黎的夜当然冷不到这种程度。

多少有些夸张的成分。

但心底的感激和感动根本控制不住。

悄然情动。

安以若走近他，轻浅的声音逸出嘴角："亏你还是大队长呢，借过的东西还不准备还吗？”

她一副讨债的口吻，让牧岩嘴角上扬的弧度渐大。

机场初遇的情景再次浮现脑海，清晰得就像发生在昨天。撒出去的网即将收回，被锁定的鱼却狡猾地险些发现人群里异常显眼的他。为免行动失败，牧岩大脑急速运转，在看见不远处频频低头看表的白色身影之后，他大步走过去，俊颜上带着迎接恋人般的欣喜，在安以若怔忡时俯在她耳际低声说：“小姐，借用下你的怀抱。”然后手臂一收，搂住她的纤腰将神情愕然的女子压向怀里，蜻蜓点水般吻上她的唇。

也就是从那时起，命运的红线把两人牢牢系在一起。

牧岩望着她笑，亲昵而自然地为她理了理鬓发，“这还赖上我了呢。”手指缓慢地抚上她的脸颊，他俯低头轻吻她额头，“等你来要这个怀抱差点儿等到天荒地老了。”

“向你借过的怀抱现在还给你。趁四下无人，想哭就痛痛快快哭一场。”牧岩颀长挺拔的身体站定在她面前，替她挡去冬夜刺骨的冷风，他长臂一伸，把她整个人抱进怀里，“我知道忘记是件很困难的事，可是当曾经变得面目全非，除了忘记，我们别无选择。”抚住她小小的后脑贴在他胸口，“安以若，你有我！”

感觉到她的小手爬上他腰际，牧岩淳厚磁性的嗓音再度响起，“把一切留在今夜，从明天开始，你就是全新的自己。相信我，不是每份爱情的结局都是悲伤，我会一直在你身边。”

坚定的语气，低柔的声音，带着蛊惑人心的力量，轻易就让她软弱下来。坚强的面具瞬间龟裂，眼泪阡陌纵横在脸上，流进嘴里，咸涩到苦。

此去经年，物是人非。何苦挣扎？何必自苦？要走的人留不住，逝去的爱回不来，谁是谁的过客，谁又是谁的皈依，答案已是昭然若揭。

巴黎之夜，她终于把背道而驰的席硕良永远留在了普罗旺斯，让那片紫色花海为他们斩情断爱。然后她懂了，在爱里，不是你想粉身碎骨就可以的。

而“你有我”这句不像情话的情话，远比一句“我爱你”更能体现承诺的分量。

天空缀满朗朗的星，皎洁的月光洒满大地，柔和地照在他们身上。安以若抬眸，眸光跌进牧岩幽深的眼底，那里似是浮动着几许坚定与疼惜，禁不住笑起来，笑容明朗灿烂。

荡在心口的爱意喷涌而出，牧岩深切绵长地呼出一口气，俯低头吻住她。

这样的温柔以待，安以若无力抽身。

直到两人都有些喘，四片唇才不舍地分开，抚在她后脑的手缓缓向前移过来，略显粗糙的掌心贴在她脸颊上，牧岩以指腹珍爱地在她泛着红晕的面容上轻轻抚过。

这样专注的注视让安以若几乎站不稳，而那颗极力抗拒过的心在瞬间臣服。她勇敢地踮起脚，在他脸颊上轻轻吻了一下。

如果不是因为你在坚持，我定然失去再爱一次的勇气。

谢谢您愿意等我，给我的爱情以希望。

那夜，他们迎风而立，俯瞰巴黎璀璨的霓虹夜景，开始全新的爱情之旅。

次日，安以若随牧岩的步伐来到另一个城市——西班牙的巴塞罗那。

安以若来到餐厅时，牧岩已经在靠近窗边的情侣卡座里等待。

复古风格的墙上嵌入了几盏小小的吊灯，黄晕的光柔和了餐厅的氛围，别有一番情调。

席间，牧岩体贴地为她布菜，细心地递纸巾，举止优雅，十分绅士。

安以若更加糊涂了。先前两人刚刚下榻酒店，牧岩才把她送到房间，只说让她先休息再带她出来吃东西。这一等就是一小时，却是让她自己来餐厅。

询问之下，得到的回答竟是："约会。"

真是拿他没办法。

安以若懒得追究了。

许久没有好好吃饭了，她胃口大开，等吃得差不多饱了，才注意到牧岩早已停筷，靠着椅背专注地看她，眉宇间皆是笑意。

怎么她看上去秀色可餐吗？红润的脸上现出妩媚的娇羞，安以若轻咳一声："怎么不吃了？不合胃口吗？"

牧岩倾身向前，伸手握住她搁在桌上的手，但笑不语。

直觉认为他眼底的笑意透着邪气，安以若面上一热，寻找话题："为什么来巴塞罗那啊？最近有球赛？”

球赛？他哪里有那么好的兴致。牧岩莞尔：“知不知道你在巴黎住的酒店消费多高，我一个月的工资还不够在那儿住上几晚，再不赶紧带你走，我担心你连回家的机票都败光了。”

她又羞又恼：“不是有你吗？等我败光了返程机票，你就留下洗盘子呗。”

牧岩失笑：“想我堂堂一名中国警察却沦落到在异国他乡洗盘子，会不会惨了点儿？”见她笑，他问，“知不知道圣尔威斯广场？”

她瞬间明白了什么：“别告诉我你是为了卡纳勒喷泉而来？”

他挑了下眉毛，一副理所当然的表情。

“传说如果喝了卡纳勒喷泉的泉水就会再来巴塞罗那，你信？”

他敛笑：“为什么不信？”

安以若想了想，迟疑：“其实你是不想在巴黎停留对不对？”

她问得小心翼翼，牧岩答得坦然磊落：“换谁都不愿多作停留，我也不例外。”他伸手抬起她的脸，让她看着自己的眼睛，“我希望属于我们的记忆是单纯的，仅仅只有我们俩。”

巴黎属于席硕良，牧岩不愿把自己卷进去。

安以若定睛看着他眼睛，脸颊在他略显粗糙的掌心蹭了蹭，真真切切地感觉到在他身边的幸福：“其实，你不用想太多。”

“不会觉得我小心眼儿吧？男朋友是不是有吃醋的权利？”见她唇角徐徐弯起，他俯身隔着桌子吻了下她额头，“过去很多年了，喷泉不知道是不是传说中的样子。不过我愿意相信我们一起喝过那里的水，会再来巴塞罗那。”

牧岩骨子里并不是浪漫的人，过去的生活里除了工作就是训练，有时连他都怀疑自己可能真是个木讷的人，可为了她，他竟然在不知不觉间挖空了心思。

或许，女人就是有一种无形的力量，能够牵引男人做出很多事后看似幼稚的事情来。

安以若眸光闪了闪，在他眼中看到小小的自己：“一会儿我们去圣家大教堂吧，我听过那里是爱情的圣殿，在那里许下誓言的恋人，会在天使的祝福下得到永远的幸福。”

尽管誓言褪过色，她依然心怀虔诚。安以若诚心希望，把逝去的爱遗忘在巴黎，在巴塞罗那迎接崭新的一切。

原本就打算带她去的。牧岩欣然应允。

巍峨的圣家大教堂气势磅礴地屹立眼前，安以若忽然有种海阔天空的感觉。她孩子似的张开手臂，贪婪地呼吸着午后清新的空气，一种发自内心的愉悦无声翻涌在胸腔，震得她忍不住扬起唇角。

牧岩站在她面前，看着她双眸跳动的柔情暖意，忍不住把事先准备好的白金素戒拿出来，然后执起她的手。

安以若一僵。

牧岩固执地把戒指戴在她纤细的手指上，语出温柔："别紧张，不是求婚，只是表示我对这段感情的期许和诚意。"把她柔软的手包在掌心，他黑瞳深处露出强势，"待我通过考核为你换上另一枚时，我们就在这里举行婚礼。"

其实，安以若听说的关于圣家大教堂的传说是这样的：在圣家大教堂求婚并结婚的夫妻将永远得到上帝的庇护，会永远幸福地在一起。如同牧岩送她的铃兰花一样，永不分开。

牧岩为了这个传说带她来这里，而戒指则是他为她准备的新年礼物。

安以若脚下软绵绵的，一阵目眩神迷。

因为被幸福冲击。

眸光流转间，安以若看见他左手赫然戴着另一枚同款男戒："可我没有为你准备新年礼物，怎么办？"

牧岩双臂微收，让她柔若无骨的身体紧贴在他怀内："你就是最好的礼物。"

安以若微笑，手臂自他腰侧穿过，紧紧扣在一起："你说，我们会像铃兰花一样永不分开吗？"

牧岩拍拍她的背："一定会。"

一趟巴塞罗那之行拉近了两颗心的距离，牧岩和安以若的关系突飞猛进，除了没有越过最后的防线，牧岩把男友的权利发挥得淋漓尽致，更是把女朋友宠上了天。

安以若小女人般享受他的宠爱，每每触到他柔情的目光，都忍不住笑。牧岩带她看遍了市区里哥特式、文艺复兴式、巴洛克式的建筑以及现代化楼群，相依相偎的身影穿梭在这座依山傍海的城市，留下仅仅属于他们的印记和回忆。

安以若惊喜地发现这是一座很美很美的城市，她觉得自己已经爱上了这里。另外，她意外地发现牧岩竟然说着一口流利的西班牙语，更是崇拜到不行。趴在他背上，她凑到他耳旁："牧大队长，你到底还有多少我不知道的优点啊？"

不顾旁人投来异样的眼光，牧岩背着耍赖说走不动的女人，答得漫不经心："等我数数。"

毫不谦虚呢。安以若轻声笑："千万别说你最大的缺点就是优点多的数不过来哦。"

她一副"包邮哦亲"的语气，惹得牧岩笑了："尽管你抢了我的台词，我还是十分愿意给你一辈子的时间慢慢发现。"

一辈子，好美的承诺。

安以若偏头枕在他背上，笑容甜蜜。

时光在你感到幸福时总是溜得特别快，还没逛遍巴塞罗那的每处美景，催促他们返程的电话就来了，是牧岩的直属领导，称之前队里全力追查的案子有了新线索，希望他提前结束假期回去主持大局。

身为特警大队长，牧岩有太多的身不由己。安以若体谅他职业的特殊性，亲自订下回程机票。飞机上，她靠在牧岩怀里，摆弄他因长期握枪而微带薄茧的手："你是不是总受伤？"

"没有那么危险。"牧岩弯唇，"再说你男朋友有多神勇你不是亲眼所见吗？"

安以若搂过他的脖子撒娇："以后不许你去危险的地方见危险的人，听见没？"特警这个职业让他时刻被危险包围，她如何能不担心？从前不以为意，现在当然不同。

牧岩心中一暖，笑着说好。见她眨巴着眼睛盯着他胸口，他笑得邪邪的，俯低身子凑到她耳边，用仅有两个人可以听到的音量说："等四下无人时再让你好好检查看看，嗯？"

他说得那么暧昧，惹得她耳根都红了。挣了两下没挣脱他搂在腰际的手，安以若只好把脸埋在他颈窝。

牧岩忍不住笑，胸腔里发出好听的共鸣声。

安以若不好意思地捶他一拳，没过多久小手开始不老实地伸进他外套里，隔着衬衫摸向他左胸口。牧岩并未阻止，只闭着眼睛懒懒一笑："找什么呢？小心我喊非礼。"

安以若不理会，只细细地摸，终于摸到一处和周围触感不同的肌肤："是上次枪伤留下的疤吧？就这样了吗？以后会不会好？"

把她的手拉出来握在掌心，牧岩笑得慵懒迷人："等你以身相许的时候就好了。"

又不正经了。安以若恨不得咬他一口："别做梦了。"

牧岩却是眉一挑："早晚的事。"

安以若没有勇气问他是伤口早晚会好，还是指她早晚会以身相许。只希望这样的温暖相依，能够一夜白头，天荒地老。

飞机开始下降高度时，安以若正趴在牧岩怀里睡得正香。

听见牧岩轻声叫她起来清醒一下，安以若像小猫似的在他肩膀处蹭了蹭："好困。"

对她的撒娇难以抗拒，牧岩放柔了语气哄她："到家了再睡，看一会儿被风吹感冒了。"

安以若嘴上"嗯"了一声，身子却赖在他怀里不动。

牧岩开始和她说话："等你休息好了，我们去看小表嫂和宝宝。"

提到郗颜，安以若有了精神："温行远这回可乐坏了，想想他紧张颜颜的样子就好笑。你不知道，出国前我去他家，他怕颜颜摔着，恨不得每走一步都抱着。"她笑眯眯的，"昨天晨晨还在电话里向我抱怨，说有了弟弟，爸爸妈妈都不疼她了。"忽然想到什么，安以若说完就睨着牧岩。

牧岩丈二摸不着头脑："怎么？我脸上有东西？"

安以若微眯眼睛："晨晨说让你快点回去，她要以女朋友的身份搬去和你住。你说，这个问题怎么解决？"

"那就来啊，正好给我解闷。"牧岩笑掐她脸蛋，"我女朋友这是在吃醋吗？"

“何止吃醋，我还想到山西搞批发呢。”安以若瞪他，“你这个家伙，早晚带坏小孩儿。”

“晨晨可比你有眼光，知道早早预订我。”牧岩似笑非笑，“你同不同意她去和我住啊？”顾虑到旁边还坐着别人，他低下头小声，“要是你来我死活不让她住进来。”

“懒得理你。”安以若推了他一把，想到晨晨在电话里脆生生地说“以若阿姨，小叔叔是去找你了吗？他不要晨晨了吗？人家是他女朋友耶”，她又憋不住笑了，“小东西鬼灵精似的，真是可爱。”

“放心，牧童会更可爱。”

“牧童？谁啊？”

牧岩唇角微弯，笑得暧昧：“我们的女儿。”

安以若的第一反应是：“万一是男孩呢？”

牧岩哈哈笑。

安以若猛地反应过来，尴尬得恨不得跳飞机。

有了牧岩，安以若坍塌的世界骤然变得明亮起来。她的幸福感那么强烈而直接，让安父安母放下心来。

牧岩其实很忙，不见得有多少时间陪她，再加上之前为了她休了从警八年来唯一一次长假，回国后连续多日驱车往返于临近的几座城市查案，忙得连睡觉的时间都没有。

安以若心疼他，发短信提醒他注意休息，常常是短信发出去很久才有回复，有时是一句：“你也一样。下班开车慢点儿，今天不能去接你，晚上通电话。想你。”有时只有一个字：“好。”安以若盯着手机屏幕，想到他英姿飒爽的身影，胸腔里溢满暖暖的柔情，转念想到他可能遇到的不可预知的危险又开始忐忑焦虑，每晚不接到他的电话就无法入眠，一段时间下来，她习惯了二十四小时开机，随时等待他的电话。

终于到了关心则乱的地步。

午后，牧岩打来电话：“下楼来。”

他去G市查案，他们已经三天没有见面了。安以若奇怪：“你回来了？”

他笑了笑：“快点儿，只有五分钟时间。”

她一阵风似的冲出办公室跑进电梯，果然在楼下看到朝思暮想的人就倚在车前。

看见她，牧岩弯唇一笑，随即朝她伸出手臂。

似是习惯了他的旁若无人，安以若小跑着扑进他怀里，嗅着他身上特有的男性气息：“不是说最快也得明天回来吗？”

牧岩抱了抱她，担心她冻感冒带她坐上了车：“这就要走，顺路过来看看你。”

安以若隐隐有些失望：“又要走啊？什么时候回来？”

“可能五六天，如果顺利案子就能结了。”敞开大衣把她裹进来，牧岩说完低头吻她，而微凉的手则温柔地抚过她脸颊，最后落在她颈间，反复摩挲。

人前冷漠稳重的他在爱人面前不过是个普通男人，会眷恋，会想念，否则不会特意绕路过来，只为短短的五分钟相聚。

手机响了一声又挂掉，牧岩知道是大励提醒他该走了。

只好松开她：“我得走了，在家好好的。”

“知道了，我又不是小孩儿。倒是你，小心点儿啊。”她体贴地嘱咐，亲昵自然地为他理了理本就不乱的头发，然后是外套。

他笑，仿佛把所有的爱恋都融入这一抹微笑里，那么温暖，那么迷人，俯身啄了下她的唇，再一下，才依依不舍地走了。

安以若站在街边看着大励的车遥遥驶过来，特意在她面前停了下，降下车窗打招呼：“走了啊，嫂子。”

安以若脸上泛起红晕，她不好意思地摆了摆手，说了声“再见”，转身跑进大厦。

这就是牧岩，无论多忙总会想方设法挤时间见她，对于两人的关系更没有丝毫遮掩的意思，磊落得让人害羞，而大励那声“嫂子”直唤进安以若心里，暖暖的，柔柔的，是肯定，更是认可。

与不同的人恋爱，感觉天差地别。与席硕良在一起六年，他的朋友她认识的没有几个，与他共事三个月，无论是身边的同事还是他生意上的伙伴，没人知道他们是恋人关系，仅仅以为她是他的学妹，从国外进修回来，承蒙关照一步登天成为弘泰设计师。

男人与男人不同，恋人与恋人之间的相处模式也不同。相比之下，安以若发现和牧岩在一起更开心。她欣赏他在紧急关头表现出来的魄力，喜欢他半夜三更给她打电话报平安或是突然出现在她家楼下，更抵抗不了他像之前那样为了见她一面不惜违背一贯的做事原则。

点点滴滴、零零碎碎的细节串连在一起，让她慢慢了解到牧岩有多么虔诚地把她放在心里。面对这样的恋人，她的心如何不沦陷？

安以若或许还没意识到，自己对牧岩的依恋程度远远超出想象。

整个下午似乎只在办公室傻笑了，直到有人敲门通知她四点有个临时会议，安以若才回过神来，懊恼地趴在桌子上摆弄着手上的指环，她嘟囔：“都怪你。”

因为你，无心工作了呢。

安以若提前十分钟来到会议室，公司主管级以上人员几乎都到齐了。她敏感地察觉气氛有些压抑，但面对众人的窃窃私语，她依然持置身事外的态度，直到邻座的销售总监爆料公司被收购，她肃然一惊。

一切的猜测在关寒南眉眼含笑走进会议室时被证实，实力雄厚的风行在这个午后江山易主，以五亿高价被法国一家集团全面收购。

当关寒南最后一次以风行老板的身份主持完会议，一名年约二十七八岁，身穿时尚小套装的女子款款而入。她淡然一笑，轻浅的声音悠悠响起：“韩总在谈一份极重要的合约，现在人还在巴黎，从明天开始由我暂代总经理一职。”

她最后说：“我姓盛，单名一个夏字。”

盛夏，新BOSS韩宇庭重金聘请的服装界精英。

之后两天，盛夏一一召见了各部门经理，然后给公司所有员工发了一封电邮，通知在职满一年的员工自下个月起工资上调百分之十，全部留用。

一朝天子一朝臣的规矩被这位神秘的韩总打破，人还没露面，已为自己博了重彩。

风行运作如常，平静得像是没有发生过变革。然而，受关寒南重用的安以若却遭冷落，之前递上去已经通过的设计稿一夜之间全部被毙掉。

总经理办公室里，盛夏坐在宽大的靠背椅中，眸光淡淡：“安小姐，或许你觉得该拿更高的报酬才配得上你的设计？”

这话太过尖刻，安以若强压下不满：“盛总有什么不满意可以直说。您这样委婉，我很难理解。”

盛夏语气倨傲：“我的意思是，安小姐没有用心。你觉得这样的设计，是我们风行需要的吗？”

“您不应该质疑我的职业操守。”安以若努力心平气和，“对于设计，我一直很用心。”

“如果用心还设计出这种水平的东西，安小姐，我质疑的不是你的职业操守，而是能力了。”盛夏咄咄逼人地把设计稿掷到桌面上，“一个星期。我要看到尽善尽美的设计。”

就这样把她的努力否得一文不值。

安以若动了辞职的念头，又不甘心认输。所以接下来的一星期她静下心来，精雕细琢地修改设计稿，似乎对于所受到的冷遇全然不屑，可是当牧岩回来，问她怎么如此憔悴时，她忽然就哭了，眼泪哗啦掉下来一串，像受了委屈的孩子。

等她情绪平复下来，牧岩才掐了下她哭得红红的鼻头：“怎么了？是受了什么委屈吗？告诉我，是安叔叔批评你了还是米鱼欺负你了？男朋友给你出头。”

“人家哭得这么伤心，你还有心思开玩笑。”安以若不好意思说被新官上任的三把火烧到了，“其实也没什么，就是工作有点儿不顺心。”

“只是这样？”牧岩拉拉被她哭得半湿的衬衫前襟，“看看我这衣服，新买的啊，安以若。”

安以若非但不安慰大队长同志，还火上浇油：“反正也脏了，索性让我擦擦鼻涕得了。”

牧岩倒不吝啬，大方地摊手：“喏，擦吧。”

安以若破涕为笑：“什么破衬衫啊，以后不许穿这个牌子了，一点儿也不软。给我纸巾。”

牧岩笑睨着她递上纸巾：“要不我现在就脱了吧？”说完作势欲解衬衫扣子。

安以若一巴掌打开他的手：“牧岩，你这个流氓！”

牧岩笑着捧起她的脸抵住她额头，声音低柔：“设计不只是你谋生的手段，还是你的爱好，既然做得不开心就没必要委屈自己，我还养得起你。”

那么真诚而疼惜的话，让安以若觉得自己真是幸运，能遇上牧岩这么好的男人。

对未来的期待，又多了几分。

像是牧岩为她带来了好运，修改之后的稿子终于顺利通过。安以若甚至还接到一个表扬电话，是远在法国的韩宇庭打来的，他说：“辛苦你了安小姐，稿子我很满意。”

面对素未谋面的BOSS，安以若回应：“谢谢韩总的鼓励，我只是做了分内的事情。”

韩宇庭又说：“盛夏那边我已经交代过了，下季发布会由你全权负责，如果作品受欢迎，我会考虑为你申请商标注册。”

商标注册？安以若愕然。

“近期我还不会回国，设计方面的工作劳安小姐费心。”他说得那么诚恳，让人无从拒绝。安以若只能说：“韩总放心，我会全力以赴。”

晚上牧岩来接安以若下班，两人如约到“山水”吃饭。本来也约了程漠菲，结果那位忙着排练备战公演来不了，所以今天又是四人聚会。

米鱼见到她，先抱怨：“回国多少天了也不露面，安以若你行了啊，都学会重色轻友了。”她双手抱胸倚在包间门口，眼睛贼兮兮地在安以若身上打转，当看见她与牧岩十指紧扣，啧啧了两声，“大队长就是大队长啊，抓人和追人的本事都是一流，这趟国出得特别值吧？”

牧岩懒懒一笑：“那还得多谢你这媒人帮忙，否则巴黎那么大，我还真怕找不到人。”

米鱼笑得阳光明媚：“哟，还是大队长有良心，不枉我今晚做东为你接风啊。不过我也是看在你重金收买我的分儿上，否则本小姐哪有这么好心？”

原来是有她通风报信啊，难怪牧岩那么轻易就找到她呢。

安以若狠狠瞪了米鱼一眼：“难怪了。”

“难怪什么啊，你那眼神也太媚了点吧，搞得像我和他有奸情似的。”

米鱼竖眉毛，“要不是看某人急得像热锅上的蚂蚁，我能善心大发？”

“难道你那眼神不媚？”安以若不甘示弱，亲昵地挽过牧岩的胳膊，笑得格外温柔，“不过呢，看在你生平头一回做了件好事的分儿上，我就不计较你用那么媚的眼神看我男朋友了。”

安以若的那句“我男朋友”听在牧岩耳里很是受用。他唇角一弯，目光顿时缠绵起来，惹得米鱼作势抖鸡皮疙瘩。

安以若伸手推了她一把，恶声恶气：“赶紧走菜，我快饿死了。”

“就知道吃，也不怕撑死。”米鱼瞪她一眼，转向牧岩，“这顿你请，谁让她这么嚣张。”见大队长一副“我请就我请，有钱就是任性”的姿态，米鱼恶狠狠地说，“我得去让服务员换一份高价菜单，宰死你们两个没良心的。”

安以若对着她的背影笑骂：“什么时候变奸商了？”

谭子越因为堵车迟到了十分钟，被米鱼揪着耳朵批评了好半天才批准入席。

安以若忍不住替他打抱不平：“你这个悍妇，能不能别欺负人？”

“还是嫂子贤惠。”谭子越嬉皮笑脸，转头看牧岩，“你小子这回有福气了，不像以前书……”

桌下的长腿被牧岩使劲踢了一脚，他才意识到自己说错话了，“嘿嘿”笑了两声企图蒙混过关。

可米鱼还是听见了：“你刚才说什么书？”

安以若显然听出了蹊跷，看着他，等他继续。

牧岩神情自若地给安以若夹菜。

谭子越轻咳了声，解释：“我是说读书时这小子木讷得要命，没想到现在开窍了，追人都追到法国去了，听说还去了巴塞罗那，真是不知道什么时候变浪漫了。”

他说读书，安以若就没往别处想，看着牧岩笑了笑。

米鱼却不乐意了：“他怎么有福气了？难道你没有？”

见她一副“你给我小心说话”的样子，谭子越伸手搂过去，不管是否有碍观瞻，趁她不备在她脸上快速偷亲了一下：“有有有，我是全世界最有福气的人，要不能拿下温柔美丽举世无双的米鱼大小姐吗？”

“肉麻。”甜言蜜语永远是收服女人最有力的武器，米鱼败下阵来，红着脸端起酒杯向安以若，“来，我敬你一杯。”又嘴欠地向牧岩告状，“这人酒品差，会撒酒疯，你可看住了。”

“少在那儿污蔑我。”安以若剜她一眼，不顾牧岩阻止举杯向谭子越，“天下美女无数，相信聪明如你喜欢的是她这个人，与美丑无关。好好照顾她，虽然我瞧她不顺眼，可也不允许别人欺负她，否则……”

“别整这么煽情，受不了。”米鱼打断她，眼睛微红，“这么多菜还堵不住你的嘴，小心待会儿你家男人埋不起单。”

牧岩给安以若吃定心丸：“你男人实力还行，放心。”

安以若用胳膊肘拐了他一下。

想到那夜她喝得半醉的样子，牧岩拦下她的第二杯酒：“小心喝醉了安叔叔骂你。”

安以若笑：“你是怕我爸爸骂你吧，在你身边都能喝醉，你说是谁的错？”

两人确立恋爱关系后，牧岩见过老爷子两次，一次是送她回家时，一次是去市里汇报工作。人前安父对他并无不同，私下里却已经叫他有时间过去陪自己下棋，甚至还当着女儿的面夸他案子办得漂亮。

得到父亲的认可，安以若放松地投入到这场恋爱之中。

牧岩接过她手中的酒杯：“是是是，我怕安叔叔骂我行了吧。”与谭子越共饮一杯，他又说，“不过估计安叔叔也不会怎么骂我。”

“为什么？”

“没听说过岳父看女婿，越看越喜欢？”

米鱼笑他：“你就扯吧牧大队长，原话明明是丈母娘看女婿，越看越喜欢。”

牧岩不以为意：“都差不多。”

安以若见他泰然自若地与米鱼掰扯和谭子越谁比较幸运的话题，忍不住会心一笑。

饭后米鱼觉得不尽兴，提出去KTV唱歌，牧岩和谭子越看着各自的女人情绪高涨，心情自然是很好的，大手一挥就恩准了。

去唱歌当然是人多比较热闹，牧岩一通电话，二十分钟不到的时间，豪华包间里已经挤满了年轻小伙子，其中包括跟在他身边四年多的大励和征用过安以若车子的张恒。

众人见安以若坐在牧岩身边，都嬉皮笑脸地要求他隆重介绍。

牧岩才说“安以若，我女朋友”，包间里随处都是叫“嫂子”的声音。

“嫂子，我敬你一杯。”

“嫂子，你可算点头了，再折腾下去不止头儿牺牲了，就连我们也被他折磨牺牲了。”

“嫂子，我们头儿有点儿木讷，你多包涵。”

“嫂子，我们把头儿交给你了，以后要打要罚随你高兴。”

越说越离谱，牧岩动了把这群小子拖出去揍一顿的想法：“都给我注意分寸啊。”

有嫂子在，谁听他的啊。

年轻警员们开始轮番敬安以若的酒。

牧岩有心替她挡，无奈大励他们大呼小叫着拦他，等他都扛不住也被劝了几杯后，安以若已经半醉了。他只好亮出杀手锏：“都行了啊，再不老实，明天每个人五组俯卧撑。”

五组就是一千啊，张恒他们不敢闹了。

牧岩叫来服务生要了杯浓茶，扶着安以若哄她喝：“来，把茶喝了醒醒酒。”

安以若迷迷糊糊地“嗯”了一声，然后把脸埋进他胸膛，嘴里软软地呢喃了声“牧岩”就没了动静。

大励用胳膊戳了下他：“嫂子很不配合啊。”

“臭小子，看明天我怎么收拾你。”牧岩横他一眼，看见醉意深浓的安以若，又忍不住笑了，心想，“这酒量确实够浅的，以后可得看好了。”

米鱼也好不到哪儿去，对牧岩指手画脚：“哎，我说那个叫牧什么的你过来。”

女朋友的闺密，怠慢不得。牧岩以眼神示意大励照顾安以若，移步过去聆听教诲。

“人，你是追到手了。”米鱼努力让舌头平整，但还是有些语无伦次，“我已经很久没看见她笑得那么灿烂了，至少一，”她伸出一根手指，又立马摇头，“不对，两年，对，是两年没笑得这么开心了，这才是恋爱中的女人该有的笑容，对吧？”她边说边挣扎着坐直了身体，用手指戳牧岩的胸膛，口齿不清地威胁，“对她好点儿，要不我让谭子越揍你。”

大励闻言笑起来：“头儿，虽然你跟谭先生是穿着开裆裤一起长大的也别手下留情啊，要不像上次那样脸肿上好几天可是丢人啊。”

哪壶不开提哪壶啊。牧岩顺手把手中的靠垫丢出去，没好气地骂了声“闭嘴”，转头对谭子越说：“都喝高了，我去埋单，走人。”

见他尴尬，谭子越也跟着大家笑起来。

牧岩本想送安以若回家，但半路上她的酒劲就上来了，歪靠在座椅里不停地翻腾，脸红得不行。看看时间已经是凌晨了，犹豫了一下，他方向盘一打，把车子驶向自己公寓。

安以若吹了风醉得越发厉害，而且也如米鱼所言，她酒品不好撒酒疯。还没等到家，她已经亢奋起来，不仅手舞足蹈，嘴里还含糊不清地唱起来。唯一令牧岩欣慰的是，她还知道身边的人是他。

只是——

她坐起来，醉意蒙眬地看他，不等他说话纤臂已环上他脖子，额头贴在他颈间，柔柔地唤：“牧岩。”言语间，身体已软软依偎过来。

那种好得不得了的感觉让牧岩心口一荡，他一脚刹车踩下去。

停稳大切，牧岩把她拉离怀抱，放低座椅让她躺回去：“老实一点儿，马上就到家了。”心里开始质疑自己的自制力，挣扎要不要带她回家。

醉成这样，回她家免不了折腾安家二老。牧岩懊恼地挠了挠头，为她拂开额际的碎发，没好气地说：“安以若，你最好给我安分点儿，否则后果自负。”温柔的动作与严厉的口气完全是两个极端，足见他情绪波动。

意识涣散的女人轻哼了一声，分不清是在表示同意还是不满。

下车时，安以若连路都走不稳，幸好牧岩体力好，直接把人抱上了楼。

“妈妈，水。”安以若闭着眼睛理所当然地使唤着被称为“妈妈”的男友。

牧岩心想再也不能让她碰酒了，终于还是神志不清了。倒了杯蜂蜜水，把她半搂在怀里硬灌了下去，又给她脱了外衣，拦腰抱进主卧。

当后脑触到柔软的枕头，安以若开始扯领口，好像很热的样子。

牧岩瞪着她双颊绯红的醉态，两眼都在喷火。深吸了口气，他抓住那只不安分的手，制止：“别扯了。是不是很热？”大冬天的房间里有暖气自然是不冷，可总不能让她真脱吧。最终他决定给她开空调，还没等起身，醉得不省人事的女人一把搂住他的脖子。

跌回床上。

理智轰然倒塌，牧岩的情绪被逼到边缘：“安以若！”

警告似的语气让安以若睁开了迷蒙的眼，她眸光微怨：“叫我吗？怎么了？”委屈的样子让他觉得要是她此刻身上穿着睡衣，俨然就是他的小女人。

简直是诱惑。试图压下心底蛰伏的欲望，牧岩爱怜地摸了摸她额头，半撑起身体，艰难地说：“没事，就是让你快睡觉。”见她半嘟着粉色樱唇表示不满，他哄，“听话，把眼睛闭起来？”

那位却不依：“要睡一起睡。”

赤裸裸的邀请。

牧岩浑身紧绷起来，看着她红润的娇颜，他咬牙：“你再说一遍。”

安以若娇憨地打了个酒嗝：“要睡一起睡嘛。”

此时仰躺在床上的女人别有一番风情，柔软的身子散发着淡淡的酒香，波浪似的卷发凌乱地散落在枕边，绯红的脸颊不停地在他眼前跳动。牧岩觉得他要是再不动他就是猪，于是，他终于放弃挣扎，在她耳畔温柔低唤：“以若？”

安以若无意识地“嗯”了声，纤臂略微用力，更紧地搂住他。

牧岩绷得过紧的神经“啪”的一声断掉，所有的理智被瞬间抛至九霄云外，他收回撑在床边的手，把她柔若无骨的身子搂进怀里，俯低了头，吻上她的唇。

意识游离的安以若只觉得身上一沉，下一秒已经被霸住了呼吸。她企图推开压在身上的重量，不料这样一个挣扎的动作，让牧岩吻得愈发激烈。

溃不成军。

安以若攀住他肩膀热情回应，几近缺氧。牧岩的唇开始下移，雨点般的吻落在她的脸上、细颈、耳垂，最后停留在被她拉低衣领的性感锁骨上，轻啄轻咬。

安以若满脸绯红，呼吸开始变得和他一样急促。感觉到她胸口剧烈起伏，牧岩的眼底如同着了火，强压下要将她“就地正法”的冲动，他哑着嗓子出声：“以若，把眼睛睁开。”他需要确定她是否清醒。

残存的理智被唤醒，安以若睁开眼，目光迷离地看着面前因隐忍而额际沁出细汗的男人，酒已经醒了。

牧岩拉起她的手抚上自己脸颊：“知道我是谁吗？”

无法忽视他眼底跳动的火焰，感受到紧贴着她的身体像是着火了一般，热得烫人，安以若控制不住加快的心跳，一度保守固执的观念霎时被击得七零八落。她弃守投降，喃喃地叫了声：“牧岩。”

一滴汗落在她眉间，牧岩再问：“知道接下来要发生什么吗？”

安以若抬高身体吻上他嘴角，用行动表示，她愿意。

薄唇徐徐弯起，牧岩不再犹豫——

风浪过后，一切静止下来。

万籁俱寂的夜里，牧岩的胳膊被安以若枕在脑下，他用下巴蹭了蹭她发顶，嘟囔了一句：“咬得我真疼。”

安以若全身都红了，害羞地拉起被子盖过头顶，许久之后才闷闷地说：“对不起。”

牧岩怕她呼吸不畅，强硬地拉下被子：“不用道歉，我皮糙肉厚，你随意就好。”

安以若憋不住笑，把脸贴在他胸口，闭着眼睛和他聊天：“谁给你起的小名啊？为什么不叫木头？”

大手轻搭在她腰间，牧岩享受般抚摸着她细滑的肌肤：“你手机上是不是就这么存的我的号码？”

安以若仰脸看他：“你怎么知道？”

拉起她柔软的手抚上他胸膛，牧岩轻敲了下她脑门：“你那点小心思啊，也不藏好点。看你笑得像只小狐狸就猜到了。”

她“咯咯”地乐起来，小手在抚过他漂亮的六块腹肌时，心里一颤。

性感。

牧岩没发现她的异样，耐心解释：“小时候身体不太好爱生病，我妈就请人给算了算，说是命里缺木。”本来他不信这些，但听老爸说果然叫了大木以后身体就壮得像头牛，尽管不太喜欢也就认了。

安以若闻言眼珠一转："那就更应该叫木头了。"

牧岩被她的小手摸得心里痒痒的，用听似威胁的语气说："还有力气和我辩，看来你体力恢复得不错。"

外面飘着大片大片的雪花，为整座城市穿上雪白的外衣，房间里的温度急剧上升，与室外寒冷的空气形成强烈的对比，安以若娇呼着躲："不要耍流氓啊。"

再次醒来时，天已大亮，宽大的双人床上，只有她一人。伸手抓过床边牧岩的衬衫套在身上，安以若赤脚逃进浴室。

升腾的水雾中她对着镜子看到他在她身上留下密密的，如同盛开绽放的紫色曼陀罗花一般的吻痕，垂下双睫任由花洒洒下的水珠拂过肌肤，绯红的脸颊上浮起一抹娇羞的笑意，心被笼罩在浓浓的甜蜜里。

冲了个舒服的热水澡，安以若穿着牧岩的衬衫走回卧室，发现他留了字条："队里有事我过去看看，你乖乖在家休息，我中午回来。"

傻气地把字条放到唇边亲了下，她犹豫后给安妈妈打去电话说是留宿在米鱼那里，然后神清气爽地参观牧岩家。

牧岩住的是一套百平米的三室两厅，房间还算整齐，应该是有人定期打扫，不过比起平日里他的整齐利落到底还是凌乱了些。安以若心想：好你个木头，这下暴露了吧。然后笑着为他收拾房间。

当腰酸背疼地完成一系列清扫活动，安以若站在客厅里，心里涌起异样的情愫。

从前去席硕良那里，安以若觉得自己是个彻头彻尾的客人，听他说："你坐着吧，要喝什么我帮你拿。"她觉得两人生疏得根本不是恋人。

和牧岩恋爱的时间还很短，他家她也是第一次来，房间里微微的凌乱让她可以想象出他居家时不拘小节的样子，想起与他在一起时的自然随意，安以若忽然觉得，或许两个人在一起仅仅有爱还不够，那份骨子里的契合更是不可或缺。可能令她在如此短的时间内把自己完全交付给牧岩，就源于那份无法言明的契合。思及此，安以若微微笑起来。

她犹自陷入复杂的思绪里，没听见门外钥匙转动的声音。当牧岩提着袋子进门，她还傻笑着站在原地，无知无觉。

牧岩只好问她："想什么呢？"

安以若回神，讪讪地问了句："你回来啦？"

明知故问啊。

说完自己都觉得窘窘的。

牧岩也不笑她，随口应了声"回来了"然后换鞋进屋。等他把手中的袋子放在餐桌上，见安以若还保持同样的姿势站在那儿，他脱下带着凉气的外套，走过来把她抱起来放到沙发上，"屋里再暖和也不要光着脚乱跑，着凉了可没人管你。"

"不管拉倒。"安以若被他看得不好意思，一巴掌拍开他的手，向着餐桌张望，"买了什么回来啊，我饿了。"

牧岩摸了摸她的脸，正想起身去拿东西过来吃，目光又落在她身上，笑了："穿着我的衬衫还挺好看的，在家里就这样吧。"

她几乎是撒娇似的说："真大，都可以当裙子了。"说着站在沙发上，拉了拉快到膝盖的衬衫。

一米六六的身高对于女人而言不算矮了，可是相比他一米八几的身高自然是娇小了很多，衬衫穿在她身上松垮得厉害，性感而又引人遐思。

牧岩把双手伸向身后撑在沙发上，身躯呈半躺姿势仰望着她，觉得此时的安以若有种说不出的娇俏性感："你这是在引诱我。"

看着他似笑非笑的眼眸，安以若怪叫一声把他扑倒在沙发上，用细嫩的小脸蹭他的脸："谁让你这么秀色可餐呢。"

牧岩真想当场把她放倒。

可是，大白天呢。

把她挤进咖啡色沙发里，牧岩边用大手抚摸她匀称修长的小腿，边在她耳边吹气："别说我没提醒你，我是很愿意现在就从了你的。"

他刚从外面回来，手有点儿凉，再加上掌心有薄茧，摸得安以若特别痒。她笑着求饶："好了好了，不闹了，你起来我们好好说话。"

"你说不闹就算了啊，那我多没面子。"牧岩故意靠近她，作势欲吻向她的锁骨。

安以若用手捧住他的脸，可怜巴巴的："我好饿啊。"

对于她的撒娇牧岩毫无招架之力，温存地吻了她一会儿，才和她共进午餐。

安以若伸出粘了饭粒的手指，示意他要纸巾："下午还去吗？"

"事情还没处理完，得过去看看。"牧岩边说边自然地伸手把她指尖的饭粒拈下来。

明明是一个再简单不过的动作，安以若却被温暖了。

她"哦"了一声，端起碗吃饭。

牧岩给她夹菜："多吃点儿，你太瘦了。"

安以若抬头冲他笑："晚上在家吃吧，让你尝尝我的手艺。"

眉眼间皆是笑意，牧岩说："好。"

大雪纷飞的午后，她与他迎面坐在餐桌前，细细咀嚼着幸福的味道，忘记了前尘过往，抛开了未来以后，有的，只是弥足珍贵的当下。

〔 第六章 〕

一路荆棘一路爱

哪怕相爱的路上荆棘满布，

因为承诺过永不分开，我们也要坚持到底。

决不辜负当初为爱你许下的誓言。

安以若的爱情之路颇为顺畅，工作却特别不顺心，几乎每份设计稿都会被毙三次以上。

盛夏笑容很淡，再次把她的图稿掷到桌面上，声音冰冷：“安小姐，你让我非常失望。”

隐忍到了极限，安以若眼里隐隐透出凌厉锋芒：“盛总，你的无理挑剔让我无所适从。”

盛夏微眯眼：“我是你的上司，安小姐，请注意你的措辞。”

有了破釜沉舟的准备，安以若反倒冷静下来，迎上盛夏递过来的冷冽目光，她语调平衡：“上司的身份给了你挑剔的权力，但是盛总，您能否给我专业的意见，而非——”

她故意说半句留半句，意思很明显，说盛夏鸡蛋里挑骨头。

盛夏听懂了，她变了脸色：“安小姐，不要以为风行捧红了你，你就可以无所顾忌。”

“我很感谢风行的栽培。”对于欣赏她的设计风格同时给予她指导和帮助的关寒南，安以若心存感恩，“但这栽培和赏识是关总给予的，和盛总您似乎没有关系。”满意地看到盛夏的脸色更难看了，她眼眸微抬，“不是身为上司就能为所欲为。”

盛夏默了一瞬：“安小姐什么意思？”

“意思就是，您这样对我百般刁难，很没意思。”安以若把手中准备好的两套设计稿摊平放在她面前，“请盛总告诉我两份稿子有什么不同之处？”

盛夏垂下眼，目光在图稿上一扫：“安小姐拿两份一模一样的稿子考我眼力吗？”

“您也看出来是一模一样啊。”安以若的声音温度骤然降了下来，“那我就糊涂了，怎么同样的稿子送给盛总您签批，却是截然不同的结果。”

当这份稿子被盛夏无理地毙掉四次后，说安以若不灰心是假的，她沮丧得连晚饭都吃不下，坐在书房里冥思苦想问题出在哪里。却还是不愿为了迎合别人的喜好改变自己的设计风格。于是她决定坚持立场，把未做任何修改的原稿重新递上去，等着盛夏叫她来问话。

结果却令人跌破眼镜，设计稿居然通过了。

安以若哭笑不得。也终于明白过来，盛夏挑剔的不是她的稿子，而是针对她这个人。

既然如此，她主动敲开了总经理办公室的门，一问究竟。

安以若淡然自若地收起稿子，将她一军："盛总，请您给我一个合理的解释吧。"

事出必有因，她认为自己有权利知道如何得罪了盛夏。

"我不需要对属下解释什么。"抬眸看向安以若素净的脸，盛夏的眼神里隐有不屑，"还以为安小姐在修改之后可以令人满意，出于信任我甚至没细看，没想到有人耍这种小聪明。"

强词夺理的最佳演绎。

这种无聊的游戏，安以若没时间奉陪下去，她收起设计稿："下班前我会递上辞职报告。"

不被批准。

盛夏牵了牵嘴角："安小姐，我有必要提醒你的是：根据公司的合同规定，辞职需要提前三个月提出书面申请，且按时完成手中的设计，并有义务协助公司完成当季的时装发布会。"

安以若眼底涌起怒意："您这样咄咄逼人，又是何意呢？"

盛夏笑得有几分得意："安小姐是公司的首席设计师，就算是为了给韩总一个交代，我也必须按流程做事。"

那么，安以若敛了神色："最近为了赶稿，我颈椎很不舒服，搞得都没有什么灵感了，这样吧盛总，我休个年假调整一下，您觉得怎么样？"把设计稿抱在胸前，她眼里滑过一丝光芒，"根据公司合同规定，工作满半年以后的主管级以上人员有随时休年假的权利，盛总您知道吧？"语落之时，她转身离开。

下班时，习惯素颜的安以若好心情地化了个精致的妆，心情愉悦地去赴牧岩的约会，以致某位正牌男主角端详了她半天："看来我是你的悦己者。"

安以若颊边浮起红晕："我说是别人，牧大队恐怕也不会同意。我又何必多此一举呢。"

牧岩不吝啬地赞美："很漂亮。"

安以若的笑容更加明艳了。

情侣卡座里，她娇小的身影被笼罩在自己挺拔的身影之下，牧岩把一个包装简约雅致的淡紫色大盒子推过来："给你的。"

安以若极力克制着唇边笑意，心想：你要淡定，不能表现得太激动，否则他又要得意了。

然而，等她小心翼翼拆了包装，看见盒子里竟然放着一盆被称为"凌波仙子"的西洋水仙时，她怔住了。

是该夸他别出心裁呢，还是——安以若只有叹气的份儿了："估计只有牧大队长这么有个性的人才会在情人节送水仙。"低头闻了闻清香四溢的水仙，她又笑了，"有时我真搞不懂你是太浪漫还是太木讷。"

见她笑得没心没肺的，牧岩微微懊恼，抬手敲了下她额头："之前也想过送你一束玫瑰，可即便开得再娇艳，谢了就只有扔掉，不会像盆花一样，过了这次花期依然会迎来下一次。"注视安以若的眼神，牧岩告诉她自己的期待，"我希望我们的爱情，花开不败。"

花开不败？多令人向往。

在她脆弱怯懦时他送去了铃兰，誓言与她永不分开；在与她坠入爱河，共同品味爱情甘甜的时候他没有锦上添花地送上代表炽烈爱意的玫瑰，反而选择了一盆冰肌玉骨、亭亭玉立的水仙，为她带来暖暖春意，无声许下"爱她"的承诺。

牧岩不是个把爱常挂在嘴边的人，更不会刻意制造浪漫和惊喜，可如此深情，却不能不动容。安以若被他至真至诚的心意感动了。

眼里蒙上水雾，她哽咽："谢谢！"

牧岩以指腹抚过她的脸颊，轻轻拭去那滴蕴含幸福的眼泪："女人果然是水做的。"

他喜欢看她笑，舍不得她落泪，然而如果是喜极而泣，又有什么关系？

餐厅气氛极好，布置得极有情调，悠扬的钢琴曲更添了几许浪漫感觉。安以若见到几对恋人双双步入舞池，偏头看着牧岩英俊的侧脸，眼底涌起期待。

觉察到她的注视，牧岩顺着她示意的目光看过去，歉然：“我不会跳舞。”

安以若回以清甜微笑：“我教你。”说着拉起他的手，带他入舞池。

拉过他的手臂环在自己不盈一握的纤腰上，安以若旁若无人地搂住他脖子，亲昵地把脸颊埋在他颈间，引领他随着节奏移步。

牧岩悟性很高，加上亲密的二步又属于那种可以忽略技术含量的舞步，两人很快就配合无间了。

那么亲密地与他拥抱在一起，安以若心里溢满了幸福。她终于明白：爱情，就该是现在这种甜蜜的味道。她更紧地贴在牧岩怀中，似是认定他是自己此生最终的归宿。

不知不觉，不可或缺。

安以若并不知道米鱼、程漠菲她们是如何度过这浪漫的一夜，但在这个情人节，她被前所未有的幸福裹得密密实实，忘记了寒冷，心里暖暖地写满牧岩的名字，任谁都无法抹去。

当他们牵手走出餐厅，寒冷的夜风吹着她如雪的肌肤，他变魔术般拿出一条红色围巾亲手系在她脖子上。

他始终记得第一次见面时她颈间就围着一条红色的围巾，整个人像是沐浴在阳光里的精灵，耀眼而灵动，让人移不开眼。

安以若用手细细抚摸，毛茸茸的感觉令她再也忍不住唇角边笑意。

牧岩把她的手包裹在掌心：“还冷吗？”

安以若摇头：“以前最怕过冬天了，冻得我都不想出门，今年却一点儿不觉得冷。”

牧岩把她被风吹乱的长发别到耳后：“因为你有我了。”

安以若有了牧岩，被推至幸福的顶端，然而米鱼与谭子越那份不够牢固的感情终于触礁，炙热的温度在春节之后降为零度。

“和他吵架了？”安以若皱眉看着眼前憔悴的米鱼，“难怪最近这么消停，都不约我了。说吧，出了什么事？”

米鱼劈手抢过她手中的酒杯，仰头，一饮而尽。

安以若就急了：“你疯了，这不是水是酒。”

“谁说酒越喝越暖，都是骗人的，我们还傻得给生活当托儿呢。”米鱼把脸枕在胳膊上，声音苍凉地宣布，“我们分手了。”

分手？前不久才听牧岩说谭子越有意向米鱼求婚，怎么忽然就分手了呢？安以若只当米鱼是说气话：“米米，感情不是儿戏，不要轻言分手。”

“他连水性杨花的话都说出口了，难道还让我恬不知耻地赖着他？”米鱼说着眼圈突然红了，“在他眼里我米鱼竟然是个水性杨花的女人，安以若你说多可笑啊。”

米鱼脸上深切的伤心让安以若心疼：“到底是怎么回事？肯定是有误会。”

“在这个行业怎么了，难道就要出卖身体吗？别人怎么样我管不着，可我米鱼不是。”米鱼自顾自地说，“我把自己全身心地交付给他，他对我却连最基本的信任都没有。还怎么在一起？”

谭子越愤怒的脸，还有那些绝情伤人的话交替浮现脑海，米鱼说不下去了，她把脸掩在掌心里，低低哭了起来。

事情是这样：

在模特界独占鳌头的米鱼向来得广告商垂青，走秀之余常为某些品牌代言。去年公司给她拍摄了一组个性写真，发行后不久便有导演以高额片酬找她拍戏。经过为期一个月的辛苦拍摄该剧终于杀青，作为女主角的米鱼在宣传过程中必然不能缺席，为了给电影造势，影视公司要求她与剧中男友共同出席首映礼，她欣然应允。然而第二天，各大报纸杂志上纷纷刊登出她与男演员的吻照，关于他们假戏真做、日久生情的报道铺天盖地而来，由她主演的都市爱情电影因男女主角的绯闻未播先红。

身为亲密恋人的谭子越在获知这一消息时暴跳如雷，甚至不给米鱼解释的机会，他就定了米鱼的罪：“我真是看错了你，短短几个月就挨不住寂寞了？他的吻有没有让你欲仙欲死？他是不是比我还行啊？”

米鱼气极，低吼：“谭子越，在你心里我就是这么随便的人吗？你宁可相信外人都不信我？”原本想要解释的话顿时变了味，米鱼恨不能敲开他的脑袋看看里面装的是不是稻草。

谭子越双眼冒火：“照片都被登出来了让我怎么相信？你是不是以为我

谭子越是傻子，被人戴了绿帽子还当什么都没发生？我怎么那么爱你？”

米鱼急了，盛怒之下抬手挥出一巴掌，已无理智可言：“既然你认定了我移情别恋，那好，我们分手。”

“分手就分手。”脸上火辣辣地疼，谭子越走前还砸下最绝情的话，“像你这种水性杨花的女人根本不值得我爱。”

一句水性杨花把她的人格全盘否定。米鱼的心被碾得粉碎。

可她是多么骄傲的人啊，怎么可能向谭子越低头？

谭子越自认没错，又等不来她的解释，更是寸步不让。

就这样冷战至今。

爱情面前，没有强悍的人，除非没动真情。

米鱼醉得一塌糊涂，嘴里不停地骂：“谭子越你个浑蛋，我才不爱你，你去死吧。”

把米鱼送回家，安以若给谭子越打电话，结果对方关机。

站在落地窗前，她俯瞰A市夜景，回想前不久四个人还愉快小聚的情景，酸涩的感觉从胸口掠起。

爱情有种莫名的力量，可以让原本陌生的男女变成无比亲密的恋人，也可以让相爱至深的两人瞬间变成最熟悉的陌生人。

难道上帝创造了嘴这个器官，除了让相爱的人唇唇相接着亲吻，还要被吻过的嘴唇说出的话深深伤害吗？

“青春的岁月，放浪的生涯，就任这时光，奔腾如流水，体会这狂野，体会孤独，体会这欢乐，爱恨离别，体会这狂野，体会孤独，这是我，完美生活……”

慵懒沙哑的声音缓缓流出，是牧岩的专属。

安以若滑开接听键，牧岩问她：“睡了吗？”

安以若的眼眶顿时就湿了，心底被一种叫作“依恋”的情绪占满，她听到自己说：“牧岩，我很想你。”

想念他的怀抱，那么温暖有力；想念他的笑容，那么迷人柔和；想念他的一切，包括他身上特有的味道。

他笑，语气越发温柔：“要不要见面？”

安以若低低地问："你在哪儿？"

"你家楼下。"牧岩站在大切前，仰头望向八楼漆黑的窗子，"才回来，想见你。"他两天前去邻城查案，连夜赶回来家都没回就直奔安家了。

"等我。"安以若迅速收线，为米鱼锁好门，急切地往家赶。

牧岩看她房间的灯久久没亮，正犹豫着再打过去，忽然听到身后传来尖锐的刹车声。他下意识回头，待透过大灯刺目的光看清是谁的车，安以若已经扑进他怀里："牧岩。"

责备的话卡在喉里，牧岩扣住她扎在自己胸口的后脑："我在这儿。怎么了？"

安以若摇头，踮起脚吻上他温热的唇，急切而激烈。

相比接吻，牧岩更急于知道她怎么了，却躲不开她的唇。

似乎是怕他拒绝，安以若低低要求："吻我。"

牧岩心里满是怜惜，拥着她坐进大切后座，缠绵地吻她。

清晨，牧岩亲了亲犹自熟睡的女人，想到她因谭子越和米鱼的事哭得那么伤心，他轻手轻脚地起床，打电话约当事人见面。

谭子越准时赴约。

"你不是十八九岁的毛头小子，也不是今天才知道她涉足的那个行业有多复杂，处了这么长时间还信不过她？"看着眼前明显憔悴的兄弟，牧岩语重心长，"你是个男人，再大的火也不该说出那么混账的话，难道不知道心如果伤了有多难愈合？"

谭子越双手撑在江边的栏杆上，目光投得极远："当时气得什么都忘了，满脑子都是她和别人接吻的画面。"话至此，他停顿了很久，才苦涩地开口，"后来我去找过她，看着她上了别的男人的车。"

那时他站在树荫下，心里像是系了块石头，沉沉的，蔓延开来的疼痛让他迈不动步。

就这样失去了判断。

"起码该给她一个解释的机会。"牧岩以局外人的身份冷静地说，"况且，那能代表什么？难道除了你人家还不能有别的异性朋友了？别在这儿要死不活的，快去问清楚到底怎么回事。"

兄弟多年，牧岩倒是很少这么疾声厉色地训他，谭子越听进去了。

提着早点回到家时，安以若还没醒。想到是周末，牧岩索性和衣躺了回去，谁知她自动自觉地窝进他怀里，适应了新姿势后睡得更沉了。

牧岩心满意足地搂着她，睡了个回笼觉。

被持续不断的手机铃声吵醒，安以若把头抵在牧岩胸口，拉过被子把自己埋在里面。

牧岩只好把手机递到她耳边。

那位“睡美人”才懒懒地问：“哪位？”

是她的助理，说大BOSS韩宇庭回国了，召开临时会议，让她准时出席。

周末开会的BOSS，真是不讨喜。

尚未见面，安以若对韩宇庭的印象就恶劣了几分。

看看时间，她伸手推推闭着眼睛的牧岩，撒娇：“起床啦，送我去公司。”

牧岩当然义不容辞。

在车上给米鱼打了电话，那位除了声音是哑的，情绪倒已经稳定下来。安以若放下心来，一路都在琢磨晚上去找谭子越，怎么骂他的问题，所以连大切停下来都不知道。

牧岩见她眼珠滴溜溜乱转，拍拍她的脸提醒：“再不快点就要迟到了。不想第一次见面就给老板留下坏印象的话赶紧跑上去。”随即俯身帮她解安全带。

“啊？哦。”安以若回过神来，在他的俊颜上飞快地亲了一下，俏皮地说，“晚上请你吃饭，司机先生。”然后跳下车开跑。

牧岩望着她的“旋风”背影，扬声提醒：“慢点，别摔了。”

安以若已经冲进了大厦。

电梯门前，伴随“啊”的一声尖叫，高跟鞋一滑的安以若向后倒去。

胸口莫名涌起的一丝异样情愫令男人微微蹙眉，还没顾得上看清“投怀送抱”的究竟是何人，就见她踉跄着退了两步，马上要跌坐在干净的大理石地面上。

眸底滑过暗沉的光，像是受某种力量的牵引，他鬼使神差般伸出了手，在安以若即将摔倒的瞬间，眼疾手快地握住了她的胳膊，手臂略微用力，把她拉至身前寸许。

待看清眼前那张娇颜，男人的胸口猛地一荡，带着桃花色泽般的眼眸骤然沉寂下去，竟说不出一句话。

安以若倒吸了口气，抬头时，清澈的眸光瞬间跌进一双深不见底的眼里。她整个人呆住，僵在那里忘了反应。

男人拥有精致的五官，完美英俊的脸，唯独犀利的眼神复杂难明，隐约带着疏离淡漠之感。但这些并不足以令安以若怔忡，反是自他眼底深处散发出来的那种既陌生又熟悉的感觉让她心口骤然一紧。

似曾相识。

可是，清瞳牢牢锁定在他的脸上，安以若大脑快速运转，试图搜寻关于这双眼睛的所有记忆。

却失败了。

男人的失神仅仅只是一刹，他迅速敛去眸光中的锋芒，绅士般松开了手，温和有礼地询问："还好吗，安小姐？"有如大提琴般低沉的声音。

安以若愕然："——韩总？"

神秘的韩宇庭终于露面。

会议室里，他神情淡漠地坐在舒适的靠背椅中，犀利的目光逐一扫过众人："各位辛苦了。回国突然，加之停留时间不会太长，打乱了大家的周末计划。"恩威并重的语气，轻而易举地温暖了各位经理郁闷的心情，众人紧张的神色渐渐缓和下来。

秘书开始分发打印好的资料，韩宇庭低沉的声音回荡在会议室里。从风行去年的业绩到如今的财务状况，从过往发布会的不足到本次发布会的筹备，大到公司的未来发展，小到发布会需注意的细节，气势如暗涌之流，而他对公司整体运作的了如指掌令在场的人佩服。

听完各部门经理的发言，韩宇庭坐直身子，双手交握放在身前，弯唇牵起一抹耐人寻味的笑，只是那笑意只停留在嘴角，没有蔓延至眼里："公司的发展需要各位鼎力相助，希望大家全力以赴，把风行推至极盛。"

果然，他在制订目标时也不过是轻轻的一句话。

然后，他话锋一转，"安小姐，你这次的设计别出心裁，摒弃了之前清新宁静与魅惑性感的结合，打破常规地让服装在尊贵中隐现了一丝堕落气质，相信作为此次发布会的主推系列将极具特色。”侧着看了眼坐在右手边的盛夏，似是斟酌措辞，再开口时语气依旧平静温和，“盛夏，你建议以大胆性感的设计作为巴黎总公司下季发布会的主推系列，我也正有此意。这件事就辛苦你全权负责。”

简单的话语，一针见血地道破两人之间无声的对垒，轻描淡写间中立了自己的位置，重用安以若之余扶持盛夏向更高一步迈进。

安以若无话可说，盛夏也不反驳，始终没有敲定的发布会主推设计被韩宇庭一锤定音。

原来，大将之风就是他这样子。仿佛做任何决定，都是云淡风轻。

会议持续了整个下午。散会时，韩宇庭留下盛夏，安以若随众人走出会议室。回自己办公事整理了一下，离开公司时，与韩宇庭在电梯口相遇。

“韩总。”安以若礼貌地打招呼，微微退开一步，对于之前的莽撞相遇多少有些尴尬。

韩宇庭沉寂地望着她，轻轻笑了：“安小姐让我大跌眼镜，很意外生活中的你和照片中给人的感觉如此不同。”

原来是翻阅过员工资料。安以若对声音很敏感，凭之前的一通电话猜出韩宇庭的身份，还在奇怪他是如何认出她的。闻言，她微笑以对：“工作照当然要更显得端庄些。”

她的笑容是礼貌而疏远的，韩宇庭觉察到了，目光落在她纤长浓密的睫毛上，他笑了笑表示赞同。电梯门在这时打开，他示意女士先行。

电梯时，安以若垂下眼一言不发。韩宇庭幽深的眼眸锁定在她的背影上，似是有千言万语，又似无话可说，合了合眼，他试图把某些想法压下。

当红色指示灯提示五楼时，“咔嚓”一声，电梯不知什么地方响动了一下，紧接着顶灯忽明忽暗地闪动了两下。

安以若不解地抬头，正欲说话，唯一的光亮忽然熄灭。随后伴着一声更大的巨响，悬在五楼的电梯似是有地方断裂开来，与外间墙壁产生刺耳的摩擦。

面对突如其来的漆黑，安以若心生恐惧，下意识向韩宇庭靠近了几分，她声音听上去有些慌乱：“怎么回事？”

韩宇庭皱眉，忽生的保护欲让他放柔了语调安慰：“别紧张，应该是电梯故障。”语音未落，传来“咔嚓”一声巨响，像是铰链断裂的声音，原本悬着的电梯霎时摇晃起来，似是在下一秒就会直直坠向最底层。

“啊！”安以若立步不稳，重重地撞在电梯壁上。

韩宇庭也险些摔倒，勉强站稳后伸手握住她手腕：“怎么样，还好吗？”

“没，没事。”安以若试图镇定，颤抖的声音却出卖了她。

意识到事态的严重性，韩宇庭右手扶住她，左手伸进西装内袋里摸手机，然而当他尚未触及手机时，电梯一阵剧烈震动，承重的铰链再也支持不住彻底断掉，厢体忽然倾斜向一边，与外面水泥墙壁剐擦之下带着两人朝着写字楼底层急速跌落下去。

“小心。”或许是出于男人的本能，在那个瞬间，韩宇庭用力一扯，不顾自身安危把安以若的身体护在怀里。

安以若头晕目眩，根本无力思考，只能任由身体随着电梯一摔到底。

“咣当”一声，冲力十足的撞击过后，歪斜的厢体被狠狠摔至最底层。

安以若有短暂的失聪，头更是嗡嗡地疼起来。

一分钟，两分钟，一切静止下来。

发现她的异样，韩宇庭焦急地问：“你还好吗？”

安以若张了张嘴，却没有发出声音，她闭上眼调整呼吸，半晌才靠着梯壁坐起来，摸出自己的手机按下快捷键位。

微弱的光亮在黑暗中不停闪动，终于被对方接起，是牧岩：“以若？”

安以若瞬间哽咽：“牧岩，我被困在公司的电……”

没机会说完整句，电话里已经传来忙音。

安以若身陷黑暗之中，没有发现韩宇庭在听见“牧岩”名字时眼底突现的杀气，只是不停地持续拨打电话。

却拨不出去。

韩宇庭情绪平复，他不顾手臂钻心的疼接过手机，看看显示屏：“没信号了。”

安以若挫败地垮下了肩膀。

电梯顶部的通气孔因剧烈的晃动与撞击已经闭合，电梯里的空气越来越稀薄。不知过了多久，感觉像是半个世纪了，安以若有些呼吸困难，就连大脑都因缺痒渐渐混沌。

在办公室翻看案例的牧岩接到安以若的电话，听到她虚弱的声音时倏地从座椅中站起，迭声问："以若？以若？你怎么了？"边回拨过去边往外走，大脑里开始回想她只说了半句的话，冷静地分析出她被困在哪里。

大励见他脚步匆忙，急急跟上来："头儿，你去哪儿？"

安以若的手机当然是打不通的。牧岩疾步向停车场而去，同时对身后的大励交代："打电话到消防支队，让他们立即赶到天和广场银科大厦，有人被困电梯。"

警铃置于车顶，提示道路上的车辆让行，牧岩踩下油门。原本半个小时的路程，他仅仅用了十五分钟。

牧岩赶到银科大厦时，消防支队的指战员已经赶赴现场。牧岩亮出证件，迅速向物业值班人员了解情况，查看过后发现确实有一部电梯无法运行，便协同电梯维护员一起与指战员赶赴底层进行实地观察，仔细看过电梯结构之后研究救人方案。

当机动液压工具把电梯门顶的缝隙最大限度撑开时，紧急救援工作已持续了40多分钟。

牧岩趴在电梯顶部，把指战员托起的安以若抱出电梯。望着她苍白的脸，他焦急地唤："以若，醒醒，以若？"

牧岩把安以若抱起来转身要走，下面的指战员喊道："还有一个人。"

他停下脚步，回头。

韩宇庭被救出来后，焦灼的目光直直地投向安以若。

牧岩的神色几不可察地变了变："请问这位先生是？"

韩宇庭的目光不得不从安以若身上移开。他抬头，与面前气宇轩昂的牧岩对望："韩宇庭，风行董事长。"

是以若的新老板。但这双眼睛，怎么有似曾相识的感觉？

四目交凝的瞬间，两人的瞳色同时变深，牧岩心底更是莫名地涌起一股说不清道不明的异样。然而大脑快速运转过后没能搜寻到眼前陌生面孔的信息，于是他说："韩先生有没有伤到哪里？"目光已不着痕迹地落在韩宇庭没有抬起的右臂上。

"没事，先送她去医院，不知道刚才有没有撞到头。"尽管很克制，韩宇庭眸底流露出的焦急与关心也是无从掩饰。

牧岩面上不动声色，微微颔首后疾步向大厅外的救护车走去。

寂静的夜，空气中沉郁的气息让人喘不过气。

牧岩坐在床边，体贴地为安以若拉了拉被角，起身去急诊室。他神色冷静镇定，目光落定在韩宇庭包着纱布的手臂上："韩先生的手怎么样？"

"无碍，小伤。"韩宇庭没有抬眼，拉下衬衫袖子穿上外套，"安小姐怎么样了？"

"没事，只是崴了脚。"牧岩语气诚恳，"这次多谢韩先生。"

发生那么严重的电梯故障安以若却没有受任何外伤，只是因为缺氧导致暂时性昏迷，牧岩心知肚明是因为韩宇庭的保护。

印在心底的伤再次浮现上来，把韩宇庭逼至疼痛的死角。他冷冷地看向牧岩，心骤地缩紧，但开口时声音还是力图平静："不必客气，换作是你，也会是同样的反应，男人的本能罢了。"

男人本能？牧岩从容微笑，从骨子里散发出来的迫人气势却是锐不可当，与韩宇庭对上的目光带着几分探究、霸气和凌厉，有着不易被觉察到的冷酷淡漠。

"韩先生伤了手不便开车，这样，我送你回去。"心思在瞬间百转千回，牧岩忽然动了进一步探究韩宇庭的生活的念头。

韩宇庭没有拒绝的理由："那就有劳了。"

牧岩弯唇："理应如此。"

车子平稳地滑入街道，一路上两个男人默契地选择了沉默。牧岩目不斜视地望着路面，神情专注地开车，直到手机铃声响起，他戴上耳机接听："以若，醒了？有没有哪里不舒服？饿了啊？好，我知道了，你乖乖躺着别动，我最多二十分钟就回去了。"

收线时，眼角余光瞥到韩宇庭凌厉的神情，牧岩微微蹙眉。

到达韩宇庭所住的酒店，他说："谢谢。"

牧岩没有下车："不多打扰了，韩先生早点休息。"

韩宇庭颔首。

牧岩升起车窗，离开。

透过倒车镜看见韩宇庭站在街边没动，牧岩唇角抿成一条线，他毫不犹豫踩下油门，白色的大切在暗夜中急驰而去。

直到视线之内是空的，韩宇庭才面无表情地回到公寓。

偌大的客厅内灯光尽灭，黑暗中的男人站在落地窗前，静默良久。

停好车，牧岩摸出手机回拨给古励。

电话响了一声被接通，古励急问："怎么回事头儿，整得我莫名其妙。"

之前在车上接的电话当然不是安以若打来的，她还在昏睡着呢。莫名地，牧岩就是想试探一下韩宇庭，所以当看到来电显示是大励时，他格外亲昵地说出那些话，而韩宇庭微变的神色令他越发不解。

或许是受职业影响，牧岩素来敏感，他能在那道目光中感觉出韩宇庭对安以若的不同。那种无可奈何，那种眷恋不舍，绝对不该由一个初次见面的人眼里传递出来，即便是一见钟情，也不可能如此深刻。

他忽然有种不好的预感。

牧岩快速整理好情绪："没什么，找我有事？"

大励也去了银科大厦，但由于临时有任务，没能去医院，所以打电话询问："嫂子怎么样，醒了吗？"

牧岩如实相告："还在昏睡，不过没有大碍，只是崴了脚。"

大励放心了："那你好好照顾嫂子吧，队里的事有我。"他说完有心挂电话，却被牧岩叫住，待听懂那边的交代，他神情严肃，"我知道了，尽快给你结果。"

牧岩回到病房时安以若还没醒。

借着投射进来的月光，牧岩静静凝视着她的睡颜，情不自禁地低下头吻了吻她额头："一点儿也不让我省心。"说着移坐到床边，在不惊醒她的情况下小心地把安以若搂进怀里，"好好的周末还吓我一跳。"

似是听到他的抱怨，昏睡的安以若轻轻呓语了声，小脸自然而然地往他胸口处蹭了蹭。

牧岩轻笑，搂着她倚靠在床边，闭上眼睛若有所思。

清晨，安以若呼吸着清新的空气醒过来，当发现是躺在病床上，才想起被困电梯的事，偏头看到牧岩的俊颜，微笑着用脸去蹭他的下巴，像只小狗。

牧岩伸手按住她不安分的脑袋，慵懒沙哑的声音特别迷人："睡醒了就不老实。”

安以若往他身边凑了凑，抱住他窄腰：“醒了就看见你真好。”

牧岩显然很受用她的撒娇，闻言笑了：“那就早点儿嫁给我，保证每天睁开眼就能看到我。”有了那么亲密的关系后，牧岩提出结婚的申请，被安大小姐以还没谈够恋爱为由驳回，令他产生深深的挫败感，所以一有机会就念叨。

这次也一样，安以若掐了他一把：“这就算求婚了啊，一点儿情调都没有。”

牧岩也不生气，只关心：“有没有哪里不舒服？头疼不疼？”

安以若甜甜一笑，握住他的手舍不得松开：“病房里有点儿冷呢。”

眉头舒展，牧岩伸手把她揽进怀里暖着：“有没有好点？”

当然好多了。安以若隔着衬衫亲了他胸口一下。

做过全面的检查，确定除了崴到脚之外再没有什么问题，牧岩才给安以若办了出院手续，然后送她回家。安妈妈见女儿被牧岩抱回来，吓坏了：“这是怎么了？病了吗？”

“阿姨别担心，她只是崴了脚走路不方便。”牧岩解释完，探身向客厅里的安父打招呼，“安叔叔，我送以若回来。”

安父点头，看向安以若的目光有着些许责备之意：“怎么搞的，你就不能安分点儿？”

安以若瘪嘴：“电梯坏了又不怪我。”

牧岩见她可怜巴巴地向他求助，才知道原来安大小姐挺怕未来岳父的，于是替她解围：“昨天银科大厦的电梯出了故障，她被困在里面，摔倒时崴到了脚。”

安父的脸色缓和过来：“也就牧岩管得了你。”

与安妈妈对望一眼，又低头看了看嘟着嘴的安以若，牧岩笑了，笑容异常温柔。

牧岩把安以若抱进卧室，放到床上安置好了，轻刮了下她的鼻子：“好好躺着，我出去和安叔叔说话。”

安以若耍赖：“不理他，陪我。”

“听话。”牧岩俯在她耳边悄声说，“我得去把岳父哄乐呵了，不怕你不嫁给我。”

安以若眉眼弯弯的：“我不接受包办婚姻的。”趁牧岩俯身为她拉薄被的机会，她正想咬他脖子一口，忽见老妈站在门边，脸腾地就红了，“妈妈，你怎么偷看人家？”

安妈妈也不回答她，只亲切地看着牧岩：“牧岩啊，这下你知道这丫头有多不讲理了吧。”

牧岩笑容温和：“知道您疼她啊，就有恃无恐了呗。”

安以若抗议：“我才没有！”

盛情难却，牧岩被安家二老留下吃晚饭。正坐在客厅里陪老爷子下棋，突然听见安以若的房间传来“扑通”一声响。

安父骤然抬头，牧岩倏地站起身，疾步走进她房间。

安以若正呈“大”字状狼狈地趴在地板上。

看着她不雅的姿势，牧岩轻责：“还嫌伤得不够重？让你老实躺会儿怎么就不听呢？又要干什么？”

安以若灰头土脸地坐在地板上，委屈得像个小媳妇：“人家睡不着嘛，想起来去客厅看看你们在干什么。结果才单脚跳了一步就被自己绊倒了——”

牧岩叹气，弯身把她抱起来：“前晚开飞车的事还没和你算账，现在又接二连三地闯祸，是不是想写检查？”

“什么嘛，我才没有。”提到前晚自然想到由于她的主动引发的激情事件，安以若脸颊绯红，“我又不是你手下，才不要写。”

“还犟嘴。”伸手掐了掐她的脸蛋算是惩罚，牧岩板脸训她，“说过你多少遍开车慢点儿，全当耳旁风，让你躺会儿也能摔跤，有时候真怀疑你是怎么长这么大的。”

这个男人啊，表达关心的方法似乎就是用比平时严厉的口气训她。

真是，可爱极了。

摔跤导致的懊恼烟消云散，安以若笑得灿烂：“爸妈养大的呗。”说着伸手抚平他纠结的浓眉，一脸俏皮，“训完了没有啊，牧大队？要是训完了就抱我出去坐会儿呗，我要看电视。”

牧岩双手抱胸："不是很能蹦吗？刚好表演单脚跳，还用我抱？"

安以若才不管，朝他伸出胳膊，拉长了音调撒娇："抱抱！"

毫无招架之力。

牧岩俯身把她抱起："这么大了还撒娇，也不怕被人笑。"把人抱出去放在舒适的沙发里，又体贴地递上遥控器。动作熟练，一气呵成，竟像是做惯了的。

安父见状嘴角噙着笑意："牧岩啊，以后可不能这么惯着她。"

对于他胳膊肘向外拐的行径安以若表示不满："爸爸，我不是您亲生的吧？"

见父女俩为他"反目"，牧岩宠爱地揉揉安以若头发："本来就傻乎乎的，这下摔得更笨了，又开始习惯性胡说八道了。"

见安以若朝牧岩瞪眼睛，而某人又温柔地瞪回去，安父笑了。他觉得面前这个坦荡磊落的年轻人，才是能承载女儿幸福的。

牧岩成了安以若的专属司机，负责接送她上下班，期间曾偶遇过韩宇庭，他的表情总是淡淡的，微微颔首算是打招呼。

牧岩心中的疑团渐大，但他没有表现在脸上，更没和安以若提过什么。

安以若脚好时风行新一季时装发布会正好召开。她以设计师和主秀的双重身份亮相，惊艳全场。高耸的发髻弥补了她非专业模特的身高遗憾，质地柔软的绸缎礼服更衬得她娇俏妩媚，玲珑的曲线，从容的步伐，得体的肢体语言，把服装的特点展现得淋漓尽致。

发布会空前成功，现场订单数额创历史新高。韩宇庭站在台下，看着她傲然立于偌大的T台中央，笑容自信粲然，眸光不自觉地转成深沉的复杂。

一切似乎都在他掌握之中，唯独自己的心，不受控制。

感受到全场投来的目光，韩宇庭敛下眼，他抬步上台，把缀着满天星的蓝色妖姬递到安以若手中，当众宣布："鉴于'意'系列取得的成绩，公司决定为安以若小姐申请商标注册。"

全场哗然，掌声雷动。

拥有自己的品牌是所有设计师梦寐以求的，可莫名地，安以若觉得心下不安。

庆功宴上安以若推托不过喝了点儿酒，感觉到脚步虚浮，她借口去洗手间，保留着清醒给牧岩打电话，然后在走廊里碰上了韩宇庭。

韩宇庭见她立步不稳伸手欲扶：“还好吗？”

却被她不着痕迹地避开。

安以若微微地笑：“谢谢韩总关心，我没事。”

掩去眼底失望的情绪，韩宇庭若无其事地收回手，心里忽然有了决定：“下个月巴黎有一场中国服饰秀，我有意让你和盛夏过去。”

对于实力雄厚的时装公司而言，这算是对旗下设计师的培训，而且又是与盛夏同去，安以若没作他想：“谢谢韩总给我这个机会。”

韩宇庭神色淡淡的：“具体的行程和时间，盛夏会通知你。”

他说完就走了，留下安以若站在原地醒酒。

二十分钟后，牧岩驱车来接安以若，见她在为自己未能来观看发布会生气，他保证：“这段时间有点儿忙，保证下不为例。”闻到她身上浓重的酒味，他有些不悦，“不是说过我不在的时候不许你碰酒，怎么不听话？”

安以若语气有点儿冲：“谁让你没来。”

牧岩沉下脸：“就因为我没来，你更不应该喝。”

见他真生气了，安以若负气似的说：“以后再不喝了呗。”

牧岩睨她一眼：“明天写份检查给我。”

安以若哼一声：“职业病。”

古励办事效率很高，在风行的新品发布会结束后，韩宇庭的资料就调查完了。把文件袋推到牧岩面前，他笑：“干吗查嫂子老板啊？难不成他有非分之想？”

牧岩眼皮都没抬一下：“别没事学人家八卦，无聊的话可以去训练场跑圈。”

大励“嘿嘿”笑了两声，对于老大百年不变的冰山脸已经百毒不侵了：“不过这个韩宇庭还挺难查。”

牧岩不解：“怎么？”

“他去年五月出过一场车祸，当时记载是特大交通事故，卡车司机当场死亡，而他也伤得非常严重，昏迷了整整一个星期。”他抽出其中一份资料递给牧岩，“这是医院的报告。”

“病危通知书？”手指轻叩桌面，牧岩脸上疑惑的表情更深了，“在病危的情况下从医疗条件最好的医院转走了？”低沉的声音像是自言自语，他翻了翻资料，没有找到想要的，“转去了哪家医院？”

大励挫败：“查不到。”

“查不到？”牧岩定睛看他，似是不信。

大励摊手表示无奈：“完全查不到。他的资料有八个月是空白的，今年年初才开始在巴黎露面。”

牧岩敛下眼，神色凝重了几分：“也就是说他出院后到他再次出现之间的八个月？”

答案是肯定的，大励点头。

牧岩沉默片刻，在翻开另一份资料看见那张照片时忽然怔住。

大励顺着他的目光看过去：“是韩宇庭的未婚妻，原本去年十月就该是韩太太了。”

居然是盛夏。

牧岩的眉头拧得更紧了。

等大励离开办公室，他打了谭子越的手机。

接通后，谭子越语有不善：“什么事？”

“吃火药了？”过大的音量令牧岩下意识皱眉，听出那人心情不爽，他直切主题，“前几天你不是和我说她回国了吗，有没有电话？”

“谁啊？”谭子越一怔，左手拿着手机，右手一把扣住米鱼的手腕，“啊，你说盛夏啊，有。你要？”

废话。牧岩沉声：“把号码给我。”

谭子越来不及翻通讯录，先把挣扎的米鱼拉至身前寸许：“你这女人怎么回事，有完没完了？”

牧岩反应过来：“先料理你的私事吧，号码随后发给我。”

“随后就忘了，你等一下。”谭子越已经翻开手机通讯录，“记，139466……哎，我提醒你啊，别吃着碗里的看着锅里的，要是翻了船……”

牧岩记好号码：“我从来都是端着锅吃。”说完就挂了电话。

“死木头。”谭子越低骂，收好手机把米鱼往怀里按，嘴里振振有词，“我不是神仙，哪里会知道照片是借位拍摄，再说了，如果你离他远点儿，记者上哪儿借去？还有那个男人，你不说我怎么知道是你爸派来的司机。”

米鱼趁他不备，使劲踢向他脚踝：“你个浑蛋，错了还有理了。”

谭子越吃痛：“谋杀亲夫啊你！我告诉你米鱼，差不多就行了啊，别太过分，再嘚瑟我真不要你了。”之前被牧岩大清早揪起来奚落了几句，后来又接到安以若的电话被痛骂了一顿，某人想通之后去道歉，结果折腾好几天愣是没见着人，今天好不容易把米鱼拖来家里，两人吵了快一小时了。

“说得好像我多稀罕你似的，给我滚远点儿。”米鱼的倔劲也上来了，想到他说她水性杨花就气得不行。

“不稀罕是不是？”谭子越像扛米袋一样猛地把她扛上肩，疾步往卧室走，“看来还是你的身体比较诚实。”

米鱼展开最惨烈的挣扎，开始拳打脚踢：“谭子越！”

噼里啪啦的声音相继传来，像是什么玻璃制品破碎的声音，紧接着是谭子越的吼声和米鱼含糊不清的咒骂声，然后，房里终于安静下来。

那边谭子越与米鱼之间的警报解除，这边牧岩静坐在办公室里按下盛夏的电话号码却始终没有拨出去。深锁的眉头，凝重的表情，足以说明他有多犹豫。

有些人，有些记忆，是他用了多年时间才沉淀下去的，不到万不得已，牧岩不想触及。然而他又是那么急切地想要知道关于韩宇庭的一切，这令眼前的捷径越发充满了诱惑。

手机毫无预警地响了，是安以若。

牧岩接起，电话里传来女朋友的清甜笑语：“还在忙吗，牧大队？”

牧岩原本严肃的表情瞬间柔和下来：“正准备走，等我去接你。”险些忘了两人约好今晚回他那边吃饭。

“都几点了你才准备走？”安以若轻声抱怨，“人家在公司等了你半个小时，打电话还占线，已经自己回来了。”牧岩早就给了她公寓钥匙，不过今天是第一次用，心情很奇特。

低头看了看时间才发现已经快八点了，牧岩抓起外套起身：“对不起啊，忘了时间。”

“回来再审你。”安以若挂电话前不忘交代，“开车慢点啊。”

牧岩回来时，餐桌上已经摆好了精致的三菜一汤。

安以若正在书房里整理带回来的画稿，听到开门声，她赤脚跑出来：“你回来了。”

在那一瞬间，牧岩觉得住了多年的公寓终于有了家的味道，而此时的情景就是妻子做好饭菜等他回来。他大步走过去抱住安以若，缠绵地吻她的脸。

安以若被他下巴上隐隐的胡楂儿弄得好痒，“咯咯”笑着推他去餐厅：“快洗手吃饭。”

牧岩不依不饶地搂过她温存地吻了好一会儿，才把她抱到餐厅放到椅子上，然后主动给她盛饭，惹得安以若奇怪：“无事献殷勤，非奸即盗。说，回来这么晚，是不是做了什么对不起我的事？”

牧岩抬眼看她，漫不经心：“胡说八道的后果就是会被我收拾得没力气下床。”除了写检查，他有更好的办法治她，而且乐此不疲。

安以若闻言面孔微红，小脚在桌下踢了下他的长腿。

席间，牧岩不着痕迹地把闲聊的话题从她的工作转到风行上：“风行是以五亿的价格被收购的？”

安以若点头：“是啊。”

“以风行在业内的名气你觉得它值五个亿吗？”

“应该不值，否则关总不会那么高兴。”

风行是关南寒毕生心血，如果不是物超所值，他不会心甘情愿拱手相送。

“在被收购之前，韩宇庭有派人来评估过吗？”

安以若摇头：“我是一点儿风声都没听到。”

眼底闪过深谋的精光，牧岩沉默了片刻：“离韩宇庭远点儿。”

“说什么呀。”看着他严肃的表情，安以若皱眉，“我们只是上下级关系。”

“我知道。”牧岩定睛看她，郑重要求，“那也离他远点儿，听见没有？”

眼波停留在他脸上，她乖顺地应下：“知道啦。”

他笑，摸了摸她的头发："乖。"

安以若误以为："我和韩总可是什么都没有。"

为免她担心，牧岩故意转了风向："你当然是没什么，难保他不会对你有想法。"

安以若撇嘴："你想多了吧，我哪有那么讨人喜欢。"

牧岩似笑非笑："你只要讨我喜欢就够了。"

安以若瞪他一眼。

安以若洗完碗从厨房出来看见牧岩站在落地窗前出神，或许是黑夜的缘故，挺拔的背影微显沉重。她轻手轻脚地走过去，自背后抱住他的腰，把脸贴在他宽阔的背上："想什么呢？"

牧岩伸手把她拉至胸前搂住，眼眸里蕴藏的东西被掩入暗沉的夜色里："才发现A市的夜景这么美。"繁华的都市背后掩藏着许许多多不为人知的秘密，他正思索如何去发现某个惊天的秘密。

他本就是个时而深沉、时而幽默的男人，安以若自然发现不了如蛛丝般的微微异样。垂下双睫，她笑了，觉得此刻的相拥异常甜蜜，忍不住轻轻叫了他的名字："牧岩？"

"嗯？"牧岩闭着眼睛慵懒地应了声，心绪还在游离。

小手覆在腰间他的大手上，安以若柔声曼语："最喜欢你从背后抱我。"似是猜到他会疑惑，她解释，"这样的姿势有心心相印的感觉。"他的心叠着她的，亲密得再无一丝缝隙。

牧岩无声笑起来，收拢手臂将她搂得更紧了些，让她的背紧紧贴着他的胸膛，倾听彼此的心跳，一下又一下。

夜里，激情褪去，安以若猫儿般沉沉睡去，牧岩侧身搂着她，疲惫中凑过去亲了亲她光洁的肩膀："对不起，让你受委屈了。我不知道是她。"

不知道是盛夏，故意为难于你。

所谓相爱容易相守难。牧岩已然意识到某种潜在的危险，一天不破除他终究放心不下。经过彻夜的思考，原本的犹豫到底被要保护安以若的决心冲散，他决定给盛夏打电话。

午餐时间，韩宇庭来到安以若的办公室："和我去趟贝勒斯休闲会所，香港运十集团的陈总来了。”

工作事宜，安以若没有理由拒绝，她利落地收拾好画稿，离开公司。

身为风行老板韩宇庭很少应酬，偶尔推托不过也是携盛夏前往，带她去见客户还是头一回，安以若在路上时忍不住说：“运十的订单一直是盛总负责的吧？”

“秘书说她出去了，我没打通她手机。”韩宇庭专心注意着路况，轻描淡写地说，“陈总是我们的老客户，现在他来了，我们该尽一下地主之谊。”

原来如此。安以若没有忘记昨晚牧岩才说让她离韩宇庭远点儿，于是不再说话。

没有堵车，很快就到了会所楼下。

韩宇庭很有绅士风度，像是知道她穿着高跟鞋走不快有意放慢了脚步。安以若跟在他身后，在侍应生的引领下往事先订好的包间走去。在经过一间半敞着门的雅间时，她余光忽然瞥到一抹熟悉的身影。

退了两步在门外停下，安以若看见牧岩挺拔的身影背对她坐在里面。脸颊上浮起浅笑，她正准备和他打个招呼，里面传来一道女声：“我还以为凭你对书慧的深情会终身不娶呢。”

淡冷讥讽的语气，熟悉的嗓音，不是盛夏，还能是谁？至于书慧——听到这个完全陌生的名字，安以若忽然就想到，那次小聚时谭子越的欲言又止。

会有关联吗？

思索间，里面的牧岩开口了：

“过去的事情我不想再提。”低沉淳厚的声音带着不易觉察的冷漠疏离。

盛夏冷声质问：“难道你忘了书慧是怎么离开的？”

对于牧岩而言，书慧的离开似是沉重的打击。因为他明显沉默了一下，才说：“我没忘。可是要我怎么样呢？七年，难道还不够吗？”无可奈何的语气。

“你就打算用一句难道还不够抹杀了一切？如果不是你太固执，她怎么会死！”盛夏无情地指责，语意间听得出心底的悲凉，“牧岩，我没立场要求你一辈子把她放在心里，甚至终身不娶。可我却忘不了一滴滴鲜红的血是怎么从书慧身上流出来的。我忘不了。”

那个仅比自己小三个月的女孩子就那样离开了人世，从此与她这个表姐天人永隔。时隔多年，盛夏依然无法放下对牧岩的恨。

如果不是他，书慧不会死。

记忆复苏，盛夏哽咽：“是你害死了她。”

脑海里瞬间浮现出何书慧倒在血泊中的情景，牧岩的胸口迸裂般疼起来。

没错。要不是他，书慧不会死。

牧岩仰头，再开口时低沉的声音透着苍凉之感：“是我的错。如果不是我，书慧不会死。”残酷的真相不容他逃避或是推卸责任。那段沉重的往事，那份因死亡而终止的爱恋让他的心疼了整整七年，可即便是他死她也不会活过来，除了让自己站起来，牧岩别无选择。

他是个理智的人，在经历过痛苦与崩溃之后，终于从阴影中走出来。

可惜，不是每个人都能如此理智以对。

手中的资料袋滑落在地，仿若是几人绷紧的心弦断裂的声音。

肺腑内被疼痛占满，紧密得没有一丝喘息的空间。向来沉静的眼眸波涛汹涌，安以若几乎有落荒而逃的冲动。空调的温度仿佛又低了几度，她如置冰窖，被冻得瑟瑟发抖。

想要捡起掉在地上的资料，已经有人抢先了一步。

是韩宇庭。

见她没有跟上来，他退回来：“怎么了？”

这时牧岩听到背后的声音转过身来，脸上的沉痛尚来不及褪去，已看见安以若脸色苍白地站在那里。

与他视线相触的瞬间，安以若有种被隔绝在世界之外的错觉。尽管还不清楚牧岩与书慧的过往，已经猜到，那对他而言，是一段极为铭心厚重的感情。与萧然不同。

似是对眼前发生的事情完全一无所知，韩宇庭探究的目光淡淡地扫过盛夏，落定在牧岩沉郁的脸上。

不是巧合。牧岩冷静下来，有种被人摆了一道的感觉。

极为意外的见面，带着不易被人破解的微妙。

四个人迎面而立，沉默着。

空气中弥漫着复杂的情愫，浓郁地挥之不去。

牧岩先动。他走过去拉安以若的手，发现她的手凉得冰人。而他手上的温暖让安以若控制不住眼里上涌的热气。

心下难过，如鲠在喉。

盛夏的目光越过安以若落在韩宇庭身上，淡定自若："宇庭，你怎么来这儿了？"

韩宇庭牵了牵唇角："不打扰你和朋友叙旧了，我约了运十的陈总。"他看向安以若，"以若，陈总还等着我们。"他说完就朝隔壁间而去，似乎知道安以若不会失礼离去。

看着盛夏蕴含敌意的眼睛，安以若觉得再多停留一秒，就会溺水而亡。她神情萧索地抽回手："我陪韩总来见客户，先走了。"

与牧岩错身的瞬间，手臂再次被握住。

牧岩的瞳色深了几分，声音带着不容拒绝的语气："下班我去接你，到时候和你说。"

原来，他的过去不仅仅只有萧然而已。

一时间，安以若无法消化。

见她眼中浮起雾气，牧岩在心里叹了口气，指背轻触她透出倔强和伤心的脸，意识到自己犯了个天大的错误，因为他确实刻意隐瞒了过去。

安以若没拒绝也没答应，只是挣开他的手，默然离去。

和陈总见面时，安以若表现得很差。她失魂落魄，一脸倦意，全然不知韩宇庭和陈总谈了什么，只努力地想把零散的记忆拼合起来，以寻些蛛丝马迹弄清楚牧岩与盛夏、与书慧之间的过往。

当然是徒劳。

安以若恍然发现，她对牧岩的了解实在太少。这个认知，让她的心一沉再沉。

牧岩，我们不是说好了永远在一起吗？为什么你对我没有坦诚以对？关于你的事情，无论是好是坏，无论是否关乎情爱，我都可以接受，一如你接受我的过去一般。你是对自己没信心，还是对我没信心？

无数情绪疯狂交织，一颗心疼到无以复加。眼前逐渐变得模糊，似是隔着无从散去的浓雾，她再也看不清周围的一切。

走出会所时，她甚至适应不了午后强烈的日光，下意识地伸手遮住眼睛："韩总，我有点儿不舒服。"

她的心伤和憔悴韩宇庭怎么会看不出来？他眼眸深不见底，开口时声音有别于平日的低沉，关心之情溢于言表："我送你回家。"不等她拒绝，已径自打开了车门，等她上去。

安以若拒绝不了。

外来车辆无法进入小区，韩宇庭只把安以若送到小区正门。

她道谢后下车，没有回头。

望着她单薄的背影消失在视线之内，韩宇庭淡冷的眸色一沉再沉。他仰头望着天际翻涌的乌云，极力压住心间一跃而起的复杂情绪。

不该再招惹她的，可冒险回来真的与她无关吗？

说出来，连自己都不相信。

何必自欺欺人？

安以若怎么也没想到影视剧里才有的戏码会在自己身上上演。当接到盛夏电话时，原本拒绝的话被她一句"难道安小姐怕知道他的过去"给堵了回来。反正已经知道他有过一段深刻的感情，安以若反倒不介意听听盛夏的版本。

如约前往。

漫咖啡里一片静寂，安以若和盛夏迎面而坐。

安以若无意识地搅着咖啡，耐心等待她先开口。

盛夏语出惊人："你会离开他吗？"

离开牧岩？面对这个颇带挑衅的问题，安以若语气坚定："不会。"

这样的回答令盛夏多少有些意外。但她只是不动声色地笑了笑，然后思绪飘远。

漫长的十几年岁月，有些不知从何说起。

浓香袅袅中，安以若获知了牧岩与何书慧的过往：

何书慧是个清幽若菊的女子，和牧岩属于青梅竹马、两小无猜的那种初恋。

牧岩读初一时，何书慧搬进他所居住的小区。很巧的，他们就读的学校只隔了一条街。因两家长辈是旧识，牧岩自然而然地带她上下学。后来他上了警校，何书慧顺利考进本市升学率最高的高中，他们之间的联系开始靠通信维持。直到她踏进大学校门，他们确立了恋爱关系。

二十二岁的牧岩年轻冲动有干劲儿，执行任务时胸口中枪，何书慧赶到现场，在他倒下时把他抱在怀里，哭到晕倒。真正意识到他所从事职业的危险性，温婉的何书慧一改常态，极力劝说牧岩退出警界从事稳定的工作，然而牧岩态度坚决死活不肯。

这样的僵持持续了半年之久，最后何家二老也出面干涉小辈间的感情之事。何父甚至直接找牧凯晟深谈，希望能为牧岩调动工作。牧岩因此与何书慧大吵一架。那次两人情绪都很激动，最后不欢而散。后来何书慧以出国为砝码做最后的抗争，却在去机场途中被向牧岩复仇的毒贩杀害。

何书慧葬礼时，一袭黑衣的牧岩在她墓前跪了整整一天一夜，面对何妈妈的打骂他默然承受。之后的一年是牧岩此生过得最浑噩的日子。他不肯回家，怕面对父母；他喝酒，没有节制；他训练，发疯一般。

从起初的心疼到最后的愤怒，牧凯晟狠狠扇了牧岩一耳光，指着他鼻子大骂："牧岩，你知不知道你为人子还有父母？你置我们于何地？难道你这样书慧就能回来吗？她在天有灵也不会愿意看到你这个样子。现在自责有任何意义吗？如果你真爱书慧就抓住那个杀她的人，让他得到应有的制裁！"

滂沱大雨里牧岩颓然倒下，病了足足七天，醒来后他脱胎换骨。痛苦的经历把他打磨得日渐沉稳，经过近一年的追查，牧岩亲手击毙了杀死何书慧的凶徒。

那一年牧岩去墓园，带去何书慧生前最喜欢的百合花，坐了一天没说一句话。

之后的几年里，牧岩的生活被工作和训练占满。除了做卧底时出现过萧然，在认识安以若之前，他的感情世界就像一张白纸，空空如也。

那么沉重的过往，很快就讲完了。当然，后半部分是盛夏不曾亲眼所见，出国多年的她并不知道牧岩是如何挣扎着走到今天。她看到的，是他的遗忘，是他开始了一段新的恋情。

盛夏并不喜欢这样费尽心机的自己。可当她回国第一天就在银科大厦外碰到牧岩与安以若拥抱在一起，内心深处尘封的记忆被唤醒。潜意识里的破坏性人格一点点暴露出来，她根本控制不住。每每见到安以若，就会想到死去的表妹。盛夏愈发恨安以若，所以一遍遍地毙她本是完美的设计稿，借此宣泄心底沉郁的情绪。

可心里比谁都清楚安以若何其无辜，而她做这些事除了让自己变得更加丑陋，毫无意义。

盛夏讨厌这样的自己。

想象牧岩颓废的样子，想象他如何一个人苦撑着从痛苦中走出来，安以若很心疼。

对于何书慧，他是深深爱着的，否则不会僵持了半年之久都没有狠心地说出要分开的话，更不会经历了长达七年的沉淀才走出阴霾。原来，冷静沉稳的性格并不是与生俱来的，在经历过那一场痛彻心扉，他才变了。而他的心，更是曾被鲜血洗礼。

一时间，安以若有些分不清是在恐慌牧岩对何书慧的用情至深，还是更惊惧于与牧岩的爱敌不过他与何书慧十几年的感情。

对自己，对未来，没有了信心。

夜色依然璀璨，一盏盏路灯洒下黄晕的光，照射着空气里微浮的尘土。安以若狠力踩下油门，车子箭一般飞驰而去，瞬间湮没在暗黑的夜色之中。

城市的某些角落，充满了诱惑。许许多多脆弱受伤的灵魂，在夜色与昏暗灯光的掩饰之下，纵情宣泄温软人性中狂野的一面。

安以若醉了，心智也变得模糊。

她枕着胳膊趴在吧台上，远远望去，单薄的身影悲伤而无助，与整个酒吧如火如荼的气氛格格不入。手机震动起来，她摸索半天才放到耳边。

“怎么不接电话？在哪儿呢？”牧岩找了她几个小时，去遍了所有她常去或可能去的地方，心急如焚，语气不自觉有些严厉。

听到他的声音，安以若忽然就哭了：“牧岩，我怕我再爱你，也敌不过你们十几年的感情。”

她害怕把握不住他整颗心，却又忍不住心疼他多年来背负的沉重。

矛盾的心情折磨得她彷徨而无助。

她的哭声混杂着动感极强的乐声，听在牧岩耳里有种说不清道不明的忧伤抑郁。他坐在车里，心口一阵揪紧地疼，却还勒令自己冷静下来："告诉我你在哪儿，我马上过来。"

当牧岩以时速一百六的速度赶到"天籁村"酒吧时，两个眼角眉梢带着地痞流气的男人正扶着安以若往外走，其中一个居然色胆包天地欲伸手摸向她腰际。

牧岩眼底骤然涌起怒意，火气以迅雷之速直烧到脑门，哪里还有理智可言，他一阵风似的疾步冲过去，挥手就是一拳，力气之大令男人摔出三米之外。

临近的玻璃桌被撞翻，酒吧内惊叫声四起。

另一个男人见状把安以若搂在身前，朝牧岩叫嚣："你他妈——"

牧岩劈手抢过身旁大励手中的资料袋，"啪"的一声刮打在那人脸上："马上给我放开她！"

男人被扇红了半边脸，嘴里还不示弱："敢和老子抢女人……"

话音未落，怀里的安以若已被扯离了怀抱，同时，他脸上狠狠地挨了一记重拳，随后没等他爬起来，衣领又被牧岩揪住。

面对牧岩冷厉阴寒的目光，他终于面露惊色："大，大哥……"

"滚！"牧岩合了合眼，强压下心口上蹿的怒意，一把将他甩开。

保安闻声涌上来，扶起被打的客人，语气不善："怎么回事？你们干什么呢？"

大励适时出面善后。

出了"天籁村"，安以若开始不安分地挣扎起来，牧岩由着她闹。

不知是微凉的夜风令她清醒，还是他身上熟悉的味道唤回她残存的意识，安以若分辨出身旁的人是牧岩。她仰起挂着泪痕的脸，主动吻他。

似乎是要证明：他在身边，不会离开。

牧岩抱她更紧，回吻中交织着怜惜、眷恋以及铭心的爱。

黄晕的路灯之下，一对恋人吻得旁若无人，缠绵入骨。

各有一段过往的他们终于还是遇到了感情路上的第一波风浪。对于七年前发生的事，牧岩没有更好的解释。他想，安以若需要足够的时间消化他的过去，如同他当年也用了很长很长的时间沉淀下沉痛的记忆。

就在牧岩和安以若为爱情神伤时，A市有种山雨欲来风满楼的感觉。一个月间居然发生三起命案，死者除了有两名是吸毒者，居然还有一名警员。

牧岩一时忙起来。身为缉毒大队负责人，他介入案件之中，与专案小组配合，全力追查此案。可即便如此，他依然顾及着安以若的人身安全。在心里开始有了某种猜测之后，他愈发注意韩宇庭的一切，尤其在与盛夏见面时，听她无意中说过一句“车祸之后他不只样子变了，性格也变了”后，他似是想通了什么。

这天从案发现场回来，牧岩再次翻阅着韩宇庭的资料。在看到他出车祸的时间时，脑海里滑过某些片段：“五月，又是五月。”

五月里，萧雨被当场击毙；五月里，萧然挟持了晨晨射伤了他；五月里，安以若被顾夜绑至缅甸；五月里，经过一场殊死搏斗，他救出了安以若；五月里，顾夜脱逃，至今下落不明。

统统都发生在五月。

合上资料，牧岩给局长打去电话，申请调出金钥匙。

金钥匙是极为重要的证物，上次从萧雨身上搜出来后就交了上去，现在存放在警局证物室的保险柜里。牧岩去云南时根本没带在身上，如果按正常程序申请，除了有充足的理由，更需要足够的时间，可那个时候的他，连一天都等不了。

“可以。”郑局立即把最近的几起案件和顾夜的案子联系到了一起，但正常程序还是要走，“下班前你把书面申请递上来。”

结束和郑局的通话，牧凯晟的电话就来了，他提醒牧岩：“明天你妈生日，晚上记得带安以若回来吃饭。”

忙得连母亲的生日都忘了。牧岩抚额：“知道了。”挂了电话这才想起安以若去了外地，迟疑过后，拨通了她的手机，“展会结束了吗？什么时候回来？”

“要后天下午结束，回来的话得晚上。”安以若应该身在会场，和他通着电话还不忘交代，“把白色绸缎的那件礼服挂出来，对，就是那件。”

想象她在现场忙碌的样子，牧岩有些心疼："别太累了，晚上早点休息。"

安以若犹豫了一下："你，有事吗？"一般如果没有重要的事，牧岩不会在白天给她打电话。况且他最近为了查案作息时间有些混乱，加之她的工作忽然多了起来，两人已经有一周多没见面了。

牧岩扒了扒头发："明天我妈生日，想带你回家。"似是怕她拒绝，他紧接着又说，"你忙你的吧，等回来再约时间见面，也不是什么大事。"

不难听出前一句里隐藏的期待以及后一句里隐约的失望，安以若心里有些难过，正想说话又被助理打断："安小姐，盛总请你过去一下。"

她那边那么忙，牧岩准备收线："先这样吧，晚上我再打过来。"

却被叫住："牧岩？"

"嗯？"觉察到她的欲言又止，牧岩满心期待地屏住了呼吸。自从知道了他和何书慧的事，安以若沉默了许多，似有若无的冷淡令他心急又无奈。此时握着电话，似乎不知道要说些什么，然而他能感觉到，默契依在。

安以若沉默了几秒："案子有进展了吗？"

牧岩何尝不懂：同样经历过感情伤痛的她在醉过闹过之后难得地保留了一份理智，她正在努力地学习给予他的初恋最大的尊重。

他如实回答："暂时还没线索。"

安以若再度沉默，像是无话可说。

牧岩叹了口气，柔声曼语："这两天都在会场吗？累不累？"

"还好，有助理帮忙。你呢？"

"我什么？"

想问他好不好，想嘱咐他执行任务时要小心，开口时却成了："你吃饭了没有？"

吃饭？牧岩看了下时间，下午三点，她问的是哪一顿？

算了，他直言道出思念："以若，我想你了。"

"嗯，我，知道了。"在说什么啊，安以若觉得这通电话糟糕透了，不等牧岩再说什么，她匆匆说，"我去工作了。"然后径自挂了电话。

次日清晨，牧岩接到专案组负责人的电话，驱车去警局。

"报告已经出来了。如你所料，子弹确实进行过特殊的打磨处理，大大减弱了杀伤力。否则依开槽的软头弹而言，进入人体后不可能只造成穿透这么小的创伤。”因为开槽，会在人体内开花或炸裂。

“凶手有意误导我们。”牧岩敛下眼，神情凝重，“不过他犯了个致命的错误。”

“或许他是为了掩饰子弹的来源，却偏偏给了我们提示。”大励盯着报告，闲闲地接口，“如果不解剖根本无法发现体内存有子弹残片，从伤口外观看来会以为是普通的子弹。”

牧岩瞥他一眼：“这种子弹什么地方最常见？”

大励心领神会，咧嘴笑了：“我这就带人去查。”

连日来无头绪的调查终于有了进展，法医依照牧岩的推测对死者尸体进行了解剖，发现子弹的不同之处。郑局眼里满是激赏。

忙了一天，直到傍晚牧岩才和大励一同回到队里。

进了大厅，他还在交代：“想办法找线索，不能让线索在这儿断了。”

张恒见他回来，忙迎了上来，笑得神秘兮兮的：“大队长，有人找你。”

牧岩不解，正想问是谁，手机就响了，他边接电话边三步并作两步上楼往自己办公室走。

电话是牧凯晟打来的，他问：“怎么还没回来？”

牧岩看了下表：“七点之前能到。”还有20分钟，换换衣服狠力踩两下油门，时间足够。

牧凯晟怕妻子失望，忍不住提前问：“安以若和你一起吗？”

“她，”牧岩正想说她出差了今天回不来，可推开办公室门的瞬间，就愣了。

半晌没听到儿子说话，牧凯晟沉声叫他：“大木？”

“啊，那个，”牧大队口拙地顿了一下，目光落在趴在他办公桌上睡觉的女人，“我们一起回来。”

那边满意地挂了电话。

牧岩走过去把安以若抱坐在腿上：“不是说明天才回来吗？”

安以若累坏了，因为走得急没订到机票已经坐了一天的车。闻言迷迷糊糊地回答：“我先回来了。”明明就没有想要故意冷落疏远他，又怎么舍得他失望呢？

心底涌起感动，牧岩在吻住她前轻喃："要是心里不痛快打我骂我都行，别一个人憋着。"

如果不是真的爱，向来强硬的男人怎能如此放下身段。想到七年来他默默承受了多少压力，安以若忍不住回抱他："不是都过去了嘛。"

是的，都过去了。以后有她陪在他身边。

爱的天空，由他们共同撑起。

当牧岩领着安以若回到家，牧妈妈已经准备了一桌子的美食。见到漂亮大方的准儿媳，老太太笑得合不拢嘴，拉着她的手一阵嘘寒问暖，亲热得像是女儿回家一样。

"阿姨，今天是您生日，"入座前，安以若把一个包装简单雅致的盒子取出来递到牧妈妈手中，"这是送给您的。听说玉具有光电效应能与人体发生谐振，促进血液循环，我选了一只手镯，也不知道您喜不喜欢。"

牧妈妈眼里盛满慈爱的笑意："喜欢喜欢。"接到丈夫示意的眼神，她当面拆开了盒子。

安以若偏头望了眼牧岩，他正抿嘴笑，似是无声的鼓励。她脸颊绯红，亲手把玉镯戴在牧妈妈手上，大小正合适。

席间，老人家不停地给她夹菜，热情程度超出想象，搞得牧凯晟和牧岩备受冷落。

晚饭后，牧岩随牧凯晟去了书房，安以若边帮牧妈妈收拾碗筷边听她讲牧岩小时候的事。

牧妈妈嘴角噙着笑意："别看他现在像模像样的，小的时候淘起来像只脏猴子。我早上才给他换好的衣服，放学回来跟掉泥堆里似的。"

安以若也笑："我还以为他小时候就像现在这么稳呢。"

"才不是。"牧妈妈想起陈年旧事，"他皮得不行，我说不听的。不过他很怕你牧叔叔。有一回他和子越比赛爬树，我喊了半天都不肯下来。后来他爸回来指着他说：给我滚下来。他吓得差点儿从树上掉下来，那样子还真就是连滚带爬呢。"

居然是个劣迹斑斑的人物啊。想象牧岩爬树的样子，安以若失笑。她不禁想，人生是一本书，每一页都留有成长的足迹，而牧岩这本书，值得她用一辈子的时间细细研读。

离开牧家后，安以若和牧岩牵手步行回公寓，这是自她知道牧岩和何书慧的事之后第一次留宿在他这里。

凌晨时分，安以若“啊”的一声惊醒。

牧岩扭开台灯把她抱进怀里：“怎么？做梦了？”

安以若畏缩着抱紧他的腰，身上微微颤抖，开口时声音带着哭腔：“好多血……”萧然狰狞的脸，还有一张陌生的沾着血的面孔不断闪现。

牧岩像抱着一个脆弱的婴儿似的把她搂在怀里，手轻轻拍打她的背，柔声细语：“别怕，有我在。”依然坚定的语气，熟悉，又近在咫尺。

一句“有我在”让她多日来郁积在心底的情绪发泄出来，安以若哭起来，眼泪滚烫地落在他胸膛上，止也止不住。

牧岩眼里蕴满心疼：“别哭了，我在这儿。”

安以若哭得越来越厉害，后来更是抽出手使劲打他，巴掌一下重过一下地落在他身上，嘴里不停地骂：“都怪你，都是你的错。萧然要杀我，盛夏针对我，为什么啊，我爱你也错了吗？你知不知道我有多怕我们再相爱也抵不过你们十几年的感情？她人不在了，我想争都无从入手，你根本不知道我有多怕失去！”

原来，除了心疼，她还怕他心灵走失。

牧岩不避不闪地任由她打，直到她哭得脱力，他才俯在她耳边：“傻姑娘，你不需要和任何人争。我很清醒，知道自己现在爱的是谁。”绵长地呼出一口气，他语气坚定，“我说过，我会在你身边。不会变，永远不会。”

感情道路上遇到风波是极为平常的事，很多恋人无缘走到最后，有时仅仅是因为一时冲动。所幸安以若与牧岩都是理智的人，他们懂得珍惜拥有，没有过分纠缠已经远走的过去，更没有轻率地说出分开的话。

一句“都过去了”为这场风波画上了休止符。

哪怕相爱的路上荆棘满布，因为承诺过永不分开，我们也要坚持到底。

决不辜负当初为爱你许下的誓言。

〔 第七章 〕

我有一辈子的时间

安以若大声对全世界宣告：“牧岩，安以若此生，非你不嫁。”

这是身为男人，最骄傲荣耀的时刻。

有个女人，在向全世界宣告对你的爱，至死不渝。

安以若醒来时，牧岩睡得正熟，柔软的头发散落在枕间，趴睡的姿势宛如酣睡的婴儿。在不惊醒他的情况下轻轻挪开搂在她腰间的手，她趴在床上望向窗外。

外面淅淅沥沥下着雨，滴答滴答轻敲着窗子，雨泪伴着细微的、似有节奏的声响自玻璃上缓缓下滑。

“最讨厌下雨了。”安以若几不可闻地轻叹，歪着脑袋看还在熟睡的男人，轻轻亲了下他线条优美的下颌，然后重新缩进被窝里躺在他身侧，脸上带着娇憨又纯净的笑意，像是偷腥的小猫儿。

牧岩不羁的脸庞上似有若无地漾起懒洋洋的笑容：“有专属司机还怕什么下雨。”或许是因为刚睡醒，他的声音略显沙哑，流淌入耳里，让人醺然欲醉。

原来在装睡。

安以若恶作剧般揉乱他本就睡得七弯八翘的头发：“把它变成大鸟窝。”

牧岩把她扯进怀里，长腿半压在她身上：“鸟窝就鸟窝，今天就这么去上班。”

安以若“咯咯”笑：“明晚风行有酒会，你能来吗？”她设计的“意”系列服饰销售空前地好，按公司惯例盛夏安排了庆功酒会。

牧岩享受地嗅她的发香：“我不会跳舞，要是别人请你跳我会吃醋。”

就猜到他不喜欢那种场合。

安以若一本正经地建议：“你可以穿警服来，往我身边一站，保证没谁敢靠前。”

牧岩似乎对她的提意颇为满意，附和：“还得把配枪带着，靠前者当场击毙。”

安以若笑着抱住他窄腰撒娇：“那你别忘了啊，明天晚上八点半。”

牧岩亲她脸蛋一下："知道了。"

下午接到市局电话，牧岩亲自去取金钥匙。

"牧岩，你知道这把钥匙的重要性，千万谨慎。"郑局再三嘱咐，"顾夜是重犯，这是能引他出来的唯一砝码。"

牧岩接过钥匙，放进专用的盒子里，神情肃然："郑局放心，我有分寸。"

郑局拍拍他肩膀："注意安全，小心为上。"

离开局里的时候，雨依然在下，天与地之间被细密的雨点连接成混沌的一片，视线很是不好。牧岩仰头，觉得灰蒙蒙的天空暗沉得有些诡异。把手中装有钥匙的盒子放在副驾驶座上，他启动了车子。

途中遇到红灯，牧岩偏头揉了揉眉心，抬眼时警觉地发现有辆金杯似乎跟在他后面许久。他敛下眼，状似调整座椅定睛望向车后镜，蹙起浓眉。

绿灯亮起，他没有急踩油门，而是打着方向盘。他似有若无地放慢了车速，同时谨慎地注意后面的情况。缓缓而行。

似是对他的"龟速"不满，后面有轿车按喇叭，然后与切诺基擦身而过超了过去。唯有那辆金杯自始至终不急不缓地与他保持些许距离，速度跟着慢下来。

故意绕了段路，依然没有甩开尾随在后面的车子，牧岩凝结了眼神，确定金杯车是冲他而来。边注意路况边戴上耳机给大励打电话："东太大街西段，立即派人增援。"不可能只是跟踪这么简单，他猜测对方很快就要动手，所以他决定引他们去僻静的街道，试图把伤害降到零。

却没有时间了。

几乎就在他挂断电话时，后面的金杯直追而上。

牧岩握紧方向盘，猛地向右侧驶去，以迅雷之速超越前面的车子，有惊无险地避开第一次有意碰撞。透过倒车镜，他看到轿车车尾被金杯剐到，车子打滑，冲上了人行道，撞到路边的树干上。

唇角抿成一线，牧岩摸出腰际的配枪握在手里。他眼底锋芒毕露，心念急转间踩下油门，车子以惊人的速度冲出去，直奔东太大街西段。

金杯锲而不舍地追，有些慌不择路，连连撞到路上其他车辆。与此同时，开始有子弹连连射向大切的轮胎。

远远看见大街西段已被封锁，在极短的时间内布上路卡。牧岩脚下一松，让车速慢了下来。下一秒，大切车尾被金杯狠狠撞了一下。

牧岩浓眉拧紧，他再次踩油门，迅速与金杯拉开距离。随后又突然刹车，大切尚未停稳，他人已经跳向地面，然后他迅速转身，双手握枪，跨立在街道中央。

雨雾里，他微眯双眸，食指一勾，冷光一掠而过，子弹飞向金杯的挡风玻璃。

“嘭嘭！”连续两声枪响，玻璃被穿透打碎，七零八落掉下来，金杯司机被当场击中，是生是死，暂无法判断。但车子已经歪斜着冲上道沿停下来。

大励带人迎上来，金杯后座车门自里被拉开，四名杀手手上握着的，居然是单兵连发枪械——冲锋枪。

牧岩显然没有料到对方使用的是如此重型武器，他眸光骤然变冷：“别过来！”话音未落，他脚下快移，急速转身，冲到切诺基车门处，握紧手枪，迅速寻找伏击点。

太快了，比他预想得要快。幸好增援及时赶到，否则他根本脱不了身。丢了金钥匙又送了命，真成了满盘皆输。

对方开始射击。

冲锋枪不但有较高的射速，火力更为猛烈，车门霎时被扫出一排洞。牧岩只觉手臂一阵酥麻，太过直接的刺痛感令他的手腕微微动了一下。

“头儿！”大励带着几名训练有素的警员就地翻身一滚，隐藏在车子后面，连连射击掩护他后撤。

四名黑衣人明显也是受过专业训练，他们动作敏捷地避开警方的射击，两人打前锋，两人向牧岩的车子逼近。

牧岩背靠在车身上，朝着隐在警车后面的大励比了个手势，示意他带着警员散开试图包围黑衣人，然后双手握枪举在耳侧，犀利的目光扫过四周，在车镜中等待右侧那人接近。

空中流动着暗沉而危险的气息。牧岩凝神，深沉的目光直视前方，随即翻转身体，趴伏在地上，朝着侧前方精准地射出一枪。

事实上只是一个瞬间，随着一声痛呼，子弹穿透腿部血肉，不远处有人颓然跪倒在地。与此同时，其中一名杀手大力朝着他这边抛出了什么。

牧岩根本来不及抢回车座上的金钥匙，只朝大励等人喝道：“全部趴下。”

砰！

世界被骤然间扰乱，剧烈的爆破声，飞蹿而起的火焰，灼人的热气瞬间吞没了一切。

轰隆的巨响刹那间响起，震聋了耳膜，震碎了神经，震翻了整座A城。深雾笼罩着这座几分钟前依然宁静祥和的城市，眨眼之间，脚下的土地似是都在摇晃。

当浓烟散去，视线恢复，被炸得变形的切诺基里哪里还有金钥匙的踪影。

牧岩的眸子凝成暗沉的黑色，脸色更是暗得像是密布了阴云的天空，神情峻寒。

收起配枪，自警员手中拿过对讲机，他冷声命令已驱车追出去的大励："全力追捕。"语落之时，对讲机被狠狠掷于地上，摔了个粉碎。

滂沱大雨里，一抹挺直的身影僵立在街道中央，雨水顺着他刚毅的下巴滑落在脚下。牧岩合了合眼，再睁开时，眼眸迸射出慑人的寒光。

"顾夜！"他沉声唤出那个名字，惯有的冷静与漠然褪得一干二净，取而代之的是一脸的肃杀与冷绝。

牧岩被子弹擦伤了小臂，没有伤到骨头，算是皮外伤。包扎好伤口后从医院直接回了队里，召开紧急会议部署下一步工作。

"金杯车司机死了，身上有八处枪伤。"大励把从现场获知的消息带回来，"四名杀手一名脱逃，三人当场死亡。"就在车子被爆的瞬间，幸存的杀手带走了金钥匙，还杀了司机和受伤的同伴。

牧岩眼中有深沉的裂痕，他抬眼看大励："从他们使用的武器入手，看看能不能找到蛛丝马迹。或许，这几桩案子有共通之处。"

这时，外面传来警员的阻止声："你不能进去！大队长在开会……"

话音未落，会议室的门被人大力撞开。门口，安以若脸色惨白地站在那里，泪眼蒙胧。那么重大的爆炸案，轰动了整个A城，她怎么可能不知道。牧岩的电话却持续不通，她没了主意，直奔警队而来。

会议室里一片静寂，特警们纷纷看向安以若。

新来的警员并不认识安以若，生怕牧岩发火："大队长，她——"

大励抬手制止他说下去，以目光询问牧岩的意思。

“带她去我办公室。”牧岩没有起身，向安以若轻轻点了点头。

会议继续，直到八点多才结束。牧岩回到办公室时，安以若窝在沙发里，她双手紧紧抱着膝盖，头垂得很低。牧岩知道，当人心里极度恐惧时，会下意识地用这种婴儿在母体中的姿势，是缺乏安全感的表现。

牧岩开了灯，把她搂进怀里：“别担心，只是小伤。有平安符护着，怎么会有事呢？”

昨天是牧妈妈的生日，安以若除了给老人家准备了手镯作为礼物，还为他求了平安符，她说：“身为人民警察的女朋友我感到很骄傲。不过答应我，要平平安安的，我想我们永远在一起。”

结果才一天不到的时间，就发生了如此重大的案件。

手紧紧抓着他的衣服下摆，安以若像孩子一样偎进他怀里：“是顾夜对不对？他回来了。”

安以若太敏感，当看到报道中提及凶徒从牧岩车里劫走了证物金钥匙时，她就猜到了。

牧岩默了一瞬，然后，轻轻拍着她的背：“怕吗？”

原本只是猜测，当发生了今天的一幕，牧岩已经可以确定顾夜是回来了。可惜，他现在没有证据奈何不了他，唯有指示大励朝另一个方向去查。

就怕来不及。

安以若在他怀里点头又摇头：“不知道为什么，我总觉得韩总就是顾夜。”

原来她也有同样的感觉。

黑夜里，没有光。

牧岩站在落地窗前，有一下没一下地打着打火机。跳跃的火苗照亮他完美的脸部轮廓，把满腹的心事映得愈发明显。

终于，他扒了扒头发回房躺下，借着淡淡的月光，望着壁顶不说话。

身侧的人动了动，轻轻趴在他胸口上，猫儿般往他怀里蹭了蹭。紧绷的线条缓和下来，牧岩抽回枕在脑下的手搭在她纤细的肩膀上，默不作声。

安以若摸索着握紧牧岩的右手，下一刻，被他反握住。

一只大手握着一只小手，交握着一份外人不得而知的沉重。

寂静的夜，伴着无声的沉默，两个人，两颗心，坚定地系在一起，似是无人，无力，能够分开。

从那一夜起，被鲜血洗礼的岁月就此拉开序幕。当一切归位，他们才恍然惊醒，原来，人生是一场没有规则的游戏，生与死，都在一念之间。

夜再漫长，也会过去。生活，还得继续。

世界被打乱了节奏，安以若到底还是不可避免地被卷进了这一场风波之中。她不再拒绝任何应酬，不着痕迹地增加与韩宇庭相处的时间，让牧岩有更多的机会约盛夏见面，从侧面获取某些他需要的消息。他们各自忙碌，连见面的时间都没有。然而没人发现，安以若身边已被悄无声息地安排了警卫，负责二十四小时保护她的安全。

轰乱的世界表面上维持着无波无澜的状态，唯有局中人紧绷着的心弦丝毫不敢松懈。

紧张持续了半个月，安以若有些沉不住气："他拿回了钥匙又按兵不动是什么意思？"

牧岩安慰："你别急。我弄丢了金钥匙是众所皆知的事，他那么聪明，不会傻到这么快就动手去银行开保险箱，引火上身。"

"可是他一天不开保险箱我们就证明不了他的身份。"

"国内所有银行都查不到他开办的保险箱业务，如果我没猜错他应该是在法国办理的。"否则顾夜不会在去年出事后逃去了那里，牧岩觉得巴黎或许是他的另一处根据地。

法国？安以若恍然大悟，她望着牧岩，一字一句："他想带我走。"

牧岩一僵，深沉的目光定格在安以若的脸上："他和你说了什么？"

"他早就提过这个月让我和盛夏去巴黎看时装展，我当时答应了他的，后来出了这些事我就和他建议换别的设计师去。"回想韩宇庭当时骤变的神色，安以若愈发可以确定他是想带她走。

牧岩沉默，伸出手握住她的手，不容反驳："不能去。"

不去？如果她不去，他会不会像上次那样绑了她？

倒不是害怕，只觉被动。

她的沉默令牧岩不安，他沉声："以若！"

安以若只好答应："我知道了。"

事情的发展开始一步步偏离轨道。

韩宇庭始终没有要出国的打算，像是要把金钥匙烂在手里。沉稳如牧岩也开始变得急躁起来，所以当接到千里之外的那通电话时，他明知是调虎离山之计，依然决定走。只不过临行前，他认为有必要把戏份做足。

可来到她公司楼下见到安以若时，他又犹豫了。

安以若正要陪韩宇庭去见客户，见牧岩突然来了，还旁若无人地握住她的手不放，不解："怎么了，有事吗？"

牧岩收拢手臂，把她拥进怀里，紧紧抱住。

在牧岩抱住安以若的瞬间，韩宇庭的眸色骤然变深。

安以若的疑惑加深："怎么了啊，牧岩？"

不能中止计划。

牧岩迅速平复了情绪，松开她："马上要去机场，过来看看你。"

机场？这个时候他要离开？安以若讶然："你要去哪儿？"

"云南。"

"云南？"

牧岩深深看她："萧然的墓被人炸毁，我要过去看看。"

安以若抬眸，牧岩眼底那一闪而逝像是暗示的光芒让她下意识蹙眉。反应只是一秒，她就领会到了什么："你说你要去云南是因为她的墓被人炸了？"似有若无地提高了音量，仿佛不可置信，且充满了怒意。

醋意全开的状态。

牧岩试图解释："最近几宗案件极为诡异，现在还把贩毒案中的重要证物和萧然牵扯进来，我想这一切或许是有关联的。你知道案子一直没进展，所以我想……"

"为什么一定要你去？警队没有人了吗？"安以若冷冷打断，异常尖锐的语气令韩宇庭神色微变。

牧岩拧紧了眉头，像被磨光了耐心："案件我最了解，我去最适合。"

"我说换别人去！"安以若一副根本听不进去的样子，"你的伤还没好，所以换别人去。我不希望你为了别的女人离开我身边，所以，换别人去！"

她的态度，有几分不可理喻的成分。

似是顾虑到有外人在场，牧岩强势地扣住她手腕："过来我跟你说。"

安以若猛地甩开他的手："你只要告诉我是非去不可，还是留下来？"

面对她倔强的脸，牧岩不知还能说什么。他收回目光，再没勇气多看她一眼，只一眼，他就会改变主意。于是，他用行动告诉安以若自己的选择。

在他转身的瞬间，安以若脑海里像过电影一样滑过某些片段，萧然近乎疯狂的爱，何书慧的一往情深，盛夏刻意的破坏和针对，一幕一幕，绞痛了她的心。

视线所及是他远去的背影，安以若听见自己苍凉的声音："牧岩，你要是去了，就别再回头找我。"戏份中掺杂着外人不得知的担忧与恐惧，凄凉伤心的泪一滴滴落下来，她语音哽咽。

牧岩陡然停下脚步。许久，久到连韩宇庭都以为他改变主意了，他却只是留下一句"等我回来"，然后头也不回地走了。

那个瞬间，韩宇庭嘴角有隐隐笑意。

临上飞机前，牧岩打来电话，安以若握着手机，只是沉默。

电话就这样接通着，始终无声，直到挂断。

此时的他们已经清楚地意识到，接下来的路需要一个人走。

他们无声地嘱咐对方：小心。

牧岩走后，安以若的消沉被韩宇庭不动声色地收进眼底。他时常站在落地窗前沉思，目光透过层层街景不知落在何处，唯有眼底的疑虑，愈来愈深。

五天后，大励冲到"风行"带来牧岩失踪的消息："头儿去萧然墓地时被伏击，下落不明。"

云南那边打来电话，说是根据周围树干上的子弹判断，牧岩失踪前与人进行过激烈的枪战，生还的可能性极小。

安以若怔了几秒，随后脸色霎时变白，感觉到有千万根针刺向心脏，她用右手死死抵在胸口，试图缓解那里传来的剧痛。

无济于事。

大励说不出安慰的话，只握紧拳头，站着不动。

当天夜里安以若发起低烧，被送到医院时已经有些神志不清。再次醒来时，已是牧岩失踪的第三天。

韩宇庭来看她。

她安静地躺在病床上望着天花板，像布偶一样失去了原本的光彩。

触及她绝望而空洞的眼，韩宇庭终于有了决定："后天就是时装周了，我让秘书订机票我们明天过去。"见她终于肯转过头来看着他，他状似关心地轻责，"别和我说你要去云南，要知道你根本帮不上他任何忙。"

他终于肯走了吗？看来确实是非要带上她不可。安以若悠悠闭上眼，把心深处翻涌的情绪封存起来，生怕被精明的他发觉。

韩宇庭却以为她在拒绝。眸光闪了闪，他继续劝："他是你男朋友，你对他除了了解还应该有信心。身为警察，他是有能力保护自己的。你现在这样，即便去了云南，又能帮到他什么？与其伤心难过，不如把自己照顾好等他回来。"

病房里有浓重的消毒水的味道，可依然掩盖不了他身上特有的气息，淡淡的，似有若无的青草香，陌生又熟悉。安以若翻身背对他，如同自言自语："除了照顾自己，我什么都帮不了他。"

韩宇庭以为她听进了自己的劝解，松了口气："以若，坚强一点儿。"

安以若闭上眼睛提醒自己：要坚强。

夜幕降临，安以若去了牧岩的公寓，在为他整理房间时，无意中发现书桌的抽屉里放着一本笔记本。她翻开，看到上面写着一行字："不知不觉，不可或缺。等我！"落款时间是去年的五月，她被顾夜绑架之后的那几天。

她抱着笔记本滑坐在地上，哭得像个无助的孩子。

她不知道自己的决定是对还是错，她只知道她坚持不去巴黎韩宇庭似乎就不会离开，那么一切就只能在原地打转。

她想让这一切快些结束。

离开牧岩公寓时已近凌晨。安家居然有两位意外之客，待看清来者何人，安以若讶然："牧叔叔？"

六小时后，嘴角噙着笑意的韩宇庭与神色平静的安以若现身机场国际出发厅。

安检外，隐在人群之外的大励盯着安以若的身影急急拔出一个号码。电话接通后，他请示："是不是真的让嫂子走？"

只剩最后的机会，只要电话那端的人说“不”，他无论如何都要把人拦下。

胸口的紧窒感犹如一张无形的网，束缚了他的手脚，甚至是思想，眸底透溢出无声的挣扎。良久之后，就在大励决定拦人时，电话突然挂断。

让她走的意思。

迈出的步子乍然收住，大励握紧了拳，眼睁睁看着安以若随韩宇庭走过安检。

飞机起飞时，安以若蜷起右手，把小手指上那道浅淡的伤痕握在了掌心之中。

到了巴黎，安以若格外安静。她步步谨慎地跟随在韩宇庭身边，随时注意他的一举一动。然而五天过去了，时装秀看了一场又一场，除了对她异常体贴外，他毫无异样。

如此平静简直令人胆战心惊。安以若紧张而又谨慎地接了一通意外的来电之后，她抓起包行色匆匆地往外走，可推开酒店门的瞬间，整个人僵住。

韩宇庭站在走廊里，语气温和：“要出去？”

勒令自己镇定下来，安以若弯唇：“睡不着，想出去走走。”

她以为不显山不露水的微笑，已然泄露了心事。

韩宇庭的笑意停留在嘴角：“晚了，单身女子出去不安全，我陪你。”

安以若有心拒绝：“怎么好意思麻烦韩总，我还是——”

“前几天还不拒绝我的陪伴呢。”韩宇庭的目光锁定在她脸上，“反正我刚好失眠。”他说完转身先走，没有让安以若看见他褪去温和后的冷默神情。

没有退路。

安以若硬着头皮进了电梯。

透明的梯壁上反射出他的面无表情，安以若竭力镇定。

出了酒店，他们没有坐车，一路步行。直到他停下来，安以若才发现来到了音乐喷泉边。

安以若记起顾夜曾说他们的初见在这里。

激昂的乐声响起，水珠有节奏地跳跃起舞，抛洒出完美的弧度，微湿的空气喷拂在脸上，似是谁的眼泪在飘落纷飞。安以若专注地看着，心里却在思考如何脱身。

忽然被人握住了手，冰凉的感觉让她怔忡了几秒。

安以若偏头，看见韩宇庭英俊的脸。

“以若，为什么骗我？为什么不肯给我一个机会，一个和别人公平竞争的机会？”

望着他暗沉的眼睛，安以若意识到自己脱不了身了。

韩宇庭脸上透溢出痛苦的神色：“我都听见了。”原想叫她出来散步，抬手按门铃的瞬间，隐隐听到她说，“这个时候离开不是前功尽弃了吗？或许他明天就会带着金钥匙去银行也说不定。”

原来和他来巴黎，是个圈套。

梦在顷刻间被碾成了粉末，飘浮在空气中，渺小得肉眼根本看不到。无声地把额头抵在门板上，韩宇庭的心疾速下沉。

看着眼前气质卓群的男人，陌生的面孔，熟悉的眼神，安以若终于可以确定他是谁了。蛰伏在心底的恐惧散去，她以谈论天气的语气云淡风轻地开口：“果然是你。”

脚边，清风打着卷儿，绞起几粒微尘。

时间就此定格，他握着她的手站在喷泉边，四目交凝，隔着无法逾越的山长水阔，残存的最后一丝缥缈的希望被无声击碎，七零八落，无从黏合。

韩宇庭低下头，无声笑了起来，几分苍凉，几分苦涩，以及几分狠绝。

“为什么非要这么聪明，如果你可以笨一点儿，会很幸福。”聪明会害死她，哪怕他依然有些不舍，他也容不得别人触及自己的底线。

安以若的目光如月光一样皎洁明亮：“幸福与聪明或愚笨无关。对我而言，牧岩就是我的信仰。”没有了信仰，她根本活不下去，那幸福从何而来？

她柔柔的声音，刺痛了男人的双眼，他忽然就动了杀人的念头。

命运安排他们相遇，就是让他在劫难逃吗？

如果她现在愿意放弃些什么，他或许会考虑——

顾夜知道安以若不会。

他闭了下眼，把矛盾与挣扎的情绪掩去：“我试着以一个普通男人的身份走进你的生活，为什么这样都不行？”

当他死里逃生，当真正的韩宇庭因车祸死去，当那张原本美丽的脸不得不因为被狼咬伤而接受整形手术最终成为别人的替身，支持他挨过漫长八个月的，是她安以若。

他所遭遇的所谓不幸，与她脱不了干系。

却还是难以割舍。

顾夜以为换个身份，以全新的面孔走进她的生命，结果会有所不同。

终究还是改变不了她的心愿。

他精心策划了一切，甚至把韩宇庭的未婚妻盛夏都变成他的一枚棋子，都不行。人算不如天算，安以若与牧岩的感情比他想象中的坚定。于是，他慌不择路地想搅乱牧岩的生活，挑衅似的转移牧岩的注意力，甚至自以为天衣无缝地抢回了金钥匙，瞒天过海地把她顺利带离A市。到头来，局中有局，他也深陷其中，而引领他走进泥沼的除了执念还有她安以若。

当他派人炸毁了萧然的墓，他就赌牧岩一定会去。结果如他所料，牧岩果然去了云南，与他买通的杀手激烈地交火，在寡不敌众的情况下滚落山崖下落不明。

安以若病倒是意料中的事情，可触到她绝望空洞的眼神，他才终于相信他们分别时那场不欢而散，是真的。

时机到了。

他说服了安以若随他到了巴黎。本以为即便得不到她整颗心，也有机会把她囚禁在身边，直到死。

一切都在计划内，唯有人心难测。

安以若神色平静无波澜："费尽心机的爱无法长久，心心相印才是厮守一生的条件。"

韩宇庭冷笑："可我现在是韩宇庭，甚至是我放你走，你们也没有办法证明我的身份。"知道他身份的人都死了，包括整形医生和护士。

"我们确实到现在为止还找不到可以证明你身份的证据。"所以才不得不忍到此时此刻，"可你拿回了金钥匙，早晚要用。"只要他去银行开属于顾夜的保险箱，牧岩就会动手。

韩宇庭眼神凌厉："如果我一辈子不开呢？"

安以若毫无惧意："你不会。"

韩宇庭眯眼，身上漫过迫人的戾气："这么确定？"

"对，很确定。"

"为什么？"

"因为你是顾夜，不会放弃曾经拥有的一切。"

顾夜自嘲狂妄地笑，笑容里带着几分狼狈与狠戾："看来你很了解我。"

"了解你的不是我，是牧岩。"在金钥匙被抢的那天，牧岩就说："毒品交易与其他生意没有任何不同，那个领域照样讲究'信誉'二字。顾夜这个名字代表的是顾老爷子几十年来积累的信誉，也就是说，道上人信的是他顾家。所以，在他的面容和身份都变了的情况下，他必然要取出可以证明他身份的信物，否则根本无法立足。他不会笨得要从头再来，而那么重要的东西一定是锁在保险箱里。"

顾夜是真想杀了她："即便他没死，这次也救不了你，不信，我们赌一赌。"

安以若深深吸了口气，力竭声音平稳："好，我和你赌。"

顾夜突然仰天笑了起来，笑声带着瘆人的阴寒："上次他赢是因为我舍不得杀你。可是这次，安以若，你认为我还会留你吗？"决绝狠戾的眸光定格在她脸上，森冷至极的话冻彻人心，"我要让你们死无葬身之地。"

灰蒙蒙的天空淅淅沥沥地飘下细雨，明明是万物复苏的季节，却暗沉得令人看不到丝毫希望。安以若到底没能在事发前脱身，之前与大励联系的手机也被顾夜自十六楼扔了下去。

第二天，顾夜独自一人去银行，用金钥匙打开保险柜取出那枚代表他身份的印章。

当安以若看到拇指大的玉石印章在顾夜手里时，她愕然。

为什么没有动手？错失了在银行抓他的最佳时机，要如何把他绳之以法？

顾夜语带讥讽："他这辈子都翻不了身了。"

安以若看着他冷寒的笑脸，抿紧双唇。

敲门声响起，单一走进来，恭敬地朝着坐在沙发上的顾夜鞠躬："顾先生，安排妥当。"

顾夜看向安以若："好戏就要开演了，我要让他看看你是如何粉身碎骨的。"他狂放不羁的冷笑回荡在房间里，是对她最后一丝痴恋的斩断。

此时此刻，无所爱，唯有恨。

黄昏时分，安以若被顾夜带离酒店。

她的眼睛被蒙着，所以不知自己身在何方，唯有鼻端潮湿阴冷的空气，让人干呕。她屏息注意着外面的动静，听见顾夜以流利的英语与人对话，当她反应过来他们正在进行毒品交易，终于明白了牧岩的意图，却也因此意识到危险的临近。

周围有片刻的静寂，紧接着被刺耳的枪声打破，发射出的子弹夹杂着冷风横扫过耳际。安以若想站起来，可脚下一软，又重重摔了回去。

世界轰乱起来，枪声，打斗声，咒骂声，此起彼伏，接连不断。

当听见外面有人喊话，安以若恍然大悟：是警察冒充了买家引顾夜出面交易。

谨慎至此，还是被设计了。

顾夜的情绪忽然失控。他举起枪朝着地面连连射击：“不可能。怎么会是警察？”深知再无翻身的机会，他如坠深渊。

“顾先生，不要再管那个女人，我们赶快走，或许还有机会。”单一是跟过顾老爷子经历大风大浪的人，他率先冷静下来。

“机会？”顾夜愤然甩开他的手，语带讥讽，“我顾夜想要的东西没有得不到的。如果真的得不到，我也要亲手毁了她，不允许任何人占为己有。”

什么都没有了，东山再起谈何容易？他要杀了牧岩，哪怕同归于尽，都可以。

上次云南时他败在了轻敌上，或许这一次，他依然犯了同样的错误。只是此时，顾夜的理智再次被牧岩缜密的计划消磨殆尽。

顾夜鬼魅的冰眸投向安以若，他蹲下身，抓起她的长发，强行抬起她低垂的头：“为什么他能找到这里？是不是你做了什么？”

安以若的嘴被堵着，她呜呜地说不出话。

顾夜抬手抽走塞在她嘴里的布，扯下她眼前的屏障：“我不相信还会毁在你手上。”然后挥手示意手下散开，他大力地把安以若提起来，“牧岩，我给你一分钟时间进来，否则我就杀了她。你可以不信，我们赌一赌。”

纤细的肩膀被他孔武有力的手捏住，仿佛下一秒就会被捏碎。安以若因为身体的疼痛几乎丧失了语言能力，她大口喘着气，脸色煞白。

一秒，十秒，三十秒，五十秒……

不给牧岩布置的时间，顾夜步步紧逼：“牧岩，最后十秒，如果你不进来我就引爆炸弹，你连她的尸体都见不到。”

牧岩底气十足的声音陡然响起：“顾夜，你敢碰她，我让你挫骨扬灰。”

顾夜大笑，命令属下：“开门。”

下一秒，仓库大门由内向外霍然被打开。

身穿深色特警服，脚下踏着军靴的牧岩毅然立于外面，他眼眸凝成暗沉的黑色，迸射出慑人的烈茫：“顾夜，你永远都是躲在女人身后的懦夫。”

对于他的指责，顾夜的回应是：“你活着走出这里，再说我是懦夫不迟。进来，否则我马上让她死。”

牧岩的选择是：救出她，或是，和她一起死。

于是，他大步走进来。

“不要进来，牧岩。”安以若哭喊着，“里面有炸弹。”

却阻止不了。

顾夜狂妄的笑声中，单一示意杀手关闭了仓库大门。

顾及人质安全，外面的警察不敢轻举妄动。

仓库里黄晕的光混着清冷的月光投射在牧岩的脸上，冷峻肃杀的侧脸，夜一样深邃的黑眸，寒芒锋利，森冷狠绝。

幽冷凄然的夜，因为两个男人的对峙让森冷漫溢在废弃的仓库上空。

眉峰蹙起，凛然的杀气蕴藏其中，牧岩深呼吸，缓慢走近顾夜。

沉闷的枪声和激烈的打斗声揭开了较量最后的序幕。

四名杀手同时围攻牧岩，似是知道他手臂旧伤未愈，专攻他伤处，出手狠辣至极，招招致命。牧岩身手敏捷利落，他迅速抬腿，狠力踢开左手边企图攻击他的杀手，握枪的右手高高举起，落下之时毫不留情地以枪托砸在被左手抓住肩膀的杀手的太阳穴，弯身避开背后偷袭的同时，迅猛挥出一拳，硬生生砸在前面杀手脸上。

眼花缭乱。

安以若的目光紧紧追随牧岩的身影，看着他手脚迅猛地进攻，随着一个力道强劲的回旋踢，把最后一个杀手踢倒在地。

比拳脚，实战经验丰富的牧岩明显占了上风。短短几分钟时间，四名杀手被放倒在地。

眼角的余光瞥到顾夜举起了枪，牧岩急速转身闪躲在货物之后，就地翻身一滚，找准伏击点，食指一勾，眨眼之间，地上又多了一个杀手，与此同时，他肩胛处传来一阵钻心的疼。

在他凝视开枪躲杀杀手时，自己也被顾夜射中。

刺目鲜红的血自身体里流出，潮湿的仓库里极速蔓延着浓重的血腥，空气中夹杂着硝烟的气味扑面而来。安以若再也承受不住，俯身呕吐起来。

激流翻腾的血液霎时沸腾，牧岩隐在货物之后，枪口对准了顾夜。正欲勾动手指时，忽见他狰狞一笑，下一秒，安以若被拉至他身前。

牧岩收手不及，强自调转枪头，子弹终于射偏，有惊无险地擦过安以若身侧。

额际惊出冷汗，眉眼蓦然暗沉，牧岩惊觉：顾夜确实对安以若动了杀机。这一认知，让他眼眸之中透溢出寒冻的怒火，牧岩下意识握紧枪。

滞闷的仓库里传来阴寒的笑声，顾夜声音冰冷：“牧岩，看看我为你的女人准备了什么？”语落之时，安以若身上裹着的男式风衣被扯掉。

“牧岩，别管我，快走啊。”安以若被弥漫的戾气压迫得呼吸困难，此时，她不敢挣扎，生怕触动定时爆炸装置，计时器就会飞快运转起来。

牧岩合了合眼，睁开时眸中的怒火已经燎原，他握枪缓缓走出来。

这就是顾夜想要的结果。

逼得他无路可退。

顾夜得意极了，他左手钳制住安以若，右手无所顾忌地勾起手指。

子弹飞驰出去——

牧岩避无可避，左腿瞬间被穿透，强烈而直接的刺痛感令他拧紧了眉头。

安以若尖叫：“不要，牧岩，牧岩。”

看着牧岩在自己眼前跪倒下去，顾夜把安以若甩入单一手中：“牧岩，你也有今天。我能从你手中抢回金钥匙，自然有本事留住你的女人。想要杀我？来，用你枪里唯一一颗子弹和我拼一拼，看看这次是不是也能救出她。”

汗珠自额际滚落下来，握枪的手因太过用力骨节已泛白。牧岩挣扎着站起来，目光滑过安以若带泪的脸，寸心如割。

一身黑衣的顾夜犹如鬼魅，目光紧视着牧岩：“没想到你的演技比我还好。说实话，我都已经分不清抢夺金钥匙时你是故意为之还是真的力不从心。银科大厦里离别的一幕更是惟妙惟肖，我居然相信你真是为了萧然放弃她。”

“那是你太自负，以为掌控了全局。”牧岩忍住腿上传来的疼痛，静静伫立在他对面，“在你利用盛夏挑拨我和以若感情时，同样有个局等你走进来。你以为我为什么会大意地孤身去取金钥匙？因为守卫森严的证物室是你不敢涉足的，双重密码的保险柜让你却步。所以，我替你取出来，让你自己证实你是顾夜而非韩宇庭。”

怀疑无法成为制裁他的证据，牧岩唯有引他入局，逼他出手。牧岩相信他之所以回A城必然要夺回钥匙，那是顾家进行毒品交易时的砝码。至于安以若，他小心地护着，生怕她再次遇险。

冰冷的目光投向牧岩，狂躁的心跳撞击着胸口，顾夜冷笑：“你果然敢拿命搏。”为他准备了那么强的火力，依然没杀了他，“不过你失算了，你的女人显然没有你精明，要不昨晚也不会大意地被我发现。”

蕴含杀意的眼眸落在安以若脸上时已温柔许多，牧岩弯唇：“我的以若我怎么会不了解，否则我不会在她决意随你出国时申请上级往她手指里植入人体追踪器。”

料到她肯定会随顾夜出国，失踪的牧岩暗中请牧凯晟安排，神不知鬼不觉地在安以若临行前夕给她植入追踪器。只有这样，才不会让他失去她的消息。只有这样，他才敢铤而走险。

终于，还是让她涉险了。

又是追踪器。

“难怪你能找到这里。”顾夜的笑声戛然而止，眼底霎时血红一片，“枉我那么爱你，到头来竟然还是败在你手中，满盘皆输。”语落之时，枪口已顶在安以若的腰际。

原以为他要开枪，不料他触动了按钮，计时器在下一秒快速转动，红色的数字不断闪现，从三百秒飞快地滑至二百八十秒。

顾夜疯了，他放弃逃生的可能，要与他们同归于尽。

听到计时器跳动的声音，牧岩的眼底瞬间红了。他以手中配枪霍然对准钳制安以若的单一，在一秒钟之内精准无比地射出最后一枚子弹，同时疾步冲向顾夜，沉声喝安以若：“走！外面有拆弹专家！”

顾夜显然没有想到牧岩敢如此放手一搏。他第一反应竟然是回身欲将安以若拉过来，不料被牧岩腾空一脚踢中肩膀，导致枪脱手了。而此时牧岩已在转身的瞬间捡起单一的枪，不用瞄准，直接朝顾夜的方向开了两枪，一枪射空，一枪射中他胸膛。

顾夜闷哼，颓然倒下。

整个过程，在瞬间完成。

安以若已经冲到仓库门口，然而，废弃的仓库安装的居然是保险柜式的密码锁，她根本打不开。

哪里还顾得上腿上受伤，牧岩急跑过去，炸弹上的时间只剩一百八十秒。

外面已有人在试着破解门的密码。

但显然等不及。

牧岩蹲下来，目光落定在炸弹装置上，朝门外喊：“叫拆弹专家过来！”他说着，已按住安以若的手以防她乱动，然后他把装置的构造简短扼要地向外面的拆弹专家说明。

得到指示后，牧岩抬头朝安以若笑了笑，然后谨慎而快速地开始拆除炸弹。

秒表跳动的声音与两人的心跳交织在一起，融合成一首夺人心魄的曲子，令人为之屏息。

安以若看着他沁出汗珠的额头：“你受伤了没有？”

“没有。”牧岩继续着手上的动作，同时沉声责备，“你到巴黎，大励就在催你脱身，为什么迟迟不肯？”

确实错过了很多机会。安以若极力忍住眼泪：“我怕顾夜反应过来，不去开保险柜。”

“等回去再和你算账。”牧岩用力合了合眼，凝结了眼神盯住爆炸装置。

安以若哽咽：“牧岩，我爱你。”

牧岩没时间抬头，也不能在这个紧要关头让眼睛湿润影响视线，但他的声音却哑了：“我知道。我也爱你。”

两个向来不把爱挂在嘴边的人在此时此刻说“我爱你”，悲壮得有如诀别。

“仪表盘有异！秒表运转速度加快！”牧岩忽然惊呼出声，汗珠顺着额际滴落在安以若的手背上。

三十秒，二十秒，十五秒……

安以若已经听不清外面的人说了什么，她只看到牧岩身后不远处的顾夜挣扎着站了起来，枪口对准了背对他的牧岩。

“红蓝两线，扯断哪根？”牧岩的精神高度集中，完全没有听见背后的声响，况且秒表上的时间只剩最后十秒，他也顾不得其他。此时此刻，牧岩心里只剩一个念头，那就是：让安以若平安。

安以若不敢乱动，唯有惊呼出声：“牧岩！”

牧岩才意识到顾夜没死。

可是，没有时间了。

对她的叫喊置若罔闻，牧岩薄唇紧抿，凝神听着外面拆弹专家的指示，手伸向电控盒。

三秒，只剩最后三秒。

命悬一线。

安以若的眼睛瞬间就红了，目光触到牧岩脚边的手枪，她再顾不了其他，猛地伸出手抓起来，双手握住，一秒迟疑都没有，扳动扳机。

与此同时，牧岩深呼一口气，等不及拆弹专家分析后给出答案，果断地扯断了红线，仪表盘上飞速跳动的时间终于定格在一秒的位置上。

然而——

砰砰！

两声沉闷的枪响过后，定时引爆装置上的计时器虽停止了跳动，眼前的两个男人也同时倒了下去。

眼见着鲜红的血从牧岩脑部涌淌出来，瞬间模糊了他的面容。

“牧岩！”安以若尖叫着抱住他，哭声响彻云霄。

手术灯亮起时，外面忽然下起了瓢泼大雨，冰冷的雨滴敲打玻璃，发出闷闷的声响：啪啦，啪啦……洗染了天空，潮湿了大地，冲刷去泥泞，却带不走这一刻的哀伤与凝重。

医院凄冷苍白，安以若泣不成声。

因为牧岩生还的可能，几乎是零。

这个世界有很多苦难，死别是其中之一。安以若不懂：老天为何如此残忍，一面给了他们交集的缘分，一面又吝啬成全他们一世相守。

世界就这样坍塌了。

眼前莫名地陷入黑暗，安以若坐在冰冷的大理石地面上，等待命运最终的宣判。

城市里的空气蔓延着忧伤的疼痛，失去繁星点缀的天际暗得犹如一块黑幕，是忽明忽暗的霓虹无力照亮的。

时间在煎熬中一分一秒地流逝，消耗的像是牧岩的生命。

手术持续了十几个小时，终于在凌晨结束。

安以若却连上前询问的勇气都没有。

医生一脸疲倦地走出来，看着她惨白如纸的脸，触到她茫然空洞的眼神，叹气。

这一声叹听在耳里，充满了绝望的气息。安以若的眼泪几乎夺眶而出，生怕下一秒医生会说："抱歉，我们尽力了。"或是："节哀顺变。"

却不是。

"头部中枪还能活下来已是奇迹。你要有心理准备，他能醒的概率不到百分之五。可能突然有一天就停止了呼吸，或许，接下来将是一段非常漫长的历程。"

他的意思是：牧岩还活着，只是……

这就是结局——

轰动全国的贩毒案经过为期两年半的追查终于告破。

重犯顾夜出其不意地死在安以若枪下。

而特警大队长牧岩，成了植物人。

等待确实是一个漫长的过程。尤其是在忐忑不安的情绪中，更是一种无形的折磨。然而，却是这份等待支撑安以若挨过了一次又一次的日出日落。

在所有人为牧岩的沉睡哭泣时，安以若选择了微笑。

她像女儿似的握住牧妈妈的手，安慰："他还活着，这就是希望。"

是啊，还有机会，哪怕渺茫。

连牧凯晟都受不了了，他红着眼圈用力搂紧妻子，把她的哭声死死压在怀里。

要坚强，不可以放弃希望。

除了这样自我安慰，心痛无可宣泄。

米鱼控制不住地掉眼泪，为牧岩的沉睡，更为安以若接下来要面对的无止境的煎熬。她觉得老天真是不公平，那么好的安以若，怎么就要承受这些？原以为席硕良的抛弃已是命运最大的刁难，原以为遇上牧岩是修来的福气，结果却是——令人唏嘘。

甚至是谭子越，在牧岩出事后很长一段时间，都不敢面对安以若，因为每每触及她平静笑容背后的凄凉和沧桑，他都难过得不行。

她面上在笑，可心里的疼，任谁都无法感同身受。

可牧岩和爱情，让她为之勇敢。

然后，就是三年。

谭子越来到病房时，安以若正站在窗前，神色清淡，目光悠远，静然而立的姿态犹如一幅绝美而无法碰触的画卷。

不忍打扰。

直到安以若回身，发现他来了："什么时候来的，也不叫我？"她唇角有浅淡笑意，给人一种错觉，像是先前沉浸在忧伤之中的人根本不是她。

"刚到。"谭子越走到病床前坐下，"他怎么样，睡得还稳吗？"

月光般温柔的目光落在那张俊颜之上，安以若伸手摸摸牧岩短短的头发，像是抚慰受伤的孩子："还是老样子，和他说话也不理人。"

谭子越不经意低头，看到薄被外牧岩手指上那枚素戒，明显犹豫了一下，但还是没忍住："安以若，说实话，你还能等多久？"

三年了，牧岩的身体状况并不乐观。前几天安以若想带他出去晒太阳，谭子越抱他时发现他瘦了很多，隔着衣服都能摸到突出的肋骨。即使没特意询问过医生，他何尝不明白这样的消瘦意味着什么。谭子越忽然有些害怕，万一哪天牧岩走了，安以若会有怎样的反应。

她会受不了的。

却无能为力。

没料到他会有这样的疑问，却早已经有了答案一样。安以若从容地握住牧岩的手，轻浅的声音有不容置疑的坚定："他一天不醒我就等一天，他一年不醒我就等一年。如果他这辈子就这样睡过去，那我的一生也只好在等待和陪伴中度过。谁让他说过我们要永远在一起呢。他许下的诺言，我来实现。”

他许下的诺言，我来实现。

这是谭子越听过的，最温柔暖心的告别。

牧岩，你听见了吗？有个女人准备为你耗尽一生了。你怎么舍得丢下她？

谭子越的目光锁定在他们十指相握的一大一小两只手上：“以前大木跟我说你和何书慧不同，不让我拿你们作比较，我还不服。现在我懂了。”

当年，何书慧与牧岩争吵时他也在场。谭子越清楚地记得何书慧说过：“牧岩，我爱你。你不能这么自私地让我承受一切，任何一个女人都过不了这种担惊受怕的日子。”

那时，谭子越觉得她说得很有道理。然而此时此刻，他忽然发现那种爱才是真的自私。自私到以爱为名要求别人放弃信仰。

他还问过牧岩：“如果有一天安以若提出同样的要求，你怎么办？”

牧岩连思考都没有，肯定地回答：“她不会。”

“为什么？你是她男朋友，难道她不怕你遇到危险？”谭子越不解，“除非她不爱你。”

牧岩眉头舒展，目光流露出异样的温柔：“她越爱我就越会尊重我的选择。”

谭子越有意反驳，牧岩继续：“以若是个勇敢的姑娘，无论对爱情还是对待世事。她不会要求我离开警队，因为她知道我除了爱她，也热爱我从事的职业。她选择了我，就肯定做好了接受我所有的准备，包括身为警察的身份。”

好大男子主义的回答。

对于牧岩表现出来的把握，谭子越当时是抱着拭目以待的态度。

终于，谭子越不再怀疑，安以若对牧岩的爱是建立在尊重和支持的基础上，坚定而厚重。她有勇气陪牧岩经历不可预知的危险，如同在顾夜的案件里，她选择了与他并肩而战。

其实，她本可以置身事外。

连牧凯晟都说：“没有以若作饵，顾夜绝不可能在如此短的时间内自乱了阵脚。任牧岩布局再周密，想要一举擒获谈何容易。在这件事情上，大木所爱的女孩子没有一味地受他庇护，而是出人意料地走进了棋局。这样的以若，值得牧岩拼命。”

这样的安以若，谭子越也无从安慰，唯愿：大木，醒过来吧，别让她等太久。

似是听到了他的祈愿，安以若眼角有泪光闪动，她旁若无人地把脸贴上牧岩的脸，轻声呢喃：“我知道，你一定会醒的。”

清晨的风微微拂过花盆中的铃兰，花瓣抖落了几颗晶莹的露珠，清新的空气中弥漫着淡淡的香气。安以若细心地为铃兰浇过水，计划先去公司开会，然后去医院陪牧岩。

三年来，她已经在等待中习惯了这样的生活。除了必要的工作需要去公司完成，她大部分时间都是在病房里度过，一面照顾牧岩，一面完成画稿。然而，当车子驶入街道，她的手机就响了，来电显示是牧岩的主治医生。

这个时间医生极少打电话来，除非——

“安小姐，请你马上到医院来。牧岩的身体突然出现急剧衰败的迹象，我怕他……”

那一瞬间，安以若心中有什么东西突然毁坏，轰隆一声，碎了一地。

是什么？坚强，还是希望？

空气陡然变得稀薄起来，仿佛有人用力掐住她脖子，呼吸艰难。

忘了是怎么把车开到医院的，只记得她到时牧岩已经被推进了抢救室，而牧家二老也已经来了。牧妈妈的哭声回荡在空旷寂静的走廊里，刺耳而尖厉。

透心的凉气漫过全身，安以若如置冰窖。

“牧岩。”支离破碎的呢喃流淌在空气里，似乎只有这样，才能挽留住牧岩。

三年来，安以若像个脆弱的孩子似的小心翼翼地呼吸，她以后半生为赌注，如此孤注一掷，只为能赢得牧岩。现在看来，这样也未必如愿。

非走不可吗？

她的等待，他们的爱，到底还是换不回他的生命吗？

翻天覆地的疼痛席卷而来，安以若颓然跪倒：“牧岩，我该怎么办？”

记忆有如碎片涌入脑海：

曾经尴尬而意外的初见，他温热的唇羽毛般滑过她的唇，轻柔的碰触让人心悸到窒息。

昔日里甜蜜的相处，深夜冷风中他拥着她站定在天台之上说着最不像情话的情话：“安以若，你有我。”

爱意缠绵的飘雪之夜，他抱着她柔若无骨的身体温柔地说：“以若，我爱你。”

他受伤时，鲜血淋漓的画面根植在心底，无数个夜里，她喋喋不休地在他耳畔说：“牧岩，我等你。”

一切的一切，终究只能是回忆了吗？

安以若接受不了，以天人永隔的方式为他们今生的交集画上句点。

她不要。

世界因为牧岩突然的病情恶化被全盘掀翻，所有断瓦残垣毫不留情地砸到安以若身上，那胸口传来的阵阵尖锐的痛楚，那血液里急速蔓延的无限冷意，难受得她也想死去。

意识逐渐变得混沌，在眼前陷入完全的黑暗前，安以若想：如果你非走不可，牧岩，请带我一起吧。求你！

郁积在内心深处的恐惧终于爆发。安以若从陷入昏迷开始就发起了高烧，药物注入身体丝毫不起作用，热度持续不退。

之后五天，她始终昏迷着，嘴里不断发出模糊的呓语，仔细辨听才知道是牧岩的名字。直到第六天，她终于醒过来。或许是想问一问牧岩的情况吧，她张了张，却因声带完全失声，说不出话。

牧妈妈心疼得直掉眼泪，握着她的手，不停地说：“以若啊，你要好好的，大木需要你。”

安以若似乎是听见了，可能是被牧妈妈的不舍感动，也或者是听出来牧岩还活着，她闭上眼睛时，眼角有泪落下来。

在安以若还处于昏迷状态时，有护士从牧岩病房里冲出来：“患者身体有异！”

有异？是好还是坏？

得知这一消息，无论是牧家，安家，温家，还是程漠非，谭子越和米鱼，都匆匆赶来。

屏息以待。

牧岩又一次进了抢救室，再出来时，呼吸仍在。

在场的女人们都哭了。

医生几乎不想说出下面残忍的话，可是：“再这样反复下去，不醒的后果就是：身体器官衰竭，直至——”

死亡。

“你们有个心理准备吧。”他终于还是说，“抱歉。”

牧妈妈当场晕倒。

幸好，老天并没有遗弃这对相爱的人。

当漫长的黑夜终于过去，天际渐渐亮起微光时，沉睡了一千多个日夜的男人居然奇迹般有了反应。先是手指动了，在众人屏息静待许久后，他缓缓睁开了眼睛。

仿佛不适应病房内的光线，牧岩眨了好几次眼，每一次都让人惊慌，生怕眨过之后又是沉睡。终于，黯淡的目光在每张熟悉的面孔上扫过后，牧岩低低地发声：“以若呢？”语速缓慢，似是用尽了全身的力气。

在所有人几乎要放弃希望时，他居然醒了，然后问：“以若呢？”

尽管细弱蚊声，还是清晰可闻。

病房里寂静无声，像是无法接受这样山河巨变的结局。

惊喜到不可置信。

率先反应过来的居然是晨晨，她用带着哭腔的声音说：“妈妈，小叔叔在找以若阿姨呢。”

接着，寂静被骤然响起的哭声打破。

喜极而泣。

然后，病房的门被人从外面轻轻推开。

身体的全部重量依附在护士身上的安以若怔怔站在门口，她的眼眸闪动着潋滟之光，旁若无人地定格在异常憔悴的牧岩身上。她有千言万语想说，可此时此刻，犹如被冻结了语言功能，除了无需酝酿就掉下来的眼泪，她找不到自己的声音。视线蒙胧中，只看见牧岩深深凝望自己，目光温柔如往昔。

没有什么比再一次在他眼中看见自己，更觉幸福了。

宇宙洪荒，时间静止。

晨光满室，温暖心房。画面像慢镜头回放一般，安以若挣开护士的手，一步一挪地走过去，病房前，她把牧岩用尽浑身力气伸出的枯瘦的手紧紧握住——

泪如雨下。

当医生宣布他或许会沉睡一辈子，她已经做好了在等待中耗掉一生的准备；当他一次次被推进抢救室与死神相搏，她几乎以为再留不住他，甚至决定放弃自己的生命至死追随——他却醒了。

原来，生机永存，只要别轻言放弃。

三个月后，微凉的寂夜，市展中心正如火如荼地上演一场与众不同的时装秀。

偌大的伸展台上，没有绚丽的颜色堆砌，没有令人眼花缭乱的色彩缤纷。有的，只是绅士般的庄重与沉稳。

身材高大的男模踩着节奏分明的鼓点，潇洒随意地漫步在舞台中央，把设计师心中追求的随性自如诠释到极致。

别样的视觉冲击，把这场特殊的秀推向高潮。

展会接近尾声，设计师上台。

柔和黄晕的光打在身穿纯白绸缎礼服的女人身上，她姿态从容，步伐优雅，如水的目光与台下那道深情的视线交凝在一起，温柔浅笑："三年前我对一个人说过他的衬衫太硬都不好给我擦眼泪，命令他不许再穿……"

话音未落，台下的观众已轻笑出声。

停顿了下，安以若继续，"后来他和我说，如果能穿上我设计的衣服会觉得很幸福。"

牧岩站在人群之中，嘴角徐徐弯起。

"今晚大家看到的'Mylove'男装系列是我历时两年完成的一套作品，我把对一个男人点点滴滴的爱融入到设计中。今天，当作求婚礼物送给他，祈盼与他携手一生。"

牧岩沉睡一年后，安以若摒弃了从前只设计女装的想法，开始执笔画男装画稿，从衬衫到西装，从正装到休闲，一幅又一幅，逐一画遍。

之后的两年，病房成了她的工作室。她想：总有一天牧岩会醒过来，穿上由她设计的‘Mylove’品牌服装，为他们生死与共的爱情作见证。

如愿以偿。

安以若大声对全世界宣告：“牧岩，安以若此生，非你不嫁。”

这是身为女人，最勇敢坚定的一刻。

有个男人，值得你放弃全世界去拥有，此生不悔。

这是身为男人，最骄傲荣耀的时刻。

有个女人，在向全世界宣告对你的爱，至死不渝。

牧岩有泪湿的感动。

众人期待的目光中，他缓步走上展台。

牵起安以若的手，牧岩的目光柔软入心：“过去的三十三年里，我获得了母亲伟大而无私的爱。今天，我要把另一个女人带进我的生命。”转过身，他与安以若迎面而立，“以若，牧岩此生，非你不娶。”

然后，牧岩单膝跪地，把一枚闪闪发光的钻戒戴在安以若手指上。

安以若却哭了，轻声细语地责备：“明明是人家求婚，怎么被你抢了风头？”

牧岩眉眼间皆是笑意：“我是为了配合你偶尔的高调。”

安以若破涕为笑：“你欠我三年的情话，记得连本带利一起还。”

又是那副讨债的口吻，甚是怀念，牧岩俯身，轻吻她唇角：“我有一辈子的时间，慢慢还。”

远方最远的天际，闪过璀璨的光芒，犹如希望的朝阳喷薄欲出。

时光的某个角落，牧岩与安以若的人生轨迹终于重合，令原本濒临残破的生命，回归圆满。爱至此，他们会幸福，一直幸福。

番外01. 萧然篇纠缠

在女人的世界里，爱是一切。

八岁那年，我和妹妹萧雨成了孤儿。一名叫顾成的男人为父亲处理了身后事，把我们姐妹俩带进一幢豪华别墅。

顾成看向从楼上下来的男孩儿："这是顾夜，我的儿子，以后就是你们的主人。"

主人？这个称呼于我太陌生。但无依无靠的我与萧雨，不敢多问哪怕一个字。所以，当六岁的萧雨怯怯地躲到我身后，我以姐姐的身份机灵地回答："是。"

那个穿得像个绅士的男孩儿走到我们面前，目光中满是不屑，然后高昂着头，从我们身边走过："爸爸，我不要身边跟着讨厌的女人。"

女人？我和妹妹还只是别人口中的"小朋友"而已啊。我闻言皱眉。

顾成却笑了。那是从我见到他第一次看见他笑，那笑声证明他心情愉悦："夜，她们可以陪你一起玩，一起训练，你不是总说一个人很闷吗？"

男孩儿固执地认定了我们是女人："我不和女人玩。"他语气里有指责的意味，"爸爸。你不是说女人都是祸水吗？为什么偏偏找两个女人陪我呢？"

你才多大，懂女人吗？居然大言不惭地批评：女人是祸水？尽管只有八岁的我没有立场去批评一个和萧雨同岁的男孩儿，可我心里还是忍不住这样想了。

当然，我也是有疑问的。比如，顾成和我们萧家是什么关系？比如，他为什么偏偏把我和萧雨安排在顾夜身边？毕竟，以顾家的家世、身份和地位，不是我们两个孤儿配得起的。

我却没有选择权和决定权。

在五岁失去母亲，八岁失去父亲后，能和萧雨有遮风挡雨的居所，能保证一日三餐的温饱，我该满足的。

于是，从那天起，我和萧雨以顾家养女的身份改名为顾萧然和顾萧雨，和顾夜一起学习、训练。也是从那个时候起，别墅的人称呼我们为二小姐和三小姐。

这个身份，改变了我和萧雨的一生。

相比其他普通人家的孩子，我是高高在上的富家小姐，不愁吃穿，有保镖跟从，随心所欲。相比那些同龄的孩子，我是寄人篱下的可怜到连人身自由都没有的养女。我的命运不由自己掌控，甚至是我的命，都不属于我。

可惜，当我意识到这些与人不同之处时，已是十年之后。

十年，听起来都觉遥遥无期，更何况是在地狱一样的生活里，怎会不漫长?

十年里，我受伤无数。训练时，我忘了自己是个女孩子，我只知道我必须做到最好，枪法要准，出手要快，否则不止自己会挨打，连萧雨也难逃苛责。所以，我对自己很苛刻，拼了命似的。

十八岁那年，我第一次随顾成的人出任务。那天，当我颤抖着把货交出去，买家却翻脸了。他们不仅想吞了货，还妄想杀了我，以此震慑顾成。

简直痴心妄想。

直到那天我终于知道，十年的痛苦，是我的无限生机。当对方的枪口抵在我太阳穴上，我轻蔑地笑了，然后，当那个肥胖男人的手探向我裸露的肩头，我不动声色地拔出腰际的枪。

他当然逃不掉被我杀死的命运。

人若犯我，我必犯人。女人狠起来，比男人更甚。

从那时起，我忘记了善良和自卑，变得无情而狠戾。

后来，我变得连自己都不认识自己了。看向镜子里那张明艳妩媚的脸，我笑出了眼泪，而那泪，似乎在瞬间变成了鲜红色，刺目的，燃烧的，沸腾的，都是从我枪底下流出的血。

我用双手抱住自己的肩膀，泣不成声。

如果可以选择，如果可以重来一次，我能否逃脱这样的命运安排?

带着这样的疑问，我迎来了二十四岁生日，和那个身上有阳光味道的男人牧岩。他毫无预警地出现在我的生活里一年之久，又如人间蒸发似的杳无音信。

我清楚地记得第一次见他时，他奋力把恍神的我推倒，躲过一辆疾驰而过的卡车。

他拧眉提醒："走路不要魂不守舍，危险。"

那时距离我和他相识，还有一个小时。

九钻办公楼里，他与我擦肩而过。我停步，回头，看见他进了人事部。然后，他应聘成功，成为九钻的员工，我的属下。

他在保安部工作期间被临时派到宴会厅接我，我喝了很多的酒，却还清醒。带着试探的心理，我借着酒劲，立步不稳地瘫软在他怀里。

他单手扶住我，语气不悦："女人别喝太多酒，不好。"

我半眯眼睛，双手曼妙地绕上他脖子，吻向他的唇。

他偏头避开了。

我笑，心想：这样有趣的男人如果为我所有该会很好吧。而他，实在是个不解风情的男人。我多次主动示好，他都置若罔闻。

令人生气。

我的美丽不容置疑，我的性感，是个男人就无从抗拒，可他看我的眼睛总是无波无澜。

他越是这样，我越想要征服他。我以九钻总经理的身份倨傲地要求："牧言，今晚陪我出席酒会。"

在九钻，他叫牧言，而非牧岩。

开始就是假的，我们之间，从不曾坦诚以对。

他稳如泰山般与我对视："对不起，顾经理，这不在我工作范围之内。"认识我的人都称我是顾小姐，只有他固执地称我顾经理。

"站住。"我冷声，踩着高跟鞋站定在他面前，"工作时间，我有权调动你。"

他紧抿唇角，极力压抑心底的怒意，然后把目光投向别处："时间，地点。"

我笑了，因为他无奈的妥协，因为他倔强的表情。

这个男人，任谁都会想征服吧。在他身上，我不经意间嗅到阳光的味道，那么温暖，那么明媚。我不仅仅只是想玩玩了。

到了酒会现场，他居然想把我扔下："我在休息室等你，完事送你回去。"

当然不会被允许。

我挽住他胳膊，笑容明艳地对迎过来的人打招呼："王总，好久不见。"

王总笑眯眯的："欢迎赏光啊，顾二小姐。小顾先生好吗？我可是有阵子没见他露面了。"

小顾先生指的是顾夜，按实际年龄算，我该称呼他弟弟，但是，从我和萧雨进顾家那天起，他就是我们的哥哥。而此时，他正带着萧雨在国外潇洒。

"大哥不在国内，去欧洲度假了。"我如实回答，见他带着几分探究和审视地看向牧言，我替他们介绍，"这位是牧先生，我的好朋友。"

"哦？"王总笑得好暧昧，"原来是好朋友啊。"

在他看来，好朋友的关系都是不简单的。我不着痕迹地贴紧牧言，但笑不语，算是默认。

牧言却开口为自己正身："王总你好，我是九钻保安部牧言。"

我面上笑靥如花，心下已经恼羞成怒，完全提不起兴致和酒会上那些戴着面具的男人周旋下去。我放下酒杯，挽着牧言提前离席。

他从不是多话的人，自然不会多问一句。只是在把我送回家之后，在我倾身上前欲主动献吻时，再次拒绝了："顾经理！"

我几次放下矜持主动示好，他都这样无动于衷。我不懂，也不信有哪个男人可以在诱惑面前把持得住。我扣紧他的手抚向我胸口，试图用身体让他臣服。

当然，我是愿意为他所有的。

可惜，我看错了人。

爱情面前，我太自以为是，输了一生。

牧言用他有力的手臂推开我，冷静而绝情："顾经理，请你自重。"

那么冷漠疏离的目光和言语，令我心伤又难堪。

"为什么？你敢说你不喜欢我？"我在赌，以为男人也擅长欲擒故纵这一套，毕竟以我现在的身份，想要接近我的别有用心的男人太多了。

他的回答一针见血："为什么我要喜欢你？"

我气急了，挥手扬出一巴掌。

手腕被他在半空中截住："不要试图和一个男人动手，再好的身手也不见得占到便宜。"说完他面无表情地推开车门下去，离开前补充了一句，"顾经理上去吧，我下班了。"

我失控地朝他的背影大骂："牧言，你是浑蛋！"

我的声音回旋在耳际，而他的身影，隐没在路灯下。

人啊，就是这么奇怪的动物，越是得不到，越是想要。之后的一段时间，我愈发缠他，以前很是厌恶的宴会应酬我都欣然前往，而他身为九钻保安部部长当然要随行保护我的安全。看到他无奈隐忍的表情，我的羞恼烟消云散。

这个男人，我一定要拿下他。

终于，面对我的纠缠，他忍无可忍："顾经理，我是九钻的员工没错，但不代表你可以随意差遣我。请别再缠着我了，我说过，我不喜欢你。"

我冷静下来，牢牢盯住他眼睛："给我一个理由。"

我想知道自己哪里不好，然后改到他喜欢为止。直到那时我终于明白为什么萧雨宁可被我打，也不肯放弃顾夜。她说："姐，我爱他，就算他有再多的女人，都不能令我不爱他。别试图让我放弃，我回不了头。"

当时听她说回不了头，我只觉幼稚。爱，多可笑的字眼，像我们这样的人，怎么会有爱？我不相信。可笑我也逃不过这场爱之劫。相比之下，萧雨比我幸运，至少顾夜还愿意付出一点儿心意，至少顾夜还给了萧雨想要的疼宠，而我，眼前的男人甚至吝啬对我笑。

不过是个保安部部长，他凭什么？

可他依然是一副无静无波的样子："没有理由，就是不喜欢，也不可能喜欢。"

我几乎就要爆发。

却无论如何都没明白他话里隐含的意思。原来，所谓的不可能是指我们天差地别的身份。至于后来他的突然消失，则是卧底任务的结束。

后来我得知真相，又不禁笑他傻，如果他肯放下固执从我入手，或许卧底任务会完成得更圆满吧。不过，当我的生命走到尽头时，又很感激他。感激他没有利用我的感情，如果那样，我会感觉自己爱得更加可笑和不堪。

随后一段时间，我异常忙碌，因为顾夜不在国内，有单生意我要独立完成，这种见不得光的生活，我不能让他介入，而我真实的身份，更不能让他知道。于是，我暂时不去纠缠他。

可惜，我高估了自己的能力，这单生意居然砸在我手上。交易时，我与买家被突然出现的警察困在仓库里。如果不是顾夜派人来接应，我即便不死也要被活捉。

而从那夜之后，牧言就消失了。

直到在A城机场再遇，我看见他和另一个女人接吻——

那个瞬间，我动了杀机。对安以若。

但当时显然不是时机。

我面无表情地与萧雨离去，然后，在最短的时间内，查出了牧言的真实身份。

他真的是警察。

我坐在窗前，喝光了整瓶酒。我哭倒在萧雨怀里，告诉她，我爱上一个不该爱的人。

萧雨发誓："我要亲手杀了他！"

被恨意蒙蔽了双眼，我与萧雨失去了起码的警觉与聪慧，我们天真地以为可以轻而易举地陷害安以若，我们痴心妄想地以为收拾那些愚蠢的警察易如反掌，唯一没想到的却是：萧雨竟然惨死在牧岩枪下。

一秒一瞬间，我就和这世上唯一的亲人，永别了。

报仇！我趴伏在冰冷的地上，被恨意占据了所有的思想。

当与我随行的杀手被抓，顾夜命令我立即返回姐告。

我从未违抗过他，唯那一次。

我想我是气疯了，所以才会笨到想在市展中心杀她。那是我与牧岩第一次以警察和毒贩的身份对峙，我牢牢盯着他，企图在他眼中找到点滴的感情。结果失败了。

中枪的瞬间，我的泪落在心底。牧岩，你到底是不爱我。否则在你下手时，不会没有丝毫犹豫。可你知道吗？当你扑倒安以若时，我有多后悔开枪伤了你。

姐告之行，我抱了必死的决心。那么固执地要与他同行，只是奢望与他多待一天。飞机上，我靠在他怀里，头枕在他肩头，心疼得连呼吸都困难。

因为假象，更伤人。

那夜，我终于知道一个固执的男人有多可恨，他宁可死，都不愿与我纠缠不清，看着他嘴角沁出的血，我心死如灰。牧岩，你好狠好残忍，居然至死都不愿意碰我！我被他逼得哭了，我被他的无情彻底逼疯了。

我改变主意，我突然不想杀安以若了，只是，我残存的最后一丝理智在看到他们拥抱时荡然无存，我等不到顾夜动手时再寻机会把毒品注射进安以若身体，我蠢到先动了手，反而让牧岩得了先机，害了顾夜。

那个萧雨最爱的男人败了，当牧岩的枪口抵在他额头，我清楚地看到他眼底迸射出的杀意，只是，我已经无力扭转局面。

我放弃了生的希望，把出发前藏在指甲中可以致命的毒药含进了嘴里。我想：如果我死了，他或许就不会忘记我。

我以为我等不到他来，他却赶到了。

病房里，我看到他额际的汗水。我笑了，然而这一笑，伴随而来的是眼泪。

我的情绪渐渐平静下来，却控制不了神智变得越来越混沌："牧岩，我不想离开这里，因为这是我的家乡。"我剧烈地咳起来，喉间的腥甜开始翻涌，我知道，我要不行了，"让我留在这里，送我到我爸妈身边好不好？"

活着，我贫乏得一无所有；死了，我想留在父母身边。这样，我就不会感觉孤单了。

牧岩温热的肌肤已经温暖不了我，可细听之下有些哽咽的声音让我觉得一切都是值得的，尤其当他说"好，我送你到他们身边。我亲自送你"时，死亡也不能让我畏惧了。

弥留之际，我很想问他："你有没有爱过我？"

可是，心太清醒。

这其实是一道不需要回答的问题。再无情再愚蠢的男人，在这时，也会给出一个让女人感动到无以复加的答案，哪怕是一种虚伪的安慰，他们也不会吝啬给予，更何况是善良的牧岩。

这个时候，连我自己都觉得没有必要自欺欺人。

但是牧岩，我有一个心愿：

但愿来生，我能干干净净地遇见你。不苛求相爱，只要能平静相处，就好。

今生，就此别过。

番外02. 爱你，以永远为期

三年里，在安以若的悉心照顾下，牧岩的四肢没有出现任何萎缩的迹象。然而，当他有了意识第一次苏醒时，除了起初问的那句“以若呢？”就再也没开口说过话，时睡时醒的状态让所有人如履薄冰。

然而，他已经创造了生命的奇迹，就连专家都难以置信地说：“神了，真是神了！”

安以若还有什么担心？她坚信，牧岩距离真正苏醒，不远了。

那段时间，安以若不顾自身虚弱整日整夜守在牧岩身边，一边给他按摩一边像唠家常似的和他说话，希望他能感应到她的爱，睁开眼第一个看到她。

对于儿子任性似的沉睡，准儿媳耐心的等待，牧妈妈忍不住悄悄掉眼泪。

这样持续了将近一个月，牧岩的各项身体机能几乎恢复到与常人无异。

欣喜之余只剩焦急。

唯有安以若，最平静。

又是一个周末的清晨，安以若像往常一样早早来到医院，病房里，她像专业人士一样为牧岩做按摩，边做边习惯性地和他闲聊：“今天感觉好不好啊？有没有感觉哪里——”

然后就被打断了，一句异常清晰的“挺好”回荡在空气里。

以为是幻觉。安以若小心翼翼地又问一遍：“今天感觉好吗？”之后她屏住呼吸，目不转睛地盯着那张瘦削的俊颜，生怕错过哪怕一丝一毫的神情变化。

沉睡了许久的男人缓缓地睁开了眼睛，当安以若在他眼中看到小小的自己，终于听见他重复了一个字：“好。”

几乎是瞬间，安以若的眼泪就掉下来了，她抓紧牧岩的手，哽咽：“牧岩，你醒了是吗？你是不是真醒了啊？你不要再吓我，不要吓我好不好？”

牧岩眨了眨眼睛，低低回应：“好。”

安以若“哇”的一声哭起来。

牧岩手指微动，轻轻回握住她纤小的手，低声哄：“别哭。”

终于，在爱情的感应下，牧岩赢回了生命。

笑容回归，安以若快乐地围绕在牧岩身边，陪他进行康复训练，恢复身体的各项功能。

牧岩被照顾得很好，脸色渐渐变得红润起来，甚至是体重，都开始增加。

牧妈妈来到病房时正好看到安以若喂儿子喝汤，她宠爱地抚摸着准儿媳的发顶，慈爱地嘱咐："这三年，苦了以若了。大木，你以后一定要好好待以若。"

牧岩深情地凝视安以若娇俏的脸，郑重点头。而她，眼角眉梢皆是幸福与喜悦的笑意。那种不经意间散发出来的美丽，是只有爱着和被爱的女人所特有的。

牧妈妈心疼安以若的辛苦，劝她回去休息，安以若挽着老人家的胳膊，甜甜地笑："阿姨，我一点儿都不累。你回家陪叔叔吧，我留下照顾他就行了。"

牧妈妈微微嗔道："你这孩子。"然后转头看向牧岩，带着几分责备的意味说，"你也是的，不知道说句话，看以若累病了谁管你。"

握住母亲的手，牧岩弯唇一笑："妈，就让以若留下吧，我和她说说话。"没想到自己睡了三年，牧岩心疼安以若的等待与煎熬，哪里舍得她离开身边半步。

安以若喜欢他此时像孩子似的任性。

知子莫若母，哪里会不了解牧岩的心思？可习惯向丈夫和儿子撒娇的牧妈妈却故作生气地对安以若说："看看，果然是有了媳妇忘了娘，怎么就没听他说想让我多留会儿呢？"

与牧岩相视一笑，安以若搂着准婆婆的肩膀哄："才不是呢，他最疼您了，怕您辛苦，才让我侍候他，我好嫉妒您呢。"

牧岩也很识相地表忠心："妈，您都照顾我三十多年了，这回有人接班了，您可以专心照顾爸了，免得他总说我争宠，你说是吧？"

"油嘴滑舌！"牧妈妈似娇似嗔地批评了句，看看眼前一条心的小两口，她把安以若的手放在牧岩掌心里，微笑，"以若啊，怎么还叫阿姨呢，是不是该改口了？"

怎么好意思呢？

安以若的脸颊顿时红了，而牧岩则扬起唇角笑了，他手上微用力握紧她的手，鼓励地说："傻姑娘，还不快叫？"

这，反正早已认定了非他不嫁的——

在牧家母子期待的注视中，安以若微红着脸，轻轻叫了声："妈！"

"好孩子！"牧妈妈满意地笑了，轻轻搂住了安以若的肩膀。亲昵的样子，像母女。

晚上，病房里静悄悄的，安以若低着头，专心地为牧岩做按摩。

目光长久地停留在她温柔的脸庞上，牧岩的眼底蕴含着浓浓的爱意，伸出修长的手，他动作轻柔地抚上她的脸颊。

安以若继续手上的动作，没说话。

他低低地唤："以若。"

她柔柔地应："嗯。"

牧岩揽臂把她搂进怀里，嗓音低哑："傻瓜！"

安以若抱紧他劲瘦的腰："傻人有傻福啊。"

想到一千多个日日夜夜的守候与等待，有泪在眼底酝酿，牧岩低头亲亲她的发顶、额头、鼻尖，最后缠绵地吻住她微微开启的口。

寂静的夜里，相爱的两人紧紧地拥抱，沉醉在一个长长的深吻里。

牧岩出院那天，众人很有默契地没有打扰，把一切可以独处的时间全都留给了安以若。

回到阔别已久又一尘不染的公寓，看到客厅里摆放着的纯净铃兰，牧岩的心里溢满暖暖的幸福和感动，与安以若十指紧扣，简单的"感谢"二字如鲠在喉。

何尝不懂他的心疼？

安以若撒娇似的拧他耳朵，往浴室推他："去洗澡换衣服，然后开饭。"

牧岩服从组织安排。

当他神清气爽地从浴室出来，房间的灯被关掉了，唯一的光源来自于餐桌上燃烧的红烛，那噼啪的声响，跳动的火焰，映得餐桌上的四菜一汤格外精致，伴随着从客厅流淌出来的轻柔乐声，俨然是女主人的安以若更显娇柔妩媚。

胸瞬间被感动填满，牧岩努力按住泪腺，走过去，轻轻拥抱她："都过去了，以后我来照顾你。不敢说做到最好，但我保证会倾尽全力。"

安以若哭了，开始只是低低地呜咽，后来痛哭出来，她紧紧抱住牧岩："你睡着的时候我真的好害怕，我从没那么害怕过，求求你，别再吓我，我不能失去你。"

牧岩的眼圈红了，轻拍着她的脊背，哑着嗓子允诺："别怕，我在呢。我答应你，以后再也不做危险的事了，永远在你身边，永远在。"

安以若搂住牧岩的脖子，身体像藤一样缠着他，似是要借这样的亲密拥抱化解心中蛰伏已久的恐惧。

把她小小的后脑按在胸口，牧岩像哄孩子一样安抚她的不安与惶恐，用肢体语言告诉她，他们再也不会分开。

这一夜，言语是多余的，他们需要的，仅仅是对方紧密的怀抱。那种真实的、温暖的相拥，才能给予彼此岁月静好的心安。

时装发布会后，婚礼如期而至，在亲友们的见证与祝福声中，牧岩与安以若交换结婚戒指，把彼此牢牢锁在一起，誓言执子之手，与子偕老。

之后的蜜月旅行，牧岩实现了当初的诺言，与安以若故地重游去了他们爱情开始的地方——巴塞罗那。

巍峨的圣家教堂前，那个情人节只会送盆花的木讷男人，把妻子柔软的手包在掌心，坚定且温柔地许下世间最浪漫的承诺："爱你，以永远为期！"

番外03. 牧童篇好多爸爸

牧童是个特别不让人省心的小朋友！

这个事实，从安以若怀孕初期已被他老爸牧岩鉴定完毕了。

看着妻子被翻天覆地的孕吐现象折腾得不行，牧岩急得恨不得把儿子揪出来收拾一顿。而病愈后的他又因为恢复了工作，没有太多的时间照顾安以若，着急上火的同时还得默默忍受母亲的埋怨。

安以若向来独立懂事，一般不会抱怨他，不过怀孕的女人嘛，脾气难免坏一点儿。这不，当牧岩好不容易按时回家亲自熬了汤准备侍候媳妇儿时，就听安以若没好气地数落：“难看死了，味道肯定不好，你自己喝吧。”

看着她嫌弃的表情，牧岩讨好地笑：“我承认你老公笨手笨脚手艺不精，不过呢，看事物不能只看表面，俗话说得好，金玉其外嘛，先尝尝，否则没有发言权啊。我们具体问题具体分析一下，样子不好看不代表味道不好，你说是不是？”

可任由牧岩说破了嘴，倔脾气难得发作的安以若就是不喝。后来还在牧岩把汤勺递到她嘴边喂时，把人给招惹哭了。

牧岩不敢再硬劝，小心翼翼地把她抱在怀里：“怎么了这是，我有什么做得不好吗？”

安以若用力推他，声音带了哭腔：“别人产检都有老公陪，唯独我，从来都是自己。孩子是我一个人的啊，你不喜欢我不生好了。”

好冤枉。得知她怀孕，还是在巴塞罗那度蜜月时有的，牧岩简直乐疯了。怎么能说他不喜欢呢？牧岩立即道歉：“我错了，是我不好，明天我就陪你去。明天，雷打不动。”

“雷打不动？”安以若火气更大了，她微微提高了音量，“你越来越能干了，说谎都不用打草稿，我刚刚才听见你和大励说明天去什么现场，你会分身术吗，怎么又去现场又陪我产检啊？”

原来是这样。牧岩抹了把额头的汗，发誓保证：“我马上安排，这么小的案子大励要是还搞不定，我批他假回家结婚去！”

看吧，堂堂牧大队还赖别人搞不定呢，明明是他爱操心总往一线冲，居然怪到大励身上了。批假结婚？也就他能想出如此没品位的方法，人家求之不得呢。

安以若抹完眼泪抬手打她：“见过拼命的，没见过你这么拼的。”转而搂住他的腰，低泣着说，“上次你去G市查案，我吓得整晚睡不着。”

安以若从未要求他放弃事业，即便他曾走在生死边缘。

那是对他的尊重和爱，牧岩懂。

心在这一刻软得不行，在不勒着她的情况下，牧岩略微收紧手臂抱住她：“我答应你不会让自己出事。你和孩子是我的责任，我得负责一辈子。”

得到他的保证，安以若孩子气地把眼泪蹭到他衬衫上。

次日，牧岩陪安以若到医院做检查。等待牧岩办手续时，她和身旁坐着的一位孕妇闲聊。

在问及她怎么一个人来检查时，孕妇大姐摸着隆起的肚子一脸平静地说："他在部队呢，不方便出来。"

原来是军嫂！安以若顿时多了几分好感，以至检查结束时看见离开医院的大姐准备坐公交车时，她建议："这样多危险啊，还是打车回去吧。"

孕妇大姐笑了："家里条件不好，能省点也算是为他减轻负担了。"

安以若闻言，感动于大姐对丈夫的体谅与理解，自责自己的任性和娇气。于是，她让牧岩开车把那位大姐送了回去。

到了家，牧岩为她按摩肿胀的小腿，安以若忽然说："想妈妈了，想回娘家住几天。"

牧岩停顿了下，之后又继续手上的动作，轻轻揉捏着她的腿，好半天才低着头说："那也好，等我回来就去接你。"

同在一座城市，见面是随时的事，何来想一说？牧岩明白她是知道他手头上的案子到了收网的时候，接下来一段时间要往返于A市与临城之间，根本顾不上她，为免他分心，她才决定回娘家。

这是在为他减少后顾之忧呢。

原来，减轻负担，减少后顾之忧，都是爱的表达。

夜里，牧岩把安以若搂在怀里，大手似有若无地在她圆滚滚的肚子上轻抚，闭着眼睛聆听老婆大人的嘱咐。

"你别一忙起来连饭都忘了吃，不许熬夜，更要少抽烟，对身体不好。工作晚了的话就不要往回赶了，虽说你查案的地方距离A市就一个小时的车程，可你忙了一天，开夜车很危险的，打个电话给我就好了，还有啊……"

还有？牧岩都快听得睡着了，凑近她，他轻吻她细嫩的后颈："知道了，妈妈！"

安以若缩着脖子躲他，却被牧岩小心地转过身子，深深吻住。

随后一段时间里，牧岩全身心投入到工作中，但无论多忙，他每晚都会打电话报平安，让安以若在他低沉轻柔的耳语声中，安心入睡。

结案后，牧岩第一时间去岳父家接人，但因为晚了，被岳母大人留下过夜。本来小别胜新婚，结果安以若偏说第二天就要回去了，这晚要和妈妈一起睡。

牧岩笑而不语，洗完澡后靠在床头边看杂志边等她。

没过多久，客厅就有了动静，先是安妈妈责备的声音：“乖乖回房睡觉，不许任性，人家不在时天天念，回来了又闹，都当妈妈的人了怎么长不大呢。”接着是安以若低低地抱怨：“嫁出去的女儿泼出去的水，连人家想找小时候的感觉都不让，我是不是您亲生的啊？”然后卧室的门被推开，有位孕妇嘟嘴站在门口。

牧岩掀开薄被下床，边对转身回房的岳母说：“妈，您早点休息。”边伸手扶她。

关上房门，牧岩似笑非笑：“不是找小时候的感觉去了吗，怎么又回来了？妈没给你讲大灰狼的故事啊？”见她单手撑着腰瞪他，他俯身亲了亲她脸颊。

牧岩体贴地把妻子安置到床上：“妈说得没错，怎么长不大呢，嫁人了反而像个孩子，告诉你吧，你要找的感觉在哪里。”

安以若不解：“在哪儿啊？”

牧岩在她身旁坐下，张开双臂：“过来，小时候的感觉现在转移到我这儿来了。”

唇角微微上扬，身体已变得笨重的安以若笑着扑进他怀里。

牧岩语带笑意：“这可怎么办啊，一个大的都够我操心了，马上还要来个小的。”

安以若想抱他再紧一点儿，无奈中间隔着小牧童，好不方便啊。

郁闷。

阳光明媚的五月，产房传来喜讯，安以若顺利生下八斤重的小家伙。

怀抱儿子小小软软的身体，看着鬓发被汗水打湿的妻子，牧岩的心被前所未有的幸福感撼动了，有种人生圆满的满足。

牧岩俯身亲吻安以若额头，哽咽着说：“谢谢！”

安以若把手覆在他手背上，微微嗔道：“傻瓜。”

确实是傻瓜，爱人之间，何需说谢？只管倾心去爱，牵手同行，就好了。

接下来的日子，生活如水般流过，童童小朋友在长辈的呵护疼爱下健康快乐地成长。牧岩依旧很忙，时而领着手下外出执行任务，归家时给人一种风尘仆仆的感觉。

记得有一次他为一件要案外出多日回来时，安以若去队里迎他，小小的童童在看到很多穿着特警服的警员时辨认了半天，最后还是一脸苦恼地搂住妈妈的脖子，以稚嫩的童音问：“妈妈，怎么这么多爸爸？”

于是，无语抚额的牧岩终于发现儿子除淘气外还有个让他不省心的毛病：不认人，见着和他一样穿着警服、或是军装的人，就习惯性地叫爸爸。

然而，当幸福如期而至，天真可爱的童童小朋友无意间闹的小笑话其实是无伤大雅的吧，就当作为他们曾遇荆棘，后又圆满的爱情锦上添花了。

后记

能够在2015年情人节完成再版稿的修订，是我觉得非常有意义的事情。我是一个讲爱情故事的人，每一个故事里，都有我对美好的期许。在这样一个浪漫又充满甜蜜的节日里，爱情，是最重要的话题。

听说：最好的爱，是让彼此成为更好的人。

我想：每一对经得起时间考验和现实磨砺的恋人，从相识那天起，今天就比昨天好了一些——因为爱情。

我不清楚别人怎样看待相遇。我只保证在我所写的故事里，男女主们都和我一样，庆幸在这善变又混乱的世界里，与TA不期而遇。我们也心怀希望：愿在这充满诱惑的现实里，TA能对我们，温柔以待。

显然，相比之下，牧岩和安以若的爱情可谓披荆斩棘，历经惊险，但其实他们所期望的，不过就是与一个温暖的人，诚恳磊落地开始，细水长流地相爱，此生不离。

我们都一样。

人生珍贵，不能重来。在没有与爱情相遇之前，你所经历的一切都是为了等待。而在爱情降临之后，你所要经历的一切都是为了与所爱之人长相厮守。

不要抱怨生活赋予的刁难太多，且行且珍惜。

如果正在读这本书的你，已经遇见了那个温暖的男子，清雨祝福你们：永远像现在这样相爱，不辜负曾许下的相守一生的誓言。

如果正在读这本书的你，尚未遇见那个温暖的男子，清雨希望你：为了你们的明天比今天更好，珍惜相遇，不枉你们曾为彼此等候多时。

最后，祝福所有有缘与本书相遇的人：顺遂平安一生。

沐清雨

2015年2月14日